세속과 초월 사이에서

세속과 초월 사이에서

이 승 하

도서출판 역락

딜레마의 나날이었다. 시인이면 시만 쓰면 되지 도대체 내가 이런 글을 왜 쓰는가.

안면이 있는 문예지 편집자의 청탁을 거절하지 못해 쓰게 되는 월평·계간평·시집 해설·신작 소시집 해설·서평……. 마감 일자에 쫓기며 허겁지겁 쓰게 되는 이런 글은 현장비평이기에 최근작을 두루 섭렵할 수 있다는 이점이 있지만 순전히 타의에 의해 쓰게 됨으로써 글쓰기의 괴로움을 만끽하게 된다.

쓰지 않을 수 없는 또 다른 유의 글은 학술논문이다. 대학교수라는 직업을 가졌기 때문의 학술지에 매해 최소한 두세 편의 논문은 발표해야 한다. 논문은 길이가 100매 안쪽으로 정해져 있고, 서론-본론-결론이라는 규칙을 엄격히 지켜야 한다. 논리적 글쓰기는 개성적 글쓰기와는 많이 다른데, 시를 논리적으로 따지고 검증하고 평가해야 한다. 이런 글 역시 의무적으로 쓰는 경우가 많기에 즐거운 글쓰기가 아니다.

20세기를 보내면서 한 가지 결심을 했으니, 테마를 정해 글을 쓰는 습관을 들이자는 것이었다. 이렇게 쓴 글이 문예지상이나 학술지에 발표될 때도 있었지만 그렇지 않은 경우가 더 많았다. 써두었던 글을 잡지 편집자나 논문 심사자의 눈에 들게끔 축소 혹은 수정했던 경우도 많았다.

그래서 2000년 1월부터는 청탁에 상관없이 테마를 정해 평문을 쓰기로 했다. 2004년 2월에 새미를 통해서 낸『한국 현대시에 나타난 10대 명제』는 이런 결심을 한 이후에 맺은 첫 번째 작은 결실이었다. 4년 동안 통시적 의미에서 나의 관심사였던 것은 한국 현대시에 나타난 '바다', '달마', '귀신', '역사', '사투리' 다섯 가지였고, 공시적 의미에서 나의 관심사였던 것은 한국 현대시에 나타난 '성애', '광고', '외국 여행', '폭력과 광기', '이라크전쟁' 다섯 가지였다. 열 가지 명제를 미리 정해놓고 글을 하나씩 써나가는 과정에서 진척이 잘 안돼 힘이 들 때도 많았지만 글쓰는 것이 괴롭지는 않았다. 아니, 신바람 나는 일이었다. 나는 쓰고 싶은 글을 내 나름의 방식대로 썼고, 열 편을 다 썼기에 책으로 묶어냈었다.

그 뒤 5년 동안 나는 또 다른 11개의 명제에 매달렸다. 제1부 세 편의 글은 아주 오래 전부터 쓰고 싶었던 것들이다. 시인들이 이 세 인물을 어떻게 형상화했는지 오랜 시간을 두고 추적하다가 최근에 들어서서야 겨우 완성할 수 있었다. 인간이면서 성인인 부처와 예수를, 철학자에 가까운 고승인 원효를 시인들은 어떻게 이해했던 것일까. 세 인물을 다룬 시편을 탐색하면서 나는 깨달았다. 시인은 동시대인들과 진흙탕에서 함께 뒹굴며 괴로워하는 유한자이지만 밤하늘의 별을 바라보며 영원한 것, 절대적인 것, 거룩한 것을 추구하는 성스러운 존재임을.

인간의 가장 기본적인 욕구가 식욕과 성욕일 것이다. 그리고 다른 동물과 구분지을 수 있는 인간의 전유물이 웃음이다. 한국 현대시에 '음식'과 '자궁', 그리고 '웃음'이 어떻게 형상화되어 있을까 궁금하여 써본 세 편의 글도 인간에 대한 관심 덕분이 아닌가 여겨진다. 이런 소재를 시인들이 다루는 것을 보면서 많이 느끼고 많이 배웠다. 「한국 현대시에 나타난 '낙동강'」은 출생지인 경북 의성군 안계면과 성장지인 김천, 그리고 할머니 댁이 있는 대구와 외갓집이 있는 상주를 끼고 흐르는 강, 내 유년기의 추억이 깃든 낙동강에 대한 관심의 소산이다. 「한국 근·현대시에 나타난 '서울'」은 지난 30년 동안 서울에서 부대끼며 살아오는 동안 나름대로 애착을 갖게 되어 써본 글이다.

제3부 세 편의 글은 개화기 시가와 1920년대 문학사에서 중요한 역할을 한 문예동인지와 번역시에 대한 연구 결과물이다. 개화기와 일제 강점기 때의 시도 읽어보아야겠다고 결심하고 많은 책을 쌓아놓고 읽어가며 쓴 글이지만 그 시대의 시를 제대로 공부한 적이 없었던 탓에 의욕만 앞선 글이 되고 말았다.

시인론이나 시집 서평보다도 이런 식의 테마 비평을 쓸 때 더욱 글쓰기에 대한 의욕을 느끼게 되는 것은 물론이고, 쓰고 난 이후에도 작게나마 보람을 느끼게 된다.

시에 대한 11편의 글을 쓰면서 새삼 알게 된 것이 있다. 좋은 시는 인간에 대한 애정이 없이는 창작될 수 없다는 것을. 2500년 전에 부처가, 2000년 전에 예수가, 1350년 전에 원효가 시련의 시간을 가진 뒤에 진리를 전파할 수 있었던 것도 인간에 대한 연민과 애정이 보통사람보다 훨씬 강했기 때문이다. 여러 종 나와 있는 부처와 예수와 원효에 대한 전기를 읽으며 나는 이 세 사람이 너무나 인간적이었다는 이유로 감동의 전율을 느끼곤 했다. 감히 말하건대, 학부와 대학원 학과장을 겸해서 했던 2003~2006년과 예술대학원 학과장을 하고 있는 2007년과 올해, 도합 5년여 동안 학교 안팎의 많은 일들로 인해 무척 힘들고 괴로웠지만 11편의 글을 계획했던 대로 완성할 수 있었던 것은 인간에 대한 나의 관심과 애정 덕분이라고 믿는다.

많은 사람이 이구동성으로 말하는 비평의 죽음 시대에 책 발간에 흔쾌히 동의해주신 이대현 사장님이 너무 고맙다. 수고해주신 편집부 직원 여러분에게도 감사의 인사를 전한다.

2008년 안성 땅 내리에서

이 승 하

3부 한국 근대시의 이모저모

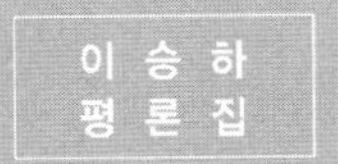

세속과 초월 사이에서

한국 현대시 속의 종교적 인물

한국 현대시에 나타난 '부처'

한국 현대시에 나타난 '예수'

한국 현대시에 나타난 '원효'

한국 현대시에 나타난 '부처'

1. 글머리에

석가모니는 기원전 6~4세기경에 활동한 불교의 창시자다. 석가모니(釋迦牟尼)라고 칭할 때, 석가(釋迦)는 북인도에서 살았던 샤키야(Śakya)라 불리는 부족의 한자식 이름이며, 모니(牟尼)는 성자를 뜻하는 인도어 무니(muni)의 한자음이다. 따라서 석가모니는 '석가 부족 출신의 성자'라는 뜻이다. 인도에서는 석가모니를 '깨달은 사람', '능력 있는 사람'이라는 뜻으로 쓰는 '붓다(Buddha)'라고 불렀는데 중국에서는 이를 한자어로 '불타(佛陀)'라고 했고, 줄여서 '불'이라고도 했다. 붓다 혹은 불타를 우리말로 칭할 때 '부처'이고, 여기에 존경의 뜻을 더해 부처님이라고 부르고 있다. 인도에서 발흥한 불교가 중국에 전해진 이후 불타는 세상의 진리를 깨달은 성자로 사람들의 존경을 받았기에 '世尊' 혹은 '釋尊'으로 불리기도 했다. 부처는 살아생전에 자기를 가리켜 '如來'라고 불러 후세에 '여래' 혹은 '석가여래'라고 불리기도 했다. 이 글에서는 석가모니를 지칭하는 수많은 용어 중

'부처'를 택하는데, 부족을 나타내는 명칭인 '석가'보다는 '붓다'의 우리식 표현인 '부처'가 더 적합하지 않나 하는 생각에서이다. 다만 구도자로 나서기 이전의 석가모니는 아명인 '싯다르타'라고 칭하고자 한다.

부처의 생몰 연대는 불확실하다. 기원전 6세기가 아니면 5세기 때 샤키야 공화국의 수도인 카필라바스투[1]에서 왕인 숫도다나(Suddhodana)[2]를 아버지로, 왕비인 마야(Maya) 부인을 어머니로 하여 태어났다. 생후 7일째 되는 날 어머니가 사망한 탓에 이모에 의해 양육되면서 싯다르타는 인간의 생로병사에 대해 남달리 심각하게 생각함으로써 여러 가지 일화를 남기고 있다. 왕자로 태어났기에 왕위를 이을 교육을 받으며 성장기를 보낸 싯다르타이지만[3] 이미 강대국 코살라국에 복속되어 있던 샤키야 공화국은 부처 생존시에 멸망하고 만다.

싯다르타는 열여섯 살 때 결혼하여 아이도 두는데, 기울어 가는 나라를 세울 애국심이나 국가 통치에는 별다른 흥미가 없었던 듯하고, 호화로운 궁정 생활에 염증을 느끼며 방황하다가 스물아홉 살 때 궁을 떠나 구도의 길에 오르게 된다. 6년의 고행을 끝내고 아사타 나무(흔히 보리수라고 한다) 밑에 정좌하여 7일 동안의 깊은 사색 끝에 깨달음[正覺]을 얻은 이후 부처는 설법과 전도를 시작, 결과적으로 불교의 창시자가 된다. 35세부터 전도 여행을 시작, 45년 동안 교세를 널리 전파한 부처는 80세 정도의 나이에 숨을 거둔다. 입적 날짜가 음력 2월 8일로 알려져 있지만 부처에 대한 기록은 대개 사후 100년이 지나서야 나왔기 때문에 정확한 연도와 일자는

---

1) 지금의 네팔과 인도 국경 부근에 있던 도시.
2) 숫도다나는 인도어로 깨끗한 밥이라는 뜻이어서 한자문화권에서는 정반왕(淨飯王)으로 부른다.
3) "같은 해(7세 때) 싯다르타는 제왕학을 공부하기 시작했다. 제왕학의 내용은 '64예(藝)'라고 하는 정신적, 기술적, 무술적 훈련을 총망라하고 있다. 보살은 아주 빠른 속도로 배워나갔고 곧 감탄할 만한 수준에 이르러서 때로는 스승을 깜짝 놀라게 할 정도였다."—장 부아슬리에, 『붓다』, 이종인 역, (주)시공사, 1996, 45쪽.

알 수 없다. 입적 날짜를 음력 4월 8일로 보는 이들이 있는데 남방 불교권에서는 4월 15일로 보고 있다. 입적 연도는 기원전 543, 486, 483, 386, 383년 설 등 의견이 분분하다.

부처에 대한 전기 중 산스크리트어로 된 『마하바스투』, 『랄리타비스타라』, 『붓다차리타』 등이 중국어로 번역되었고, 산스크리트 원전이 없는 중국본으로 『과거현재인과경』, 『중허마하제경』, 『불본행경』, 『중본기경』 등이 있다.4) 팔리어5) 문헌 중 가장 오래된 것이 『수타니파타』이며, 과거에 나온 전기를 집대성한 것이 『니다나 카타』이다. 『아함경』은 부처가 설한 가르침을 담은 원시불교 경전의 하나이므로 전기라고 볼 수는 없다. 이들 책은 모두 부처 입적 한참 뒤에 나온 것이어서 신화적으로 윤색되었을 가능성이 크다.

불교가 우리나라에 들어온 것은 삼국시대 때로, 삼국 중 제일 먼저 불교를 받아들인 나라는 고구려였다. 불교는 소수림왕 2년(372년)에 중국의 전진으로부터 전래된 종교로서 1,600여 년이란 긴 세월 동안 우리 민족에게 엄청난 정신적·문화적 유산을 전해준 대표적인 종교이다. 이 대표적인 종교의 창시자인 부처가 이 땅의 시인들에게는 어떤 존재로 인식되어 왔을까? 부처를 직접 형상화한 현대시가 있을까? 있다면 부처를 어떤 이로 형상화했을까? 약 2,500년 전 인물인 부처가 이 땅 시인들의 뇌리에 어떤 인물로 새겨져 있는지 지금부터 살펴보고자 한다.

천주교가 이 땅에 들어온 것이 정조 8년(1784)이므로 두 종교의 전래 시점만을 갖고 따진다면 1784 빼기 372년, 즉 1412년의 거리가 있다. 그런데 전래의 역사가 불교보다 훨씬 짧은 기독교의 창시자인 예수는 이 땅의

---

4) 『브리태니커 세계 대백과사전』 11, 한국브리태니커회사, 1996(6쇄), 688쪽 참조.
5) 팔리어는 부처가 활동했던 당시의 마가다 지방 혹은 그 일대에서 썼던 언어다. 그래서 연구자들은 팔리어 경전이 산스크리트어 경전보다 정확도가 높을 것으로 보고 있다.

시인들에 의해 수도 없이 형상화된 인물이지만 불교의 창시자인 부처가 시인에 의해 형상화된 경우는 그렇게 많지 않았다. 시인들에게 있어 예수는 '하나님의 아들' 혹은 '사람(목공 요셉)의 아들'로서 기독교의 어떤 성자보다도 가깝게 여겨지는 인물이지만 부처는 불가의 수많은 성자와 고승들보다 멀리 느껴지는 존재여서 그런지 시인이 부처를 시 속에다 한 명의 인간으로 그려내기가 저어되었던 듯하다. 하지만 서정주·김달진·김구용·이성선·박희진의 작품 중에 부처에 대한 인식의 편린을 알 수 있게 하는 시가 몇 편씩 있다. 이 다섯 시인의 시 세계를 고찰해본다면 현대 한국의 불교시에 대한 이해에도 다소나마 도움이 될 것이다.

2. 시인들은 부처를 어떤 모습으로 형상화했는가

1) 서정주의 시에 나타난 부처

승려이기도 했던 시인 한용운의 『님의 침묵』에 수도 없이 나오는 '님'과 '당신'을 부처라고 하기에는 무리가 있다. 독자의 관점에 따라 부처일 수도 있고 아닐 수도 있으므로 한용운의 시는 논외로 칠 수밖에 없다. 서정주 시 세계에 대한 불교적 고찰은 그동안 많은 연구자에 의해 이루어져 왔다.6) 시집 『花蛇集』에 나오는 「西風賦」와 「復活」, 『歸蜀道』에 나오는

---

6) 아래의 논문이 대표작이라 할 수 있다.
　　문덕수, 「신라정신에 있어서의 영원성과 현실성」, 『현대문학, 1963. 4.
　　김운학, 「한국현대시에 나타난 불교사상」, 『현대문학』, 1964. 10.
　　김우창, 「한국시와 형이상」, 『세대』, 1968. 7.
　　천이두, 「지옥과 열반」, 『시문학』, 1972. 6~9.
　　최원규, 「한국시의 전통과 禪에 관한 소고」, 『충남대 논문집』, 1974.
　　＿＿＿, 「서정주와 불교정신」, 김용직 외, 『한국현대시사연구』, 일지사, 1983.
　　배영애, 「현대시에 나타난 불교의식 연구―한용운·서정주·조지훈 시를 중심으로」, 숙명여대 박사논문, 1999.

「石窟庵觀世音의 노래」와 「歸蜀道」, 그리고 『新羅抄』와 『冬天』에 나오는 여러 시편은 시인의 불교적 세계관을 극명하게 보여주는 작품이다. 특히 『新羅抄』의 「因緣說話調」나 『冬天』의 「내가 돌이 되면」 같은 시를 보면 시인이 불교의 중요한 교리인 인연설과 윤회설을 믿지 않고서 이런 시를 쓸 수 없었을 것이라는 확신을 갖게 한다. 서정주의 시에는 불가의 인물인 관세음도 나오고(「西風賦」, 「石窟庵觀世音의 노래」), 불가에서 자주 운위되는 공간인 서역과 파촉(「歸蜀道」), 욕계 제이천(「善德女王의 말씀」)도 나온다. 하지만 불교를 창시한 부처를 어떻게 믿고 어떤 존재로 생각하고 있었는지 짐작케 하는 시는 거의 쓴 적이 없다. 다만 1972년에 발간된 『徐廷柱文學全集』에 실려 있는 「부처님 오신 날」은 시인의 부처관을 조금이나마 알게 해준다. 서정주는 이 작품에서 부처가 불교를 일으킨 이유에 대해 생각해 보았다. 시를 구상하거나 집필한 날이 석가탄신일이었던 모양이다.

> 獅子가 업고 있는 房에서
> 공부하던 少年들은
> 蓮꽃이 이고 있는 房으로
> 一學年씩 進級하고,
>
> 불쌍한 아이야.
> 불쌍한 아이야.
> 세상에서 제일로 불쌍한 아이야.
> 너는 세상에서 제일로
> 남을 불쌍히 여기는 아이가 되고,
>
> 돌을 울리는 물아.
> 물을 울리는 돌아.
> 너희들도 한결 더 소리를 높이고,

萬 사람의 沈淸이를 가진
뭇 沈 봉사들도
바람결에 그냥 눈을 떠보고,
텔레비여.
텔레비여.
兜率天 너머
無雲天 非想非非想天 너머
阿彌陀佛土의 사진들을 비치어 오라, 오늘은…….

三千年前
자는 永遠을 불러 잠을 깨우고,
거기 두루 電話를 架設하고
우리 宇宙에 비로소
작고 큰 온갖 通路를 마련하신
釋迦牟尼 生日날에 앉아 계시나니.

－「부처님 오신 날」 전문

제목 그대로, 부처님 오신 날의 의미를 성찰해본 시이다. 제1연을 한마디로 줄이면 '용맹정진'이다. 백수의 왕이라 일컬어지는 사자는 게으름을 모르는 동물이다. 그래서 사자는 깨달음을 성취하여 부처를 이루기 위한 보살의 수행인 바라밀다 중 다섯 번째인 '정진'을 설명할 때 인용이 되곤 한다. 용맹정진 도를 닦아 더 높은 경지로 나아가는 수도자도 있지만 대다수의 중생은 세상에서 제일로 불쌍한 아이다. 하지만 "세상에서 제일로 불쌍한 아이"가 "세상에서 제일로 / 남을 불쌍히 여기는 아이"가 될 수 있다. 우리 인간의 가장 기본적인 덕목을 부처는 자비심으로 보았는데 시인도 부처의 뜻에 동의, 이렇게 썼던 것이다. 전개 부분인 제3연에서 분위기를 고조시킨 뒤에 시는 제4연, 절정 부분으로 접어든다. 제4연에는 불가의 용어가 여러 개 나와 불자가 아닌 독자의 이해를 방해하므로 사전을 찾아서,

그리고 필자 나름대로 해석하여 설명을 부기하면 다음과 같다.

- 兜率天 : 불교에서는 중생이 사는 세계로 욕계, 색계, 무색계 3계가
  있다고 한다. 도솔천은 욕계(欲界) 육욕천(六欲天)의 넷째 하늘로 미
  륵의 정토라고 한다. 지나치거나 모자라지 않은 중도적 쾌락을 누리
  는 하늘 세계.
- 無雲天 : 무색계 4天의 하나.
- 非想非非想天 : 색계 18天의 하나.
- 阿彌陀佛土 : 아미타불은 정토신앙의 중심을 이루는 부처이므로 아
  미타불토는 아미타불이 있는 곳, 혹은 아미타불이 이룩한 세계인 듯
  하다.

　제4연의 앞 3행은 무슨 뜻인지 이해하기가 쉽지 않다. 심봉사에게 있어 심청이는 어떤 존재였을까. 철없던 자식이 구원의 여신이 되어 나타난 것으로 볼 수도 있고, 죽은 아내를 대신한 정신적 인도자로 볼 수도 있고, 오매불망 찾아 헤매게 한 불쌍한 자식으로 볼 수도 있다. 사월초파일의 의미와 연관지어 본다면 이 날은 무지몽매한 중생들도 부처가 온 의미를 한번쯤 되새겨볼 수 있는 날이라는 뜻이 아닐까. 그런데 더 큰 문제는 텔레비전의 등장과 "阿彌陀佛土의 사진들"이다. 지금은 현대문명의 총화를 컴퓨터로 볼 수 있지만 이 시가 쓰인 70년대 초만 하더라도 텔레비전이었을 것인데 시인은 텔레비전에게 말을 한다. 아미타불토의 사진들을 비춰보라고. 아미타불토는 '영원'과 '절대성', 혹은 '불가시'와 '형이상학'의 세계이지만 텔레비전은 '현존'과 '상대성', 혹은 '가시'와 '형이하학'의 세계이다. 아미타불토가 정토라면 텔레비전은 사바이다. 텔레비전은 아미타불토를 비출 수 없다. 아미타불토를 실재 공간이 아니라 텔레비전에 비추어지는 가상공간으로 본 연구자가 있다.

> 　시적 주체에게 정신적으로 지고한 높이를 상징하는 "아미타불토"는 저 너머에 실재하는 공간이 아니라 텔레비전이 비추어지는 가상 공간에 불과하다. 전화선과 전파로 인해 공간적으로 온 지구가 연결되어 있듯이 "아미타불토"는 낮은 세상과 평등하게 연결되어 있다. 그 때문에 시적 주체는 정신적으로 지고한 공간으로의 윤회를 꿈꾸는 것이 아니라 낮은 세계 안에 놓여 있는 "영원"을 꿈꾼다.[7]

일리 있는 해석이기는 하지만 텔레비전이 비추는 것을 가상공간으로 본 것에는 동의하기 어렵다. 텔레비전이 비출 수 있는 것이 실재 공간이라야 현대인이 부처의 말을 믿고 따를 수 있게 된다고 시인은 본 것이 아닐까. 이제는 들려주어야(설법) 믿는 시대가 아니라 보여주어야(확인) 믿는 시대가 되고 말았다. 아닌게 아니라 지금 이 세상은 부처 살아생전과 너무나 다르다. 그때야 무지몽매한 중생이 부처의 설법을 듣고 곧바로 무지를 깨우치는 것과 동시에 수도자의 길로 접어들기도 했겠지만 지금 이 세상에서 부처의 역할을 하는 것은 한낱 기계에 지나지 않는 텔레비전이다. 사람들은 텔레비전이 전해주는 정보와 지식을 곧이곧대로 믿는다. 그래서 시인은 텔레비전에게, 죽어서야 갈 수 있는 거룩한 세상인 아미타불토를 보여주어야 하지 않겠느냐고 말한다. "오늘은……" 하고.

서정주의 부처관에 따르면 부처는 3천 년 전에 잠든 자의 '영원'을 불러 잠을 깨울 수 있는 신통력을 지닌 분이 아니라, 그보다는 "거기 두루 電話를 架設하고 / 우리 宇宙에 비로소 / 작고 큰 온갖 通路를 마련하신" 분이다. 이 작품에는, 텔레비전이나 전화 같은 기기의 발명과 보급으로 기계화·문명화·세계화한 지금 이 시대에도 부처가 여전히, 아니, 오히려 더욱 기계화·문명화·세계화하여 우리들 곁에서 무지를 깨닫게 하고 몽매의 눈을 뜨게 하는 분이라는 예찬의 목소리가 실려 있다. 부처는 자신의

---

7) 김옥성, 『한국 현대시의 전통과 불교적 시학』, 새미, 2006, 279쪽.

탄생일에, 텔레비전이나 전화 같은 작고 큰 온갖 통로를 마련하여 우리 앞에 현현해 있음을 서정주는 말해주고 싶었던 것이다. 시인이 생각하기에 부처는 산간 고찰에 상(像)으로 모셔져 있는 분이 아니다. 공부하는 소년들의 방에 찾아오는 분, 불쌍한 아이가 남을 더욱 불쌍히 여기는 착한 마음에 찾아오는 분, 무지의 눈을 뜬 뭇 심 봉사들에게 찾아오는 분, 텔레비전과 전화상으로도 찾아오는 분……. 서정주는 그런 열려 있는 정신을 지닌 존재, 혹은 시공을 초월하여 법을 설하는 분으로 부처를 받아들였기에 이 시를 썼다. 서정주는 2,500년 전에 입적한 부처일지라도 정신과 법(진리)을 통해 만날 수 있다고 보았다. 사월초파일의 의미를 되새기고자 하는 시인의 의도가 뚜렷이 드러나 있는 시가 한 편 더 있다.

초파일날은 마지막으로
전쟁 파쇠라도 줏어 팔아
한 오십 원 만들어서
카아네이션이라도 찐한 걸로 한 송이 사서
그 속으로 아주 몽땅 꺼져들어 버려라.
히피의 꽃 해프닝이라도 한바탕 해 버려라.
에이 빌어먹을 것!
하늘 땅과 영원의 주인 후보 푼수로
치사하겐 막싸구려 사람 노릇 하기가
인제 더는 창피해서 못 참겠구나!

—「초파일 해프닝」 전문

부처가 설한 '법'의 의미를 되새겨야 할 초파일에 사람들은 연등에 자기 이름을 붙여 시주를 한다. 연등을 만들고 지화(紙花)를 만들고 촛불을 밝히고 난리법석이다. 사찰마다 사람이 미어터지고 시주가 쏟아진다. 서정주는 경건함이 사라진 자리에 허례허식이 판을 치는 초파일의 광경을 일종의 해프닝으로 보았던 듯하다. 그래서 "히피의 꽃 해프닝이라도 한바탕 해 버려라. / 에이 빌어먹을 것!" 하면서 화를 벌컥 내는 것이다. 시인은 부처가 우리 곁에 있을 뿐 아니라 용맹정진하는, 자비를 베푸는, (심청이처럼) 자기를 희생할 줄 아는 분이라고 생각했기에 이런 시를 썼다. 이 시는 오늘날 불교계 일각의 화려한 의장(儀裝)이나 물량중심주의에 대한 비판의식의 산물로 볼 수 있다. 서정주의 대표작 중에 부처가 잠시 등장하는 것이 있다.

> 오! 생겨났으면, 생겨났으면,
> 나보다도 더 '나'를 사랑하는 이
> 千年을 千年을 사랑하는 이
> 새로 햇볕에 생겨났으면,
>
> 새로 햇볕에 생겨 나와서
> 어둠 속에 날 가게 했으면
> 사랑한다고…… 사랑한다고……
> 이 한 마디 말 님께 아뢰고
> 나도 인제는 바다에 돌아갔으면!
>
> 허나, 나는 여기 섰노라.
> 앉아 계시는 釋迦의 곁에
> 허리에 쬐끄만 香囊을 차고,
> 이 싸늘한 바윗속에서
> 날이 날마다 들이쉬고 내쉬이는
> 푸른 숨결은
> 아, 아직도 내 것이로다.

– 「石窟庵觀世音의 노래」 후반부

이 시에서 서정주가 추구하고자 했던 것은 신라의 불교정신과 신라인의 예술가적 기질이었다. 천년이 지나도 변함이 없이 찬란한 빛을 발하고 있

는 석굴암의 관세음보살상을 통해 궁극적으로는 신라인의 불교정신과 장
인정신을 높이 기리고자 이 시를 쓴 것으로 보인다. 그래서 "앉아 계시는
釋迦"는 그 어떤 인격체로 거기 있는 것이 아니라 신적인 존재 내지는 하
나의 예술작품으로서 석굴암에 '앉아 계실' 뿐이다. 이 작품에 그려져 있
는 석가는 앞에서 살펴보았던 2편의 시에서 형상화한 부처와는 꽤 거리가
있다. 또한 워낙 희미하게 그려져 있어 이 작품에서 시인의 부처관을 알아
내기란 용이하지 않은 일이다.

2) 김달진의 시에 나타난 부처

1974년 김달진은 동국대 경학원에서 부처의 일대기를 장편서사시로 써
시집『큰 연꽃 한 송이 피기까지』를 발간하였다. 이 시집은 1984년 시인
사에서 김달진 전집의 둘째 권으로 다시 출간되었는데 전집본에는 고려대
인권환 교수의 해설과 동국대 경학원 박경훈 편찬부장의 해설이 권말에
붙여졌다. 두 명 해설자가 모두 이 작품의 의의를 우리 문학사에 있어 '불
전문학(佛傳文學)'[8]의 대표작이라는 것으로 설명하였다. 인권환의 설명에
의하면 이 작품이 지닌 또 하나의 의의는 '남전(南傳)'의 계통을 이어받은
불전문학이라는 것이다.[9] 북전이란 중국을 중심으로 전개된 북방불교의
편저자들이 편찬한 부처의 전기요, 남전이란 동남아시아를 중심으로 전개
된 남방불교의 편저자들이 편찬한 부처의 전기이다.[10] 그간 우리나라에

---

8) 불전문학은 부처의 종교성과 예술성을 집대성한 부처의 일대기라 볼 수 있다. 원래 부
　처에 대한 기록이 독립되어 있지 않고 여기저기 산발적으로 나타나 있는데 이것을 전
　기작가들이 집대성하여 엮어놓은 부처의 일대기가 불전문학이다. - 김운학, 『佛敎文學
　의 理論』, 일지사, 1981, 39쪽 참조.
9) 인권환, 「敍事詩로 開花된 불타의 일대기」, 『큰 연꽃 한 송이 피기까지』, 시인사, 1984,
　259쪽.
10) "북전 불전의 구성은 부처의 생애를 말함에 있어 하천(下天), 탁태(托胎), 강탄(降誕),
　　출가, 강마(降魔), 성도(成道), 전법론(轉法輪), 입열반(入涅槃)의 여덟 단계로 나누어 석

알려진 것은 북전의 여러 불전이었는데 남전 가운데 『니다나 카타』를 저본(底本)으로 하여 부처의 일대기를 김달진이 시로 쓴 것[11])이 바로 『큰 연꽃 한 송이 피기까지』이다.

시는 모두 3부로 나뉘어 있다. 제1부 '그의 전생'은 「선혜(善慧) 바라문」에서 시작하여 「사 바라밀」까지 70편, 제2부 '그의 출생과 성도'는 「세 가지의 예고」에서 시작하여 「큰 깨침」까지 44편, 제3부 '그의 유행(遊行)과 기원정사(祇園精舍)의 건립'은 「첫 이래」에서 시작하여 「과거의 큰 정사 건립」까지 40편으로 이루어져 있다. 부처가 탄생하기 전의 '먼 인연 이야기'가 무려 70편이지만 이는 신화적인, 혹은 설화적인 이야기이므로 부처라는 인물에 대한 시인의 형상화 작업과는 무관한 것이다. 문제는 제2, 3부에 있는 시들이다.

> 보살은 시방세계 두루 돌아보았으나
> 아무 데도 자기와 대등할 이 없었네.
> 거기가 제일 좋은 위치임 알고
> 보살은 큰 걸음 일곱 발을 띄었네.
>
> 대범천은 흰 일산 받들어 들고
> 선시분천(善時分天)은 이우(犛牛) 꼬리 불자 들고
> 다른 천인들은 왕의 표지(標識)될 만한

가의 전생 이야기에서부터 출가 성도하기까지의 전 과정을 상세히 묘사하고 있다. 이에 비하여 남전은 부처의 생애를 탄생, 성도, 초전법론(初轉法輪), 입열반의 네 단계로 비교적 간결하게 나누어 서술하고 있어 북전과의 차이를 보여주고 있다. 이 가운데 우리나라에 유입된 것이 북전 계통의 불전임은 말할 필요도 없다." - 인권환, 앞의 글, 258쪽.

11) 이것은 해설을 쓴 인권환의 말이고 또 다른 해설을 쓴 박경훈은 「자타카」라고 하는 부처의 본생담(本生譚) 중 일부라고 했다. 인권환은 「니다나 가타」가 「자카타」의 주석서인 「자카타 앗타 반나나」의 앞에 있는 불전서사시로서 최초의 불전 모습을 보여주고 있다고 했다. 이 두 사람의 말은 그러므로 상충된다.

온갖 물건을 들고 그 뒤를 따랐네.
그리고 보살은 일곱 걸음만에 서서
"나는 이 세계의 제일인자(第一人者)다."
엄숙한 소리로 사자처럼 외치셨네.

— 「7. 보살의 탄생」 마지막 2연

길고 긴 서사시 중의 단 2연인데, 몇 가지 문제점을 시사해준다. 첫째, 불교나 한자에 대해 조예가 여간 깊은 독자가 아니고는 대범천, 흰 일산, 선시분천, 이우 같은 한자어의 뜻을 알 수 없다. 이우는 털이 아주 검고 꼬리가 긴 소를 가리키는데 국어사전에도 안 나오는 특수한 한자이다. 둘째, 부처의 생애에 대한 시인의 해석은 별반 없고 전기『니다나 카타』를 한글로, 또한 시의 형식으로 번역했다는 점이다. ① 싯다르타는 태어나자마자 일곱 걸음을 걸은 후에 '천상천하유아독존'이란 말을 했다고 하는데, ② 이것은 이 우주에 나보다 더 존귀한 것은 없다면서 탄생의 의미를 스스로 온 세상에 천명한 것이다. 불전에 따라 이 말에 이어 "이것이 마지막 생애로다. 다시 태어날 일은 없도다"라는 말이 덧붙여서 나오기도 한다. 그런데 시에는 ①의 내용이 설명되어 있을 뿐, 그것의 의미라고 할 수 있는 ②는 빠져 있으며, 이런 내용에 대한 시인의 해석인 ③ 역시도 나오지 않는다. 즉, 일본의 소설가 오자키의 「금색야차」를 조중환이 「장한몽」이란 소설로 번안했던 것처럼 김달진의 시는 '번안시'라는 인상을 준다. 번안은 영화의 각색처럼 번안한 이의 개성과 창의성이 얼마든지 발휘될 수 있다.

부처가 태자로 태어나 왕이 될 수 있는 신분상의 최고 위치에 있었음에도 불가하고 출가를 결심하게 된 동기를 설명하는 데 대다수 부처의 전기는 '사문유관(四門遊觀)'이라는 에피소드를 든다. 에피소드의 내용은 요약컨대 싯다르타가 동·남·서·북의 사대문을 통해 성 밖으로 나가 각각 노인·병자·죽은 사람·수행자를 보았는데, 그중에서 수행자의 당당함에 감동을 받아 출가를 결심했다는 것이다. 국내에 나와 있는 부처의 전기들[12]은 대개 이 내용에 대해 자세하게 기술하고 있는데, 김달진의 시에서도 이 부분이 제2부 스무 번째의 시가 된다.

> 천인들은 왕자에게 정각을 이룰 때가
> 가까워진 징조를 보이기 위해
> 한 사람의 천자(天子)를 노인으로 만들었네.
> 이는 빠지고 털은 희어졌으며
> 주름살진 얼굴에 허리는 굽었는데
> 지팡이 짚은 채 떨고 있었네.
> 그러나 이를 본 이는 왕자와 그 어자(御者)뿐이었네.
>
> ─「20. 사문출유(四門出遊)」 제2연

천인(天人)들이 싯다르타가 출가를 하는 계기를 마련해주기 위해 일종의 작전을 짜 천자를 노인으로 만들고, 또 병자와 죽은 자로 만들어 보여주었다는 설정은 14번 각주에 나와 있는 4권 책자의 저술 내용과는 다르다. 왕자 싯다르타가 네 가지 경우를 보고 깊은 번민과 사색의 시간을 거치는 과정이 시에서는 그려져 있지 않다. 다만 노인과 병자와 죽은 자를 볼 때마다 "만일 이 생존에 늙음이 따른다면 / 이 생존이란 실로 저주스러운 것이다"라고 생각한다. 이 이유에 대해서는 다음과 같이 생각해볼 수 있다.

이 시집이 남전을 저본으로 하였기에 소승불교가 널리 퍼진 남방불교의 특징을 그대로 지니고 있을 것이라는 가설이다. 소승불교는 수행을 통해 개인의 해탈을 가르치는 교법을 가지고 있고, 스리랑카·미얀마·타이·

---

12) E. H. 브루스터 편, 『고타마 붓다의 생애』, 박태섭 역, (주)시공사, 1996, 33~37쪽.
　　김대은, 『석가여래 일대기』, 삼장원, 1987(7쇄), 43~49쪽.
　　피터 에이 파듀, 『사캬』, 학원출판공사, 1987, 34~37쪽.
　　장 부아슬리에, 앞의 책, 47~49쪽.

라오스·캄보디아 등에 널리 퍼져 있다. 대승불교는 이타구제(利他救濟)를 통해 성불하고자 하는 실천불교적 입장을 취했는데 중국·한국·일본 3국과 베트남에 널리 퍼졌다. 남방불교는 상좌부(上座部)[13] 계통으로, 북방불교는 정토종 계통으로 그 정신을 이어갔다. 부처를 무한한 존경심으로 숭배한 남방불교의 특징이 드러나 있는 남전을 번안하는 과정에서 시인이 부처의 인간적 한계를 노출시키기가 어려웠을 것이라는 가정을 해본다. 팔리어로 된 원전을 구해 두 작품을 대조해본다면 이는 확실히 해결할 수 있는 문제이다. 부처가 6년 동안 행한 긴 고행이 시 1편으로 처리되어 있는 것도 아쉬운 부분이다.

> 극단의 고행
> 큰 정진에 들어간 보살,
> 하루에 쌀 한 알, 깨 한 알로 지내거나
> 아주 단식까지 하는 일도 있었네.
> 보다 못해 천인들이 그 털구멍으로
> 자양액(滋養液)을 넣어 드리려 하였으나
> 보살은 그것마저 물리쳤네.
>
> — 「34. 고행(苦行)」 제2연

여기서도 천인들이 등장한다. 위에 인용한 부분은 부처가 생로병사의 불가항력적인 비극을 고민하다 출가를 결심하고, 오랜 고행 끝에 깨달음을 얻어 해탈 성불하였다는 전기의 일반적인 내용이 아니다. 모든 것이 천인

---

13) 불교의 주요 형태의 하나인 상좌부는 부처가 설한 원래의 교리와 수행을 자신들이 가장 충실하게 지키고 있다고 주장한다. 상좌부 불교는 부처의 가르침에 대한 해석에서 보수적·정통적인 경향을 띠고 있다. 상좌부의 불교도들은 역사적 인물로서의 석가모니 부처에게는 완벽한 스승으로서 깊이 공경하는 마음을 지니고 있지만, 대승불교의 사원에서 숭배하는 신격화된 다양한 부처와 보살은 받들지 않는다.—『브리태니커 세계 대백과사전』 11, 한국브리태니커회사, 1996(6쇄), 379쪽 참조.

들의 조화로 이루어졌다고 본 것은 저본의 집필자가 부처의 인격화보다는 성화(聖化)에 주안점을 두었기 때문일 것이다. 시인 역시 별 이의 없이 저본 집필자의 의도를 따라갔기에 고행의 방법에 주목하였다. 당시 고행 방법 중에는 단식이 포함되어 있었는데 부처는 나중에 "하루에 쌀 한 알, 깨 한 알로 지내거나 / 아주 단식까지 하는 일도 있었네"라는 극단적인 수행으로 접어든다. 이런 가시적인 것보다는 부처가 번민과 방황, 고행을 거치면서 득도에 이르는 과정을 갖고 시를 썼더라면 시인 나름대로 상상력을 발휘할 공간이 있었을 것이다. 시는 제2부의 후반부에 가서 깨달음을 얻은 이후 부처가 악마의 시험을 이겨내는 광경을 서술하는데, 시의 제1부와 마찬가지로 신화적인 내용이라 그다지 실감을 주지 않는다.

"싯달타는 내 영역을 벗어나려 한다.
내 경계를 무너뜨리려 한다."
마라 천자는 마음(魔音)으로 중얼거리며
그 군사를 거느리고 몰려왔나니
좌우로는 12유순에 멀리 뻗쳤고
뒤로는 큰 세계의 끝에까지 이어졌네.

— 「41. 악마의 엄습」 제2연

다음에는 어지러이 때리는 빗발,
외날 양날의 칼·창·삭도 등
연기 내고 불 뿜으며 공중으로 날아왔네.
그러나 그것들도 보살 곁에 와서는
모두 다 천상의 꽃으로 변하였네.

— 「42. 아홉 가지 시험」 제5연

"싯달타여, 그대는 옛날
최대 최상의 보시를 행하였다."
이렇게 보살이 자신에게 말하며

일체도(一切度) 때의 보시를 회상할 때
마왕의 코끼리는 무릎을 꿇고
장식과 옷 버리고 마군들은 달아났네.

-「43. 마군(魔軍)들 흩어지다」 제1연

부처가 염력으로 마귀의 군대와 싸워 물리쳤다는 위의 내용이야말로 신화적인 발상이다. 다시 말해 불교라는 종교의 창시자인 부처를 한 명의 인간으로 그린 부분은 시집 전체를 살펴보더라도 별로 눈에 뜨이지 않는다. 북방불교의 불전에는 비현실적인 신화적인 내용이 그다지 많이 나오지 않는데, 남전을 저본으로 한 탓에 『큰 연꽃 한 송이 피기까지』에는 이렇듯 황당무계한 이야기가 많이 나온다. 제3부에 가면 「6. 마왕의 낙담(落膽)」, 「7. 마녀(魔女)들의 유혹」 같은 시가 나오는데, 부처가 성불한 뒤에 제자들을 받아들여 가르치고, 기원정사를 건립하기까지의 역사적인 과정이 40편의 시로 형상화되어 있다. 시인의 기획 의도 자체가 그러했는지는 알 수 없으나 장시의 대미는 부처의 입멸이 아니라 기원정사의 성공적인 낙성식이다. 저본 자체가 여기서 끝난 것은 아닐 터인데 조금은 이상한 결말이다.

지금까지 살펴본 바, 부처의 일대기 형상화라는 큰 목적을 가지고 쓴 작품이 『큰 연꽃 한 송이 피기까지』이지만 부처라는 한 인간(혹은 성인)을 어떻게 형상화했는가 하는 측면에서 본다면 성공작으로 볼 수 없다. 그러나 일반인이 해독하기 어려운 불전문학의 대표작인 부처의 전기를 총 154편의 시(서시격인 「이 사람을 보라」와 「인연 이야기」는 별도로 취급)로 풀어낸 시인의 의욕은 높이 사주어야 할 것이다.

3) 김구용의 시에 나타난 부처

김구용은 1982년에 시집 『頌 百八』을 간행하였다. 인간이 지닌 108가지의 번뇌를 가리켜 '백팔번뇌'라고 하기에 이 시집은 제목만으로도 시인의 불교적 세계관의 산물임을 알 수 있다. 하지만 부처에 대한 시인의 생각을 조금이라도 엿볼 수 있는 시는 3편에 지나지 않는다. 이 3편 중에 시인의 부처관이 가장 정확하게 드러나 있는 시는 「송 5」이다.

> 둘이 아닌 합장은
> 하늘의 흰 연꽃으로 피어
> 八萬藏經 부처님을 모신다.
> 아으 생명은 如來라 하시나이다.
> 아으 세계를 건지셨도다.
>
> 번뇌는 한없이 자비하사
> 왕위도 버리시어
> 중생에게
> 큰 기쁨을 주시니
> 千百億化身 부처님하,
> 아으 모든 슬픔은 절하나이다.
> 아으 忍辱으로서 비치오리다.
>
> 삶과 죽음이 그 전부가 아니었으니
> 娑羅雙樹는 샛별에 종소리를 편다.
> 원융무애 부처님하.
> 아으 항상 나에게 계시옵는데
> 아으 누가 어찌 모른다 하오리까.

- 「송 5」 전문

길지 않은 시 한 편에 부처의 권능과 생애, 정신이 고스란히 담겨 있다. 부처가 깨달았던 것이 설법을 통해 제자에게 전해져 불교가 하나의 종교로서 성립하게 되는데, 제1연에서 시인은 부처의 바로 그 설법의 권능이 어떤 것인가를 말해준다. '흰 연꽃'은 '염화시중'이라는 불가의 말을 낳았기에 가져온 것이다. 생명마다 불성이 있다고 본 불교의 교리도 제1연에 담겨 있다. 아무튼 제1연의 마지막 행 "아으 세계를 건지셨도다"는 부처가 살아생전에 행한 모든 것에 대한 시인의 칭송이다. 제2연에는 왕자였던 석가가 천백억화신(석가의 헤아릴 수 없이 변화하는 몸) 부처로 변신하는 과정이 그려져 있다. 한편, 부처로 말미암아 우리가 생로병사의 슬픔을 떨치고 해탈의 기쁨을 누릴 수 있게 되었음을 말해주기도 한다. 제3연에 이르러 시인은 부처가 사라수 숲에서 열반에 들 때 그 사방에 한 쌍씩 서 있던 사라쌍수를 언급하는데, "娑羅雙樹는 샛별에 종소리를 편다"고 표현했다. 부처의 입적 이후 불법이 널리 전파되어 간 것을 말해주는 내용을 이런 식으로 표현한 것으로 여겨진다. 시인은 또한 부처가 일체 제법(諸法)의 사리가 융통되어 막힘이 없는 원융무애한 자로서 항상 내 마음속에 살아 있는 존재라고 칭송을 아끼지 않는다.

옛날은 不毛에 마음씨를 심었다.
그들은 모든 神을 다스리는
우리는 모든 부처님이다.

(……)

문자는 사라져서
하늘이 되었다.
사라진 생각은
大地가 되었다.
찾아다니던 때는 지나갔다.
저절로 온
말씀이
자리에 앉는

　　　나[我]다.

—「송 51」 부분

　시의 제1연은 영 어색한 두 개의 문장으로 되어 있다. 옛날이 불모에 마음씨를 심었다는 첫 문장도 그렇거니와 주어가 두 개인 두 번째 문장도 그렇다. "옛날은"은 "옛날에"나 "옛날에는"으로 바꾸어야 뜻이 통하겠고, "그들은"은 "그들의"로 바꾸는 것이 그나마 문맥을 조금 더 원활하게 해줄 것이다. "그들의 모든 신을 다스리는 / 우리는 모두의 부처님이다."라고 해도 좋았겠다. 아무튼 옛날 불모지에 마음씨를 심은 사람은 부처였을 것이다. 불교가 유일신을 믿는 기독교와 크게 다른 점은 불교에서는 우리 모두 불자가 될 수 있고 더 나아가 부처가 될 수 있다는 것이다. 스스로 불도를 닦고 타인에게 자비를 베푸는 삶을 살아가면 누구나 번뇌를 끊고 해탈 성불할 수 있다는 불교의 교리를 연상하면 시의 제1연은 쉽게 이해될 수 있을 것이다. 인용한 부분의 "문자는 사라져서 / 하늘이 되었다"는 '불립문자'를, "사라진 생각은 / 大地가 되었다."는 '해탈'을, "저절로 온 / 말씀이 / 자리에 앉은 / 내[我]다."는 '언어도단'의 시적 표현이 아닌가 싶은데, 그렇다면 이 작품은 부처보다는 불법의 내용에 대한 탐색으로 읽힌다.

　부처가 궁궐을 떠난 지 6년이 되어가고 있을 때였다. 인도에서는 수도자가 고행을 하는 것이 관례였고 부처도 다른 수도자처럼 격렬한 고통을 통해 수도에 임하기로 했다. 양발을 교차하고 앉아서 호흡을 억제했으며 식사량을 줄여나가 나중에는 보리 한 알과 물로 연명해나갔다. 보리 한 알 운운은 지나친 과장이라 여겨지는데, 아무튼 그 결과 몸은 여윌 대로 여위었고 피부는 잿빛이 되었다. 그러던 어느 날 부처는 올바른 깨달음이란 쇠약한 몸으로 얻어지는 것이 아니라 자연스러운 방법으로 추구해야 한다고 생각을 바꾸게 되었다. 마침 그때 가까운 마을에 수자타라는 이름의 소녀가 있었는데 부처가 고행을 끝냈다는 이야기를 듣고는 우유를 짜서 발우에 담아 부처에게 올렸다.14) 그러자 부처를 따르던 다섯 사람은 부처가 자신과의 싸움에서 패배를 했다고 크게 실망하여 부처를 떠났다고 한다. 이런 고사에 대한 지식이 있어야 이해할 수 있는 시가 「송 67」이다.

> 하필이면
> 새삼 별은 밝으냐
>
> 전생의 業緣이 이루어졌나 보다.
>
> 그가 보리수가 떠나자
> 아팠던 하늘이 다 기뻐한다.
> 그가 우유를 마시자
> 울었던 세상이 즐거워한다.
>
> 여윈 발자국은 어디로 갔을까.
>
> 어디서나 밝은 못[池]은
> 밤낮없이 밝은 별이다.
>
> 귀를 기울여보면
> 오는 곳들은 靈山會相이다.
> 웃어보면 만나는 사람들은 나[我]였다.

-「송 67」 전문

이 시에는 부처의 인간적인 면모가 부각되어 있다. 제일 앞의 두 연은 부처가 출가 수행을 한 결과 마침내 깨달음을 얻은 것을 경하하는 메시지

---

14) 피터 에이 파듀가 쓴 전기에는 우유로 되어 있지만 장 부아슬리에가 쓴 전기에는 기름진 쌀밥으로 되어 있다.

가 담겨 있는 부분이다. 부처가 우유로 기력을 회복하자 스바스티카라는 청년에게 청해 쿠사 풀 한 다발을 받아 보리수 아래 깔고 앉아 맹세하였다. 깨달음을 얻기 전에는 죽어도 이 자리에서 일어서지 않으리라고. "그가 보리수를 떠나자 아팠던 하늘이 다 기뻐한다."는 부처의 해탈 성불을 말해주는 것이며, "그가 우유를 마시자 울었던 세상이 즐거워한다."는 앞에서 설명하였다. 이어지는 부분은 부처의 해탈 이후 온 세상이 광명에 휩싸인다고 칭송하는 대목이다. "웃어보면 만나는 사람들은 내[我]였다."는 마지막 행도 깨달음을 성취한 부처 덕에 후세의 불자들이 탐욕과 집착을 버리고 다시 태어나는 기쁨을 누릴 수 있게 되었다는 뜻으로 읽혀진다. 김구용은 시집 『腦炎』의 「觀音讚」, 『風味』의 「觀音讚 Ⅱ」 같은 시에서 자신의 불교적 상상력을 좀 더 보여주지만 부처를 직접적으로 형상화한 시가 아니므로 이 자리에서 다룰 필요는 없을 것 같다.

4) 이성선의 시에 나타난 부처

이성선이 1974년에 낸 첫 시집 『詩人의 屛風』에는 부처를 본격적으로 노래하지는 않았지만 부처가 등장하는 시가 몇 편 수록되어 있다.

> 어느 저녁의 山中에서
> 나는 보았네.
> 손바닥에 달을 들고 내리는 佛陀.
> 눈썹 사이로 차거이 흔들리는
> 번민의 불빛과
> 밤마다 어둠을 삽질해내는
> 나의 行業을,
> 옷깃에 고행의 살빛이 빛나
> 꿈의 속살이 화안히 드러나네.

(······)

두렵고 또렷하던 최초의 모습처럼
나는 보았네
내 생애에 금을 긋고 간 당신,
금의 틈소리에 비친 회오리 얼음과
미래의 노래가 되어
봄처럼 출렁이네.

-「諸行」 제1, 3연

손바닥에 달을 들고 내리던 불타는 시인의 생애에 금을 긋고 갔다. 그는 인간이면서 신이었다. 이 세계를 기획·제작·감독하는 엔터테이너이면서 만물을 조율하는 예술가였다. 시인인 나의 고단한 작업을 지켜보며 격려를 아끼지 않은 부처가 있었기에 나는 외롭지 않았고 기운을 차릴 수 있었다. 제목 '제행'이란 우주만물을 가리키기도 하고 모든 수행을 가리키기도 한다. 전자의 뜻으로 썼다면 제행은 우주만물의 운행을 관장하는 부처가 주체가 되는 것이요 후자의 뜻으로 썼다면 시인의 시 쓰기가 불자의 수행과 진배없이 힘들다는 뜻이다. 제목을 우주만물이 유전(流轉)하여 한 모양으로 머물러 있지 않다는 뜻으로 쓰는 제행무상으로 이해해도 된다. 달도 차면 기울 듯이 나의 고단한 작업이 빛을 발할 날이 오리라는 시인의 기원이 이 시에는 깃들어 있다. 이렇듯 시인은 초기작인 「諸行」을 통해 자신의 인생관과 세계관과 문학관이 형성되는 데 있어 불교가 큰 역할을 했음을 암시하였다. 아래의 시는 부처를 등장시킨 시로 보기는 어렵지만 시인이 불교적 세계관으로 만물을 보고 있음을 확실히 알게 한다.

하늘 씻는 이슬의 총명한
눈짓으로 님이여

뜨겁게 호흡하시옵고
꽃피는 소리에 향그러이 씻는 손길
바다처럼 부푸는 가슴.
솔잎에 묻어나는 하늘냄새
입술에 달게 받으면
하늘이 불같이 내리는 언덕에
님의 살빛이 저의 정신을 씻나이다.

-「合掌」 부분

보살님의 궁전은 풀밭입니다.
보살님의 궁전에는 벌레소리가 가득합니다.
밤마다 그분의 궁전에서
소리의 풀밭을 보자기에 싸가지고 하늘로 올라갑니다.
만나는 가지마다
보자기 속 소리의 풀밭을 꺼내
조금씩 펼쳐놓으시고
집집의 추녀 밑에도 놓아두셨습니다.

-「가을」 전반부

「合掌」에 나오는 '님'은 정결한 천사 같은데, 화자의 영혼을 정화시키는 힘을 발휘하고 있다. 님은 또 시인의 시심의 근저에 존재하는, 절대자이다. 「가을」에 나오는 '보살님'은 크게 부처에 버금가는 성인, 보살승,15) 나이 많은 여신도, 고승, 보살할미의 다섯 가지 뜻으로 쓰이고 있지만 "보살님의 궁전", "그분의 궁전"이라는 표현이 보이기 때문에 부처라고 봐도 무리가 없을 듯하다. 가을날, 풀벌레와 기러기의 울음소리를 듣고 시인은 일종의 법열에 사로잡혀 부처를 떠올린 것이다. 가을 이미지를 담은 시를 쓰면

---

15) 보살승(菩薩乘)이란 성불하기를 이상으로 삼는 보살이 수행하는 육도(六度) 등의 법문이다. 시인이 말하는 보살님의 뜻과는 거리가 있다.

서 보살님을 운위하는 것을 보아도 시인은 불자의 마음으로 이 세계를 바라보고 있다.

> 물밑에 묶인 손발을 풀고
> 마당에 비끌어맨
> 言語를 풀고
> 풀밭을 天馬로 달려가면
> 하늘 계곡에
> 世尊이 세우신
> 八萬 개의 무지개
> 八萬 개의 골짜기에 들어가
> 각기 다른 새소리를 듣는다.
> 보아라
> 뱀만 지나가는 길을 찾아가다가
> 나무 찍어내는 산구비
> 산지기의 푸른 도낏날에
> 내 몸이 찍히고
> 찍힌 자국마다
> 그득 괴는
> 하늘 閃光
> 내 정신의 뿌리에
> 광맥이 빛난다.

-「욕망이 피는 아침」 부분

시인이 꿈꾸는 이상향을 만든 이가 바로 세준(부처)이다. 나는 혼란과 좌절의 나날을 보내는 시인인데 다행히도 부처가 있어 방황하는 영혼을 인도해준다. 내 정신의 뿌리에서 빛나는 광맥은 불교이다. 부처의 가르침이다. 이성선의 이런 시는 고도의 상징성을 지녀 난해하기 짝이 없는데, '부처'라는 잣대를 들어 재보면 그런대로 쉽게 이해할 수 있다. 시인에게 부처는 어두운 밤길을 인도해주는 불빛 같은 존재였던 듯하다.

이성선은 1976년 9월호 『현대문학』에 처음 발표를 시작한 이후 제목이 일련번호로 된 연작시 101편을 쓰고 이를 모아 시집 『하늘문을 두드리며』를 1977년에 간행한다. 이 시집은 우주를 주관하는 절대자인 '그분'에 대한 열렬한 찬가이다.

> (……) 그분이 밟고 오신 물소리가 밤하늘에 아름답게 피어납니다. 허공은 향기로 가득합니다. 갑자기 가지에 선율이 빛나고 밤의 살빛이 비늘을 번뜩이며 나를 감쌉니다. 알 수 없는 비밀이 내 몸에 스밉니다.
> 그분은 내리셨습니다. 형체도 없이 내리셨습니다. 무섭도록 헐벗은 나를 깨워주시고 비로소 이 영혼을 눈뜨게 하십니다.
>
> ―「1」 후반부

이 시를 통해서는 그분이 누구인지 알 수 없다. 자연신인 것도 같고 조물주인 것도 같다. 시인은 천사 강림의 분위기를 연출하는데, 확실한 것은 "무섭도록 헐벗은 나"를 깨우고, "비로소 이 영혼을 눈뜨게" 한 내 영혼의 인도자라는 것이다.

> 그분은 내리셨습니다. 육체의 지옥으로부터 나를 구원하시고 욕강과 굴욕, 슬픔과 허기짐에서 나를 눈뜨게 하셨습니다. 비천한 땅에서 나를 업고 영상(靈上)의 가지에 올라 선문답(禪問答)을 하십니다. 나와 그분 사이에 허공만 내려놓고 미소로 응답하게 하십니다. 그분 자취는 보이지 않아도 꽃피는 순간이나 별빛 하나로 점화미소(拈華微笑)를 보내시고 점화(點火)의 불꽃으로 내 영혼을 열어주십니다. 하늘로 사다리 놓아 올려 딛게 하십니다.
>
> ―「4」 전문

이 시에 이르면 그분은 다름 아닌 부처이다. "비천한 땅에서 나를 업고 영상(靈上)의 가지에 올라 선문답(禪問答)을" 하는 분을 부처 이외의 다른 사람, 예컨대 문수보살이나 지장보살, 보현보살 같은 보살 중의 한 사람으로 간주하기는 어렵다. 그분의 자취는 보이지 않지만 꽃피는 순간이나 별빛 하나로 점화미소16)를 보내시는 분이고, 점화의 불꽃으로 내 영혼을 열어주시는 분이라고 했다. 그분은 내게 절대적인 영향을 준 '절대자'이며, 우주만물을 창조한 '조물주'이며, 대자연에서 조화를 부리는 '조화옹'이다. 따라서 "육체의 지옥으로부터 나를 구원"하신 분을 부처 이외의 다른 사람으로 볼 수는 없다. 아래의 시구들도 그분이 부처임을 암시하고 있다.

그분의 지혜로운 생각이 이 몸에 가득 넘칠 때면 마음의 꽃무늬는 더욱 선명히 빛을 발하며 사색의 물살 위로 떠오릅니다.

-「6」부분

그분은 항시 하늘을 거닐고 계십니다. 그분이 하늘을 거니시다 빙그레 웃으시면 나도 지상에서 따라 웃습니다.

-「7」부분

---

16) 점화미소의 '拈'은 '집을 점'으로 새기며 본음은 념이다. 그래서 염화미소로 읽혀지기도 한다. 염화시중(拈華示衆), 이심전심, 교외별전과 같은 뜻이다. 이 말이 나온 고사는 아래와 같다. 어느 날 부처가 연꽃 한 송이를 들고 법좌에 올라가더니 제자들에게 미소를 띠고 휘휘 저어 보일 뿐 아무 말이 없었다. 제자들이 부처의 뜻을 몰라 어리둥절해 하고 있던 터에 카시아파(중국식으로 말하면 가섭)만이 홀로 부처의 미소에 미소로 답하였다. 부처는 미소로 답한 카시아파를 지목, "나는 正法眼藏과 涅槃妙心을 가졌다. 그것은 형상 없는 형상이요 미묘한 法門이어서 말이나 글에 의존할 수 없으니 경전을 떠나 따로 전할밖에 없다. 이제 이 비법을 가섭에서 전하노라."라고 하면서 수제자임을 천명하였다. 카시아파는 부처의 입적 이후 교단을 이끌면서 경전의 결집을 주도했다. -『大梵天王問佛決疑經』 拈花品 第二, 오경웅·조영록 역, 『禪의 향연(상)』, 동국대 역경원, 1980, 12쪽 참조.

> 그분이 깊은 사색에 잠기어 엄숙한 모습으로 하늘을 거니시는 밤, 나
> 는 그분 발아래 우러러 무릎 꿇고 합장합니다.
>
> —「30」 부분

이들 시에서 그분은 한없는 경배의 대상이다. 시인이 그분을 존경하는
것은 지혜가 넘쳐나는 분, 항시 하늘을 거닐고 계시는 분, 깊은 사색에 잠
기어 '엄숙한 모습'으로 하늘을 거니는 분이기 때문이다. 시인이 부처님을
숭앙하는 것은 충분히 이해할 수 있지만 이들 시에서 부처는 신 혹은 신적
인 존재일 뿐이다. 부처에 대한 시인의 무한한 존경심은 부처라는 존재를
시적으로 형상화하는 데 있어서 이처럼 계속 방해를 하고 있다. 좀 더 구
체적으로 부처를 한 사람의 성자로 그리거나 일화 중심으로 거룩한 이미
지를 조형했더라면 시인의 존경심에 동참할 수 있을 터인데, 무조건적으로
"그분 발아래 우러러 무릎 꿇고 합장"하고 있으니 공감하기가 쉽지 않다.
아래와 같은 시에서는 부처가 더욱더 관념적으로 그려져 있기에 많은 아
쉬움이 남는다.

> 나는 달려갑니다. 그분이 불타는 곳, 지상을 초월한 불의 집, 화염의
> 연꽃 바다로. 구름바다가 타오르고 거대한 하늘이 타오르고 용이 소리치
> 며 법열에 몸을 비틉니다. 불비늘이 허공에서 번뜩입니다. 거대한 그 입
> 에 지상의 온갖 허위와 허위의 얼굴이 찢기고 갑자기 소나기가 쏟아집니
> 다. 번개가 또 찢기어 젖은 벽에 흩어집니다. 홍수가 범람합니다.
>
> —「33」 부분

이 시를 통해 시인이 그린 그분은 자연현상에 외경심을 갖고서 자연을
신격화한, 일종의 자연신이다. 자연신은 엄청난 힘을 발휘하여 화산 폭
발·지진·홍수·해일·폭설 등 천재지변을 일으키기도 하고, 자연의 위

대함을 천명하기도 한다. 그분 앞에서 인간은 너무나 미약하다. 부처가 생시에 말한 자비심이나 측은지심, 혹은 공덕 쌓기 등을 예로 들어 설명을 했더라면 일반 독자들이 더욱 쉽게 부처의 정신을 이해할 수 있지 않았을까. 부처가 깨닫기까지의 과정이라든가 설법과 교화의 나날에 보여준 것들, 병고 끝에 열반에 들기까지의 과정 같은 것이 조금이나마 시로 형상화되었더라면 실감 나는 부처 이야기를 쓸 수 있었을 터인데, 『하늘문을 두드리며』 속의 부처는 하나같이 광휘에 휩싸인 거룩한 존재이다.

> 그분은 십이면 관음보살의 미소를, 그 옷깃의 달빛 묻은 물살을, 지구의 나체를, 수로부인의 허벅지를, 그 미소 깃든 하늘 골짜기 영원한 불씨를…… 오오, 죽은 자의 두개골 속에 숨쉬는 보석을, 지친 자의 발걸음을, 병든 자의 아픈 눈빛을 만지고 계십니다.

─「60」 후반부

이 시에서는 부처가 그나마 어느 정도 비유의 대상으로 다뤄짐으로써 다소나마 구체성을 획득한다. 그리고 "지친 자의 발걸음을, 병든 자의 아픈 눈빛을 만지고 계십니다" 같은 구체적인 묘사를 통해 부처의 실체에 다가가려는 몸짓을 보여주고 있다. 시인이 이런 구절을 좀 더 자주 보여주었더라면 주제를 더욱 확실히 부각시킬 수 있었을 것이다. 예로 든 시편을 제외한 나머지 시들에서 그분은 천지신명인 것도 같고 천지를 창조한 구약 창세기의 하느님 같기도 하다. 이성선이 부처의 형상화에 신경을 썼더라면 시집은 절대자에 대한 막연한 예찬이 아니라 우주를 관장하는 존재에 대한 위대한 '기탄잘리'가 될 수 있었을 것이다.

5) 박희진의 시에 나타난 부처

박희진은 1993년에 『연꽃 속의 부처님』이란 시집을 내는데, 거기에는 그때까지 시인이 쓴 불교에 관한 시 143편이 수록되어 있다. 이 시집에는 시인이 어떤 사찰에 갔다 온 후 그 사찰이 준 인상을 시로 쓴 것이 많다. 한편 1984년에 인도 여행을 두 차례 하면서 불교 유적지를 둘러보고 그곳이 준 인상을 갖고 쓴 것도 여러 편 된다. 입적한 고승이나 살아 있는 고명한 승려를 기린 시편도 있다. 이런 것은 인물시라고 할 수 있을 것이다. 부처를 등장시킨 시도 이 시집에는 10편 가까이 된다.

연꽃 속의 부처님
살 속의 핏속의 뼛속의 바람 속의
연꽃 속 이슬 속의 미소하는
부처님 내장 속을 흐르는 강물에
부침하는 중생의 발톱 속
무수한 티끌 속에
저마다 삼천대천세계가 들어 있다
연꽃이 피어 있다
또 그 무수한 연꽃 속 이슬 속엔
저마다 미소하는
부처님이 들어 있어
무량광명을 뿜고 있다

－「연꽃 속의 부처님」 전문

시인은 연꽃마다, 연꽃 속 이슬마다 "미소하는 부처님"이 들어 있다고 했다. 낱낱의 연꽃과 연꽃 속 이슬과 같은 존재와 대비되는 것은 "중생의 발톱 속 무수한 티끌"이다. 둘 다 극소의 세계인데 우리가 지향해야 될 세계는 두말할 것 없이 전자이다. 시의 마지막 4행에서 시인은 우리도 연꽃 속 이슬 속처럼 청정하고 청빈하게 살아가야 한다는 주제를 돌려서 말하고 있다. 시집에는 '부처님 오신 날에'가 제목이 되거나 부제로 삼은 시가

5편이나 나온다.

> 그 동안 네가 해온 일이 뭐냐 하면
> 글쎄, '말'에 미쳐왔다고 할까,
> 그것도 어두운 말에 말입니다.
> 참 시(詩)란 마침내 말 하나하나가
> 무량광명을 터뜨릴 만큼
> 대화엄경에 이르지 않고서는
> 한낱 잠꼬대요, 넋두리라는 것을
> 저는 까마득히 몰랐던 것입니다.
> 삼독(三毒)에 눈멀어 유황불 지글지글
> 끓는 피, 타는 살의 노예가 되어.

-「부처님께 드리는 글-부처님 오신 날에」 전문

이 작품에서 시인은 자신의 시론을 말하고 있다. 시를 통해 자신이 하는 말 한마디 한마디가 "무량광명을 터뜨릴 만큼 / 대화엄경에 이르지 않고서는 / 한낱 잠꼬대요, 넋두리"라는 것이다. 부처가 "모든 스승의 스승"이며 "궁극의 인간"이요 "광명의 사자"인 이유가 시에 나와 있다. "당신은 제 안에 / 역력히 살아서 말씀하심이여."라고 했으니 부처는 '말씀'으로 살아 있는 분이다. 화자는 지금 시를 쓰면서 삼독[17]에 눈멀어 유황불 지글지글 끓는 지옥에서 끓는 피와 타는 살의 노예가 되어 있는데 말이다. 부처는 진리와 지혜의 말씀을 전했기에 지금까지도 내 가슴에서 살아 있으니, 시를 쓰고 있는 박희진은 부끄럽기만 하다.

아아 눈부셔라,

---

17) 불가에서 말하는 삼독이란 사람의 착한 마음을 해치는 세 가지의 번뇌로 탐(貪, 욕심), 진(瞋, 성냄), 치(癡, 어리석음)이다.

도처에 빛이로세.
천상 천하에
보이는 것이라곤
부처님 몸뿐이니!

―「부처님 오신 날에」 부분

등꽃을 뿌립니다.
오동꽃을 뿌립니다.
하루 아침 깨어보니
어둠은 간데 없고 평화를 이룩해서
오대양 육대주가 손에 손을 잡게.
지구는 부처님 손바닥 위의
한 송이 연꽃 되게.

―「산화가(散花歌)―부처님 오신 날에」 부분

시인은 이처럼 최상의 언어로써 부처를 찬양한다. 이런 묘사를 보면 부처는 인격에 있어서나 행적에 있어서나 완전무결한 분이다. 한 점 티끌이 없는 전인이다. 성경을 보면 예수가 많은 기적을 행하기도 하지만 인간적인 면모를 간간이 보여준다. 시장에 가서는 마구 화를 내면서 물건을 뒤엎기도 하고, 라자로(죽은 라자로를 예수가 살려낸다)의 작은 누이동생 마리아가 값비싼 나아드의 향유로 발을 씻겨주는 것을 허용하기도 한다. 하느님께 "아버지, 아버지의 뜻에 어긋나는 일이 아니라면 이 잔을 저에게서 거두어 주십시오."라고 간청하기도 하고 십자가에 매달려서는 "나의 하느님, 나의 하느님, 어찌하여 나를 버리셨나이까?" 하면서 호소하기도 한다. 이런 성경 내용은 예수의 인간적인 면모를 보여주는 한편으로 사람들이 예수를 무척 매력적인 인물로 여기게끔 하는 역할을 한다. 하지만 시인이 보건대 부처는 완전무결한 전인이기에 부처의 흐트러진 모습을 박희진은 시의 어

디에서도 보여주지 않는다. 시인은 부처를 성인으로 우러러보며 공경하는
것인데, 이는 대다수 불교 신자들의 생각과 같은 것일 뿐, 시인 나름의 해
석이라고는 볼 수 없다. 한 가지 아쉬운 것은 대단한 존경심으로 부처를
그리는 바람에 부처가 중생에 대해 느낀 깊은 슬픔이라던가 부처가 깨달
음을 얻기까지의 고뇌라던가 하는 것을 그릴 겨를이 없었다는 점이다.

> 부처님은 말없이 연꽃을 들어 보이실 따름……
> 대중은 어안이 벙벙하여 말 못하고……
> 오직 마하가섭이 홀로 알아듣고
> 이것이 교외별전(教外別傳) 이심전심의 시초였느니.

-「영취산에서」 전문

　　부처의 전기에 나오는, '가섭의 이전전심' 내용 그대로이다. 이것은 불
교도가 아니라도 알고 있는 내용이고, 시 자체가 시인에 의해 형상화된 것
이 아니라 불교설화의 한 대목을 4행으로 줄여놓는 것일 뿐이라 시적 완
성도 면에서도 많이 처지는 작품이다. 부처에 대한 지나친 신격화는 부처
가 우리와 가깝게 있는 분이라는 생각을 지워버리게 한다. 박희진의 부처
관이 이 땅의 수많은 신도들의 마음을 대변해준 것이기는 하지만 부처에
얽힌 일화를 중심으로 좀 더 구체적으로 그리고, 부처를 실감나는 인물로
그렸더라면 보다 나은 작품을 쓸 수 있었을 것이다.

3. 마무리

　　우리나라는 불교의 역사가 유구하고 그 영향력 또한 대단하므로 부처를
시 속에 등장시킨 시가 있을 것이라는 기대 하에 이 글은 진행되었다. 이
땅의 시인들 가운데 부처를 자신의 작품 속에 등장시킨 시인들로 서정

주 · 김달진 · 김구용 · 이성선 · 박희진 외에 몇 사람 더 있을 수도 있겠지만 연구자의 조사 범주에 들어온 시인의 이상 다섯 명이었다.

서정주의 시에는 부처가 직접 등장하지 않는다. 하지만 시인은 사월초파일에 부처가 이 땅에 온 이유를 곰곰이 생각해본다. 중생이 고통과 번뇌에서 벗어나 해탈의 경지로 나아가게끔 하고자 부처는 살아생전에 설법을 했건만 부처님 오신 날의 행태는 지나친 세속화로 치달아 시인의 마음을 암담하게 한다. 시인은 중생들이 부처를 받들어 모시는 데 급급한 현실에 대해 개탄하면서 몇 편의 시를 썼다.

김달진은 부처의 일대기를 장시로 쓰는 의욕적인 작업을 하였다. 그의 시는 남방불교의 영향 하에 씌어진 전기를 참고하여 쓰는 과정에서 번안시라는 인상을 준다. 그래서 시인 스스로 독창적인 상상력을 발휘할 여지를 잃어버리고 말았다. 부처를 고뇌에 찬 한 명의 인간으로 보았든 불법을 설파한 성인으로 보았든 인물 형상화에 초점을 두었더라면 장시의 의미는 더욱 부각될 수 있었을 것이다.

김구용은 시집 『頌 百八』의 몇 편 시에서 부처의 권능과 생애, 정신을 담으려고 하였다. 또한 부처 한 사람의 깨달음이 전파됨으로 인해 수많은 사람이 번뇌에서 벗어나 해탈의 경지로 이를 수 있었던 것은 부처 덕분이라며 고마움을 표하기도 한다. 한 가지 아쉬운 점은 부처 고행 시기에 대한 묘사가 좀 더 박진감 있게 전개되었더라면 하는 것이다.

이성선은 첫 번째 시집에서는 부처를 자신의 방황하는 영혼을 인도해주는 구원자로 설정, 어느 정도 인물 형상화를 시도하였다. 하지만 두 번째 시집에서는 엄청난 힘을 발휘하는 자연신으로 그리면서 무조건적으로 존경해 마지않음으로써 시적 형상화에는 실패하고 말았다. 절대자나 조물주로 부처를 생각함으로써 인간적인 면모를 살펴보고자 하는 노력을 하지 않은 것은 이성선이 쓴 부처 등장 시의 문제점이다.

박희진은 시에다 부처를 가장 많이 등장시킨 시인이다. 그런데 그의 시에서도 부처가 지나칠 정도로 숭배의 대상이 된다. 부처의 행적이나 깨달음의 내용 같은 것보다는 한 명 신앙인의 입장에서 우러러볼 뿐이다. 중생 구제를 위해 고민을 많이 한 한 명의 인간이라기보다는 부처의 신성화에 주력, 작품들이 설득력이 떨어지게 된 것은 안타까운 일이다.

이상 다섯 시인의 시 가운데 부처를 다룬 시를 골라서 살펴본 결과, 부처가 도를 통하여 인류의 구원자로 나서기까지의 과정은 모든 시인의 시에서 소홀히 취급되고 있음을 알 수 있었다. 무소불위의 능력을 지닌 자, 전지전능한 신적인 존재는 사실상 부처의 이미지라고 보기 어렵다. 시인들이 부처의 깊은 고뇌에 동참하려는 마음으로 시를 썼더라면 보다 좋은 작품을 남길 수 있었을 것이다. 우리나라의 대표적인 종교인 불교를 창시한 부처가 한없는 숭배의 대상이 되었기에 부처에게 다가가려는 노력은 상대적으로 소홀하였다. 이런 점, 무척 아쉽게 생각하는 바이다.

한국 현대시에 나타난 '예수'

1. 예수는 어떤 인물인가

예수 그리스도는 60억 세계 인구 중 약 20억이 믿고 있는 종교인 기독교의 창시자다. 예수의 행적과 그가 남긴 메시지들은 『신약성서』를 구성하는 27권의 책에 나와 있다. 하지만 예수 자신은 단 한 줄의 글도 직접 써 남긴 바가 없으며, 예수 생존시의 기록도 전무하다. 예수에 대한 기록 중 가장 빠른 것이 50~63년에 쓰인 사도 바울의 편지들이니 사후 20년이 지나서 첫 기록이 나온 셈이다. 이후 기원 70년경에 마가복음이, 85년경에 마태복음과 누가복음이, 95년경에 요한복음이 나온다. 성경 밖의 기록은 95년경에 나온 플라비우스 요세푸스의 『유대 고대사』, 112년경에 나온 플리니우스의 『서한집』, 116년경에 나온 안티오키아 이냐시오의 편지와 타키투스의 『연대기』, 120년경에 나온 수에토니우스의 『열두 황제들의 생애』, 130년경에 나온 베드로의 외경복음서, 토마의 외경복음서 등이다.[1] 하지만 이들 문헌은 예수에 대한 정확한 전기적 사실들을 전해주지 않고 있다.

바울의 편지는 예수의 생애에 대해서는 어떤 정보도 포함하고 있지 않다고 한다.2) 사도 바울은 예수를 개인적으로 알지 못했고(Ⅱ 고린도 5 : 16), 예수의 전기에 대해서는 별 관심을 보이지 않았다. 바울의 사상과 말씀 선포의 중심에는 예수 그리스도의 죽음·부활·승천·재림에 대한 중요한 신학적 의미만 있다고 한다. 토마의 외경복음서도 예수의 행적을 알기 위한 자료로서는 쓸모가 없다.3)

게다가 서른 살 이전까지의 예수에 대해서는 그의 인간적인 면모라든가 성장 과정의 모습으로 전해지는 거의 것이 없다. '거의'라고 한 것은 그가 열두 살 때 예루살렘 성전에서 율법교사들 틈에 끼어 교리를 논했다는 유명한 일화(누가복음 2 : 41~52)가 전해지기 때문이다. 아무튼 남아 있는 것이라고는 그가 죽기 전 2년 남짓한 기간에 대한 이야기들뿐이며, 그나마 그 이야기들도 서로 일치하지 않는다.4) 예수에 대한 가장 신빙성 있는 자료인 네 복음서는 많은 점에서 서로 일치하지 않으며, 몇몇 중요한 대목에서는 교계 바깥의 희귀한 자료들과 상충된다. 즉 예수는 어느 해에 어디서 무엇을 했는지 정확한 자료를 남기지 않은 인물이다. 사후 수십 년이 지난 후 여러 사람이 희미한 기억을 더듬어 기록하기도 했고 풍문으로 알고 있는 불확실한 일화를 중심으로 기록한 것들이기에 그의 전기적 사실들이 서로 일치하지 않는 것은 당연한 일이라 하겠다. 하지만 분명한 것은 이들 문헌이 하나같이 예수가 신화상의 인물, 혹은 가공의 인물이 아니라 실재했던 인물임을 증거하고 있다는 것이다. 일치하지 않는 자료들을 일치시키려는 노력은 성서해석학(Herméneutique)이란 학문을 이루었다. 프랑스의 역사학자 르낭(Ernest Renan, 1823~1892)의 『예수의 생애 Vie de Jésus』는 예수

---

1) 미셸 케넬, 『예수 그리스도』, 김주경 역, (주)영림카디널, 1998, 14~15쪽.
2) 『브리태니커 세계 대백과사전』 16, 한국브리태니커회사, 1996(6쇄), 48쪽.
3) 위의 책, 같은 쪽.
4) 에밀 루드비히, 『예수의 전기』, 김문호 역, 지호, 1998, 7쪽.

전기의 시금석이 되었고, 그 책 이후 미셸 케넬·에밀 루드비히·W. 바클레이 등이 예수의 생애를 전기 형식으로, 찰즈 디킨스·프랑소와 모리악·니코스 카잔차키스·엔도 슈사쿠가 예수의 생애를 소설 형식으로 썼다. 해박한 신학적 지식과 역사의식, 그리고 주도면밀한 현장 분석의 시각으로 예수 최후의 이틀을 장편소설식으로 재구성한 짐 비숍의『예수 최후의 날 The Day Christ Died』같은 책도 있고, 예수가 살았던 시대를 연구한『AD 33』과 같은 문화사 속 예수의 위치를 연구한『예수의 역사 2000년』도 번역되어 있다. 예수가 행적을 남긴 유적지를 찾아다니며 예수의 생애를 사실적으로 복원한 마크 털리와 톰 라이트의 책도 2권 나와 있다.5) 예수 연구서까지 합치면 20세기 100년 동안 나온 저작만도 어마어마한 수에 이른다.

 '파란만장하다'고 표현하기에는 그의 생애도, 출가 이후의 복음 전파 기간도 너무나 짧다.6) 하지만 그는 메시아, 다윗의 자손, 사람의 아들[人子],

---

5) 앞의 각주에서 제시한 미셸 커넬과 에밀 루드비히의 책을 제외한 이들 책의 번역본은 다음과 같다.
　에르네스뜨 르낭,『예수의 생애』, 최명관 역, 훈복문화사, 2003.
　W. 바클레이,『나사렛 예수의 생애』, 이상길 역, 지성문화사, 2004.
　찰즈 디킨스,『주 예수의 생애』, 조신권 역, 시사영어사, 2001.
　프랑소와 모리악,『예수의 생애』, 김신순 역, 종로서적, 1983.
　니코스 카잔차키스,『그리스도 최후의 유혹』, 안정효 역, 1993.
　엔도 슈사쿠,『예수의 생애』, 김광림 역, 홍익사, 1996.
　짐 비숍,『예수 최후의 날』, 박근용 역, 열화당, 1978.
　콜린 듀리에즈,『AD 33』, 김소정 역, 이른아침, 2003.
　야로슬라프 펠리칸,『예수의 역사 2000년』, 김승철 역, 도서출판 동연, 1999.
　마크 털리,『예수의 생애』, 윤희기 역, 문학동네, 2004.
　톰 라이트,『예수』, 이혜진 역, (주)살림출판사, 2007.
6)『신약성서』와 여타 문헌을 종합하여 예수의 생애를 정리하면 다음과 같다.
　예수는 로마제국이 이스라엘 땅을 식민지로 통치하던 시절, 이스라엘 총독 헤로데 치하의 유다 땅 베들레헴에서 목수 요셉의 아들로 태어났다. 형제 4명과 몇 명의 누이와 함께 갈릴래아 호숫가 마을에서 어머니를 모시고 살던(마가복음 6장에 언급) 예수는 나이 서른이 되자 전도 여행에 나서 많은 제자를 두었고, 설교자로서 많은 이들을 감복시켰다. 예수의 복음 전도는 주로 갈릴리 지방에서 이루어졌다. 예수는 구원에 이르는 하느님의 '말씀'을 쉬운 비유를 들면서 설명하였고, 백성들에게 하느님 나라에 상하느님의 아들[聖子], 주님 등으로 일컬어지며 2000년을 기독교인들의 마음속에서 살아 숨쉬고 있다. 인류의 1/3이 기독교를 믿고 있다는 것은 달리 말하면 그 많은 숫자가 예수의 실존과 행적, 부활과 약속 등을 믿고 있다는 것이다. 이슬람교에서는 예수라는 존재를 부정하는가? 그렇지 않다. 『코란』에서 예수는 마호메트 이전에 있었던 선지자들 중 가장 위대한 마지막 선지자다. 『코란』에서는 예수의 잉태와 탄생, 죽음 등에 대해 『신약성서』 속의 내용과 거의 흡사하게 말하고 있어 예수를 실존인물로 간주함을 알 수 있다. 복음서들과 마찬가지로 『코란』에서도 마리아는 인간 남자의 개입 없이 예수를 잉태한 것으로 되어 있다.7)

서구 문화의 2대 원류는 헬레니즘과 헤브라이즘이다. 그리스와 오리엔트가 서로 영향을 주고받음으로써 생긴 역사적 현상인 헬레니즘은, 유대교와 크리스트교의 전통을 총괄한 헤브라이즘의 상대적인 의미로 서구인의 의식세계에 존재해온 것이다. 헤브라이즘을 좁게 보면 고대 히브리인의 사상과 문화 및 그 전통이지만 넓게 보면 기독교 문화이다. 그래서 서구의 역사와 문화와 전통은 기독교를 배제하고 논할 수 없다. 그 역사와 문화와 전통의 중심에 예수가 있다. 33년 정도밖에 되지 않는 생을 살다 간 예수는 성화나 찬송가 속에서만 나타나는 인물이 아니다. 서구 문학의 대표적인 작품 속에서도 그는 신의 아들 혹은 사람의 아들로, 실체 혹은 정신으

응하는 삶을 살 것을 요청하였다. 빌라도가 유대 땅에서 총독을 지내던 시기에 예수는 예루살렘으로 가서 이스라엘 백성들에게 복음을 전하고자 하였다. 예루살렘은 사람도 많이 살고 문화와 종교의 중심지였으므로 시골 출신 예수로서는 큰 모험을 감행한 것이었다. 그러나 그의 설교는 그를 정치적 반란자로 몰아 예수는 유대 최고 법정에서 사형선고를 받았다. 당시 빌라도는 예수의 무죄를 확신했고 그를 석방하려는 노력도 했지만 유대인들의 압력에 굴복(이 부분에 대한 역사적인 해석은 의견이 분분함), 사형선고에 동의하였다. 십자가 처형 사흘째의 부활은 역사적 탐구의 한계를 넘어서는 신앙의 문제이다.
7) 미셸 케넬, 앞의 책, 25쪽.

로 등장하고 있다.8)

그렇다면 기독교 전래 이후 예수는 한국 시인들의 시에서 어떤 방식으로 형상화되었던 것일까? 우리 시사에서 기독교 시인을 꼽자면 윤동주를 비롯하여 박두진·김현승·구상·김남조 등이 있다. 말년의 박목월도『크고 부드러운 손』이라는 신앙시집을 냈다. 한편 김춘수는 스스로 교인임을 인정한 적이 한 번도 없었지만 시에서는 예수를 누구보다 많이 등장시킨 시인이다. 비기독교인이 예수를 어떻게 형상화했는지는 김춘수의 시를 보면 알 수 있다. 이 가운데 논의의 대상으로 삼고자 하는 시인은 예수를 여러 편에 걸쳐 형상화한 윤동주·박두진·김현승·구상·김춘수·김남조다.

80년대에 들어서서 많은 시인이 예수를 형상화한 것은 주목을 요하는 일이다. 고정희의『실락원 기행』(1981)과 정호승의『서울의 예수』(1982), 김정환의『황색예수전』(1983) 등이 그것이며, 김진경의『우리 시대의 예수』(1987)에서는 예수가 한 번 등장한다. 나는 '1980년대'란 한 특정한 시기에 예수를 등장시킨 시가 한꺼번에 쏟아져 나온 것에 주목하였다. 왜 80년대 시인 중 많은 이가 예수라는 인물을 등장시켜 시를 썼던 것일까?

2. 80년대 이전 시인들은 예수를 어떻게 형상화했는가

1) 기독교 한국 전래의 약사

천주교가 이 땅에 들어온 것은 정조 때로 봐야 할 것이다. 정조 8년 (1784) 이승훈이 북경에서 영세를 받고 돌아와 이벽·정약전 등과 함께 신

---

8) 예컨대 단테의『신곡』, 번연의『천로역정』, 파스칼의『팡세』, 괴테의『파우스트』, 호돈의『주홍글씨』, 톨스토이의『부활』, 도스토예프스키의『카라마조프가의 형제들』, 헤세의『나르치스와 골트문트』, 그레엄 그린의『권력과 영광』, 베르나노스의『기쁨』, 모리악의『테레즈 데케이루』, 니코스 카잔차키스의『그리스도 최후의 유혹』, 콜린 맥컬로우의『메시아 놀이』등을 들 수 있다.

앙공동체를 구성함으로써 교회가 창설되었기 때문이다. 따라서 천주교 전래의 역사는 220년이 된다. 우리나라 초기 천주교회는 계속해서 박해를 받았다. 근 1백 년 동안 10여 회 행해진 박해 가운데 을묘박해(1795), 신유박해(1801), 을해박해(1815), 정해박해(1827), 병오박해(1846), 병인박해(1866)가 특히 심했다. 1984년 5월 초, 한국천주교 200주년을 기념하기 위해 교황 요한 바오로 2세가 내한하여 순교자 103위에 대한 시성식을 집전, 그들을 모두 성인품에 오르게 하였다. 6·25 때 북한에서의 순교자까지 합치면 우리나라 천주교 순교자는 상당수에 이를 것이다.

19세기 말에서 20세기 초까지 크게 유행한 창가 중 천주가사는 천주교 교리와 신앙의 교훈을 전달하여 교리의 토착화에 지대한 영향을 끼쳤다. 천주가사는 근대문학 형성기에 4·4조의 운문으로 널리 불려져 창가의 유행에 일익을 담당하였다. 애당초 서학이라는 학문으로 수용된 천주교는 인간의 평등과 존엄의 사상을 전파해 왕정 체제를 민주 체제로 바꾸는 데 큰 공헌을 하였다. 그러나 오늘날 14개 교구에 200만 신도를 갖기까지는 일제하의 친일 행각, 6·25 때 북한 교세의 절멸, 이승만 정권하의 순응적인 태도 등 많은 굴곡을 거쳐야만 했다. 종교적 명상을 시화한 시인 중 문학사에 남을 작품을 다수 쓴 이로는 정지용을 비롯하여 구상·김남조·김형영·조창환 등이 있다.

신교인 기독교가 들어온 것은 한참 뒤이다. 만주 통화현에 진출해 있던 스코틀랜드 목사들이 의주 출신 이응찬·이성하·김진기·서상륜 등을 기독교에 입교시킨 1876년을 기점으로 삼을 수 있을 것이다.9) 서상륜은 1884년 고향 황해도 장연과 송천에 전도하여 교회당을 세웠고, 1887년 서울에 최초의 교회인 새문안교회가 세워졌다. 이것을 보면 기독교 전래의

---

9) 한국정신문화연구원, 『한국민족문화대백과사전』 4, 웅진출판주식회사, 1991, 419~420쪽.

역사는 130년이다. 기독교는 구한말의 개화운동과 일제하의 민족운동을 주도하였다. 각종 사회사업을 발판으로 발전해온 기독교는 국민의 실생활에 밀착되고자 노력하였고, 오늘날 한국 기독교의 교세는 가히 세계적이라 할 만하다.

2) 윤동주의 경우 – 수난자인 동시에 구세주인 예수

윤동주는 1941년 5월 31일에 「十字架」란 시를 탈고한다. 그 시점은 윤동주가 연희전문학교 4학년을 다니던 해의 늦은 봄으로, 당시 일본의 수탈정책이 극에 달해 식민지의 대학생으로서 정신적으로 큰 압박감을 느끼고 있을 때였다. 그 전 해 2월에 창씨개명이 실시되었고 8월에 <동아일보>와 <조선일보>가 강제 폐간되었다. 1941년 3월에는 조선총독부에 의해 조선어 교육 전면 금지 조치가 행해졌고, 4월에 대표적 문예지 『문장』과 『인문평론』이 강제 폐간되었다. 그 직후에 쓴 작품이므로 윤동주는 참담한 심정으로 썼을 것이다. 대학 졸업반(당시는 전문학교가 4년제였다)이던 윤동주로서는 졸업 이후 진로도 불확실한 시점에서 이 시를 썼다.

> 쫓아오던 햇빛인데
> 지금 교회당 꼭대기
> 十字架에 걸리었습니다.
>
> 尖塔이 저렇게도 높은데
> 어떻게 올라갈 수 있을까요.
>
> 종소리도 들려오지 않는데
> 휘파람이나 불며 서성거리다가,
> 괴로웠던 사나이,
> 행복한 예수 그리스도에게

처럼
十字架가 허락된다면

모가지를 드리우고
꽃처럼 피어나는 피를
어두워가는 하늘 밑에
조용히 흘리겠습니다.

-「十字架」 전문

윤동주는 제4연에 이르러 예수를 "괴로웠던 사나이, / 행복한 예수 그리스도"라고 표현하였다. "괴로웠던"과 "행복한"은 전혀 어울리지 않지만 예수의 생애를 생각해보면 상치된다고 할 수 없다. 예수는 십자가형을 받고 죽었다. 총독 관저로부터 골고다 언덕까지는 700m밖에 안 되는 거리지만 세로 열 자, 가로 일곱 자에 무게가 70kg이나 나가는 십자가를 지고 가야만 했다.[10] 예수는 철야 심문과 혹독한 태형으로 초주검된 상태에서 그 무거운 십자가를 지고 굽은 길과 언덕을 올라가야만 했다. 누가복음에 잘 묘사되어 있는 대로 십자가에 매달려 서서히 죽어가는 동안 목마름의 고통은 어떠했을 것이며, 손과 발에 박힌 못이 준 고통은 어떠했을 것인가. 육신의 고통은 예수로 하여금 "엘리, 엘리, 레마 사박다니?"[11] 하고 외치게 했다. 예수는 자신의 운명에 대해 절망했던 것이며, 그런 심신의 절망감 속에서 죽었다. 그러나 그 죽음은 영광의 길로 이어진다. 부활과 발현, 하늘에 오름도 종교적 의미에서 중요한 것이지만 예수는 죽음으로써 비로소 구세주가 된다. 십자가에 못 박힌 예수의 죽음에 따른 구원 사상은 기독교의 중심 내용이다. 수많은 후세인을 구원의 길로 이끌 수 있었던 것은 예

---

10) 연구자들의 보고에 의하면 그런 길이에 그런 무게로 된 십자가라고 한다. 구상 묵상집 『나자렛 예수』, 성바오로출판사, 1979, 111~112쪽.
11) "나의 하느님, 나의 하느님, 어찌하여 나를 버리셨나이까?"라는 뜻.

수가 "괴로웠던 사나이"였기 때문이다. 괴로웠던 사나이였기 때문에 "행복한 예수 그리스도"가 될 수 있었다. 기독교인 윤동주는 이 역설이 성립할 수 있음을 알았기에 그렇게 썼던 것이다. 이 시에 대해서는 김주연과 이숭원의 상세한 해설이 있다. 김주연은 이 시를 "고통받는 인간 자신을 통해 신이 임재하고 있음을 시인이 보여준"[12] 것으로 이해하였고, 이숭원은 "당시의 민족 현실과 관련된 자아의 고뇌를 보여주면서 시적으로도 성공한 작품"[13]으로 평가하였다.

예수는 십자가형이라는 끔찍한 고통을 겪었기에 인류의 구원자로 나설 수 있었다. 윤동주에게 있어서 예수는 수난자인 동시에 구세주였다. 사람의 아들(괴로웠던 사나이)이면서 신의 아들(행복한 예수 그리스도)이었다. 식민지 시대의 지식인으로 괴로운 나날을 살아가고 있었을 윤동주에게 예수의 수난은 무척 실감 있게 느껴졌을 것이다. 윤동주는 식민지 현실의 고통에 짓눌려 자포자기하는 대신 예수의 수난과 영광을 시화하는 작업을 하면서 용기를 얻었을 것이다. 마지막 연에는 예수의 수난에 동참하겠다는 정도가 아니라 예수와 똑같은 수난이 내게 닥치면 그분처럼 생을 마치겠다는 각오가 피력되어 있다.

윤동주가 창세기에서 모티브를 가져와 쓴 시로는 「太初의 아침」과 「또 太初의 아침」이 있다. 요한계시록의 '부활의 아침'을 갖고 쓴 시가 「새벽이 올 때까지」이며, 마태복음 제13장 '씨 뿌리는 비유'를 갖고 쓴 시는 「눈감고 간다」이다. 기독교 모티브의 시 가운데 「八福」도 있다. 마태복음 제5장에는 "심령이 가난한 자는 복이 있나니 천국이 저희 것임이요"에서 시작하여 "의를 위하여 핍박을 받은 자는 복이 있나니 천국이 저희 것임이라"

---

12) 김주연, 「한국 현대시와 기독교」, 김주연 편, 『현대 문학과 기독교』, 문학과지성사, 1984, 115쪽.
13) 이숭원, 「윤동주 시와 순결한 영혼의 불꽃」, 『한국 현대시 감상론』, 집문당, 1996, 198쪽.

로 끝나는 유명한 '팔복'에 대한 설명이 나온다. 윤동주는 이 대목을 패러 디했는데, "슬퍼하는 자는 복이 있나니"를 여덟 번 되풀이하는 것을 제1연 8행으로 삼았고, 제2연을 "저희가 永遠히 슬플 것이오."로 함으로써 시를 마무리했다. 1940년 12월에 쓴 시로 추정되는 이 작품을 보면 윤동주가 식민지의 질곡으로 말미암아 깊은 절망감에 사로잡혀 있었음을 알 수 있 다. 예수의 가르침마저 부정하고 싶은 절망감에서 헤어나고자 쓴 시가 바 로 「十字架」였다.

3) 박두진의 경우 ― 사람의 아들에서 신의 아들로

박두진은 『청록집』의 세계를 벗어난 이후에 낸 시집 『午禱』(1954)에서는 예수에 대한 형상화를 거의 시도하지 않지만 『거미와 星座』(1962)에 이르 러서는 예수의 고난에 대해 생각해보는 시간을 갖는다.

> 해도 차마 밝은 채론 비칠 수가 없어
> 낮을 가려 밤처럼 캄캄했을 뿐.
>
> 방울방울 가슴의
> 하늘에서 내려 맺는 푸른 피를 떨구며,
>
> 아으, 엘리 엘리 라마 사박다늬……
> 엘리 엘리 라마 사박다늬……
>
> 그 사랑일레 자지러져 죽어간 이의
> 바람 자듯 잦아드는 숨결소리뿐.
>
> (……)
> 언덕이여. 죽음이여. 언덕이여. 고요여.

아무 일도 네겐 다시 없었더니라.

–「갈보리의 노래 1」 부분

예수가 임종 직전에 한 말을 "엘리 엘리 라마 사박다니"로 인용한 시인은 예수의 신성에 대해서는 일체 고찰하지 않는다. "푸른 피를 떨구며", "바람 자듯 잦아드는 숨결소리"도 그러하지만 제5연과 마지막 제8연에 나오는 "아무 일도 네겐 다시 없었더니라."에는 사람의 아들인 예수의 죽음을 애통해하는 시인의 마음이 담겨 있을 뿐, 사흘 뒤의 부활과 승천, 그리고 죽음으로 말미암은 구원 같은 것은 드러나 있지 않다. "마리아와 살로메와 야고보와 마리아와 / 멀리서 여인들이 흐느껴 울 뿐"이란 표현도 한 인간이 최후의 순간을 맞이했으며, 그것도 십자가형이라는 극한의 고통 속에서 맞이했기에 구사될 수 있었던 것이다.

마지막 내려 덮는 바위 같은 어둠을 어떻게 당신은 버틸 수가 있었는가? 뜨물 같은 치욕을. 불붙는 분노를, 에어내는 비애를, 물새 같은 고독을, 어떻게 당신은 견딜 수가 있었는가? (……) 엘리……엘리……엘리……엘리……스스로의 목숨을 스스로가 매어달아, 어떻게 당신은 죽을 수가 있었는가? 인간이여! 어떻게 당신은 神일 수가 있었는가? 아!…… 방울방울 떨구어지는 핏방울은 잦는데, 바람도 죽고 없고 마리아는 우는데, 마리아는 우는데, 人子여! 人子여! 마즈막 쏟아지는 폭포 같은 빛줄기를 어떻게 당신은 주체할 수 있었는가?

–「갈보리의 노래 2」 부분

시인이 생각하건대 예수는 분명히 사람의 아들, 즉 인자였다. 그런데 어떻게 인간이면서 그 엄청난 치욕과 분노와 비애와 고독을 견딜 수가 있었는가, 궁금해서 견딜 수가 없다. 그런데 인간인 예수 당신이 어떻게 또한 신일 수가 있는지, 이것은 더욱 궁금한 것이다. 또 한 가지 궁금한 것은

'어떻게 스스로가 神인 줄을 믿었는가?' 하는 것이다. 이처럼 박두진에게 있어서 예수는 불가사의한 존재였지만 한 가지 분명한 것은 '인자'였다는 점이다. 인간이면서 초인이었고, 초인 정도가 아니라 신이 될 수 있었다는 점이 믿어지지 않아 이 한 편의 시를 썼다고 본다.

복음서에 의하면 예수가 좋아한 자신의 호칭은 '인자(the Son of Man)'였다고 한다. '인자'라는 말이 공관복음서에서는 약 70회, 요한복음에서는 11 내지 12회 사용되었다.14) 히브리어 성서에서 이 말은 때때로 '죽을 수 밖에 없는 인간'이라는 의미를 가지는, 인간성을 가리키는 말이었다고 한다. 신은 영생하지만 인간은 유한하다. 따라서 처형당한 예수는 인자인 반면 사흘 후에 부활하는 예수는 신이다. "마즈막 쏟아지는 폭포 같은 빛줄기"는 영생과 구원으로 가는 길을 비추는 신성의 빛일 것이다. 그 빛을 감당함으로써 예수는 신이 되어 하늘나라로 간다. 하지만 시인에게 예수가 위대한 존재로 다가온 것은 사람의 아들이었기 때문이지 신의 아들이었기 때문이 아니다. 예수는 네 군데 못자국을 남기고 죽어갔지만 "죽음을, 원수를, 어둠을, 밤을" 껴안았다. 그 죽음을 통해 사랑의 뜻을 전한 인자 예수를 믿고 따르겠다는 시인의 각오가 피력되어 있는 시가 세 번째 연작시이다.

한낮의 갈보리는 캄캄해져 오는데, 땅들은 갈라지고 무덤들은 트는데, 엘리…… 엘리……엘리……엘리…. 아으, 사랑하게 하라. 사랑하게 하라. 이제야 다시 한번 사랑하게 하라. 진달래꽃 짓이기듯 이겨진 가슴 피와 살로 저희들을 싸안게 하라. 죽음을, 원수를, 어둠을, 밤을, 이제야 다시 한번 껴안게 하라. 쏟아지는 먹비 대신 찬란한 빛발, 하늘 함빡 빛발들이 쏟아져 오면, 가슴마다 새로 發해 빛이 솟으면, 사랑이여! 꽃 빛발 꽃 빛발에 쓰러지게 하라. 파다아하게 서로 안고 쓰러지게 하라. 파다아하게

---

14) 야로슬라프 펠리칸, 앞의 책, 130쪽.

　　　서로 안고 일어나게 하라.

-「갈보리의 노래 3」 부분

　　연작시의 첫 번째 시에서 예수는 죽음으로써 모든 것이 종결된 존재였다. 십자가에 매달려 죽었을 뿐 아무 일도 다시 일어나지 않았지만 두 번째 시에 가서는 사람의 아들로서 신이 되었다. 세 번째 시에 가서는 예수 죽음의 의미를 '사랑의 실천'이라는 복음으로 이해한다. 빛줄기나 빛발이 신의 영광을 상징하는 것이기는 하지만 박두진에게는 예수의 신성보다는 인간적인 면모가 더욱 중요하게 여겨졌고, 그것을 나타내는 것이 매편의 시에 나오는 예수의 마지막 부르짖음이다. 1973년에 낸 시집 『高山植物』을 보아도 시인의 예수관은 크게 바뀌지 않는다. 예수의 예루살렘 입성을 묘사한 「예루살렘의 나귀」를 보면 예수는 "가난한 사람들의 임금님"이고 "사랑의 임금님"이다. 다른 신을 믿는 자들을 벌하고 믿음이 없는 자를 문책하는 엄한 신이 아니다. 전지전능하거나 무불통지한 신이 아니다. 지극히 인간적인 예수, 아니, 사람의 아들이다.

　　하지만 시인은 말년에 가서 이러한 예수관으로부터 상당히 멀어진다. 『신약성서』 속에서 만나게 되는 예수보다는 교리가 가르치는 대로의 예수상을 자주 그려내고 있다. 시인은 1998년에 타계했는데, 90년대에 들어서서 쓰는 시에서는 인간 예수가 아니라 신 예수가 자주 나타나고 있다.

　　　나를 위해 아기 예수 유대땅에 오셨네.
　　　나를 위해 그때 거기 십자가에 달리셨네.
　　　나를 위해 그때 거기에서 부활 승천하셨네.

-「오늘 이 땅에 아기 오심」(1991. 12) 부분

　　　겟세마네 십자 형틀

대신 지신
주님 예수,

엘리… 엘리… 피와 땀으로
만민의 속죄를
대신하신,

할렐루야, 부활 승천
새 하늘 새 땅을
이루셨네.

—「하늘 높고, 바람 맑고」(1993. 5. 29) 부분

죽음과 그 부활 승천, 당신만의 승리,
넋의 전부, 혼의 전부, 영원하신 사랑,
인류 우리 죄의 죽음, 영원히 살리셨네

—「십자가 그 부활 승천」(1994. 1) 부분

이 시편 외에도 박두진의 90년대 시에는 예수가 여러 차례 등장하지만 그 모습은 크게 다르지 않다. 대개 "부활 승천"하신 거룩한 분으로 묘사되어 있다. 시인의 예수관이 바뀐 것은 그럴 수도 있지만, 예수의 인간적인 면을 그릴 때는 그렇게 실감나게 묘사하던 시인이 예수의 신성에 초점을 맞춰 그리면서 시적 완성도가 현저히 떨어진다. 상기의 3편 시를 비롯한 대다수의 시는 찬송가를 약간 바꿔놓은 듯한 인상밖에 주지 않는다. "할렐루야 주님 예수 영원하신 사랑 / 사랑으로 우주 만물 / 있게 하신 주여."(「우리들의 마음을」), "아기 예수 머리 위엔 / 눈이 부신 원광 / 말씀이신 하늘의 뜻 / 거룩하심을."(「아기 예수, 말구유」) 등 운율 자체가 음악성을 띠고 있는 것들도 있다. 이처럼 찬송가와 다를 바 없는 시에서 시인은 예수를 찬양하고 있을 뿐, 예수의 고통과 고뇌는 전혀 실감나게 묘사하지 못하고 만다.

시인이 예수를 사람의 아들로 상정하여 형상화했을 때는 당연히 피와 땀과 눈물을 흘릴 줄 알았지만 신의 아들로 상정하여 형상화했을 때는 만인의 찬미와 경배를 받고 있을 뿐이다. 예수가 우러름의 대상이 될 때, 시인이 만난 예수는 오히려 광휘가 거둬짐을 역설적으로 보여준 예가 박두진의 후기 시편일 것이다.

> 어디든지 언제든지 나와 동행하시는
> 빛이요 길이요 승리이신 예수,
> 믿음으로 소망으로 사랑으로 뜨겁게
> 온 세계 땅끝으로 찬양 전파 멎지 않으리.
>
> —「할렐루야, 땅끝까지」(1990. 4) 끝 연

이런 시에서 만나게 되는 예수는 우리의 뇌리에 관념화된 예수이다. "빛이요 길이요 승리이신 예수"가 어떤 예수인지, 그 실체는 모호하다. 성경 속의 예수라기보다는 지극히 세속화된 예수이다. 다시 말해 예수의 본질과는 상당히 거리가 있는 예수상을 말년의 박두진은 그린 것이다.

4) 김현승의 경우 — 경배와 찬양의 대상인 예수

김현승은 목사의 아들로 태어나 목사인 아들을 두었다. 유서 깊은 미션 스쿨인 평양 숭실전문학교를 다녔고, 그 후신인 숭실대학교에 재직하다가 채플시간의 기도 중에 쓰러져 영면하기까지 그의 생애는 기독교인으로 일관된 것이었다. 그래서인지 그는 기도조의 시를 많이 썼다. 신앙 회의기의 시집 『견고한 고독』과 『절대 고독』이 있기는 했지만 반종교인으로 나서거나 배교를 한 적은 없었다.

내 마음은 마른 나뭇가지
주여,
나의 머리 위으로 산까마귀 울음을 호올로
날려주소서.

-「내 마음은 마른 나뭇가지」 제1연

가을에는
기도하게 하소서……
낙엽들이 지는 때를 기다려 내게 주신
겸허한 母國語로 나를 채우소서.

-「가을의 기도」 제1연

김현승의 시에 '주'와 '신'은 간간이 보이지만 '예수'는 찾아보기 어렵다. 시인에게 33년의 생을 살다 십자가형의 고통 속에 숨을 거둔, 사람의 아들 예수는 별다른 의미를 지니지 않았던 것으로 보인다.

샤론의 들꽃 짙은
가나안을 향하여
이스라엘 사람들을 바로의 강팍한 손아귀에서 건져내신,
불란서 자유민의 외침을 불꽃 가운데 벨단의 성벽에서 들으신,
오만한 砲口와 침략의 궁전을 무찔러
물밀듯 東京으로 가는 길 위에 철갑의 수레바퀴를 올려놓으신
창조의 신, 자비의 신, 전능의 신이여,
오늘 아침 땅에 엎드려 드리는 나의 노래를 들으소서!

-「1960년의 연가」 제1연

창조와 자비와 전능의 신에게 "땅에 엎드려" 기도(시)를 드리고 있다. 그에게 신은 간구하면 기도의 내용을 들어주고, 거부하면 엄벌을 내리는 분

이다. 『구약성서』에 나오는 여호와 하느님은 창조와 전능의 신이긴 하지만 자비의 신은 아니다. 그래서일까, 시인은 자비를 땅에 엎드려 구하고 있다. 시인에게 신은 꽤나 멀리 있는 분이었다. 「가을의 鋪道」, 「나는 언제나 구체적이다」 같은 시에서 "추상의 신" 운운했던 것도 그 때문인지 모른다. 엎드려 기도를 드리는 시인에게 문제가 되었던 것은 '예수'가 아니라 '신'이었다. 『견고한 고독』과 『절대 고독』의 시기를 거쳐 시인은 신성 찬양의 시기로 접어든다. 차남의 결혼식장에 갔다가 고혈압으로 졸도한 것은 1973년 3월, 시집 『절대 고독』을 내고 3년이 지나서였다. 의식불명인 채로 2개월 동안 사경을 헤매다 깨어난 그는 신에의 귀의를 시도한다. 인간 능력의 한계를 깨닫고 초월자인 신을 대면하는 이 시기가 되어서야 비로소 그는 예수를 찾는다.

> 당신의 핏자욱에선
> 꽃이 피어——사랑의 꽃이 피어
> 따 끝에서 따 끝까지
> 당신의 못자욱은 우리를 더욱
> 당신에게 열매맺게 합니다.

–「부활절에」 부분

> 밀 방아가 끝나는
> 달 뜨는 수요일 밤
> 肉松으로 다듬은 당신의 壇 앞에
> 기름불을 밝히나이다
> 주여 여기 임하소서.

–「촌 예배당」 부분

이런 시에 예수가 나오기는 하지만 예수의 핏자국에서 피어난 "사랑의 꽃"이나 "肉松으로 다듬은 당신의 壇" 같은 추상적인 상관물에 빗대었기 때문에 예수가 독자에게 실존했던 인물로 다가가지 않는다. 예수가 이 땅에 왜 왔었나, 예수의 고뇌가 무엇이었나, 왜 그렇게 죽어가야만 했었나에 대한 성찰도 보이지 않는다. 김주연은 김현승에 있어 기독교는 "살아 있는 삶 속에서의 교감이며 교제라기보다 경배의 대상"이었고, 기독교적 분위기의 그의 시에서 시적 자아는 치열한 현실의 극복 위에 나타나지 않고, 공허한 자신의 모습을 반복적으로 되풀이하는 형상으로 비쳐짐을 지적하였다.15) 기독교인 김현승의 시에 '주'와 '신'은 자주 나타났지만 예수는 거의 나타난 적이 없다는 것은 이 지적을 뒷받침해준다. 하느님의 말씀에 대한 실천을 도외시한 채 신이 무조건적인 경배와 찬양의 대상이 될 때, 시도 그만 긴장감을 잃고 마는 것이다.

5) 구상의 경우－죽었다가 부활한 예수

시인 구상에게 예수는 십자가 처형 이후 부활을 한 이적의 장본인으로 주로 시화된다. 엄청난 고통을 겪으며 죽어간 예수에 대한 인간적 동정심과 기적적인 부활을 한 이의 신성에 대한 경외심이 여러 차례 시로 형상화되었던 것이다. 십자가 처형은 인간 예수에게 닥친 운명이었고 부활은 하느님의 아들로서 행한 이적이었다. 「右盜 이야기」나 「臨終豫習」처럼 예수의 인간적 면모를 들려주는 시가 없지는 않았지만 부활에 대한 시인의 상념이 더욱 자주 전개되었다.

갈가마귀 떼 우짖어 나는 해골산 마루,
십자가에 매달려 뒤틀리고 눈 뒤집히는 아픔 속에서
右盜는 흘끔 고개를 돌려 옆에 못 박힌 '나자렛 예수'를 바라보다가 순

---

15) 김주연, 앞의 글, 115~116쪽.

식간 함께 당하는 죽음의 고통 속에서도 빛을 발하는 무한한 인자와 위
엄의 모습을 보고 거기에 빨려 잠시 자기를 잊는 것이었다.

(······)

右盜는 식어가는 가슴속에 사무쳐오는 뉘우침과 샘솟아오는 사랑이 左
盜의 예수께 향한 모욕을 꾸짖고 나서게 하고 마침내
‘예수님! 당신 나라에 임하실 때
저도 한가지로 있게 하여 주십시오.’
하고 불러 외쳤던 것이다.

―「右盜 이야기」 첫 부분, 끝 부분

“아버지 저의 영혼을
당신 손에 맡기나이다.”

시늉만 했지 옳게 섬기지는 못한
그분의 최후 말씀을 부지중 외우면서
나는 모든 상념에서 벗어난다.

또 숨이 차온다.

―「臨終豫習」 후반부

예수가 십자가 처형을 당할 때 좌·우측에 살인강도범도 함께 처형을
당했는데, 이 이야기는 누가복음 23장에 나온다.16) 시인은 이 이야기에 약

---

16) 성경의 내용은 이렇다. (누가복음 23장 39～43절)
　　예수와 함께 십자가에 달린 죄수 중 하나도 예수를 모욕하면서 “당신은 그리스도가
　　아니오? 당신도 살리고 우리도 살려보시오.” 하고 말하였다. 그러나 다른 죄수는 “너
　　도 저분과 같은 사형선고를 받은 주제에 하느님이 두렵지 않으냐? 우리가 한 짓을 보
　　아서 우리는 이런 벌을 받아 마땅하지만 저분이야 무슨 잘못이 있단 말이냐” 하고 꾸
　　짖고는 “예수님, 예수님께서 왕이 되어 오실 때는 저를 꼭 기억하여 주십시오.” 하고
　　간청하였다. 예수께서는 “오늘 네가 정녕 나와 함께 낙원에 들어가게 될 것이다.” 하

간의 살을 붙여 시로 썼다. 살인강도범 중 하나가 처형 직전에 예수를 보
고 감화를 받아 구원의 손길을 요청하는 이야기를 시로 재구성하여 쓴 이
유는 인간 예수의 신성을 드러내기 위해서이다. 시의 제2연에서는 "어디서
는 소경을 눈뜨게 하고 / 어디서는 귀머거리를 듣게 하고" 하면서 예수가
행한 이적이 낱낱이 이야기되고 있다. 시 「右盜 이야기」는 살인강도범마
저도 한 순간에 회개케 하여 하느님의 나라로 들어갈 수 있게 하는 예수의
놀라운 권능을 말해주고자 쓴 것이다. 이때의 예수는 처형을 받아들여야
하는 나약한 인간임에도 살인강도범을 개과천선으로 인도하는 탁월한 영
적 스승이 된다. 「臨終豫習」에는 예수가 목숨이 끊기기 직전에 한 말이 인
용되어 있다. 예수의 인간적 면모에 감동하여 시를 쓴 경우는 이 정도가
다이고, 예수가 등장하거나 거론되는 상당수의 시가 부활에 초점이 맞춰져
있다.

> 아무런 영웅적 기색도 없이
> 아니, 볼꼴 없고 병신스런 모습을 하고
> 그분이 부활의 길을 홀로서 가듯
> 나 또한 홀로서 가야만 한다.
>
> ─「그분이 홀로서 가듯」 첫 연

> 성탄을 쉰 번도 넘어 맞이하고도
> 나의 안에는 安逸의 짐승만이 살고 있어
> 헤로데 폭정 속, 세상에 오서
> 십자가로 당신을 완성하신
> 그 고난의 생애엔 외면하고
> 부활만을 탐내 바라고 있읍네.
>
> ─「성탄을 쉰 번도 넘어」 제3연

고 대답하였다. ─『공동번역영한대조 신약성서』, (재)대한성서공회, 1986(11쇄), 289쪽.

시인은 예수가 부활의 길을 홀로서 걸어간 분이라고 했다. 그 길조차도 외로움의 길이었다고 본 것이다. 뒤의 시에서는 이 땅의 기독교인이 성탄절에 예수가 십자가로 완성한 고난의 생은 외면하고 부활의 기적을 이룬 하느님으로 예수를 믿는 데 대한 불만을 토로하고 있다. 다시 말해, 실천에 대한 의지 없이 구원에 대해 확신만을 갖게 하는 성탄절에 대한 문제점이 지적되어 있다. 하지만 아래 시에서는 부활의 의미를 달리 생각해본다.

> 당신 안에 생명을 둔 만물이
> 저렇듯 죽어도 죽지 않고
> 또다시 소생하고 변신함을 보느니
> 당신이 몸소 부활로 증거한
> 우리의 부활이야 의심할 바 있으랴!

―「復活頌」 제2연

> 씨랑 뿌리랑 벌레랑 개구리들이
> 땅밑에서 새 모습을 하고
> 일제히 얼굴을 내미는 부활의 계절,
> 나도 우렁찬 천상의 나팔소리 함께
> 동면 같은 무덤 속에서 깨어 일어날
> 그날을 그리며 흥겨움에 잠긴다.

―「復活節」 제1, 2연

시인은 예수가 부활을 통해 증거한 약속인 믿는 자들의 부활을 확신하고 있다. 즉, 예수는 십자가에서 처형되었기에 '가련한' 인간이 아니다. 사흘 만에 부활했고, 자신을 믿고 따르는 자의 부활을 약속했기에 '거룩한' 신이다. 시인은 이처럼 예수의 수많은 행적과 이적 중에서 부활에 초점을 맞추어 시를 썼다. 인간적 한계를 다루기에는 예수가 너무나 거룩한 분이

었다. 그래서 태어나는 생명 하나하나에 "부활의 승리가 내재"한다고 본
「또 하나의 禁斷」이나, "우리가 전하는 말씀에 / 새로 나는 이는 행복합니
다. / 당신은 이미 죽음에서 부활하였습니다."고 본 「우리가 전하는 말씀에」
같은 시도 쓰게 되었던 것이다. 시인에게 예수는 무덤에서 사흘 만에 부활
하신 분이다. 인간 또한 믿음을 통해 부활하여 천국에 갈 수 있는 가능태
로 보았다. 부활했기에 예수는 시인에게 너무나 위대한 존재였다.

6) 김춘수의 경우 — 고통을 받는 자와 고통을 나누는 자

오정국에 따르면 김춘수의 시에서 예수가 처음 등장하는 것은 「打令調
2」이며, '예수' 시편은 모두 16편에 이른다고 한다.[17] 오정국은 '초월'과
'번민'이 김춘수 예수 시편의 인식론적 밑바탕을 이루고 있다는 결론을 이
끌어냈는데, 나는 전기와 후기 시의 다른 점을 논해보고자 한다. 우선 「打
令調 2」[18]부터 보자.

> 내 사랑은
> 서해로 갈까나 동해로 갈까나,
> 용의 아들
> 羅睺羅 處容아빌 찾아갈까나,
> 엘리엘리나마사박다니
> 나마사박다니, 내 사랑은
> 먼지가 되었는가 티끌이 되었는가,
>
> —「打令調 2」 부분

---

17) 오정국, 「김춘수 시의 인물 연구」, 『비극적 서사의 서정적 풍경』, 청동거울, 2004,
    145쪽.
18) 1969년 11월에 간행된 시집 『打令調·其他』에 나오는 시.

이 시에는 예수가 등장하지 않는다. 단지 예수 임종 직전의 말 "엘리, 엘리, 레마 사박다니?"를 시인이 인용하고 있을 따름이다. 무의미 시론을 한창 주창하던 시기의 작품이어서 그런지 예수의 말이 인용되고는 있지만 여기에 특별한 의미를 두기 어렵다. 구상의 묵상집 『나자렛 예수』를 보면 자신을 삶의 길이 아닌 죽음의 길로 이끈 하느님을 원망하는 마음에서 예수가 이 말을 한 것이 아니라, '하느님 맙소사' 하는 신음소리 정도로 이해하는 것이 좋을 것이라고 한다.[19] 구상의 이러한 이해는 논란의 소지가 있기는 하지만 상당한 설득력을 지닌다. 어쨌거나 김춘수의 예수 이해가 본격적으로 행해지는 것은 「눈물」[20]부터가 아닌가 한다.

> 남자와 여자의
> 아랫도리가 젖어 있다.
> 밤에 보는 오갈피나무,
> 오갈피나무의 아랫도리가 젖어 잇다.
> 맨발로 바다를 밟고 간 사람은
> 새가 되었다고 한다.
> 발바닥만 젖어 있었다고 한다.

—「눈물」 전문

---

19) 구상은 여기에 대해 이렇게 말하고 있다. "이 운명 전에 남긴 예수의 말은 십자가 아래 있던 무식한 사람들처럼 때마다 오해를 낳는데, 실은 예수가 어려서부터 자주 염송해서 곤경 속에선 거의 우리의 '하느님 맙소사' 정도로 흘러나왔을 시편의 첫 구절에 불과하다. 언뜻 듣기엔 무슨 절망적 외침으로 들리나 그 시편의 전체를 보면 이러한 고뇌의 울부짖음에서 시작하여 하느님께 대한 완전한 신뢰와 의탁으로 끝맺음을 하고 있고, 또 전체의 압축으로 된 이 첫 구절만 하더라도 조금만 깊이 음미해보면 그것이 심신의 극한적 고통에서 발해진 신음이긴 하지만 결코 하느님께 대한 원망이거나 예수 자신의 절망이 아니라 오히려 진정한 신뢰와 의탁에서 우러나온 말임을 알 수 있다. 왜냐하면 이러한 정한(情恨)의 표시는 실로 가장 사랑하는 사이에서만 존재하기 때문이다." — 앞의 책, 117쪽.
20) 1974년에 간행된 시선집 『處容』에 수록되어 있음.

김춘수에게 예수는 그 무엇보다 "맨발로 바다를 밟고 간 사람"으로 인식되었다. 기적을 행한 신인 것이다. 기적을 보인 뒤에 새가 된 존재이니, 예수는 변신까지 했다. 예수가 물위를 걸어간 기적은 마태복음에 나온다.

> 새벽 네 시쯤 되어 예수께서 물위를 걸어서 제자들에게 오셨다. 예수께서 물위를 걸어오시는 것을 본 제자들은 겁에 질려 엉겁결에 "유령이다!" 하며 소리를 질렀다. 예수께서 제자들을 향하여 "나다, 안심하여라. 겁낼 것 없다" 하고 말씀하셨다. 베드로가 예수께 "주님이십니까? 그러시다면 저더러 물위로 걸어오라고 하십시오" 하고 소리쳤다. 예수께서 "오너라" 하시자 베드로는 배에서 내려 물위를 밟고 그에게로 걸어갔다. 그러다가 거센 바람을 보자 그만 무서운 생각이 들어 물에 빠져들게 되었다. 그는 "주님, 살려주십시오!" 하고 비명을 질렀다. 예수께서 곧 손을 내밀어 그를 붙잡으시며 "왜 의심을 품었느냐? 그렇게도 믿음이 약하냐" 하고 말씀하셨다. 그리고 함께 배에 오르시자 바람이 그쳤다. 배 안에 있던 사람들이 그 앞에 엎드려 절하며 "주님은 참으로 하느님의 아들이십니다" 하고 말하였다.
>
> － 마태복음 14 : 25~33, 『공동번역 신약성서와 시편』, 대한성서공회, 1977.

『신약성서』에는 물위를 걸어간 기적뿐만 아니라 과학적인 인식으로는 도저히 이해할 수 없는 기적을 행하는 장면이 수도 없이 나온다. 예수는 세상의 종말이 오고, 그때 마지막 심판이 이루어지며, 하느님의 새로운 세상이 온다는 메시지를 담은 설교를 하면서 일종의 전도 여행을 다녔는데, 다니는 곳곳에서 기적을 행하였다. 그는 병자들을 '자기 안에 내린 성령의 힘'으로 낫게 하였다. 예수가 병을 고쳐준 이는 나환자·소경·귀머거리·벙어리·중풍환자가 있었고, 열병·하혈증·수종증(水腫症)·수족마비증 등의 질병을 낫게 하였다. 이런 육신의 병자들뿐만 아니라 악령들에게 사로잡혀 있는 정신질환자들도 낫게 하였고, 심지어는 이미 죽은 사람을 세 명이나 소생시켰다. 빵 두 개와 물고기 다섯 마리로 열두 광주리를 가득 채우는 기적과 약 4천 명을 양껏 먹이는 두 번의 '음식 기적'도 행하였고, 마지막에는 부활이라는 기적도 행하였다. 예수가 행한 이러한 일련의 기적은 신자들에게는 예수의 신성을 찬양케 하고 예수를 신비화하는 데 공헌하였다. 하지만 비기독교인들에게는 성경의 진실성에 의구심을 갖게 하였고 황당무계함에 대해 공격의 빌미를 제공하였다. 김춘수에게 예수가 물 위를 걸어간 기적은 믿으려고 아무리 애를 써도 믿을 수 없는 이야기였다. 그 이유 때문인지 그는 물위를 걸어간 예수를 계속해서 이야기하고 있다.

맨발로 바다를 밟고 간 사람은
새가 되었다지만
그의 젖은 발바닥을 나는 아직 한 번도
본 일이 없다

-「處容斷章 제3부-12」 부분

당신이 갈릴리 호수를 맨발로 걸어간 그 일이 생각나네요.
새처럼 발바닥만 젖어 있었지요.

-「大審問官」 부분

이 외에 「가나에서의 혼인」에서는 음식 기적 내용이 나온다. 예수의 생애에 있어 시인의 관심을 가장 집중시킨 것이 이적(異蹟)임을 알 수 있다. 그리고 김춘수는 기독교인이 아니었음에도 불구하고 어느 한 시기에만 예수를 다룬 것이 아니다. 60년대 작 「打令調 2」부터 90년대 작 「겟세마네에서」에 이르기까지 30년에 걸쳐서 예수를 등장시킨 이유는 무엇일까. 김춘수는 예수에 대한 관심을 아주 어릴 때부터 가졌다고 밝힌 바 있다.[21]

---

21) 수필집의 일부를 인용한다. "예수체험이라고 할 수 있는, 특수한 체험을 하게 된 것

댓 살 때부터 김춘수의 뇌리에 깊이 각인된 이가 예수였다는 것인데, 그럼에도 불구하고 그는 신앙인의 길을 걸어가지 않는다. 이는 예수의 신성에 대한 의심 때문이 아니었을까. 예수가 물위를 걸어간 기적을 김춘수는 신앙심으로 받아들이지 않고 계속해서 의아해한다. "그의 젖은 발바닥을 나는 아직 한 번도 / 본 일이 없다"는 것은 신앙 체험을 해본 바 없다는 뜻일 것이다. 그런데 이런 단호한 부정(혹은 거부감)은 뒤로 갈수록 옅어진다. 그러나 예수를 하느님의 아들인 동시에 사람의 아들이라는 종교적 의미로 받아들이지는 못한다.

> 꿀과 메뚜기만 먹던 스승,
> 허리에만 짐승가죽을 두르고
> 요단 강을 건너간 스승,
> 랍비여,
> 이제는 나의 때가 옵니다.

ㅡ「겟세마네에서」 부분

이 시에서 "요단 강을 건너간 스승"은 예수가 아니라 세례자 요한인 것 같다. 시적 화자는 예수이다. 예수는 최후의 만찬을 하고 겟세마네 동산에 올라가 비통한 마음으로 하느님께 기도를 올리는데, 이 시에서는 랍비(세례자 요한)에게 기도를 올리는 식으로 전개된다. 예수의 인간적 면모에 대한 관심을 보여준 이 시를 기점으로 김춘수의 예수 시편은 면모를 일신한다. 하느님의 아들에서 사람의 아들로 바뀌어진다고 할 수 있을까, 예수를 고

은 퍽 오래된 일이다. 댓 살 났을 때, 내가 미션계의 유치원에 다녔을 때라고 생각된다. (…) 예수의 드라마는 인간이 얼마나 비극적인 존재 양식을 불가피적으로 지니게 된 존재인가 하는 것을 나에게 절실히 알려주고, 이러한 인간적 존재 양식에 대해서 나를 일깨워주었다. (…) 내 잠재의식 속에 그만큼 깊이 예수는 자리하고 있었다고 할 수밖에 없다.ㅡ『하느님의 아들 사람의 아들』, 현대문학사, 1985.

뇌하는 인간, 고통받는 인간으로 이해한다. 이 점에서는 윤동주가 「十字架」
에서 보여준 예수관과 일맥상통한다.

숨 끊이는 내 숨소리
너희가 들었으니
엘리엘리나마사막다니
나마사막다니
시편의 남은 구절은 너희가 잇고,
술에 마약을 풀어
아픔을 어둠으로 흘리지 마라.
살을 찢고 뼈를 부수어
너희가 낸 길을 너희가 가라.
맨발로 가라. 찔리며 가라.

-「못」 부분

예수는 눈으로 조용히 물리쳤다.
─하나님 나의 하나님,
유월절 속죄양의 죽음을 나에게 주소서.
낙타 발에 밟힌
땅벌레의 죽음을 나에게 주소서.
살을 찢고
뼈를 부수게 하소서.
애꾸눈이와 절름발이의 눈물을
눈과 코가 문드러진 여자의 눈물을
나에게 주소서.
하나님 나의 하나님,
내 피를 눈감기지 마시고 잠재우지 마소서.
내 피를 그들 곁에 있게 하소서.
언제까지나 그렇게 하소서.

-「麻藥」 전문

2편 시의 모티프는 같다. 예수가 최후의 순간에 입에 적신 신 포도주 모 티프이다. 예수는 십자가에 매달린 뒤에 "목이 마르다"고 하면서 갈증을 호소한다. 이 장면을 묘사한 세 복음서의 내용이 조금씩 다르다. 누가복음 에서는 군사들이, 마태복음에서는 구경꾼 중 한 사람이, 요한복음에서는 사람들이 예수에게 건넨 것으로 되어 있다. 다르게 묘사된 부분은 다음과 같다.

> 군인들도 또한 예수를 희롱하면서 가까이 가서 신 포도주를 권하고 "네가 유대인의 왕이라면 자신이나 살펴보아라" 하며 빈정거렸다.(누가복 음 23 : 36~37)
> 그리고 그 중의 한 사람은 곧 달려가 해면을 신 포도주에 적시어 갈대 끝에 꽂아 예수께 목을 축이라고 주었다.(마태복음 27 : 48)
> 마침 거기에는 신 포도주가 가득 담긴 그릇이 있었는데 사람들이 그 포도주를 해면에 담뿍 적셔서 히솝 풀대에 꿰어 가지고 예수의 입에 대 어 드렸다.
>
> — 요한복음 19 : 28, 『공동번역 신약성서와 시편』, 대한성서공회, 1977.

상황은 다르지만 모두 죽어가는 예수를 위해 신 포도주로 입을 적셔주 는 행위가 있었음을 말해주고 있다. 김춘수는 어떤 자료를 보았는지, "술 에 마약을 풀어"라고 하였다. 즉, 고통을 덜어주기 위해 신 포도주(sour wine)가 아니라 마약을 풀어 넣은 술을 소량 먹인 것으로 이해하고 있다. 그래서 「痲藥」이라는 시까지 쓰게 되는 것이다. 『신약성서』 원문을 보아 도 마약 성분이 들어 있는 포도주로 갈증을 달래주었다는 내용은 보이지 않는다. 하지만 시인은 마약을 푼 술로 인식하고 있다. 『신약성서』 속의 내용이야 어떻든 간에 예수의 고통이 극심했음을 말해주는 대목임이 분명 하다. "살을 찢고 뼈를 부수어 / 너희가 낸 길을 너희가 가라"는 것은 예수 가 한 단말마의 부르짖음을 시인이 대신한 셈이다. 유월절 속죄양이 당한 고통과 낙타 발에 밟힌 땅벌레가 당한 고통에 버금가는 고통을 겪은 이가 예수였는데, 예수는 원수를 사랑하라고 말했다. 그런 고통을 당하고서도 "애꾸눈이와 절름발이의 눈물을 / 눈과 코가 문드러진 여자의 눈물을 / 나에게 주소서."라고 간구했을 법한 예수였다. 김춘수가 이해한 예수는 이와 같이 고통을 나누는 자이다. 자신의 고통에 아랑곳하지 않고 타인의 고통을 애통해하는 자이다. 김춘수는 예수 이해는 이렇게 바뀌어갔다. 다시 말해 기적을 행하는 전지전능한 신 예수에서 동정심 많은 인간 예수로 이해하게 되었다. 오정국은 김춘수의 예수 이해가 바뀐 것으로 보지는 않았고, "예수를 초월적인 존재로 그리되, 인간적인 모습을 드러내는 데 무게중심을 두고 있는" 것으로 보았다.[22] 예수의 대한 사색이 집요했던 김춘수는 비기독교인이었지만 예수에 대한 이해가 세월이 흐름에 따라 많이 바뀌어갔음을 보여주었다.

7) 김남조의 경우 – 막달라 마리아의 연모를 허락한 예수

김남조의 연작시 「막달라 마리아」는 어느 한 시기에 씌어진 것이 아니다. 연작시 1번이 제2시집 『나아드의 향유』에, 2번이 제9시집 『동행』에, 3번이 제12시집 『바람세례』에, 4~7번이 제14시집 『희망학습』에 실려 있다. 제2시집이 1955년에, 제14시집이 1998년에 출간되었으니 두 시집의 시간적인 거리는 장장 43년이다. 그만큼 시인에게 있어 막달라 마리아는 중요한 시적 모티브였다. 막달라 마리아는 교계 바깥에서 예수를 이성으로서 사모한 여인으로 알려져 있는데 이는 호사가들의 입방아 때문이고, 마르코복음·누가복음·요한복음에 두루 나오는 것으로 보아 예수의 제자는 아니었지만 그에 못지않은 최측근 인물이었음을 알 수 있다.[23]

---

22) 오정국, 앞의 책, 151쪽.
23) 3개 복음서의 내용을 종합해보면 예수가 마리아에게 두 가지 역할을 맡겼음을 알 수

당신이 임종하시올 때
더욱 당신께의 귀의를 기원하였습니다
주여
더운 눈물이 돌 속으로 스며들고
음산한 바람이 밤새워 부는 무덤에까지
일체의 비교를 넘으신
당신의 죽으심을 섬기려 왔사옵니다
주여

―「막달라 마리아·1」제1연

있다. 예수의 십자가 임종과 땅으로의 하강과 묘소에의 안치를 최후까지 지켜본 증인으로서의 역할과 부활 후 예수의 발현을 최초로 목격한 사람의 역할을. 하지만 이것보다는 마리아가 예수의 발에 향유를 발라준 일 때문에 두 사람의 관계를 일반적인 남녀관계로 간주한 작품이 근년에 들어 많이 나오고 있다. 3개 복음서를 종합하여 두 사람의 사연을 재구성하면 아래와 같다.

마리아와 예수의 만남은 원래 예수가 행한 기적 때문에 이루어졌다. 죽은 지 나흘이 되어 악취를 풍기던 마리아의 오빠 라자로를 예수가 살려내자 바리새파 사람들까지 예수를 믿게 되었다. 시몬이 그 일을 축하하며 연회를 베풀었다. 마리아는 인도산 값비싼 향유인 감송유(甘松油) 한 파운드를 갖고 나와 감사의 표시로 예수의 머리에다 먼저 조금 뿌렸다. 마리아의 돌발적인 행동을 제지하지 않고 예수는 미소를 지었다. 그 자리에 있던 수많은 사람이 눈을 동그랗게 뜨고 바라보는 가운데 마리아는 몸을 굽혀 의자에 앉아 있는 예수의 발에다 향유를 바르기 시작했다. 향기가 집안 가득 퍼졌다. 사람들은 걱정스런 얼굴로 웅성거렸지만 마리아는 마냥 행복하였다. 마리아는 한껏 미소를 지으면서 향유를 예수의 발에 모두 바르고 나서 긴 머리카락으로 향유를 닦아냈다. 그때 유다가 일어나 소리를 버럭 질렀다.

"저런 아까운 일이 있나! 저 향유를 팔면 삼백 데나리오는 받을 수 있을 텐데."

계산이 빠른 유다로서야 당연히 분노할 일이었다.

"왜 이 비싼 향유를 팔아서 가난한 사람들에게 나누어주지 않습니까?"

단단히 화가 난 목소리였다.

"이 여인이 하는 대로 그냥 두어라."

예수는 유다를 달래는 듯한 말투로 말했다.

"내 장례 준비를 위하여 그것을 장만해 두었다고 생각하여라. 가난한 사람들은 항상 그대들과 함께 있을 것이나 내가 그대들과 언제까지나 함께 있을 수는 없지 않느냐. 내 복음이 전파되는 곳마다 이 여인이 행한 것을 전하여 기억토록 하라."

예수는 이 말로써 마리아의 행동이 염문으로 와전될 것을 막았고, 그와 함께 마리아를 남에게 고마움을 표시할 줄 아는 여인으로 격상시켰던 것이다.

　막달라 마리아가 예수에게 말을 건네는 듯한, 또는 기도하는 듯한 형식으로 전개되는 이 시의 내용은 예수에 대한 전폭적인 믿음이다. 이 시가 수록된 시집이 『나아드의 향유』인 만큼 막달라 마리아와 예수와의 관계가 시인에게는 중차대한 의미를 지닌다. 시집 제목과 같은 시 「나아드의 향유」는 성경 내용(각주 22번)을 시로 정리한 것이다. 이 시는 예수의 십자가 처형 이후이자 부활 이전의 시기에 있던 막달라 마리아의 입을 빌려서 한, "우주만치 남던 자비"를 지닌 예수에 대한 시인의 찬미가이기도 하다.

> 신을 사랑한
> 사람 세상의 여자 마음아 여자 마음아
> 천만 줄기의 냇물의 지하수의
> 그 더 깊은 데에까지
> 끓는 단맛의 피로 흘러 흘러서
> 진홍의 폭죽
> 천하 삼월의 꽃나무로
> 처염히 솟아난다

-「막달라 마리아·2」 끝 연

　신을 사랑한 막달라 마리아의 마음을 시인은 진홍의 폭죽을 터뜨리는 삼월의 꽃나무에 비유하였다. 살아생전에는 차마 말할 수 없어 가슴앓이를 하던 막달라 마리아가 죽어서 꽃나무로 피어난다니 보통의 순애보가 아니다. 나머지 연작시도 내용은 대동소이하다. 예수에 대한 막달라 마리아의 갈망이 시의 주요 모티브가 된다. "언제 어디서나 / 주를 따라 맨발로 달려가는 / 머릿단 길고 검은 / 유태 여자"(「막달라 마리아·3」)의 참사랑이야말로 그 무엇보다 고귀한 것이라고 시인은 믿고 있다.

천지간 오직 변치 않는 건
죽음과 참사랑뿐
하여 당신에게선
어느 새벽 어느 밤에도
손발에 못박는 아픔
그치지 아니합니다

─「막달라 마리아·4」 끝 부분

각주 23번에서 말했듯이 막달라 마리아는 예수의 죽음을 지켜보았고, 부활하여 발현한 예수를 처음으로 목격하여 증언자 역할도 하였다. 그 뒤의 연작시에서는 이 내용이 전개된다. 즉, 막달라 마리아를 등장시킨 시인은 예수의 십자가 매달림과 죽음, 부활과 승천, 그리고 재림의 가능성까지도 독자에게 말해주고 있다. 시인은 막달라 마리아가 예수를 연모했다는 이유로 흥미를 느껴 여러 차례 시화했던 것이 아니다. 예수의 신성에 대한 믿음을 가지고 이를 독자에게 들려주기 위해 막달라 마리아의 입을 빌렸던 것이다. 시인 자신이 마리아 막달라에게 자신의 감정을 이입, 예수에 대한 경배의 뜻을 담아서 시를 썼을 수도 있다. 또한 시인 자신이 예수에 대한 무한한 존경과 사랑을 표시하고자 성경 속의 인물인 막달라 마리아를 끌어왔을 가능성을 배제할 수 없다.

부활의 아침
날빛보다 밝으신 어른이
친히 이름 부르시며 당신 앞에 보이셨기에
비통은 환희로 보답되었습니다

─「막달라 마리아·5」 부분

사랑한 이와의 이별 중에서

신으로 승천하신 분과의 이별은
당신뿐입니다

　　　　　　　　　　　　　　　　　　　－「막달라 마리아 · 6」 부분

　두 편의 시에서 예수의 부활과 승천의 의미를 곰곰이 생각해본 시인은
연작시 7번에 가서는 그 옛날에 약속한, 재림을 할 것인지 예수에게 물어
보기도 한다. 그것도 한국인으로 할 것인가를.

당신은 환생을 하시는지요
한 번은 한국인으로
이 땅에서 태어나실는지요

(……)

아아 모처럼
형장에도 햇빛 부시듯
통한 중에 감격하는
이 한국의 봄날에
당신은 오실는지요 와서 그렇게
살아주실는지요

　　　　　　　　　　　　　　　　－「막달라 마리아 · 7」 첫 연, 끝 연

　화자가 그대 예수에게 "통한 중에 감격하는"데, 이 한국의 봄날에 와서
살아줄 수 없겠느냐고 묻는 질문 속에는 시인 자신이 막달라 마리아가 되
고 싶어 하는 마음이 깃들어 있다. 이 마음은 결코 세속적인 것이 아니다.
시인에게는 "당신의 장기이신 / 파도 같은 통곡과 참회 / 그리고 사랑을 / 울
창한 숲으로 땅 끝까지 / 자라게 해주실" 분이라는 믿음이 있기 때문이다.
이는 예수의 고통에 동참하고 예수의 사랑을 몸소 실천하려는 시인의 의

지의 산물이기도 하다.

　7편의 연작시 외에도 김남조의 시에는 예수가 비교적 자주 등장한다. 제3시집 『나무와 바람』의 「부활의 새벽」, 「주 나신 밤」, 「거룩한 밤에」, 「야도(夜禱)」, 제4시집 『정념의 기』의 「그분의 백합」, 제5집 『풍림의 음악』의 「예수아기 얼굴」, 「주 앞에」, 제6시집 『겨울바다』의 「부활의 주」, 「영겁의 불 댕겨」, 제9시집 『동행』의 「망 부활」, 제10시집 『빛과 고요』의 「겨울 그리스도」, 「가시관과 보혈」, 「예수의 얼굴」, 「부활의 구세주」, 제12시집 『바람세례』의 「신의 아들」, 「그날」, 「부활」, 제13시집 『평안을 위하여』의 「이제 잠을 깨시는 주여」, 제15시집 『영혼과 가슴』의 「성체」 등 20편이 넘는다. 이들 시 가운데 시인의 예수관이 집약되어 있는 시는 「야도」와 「영겁의 불 댕겨」, 「신의 아들」 3편이다.

　　　살아 계신 예수여
　　　저희의 통렬한 죄책을 살피시옵고
　　　전쟁과 병과 고독과 가난을
　　　순히 다스리며 살게 하소서
　　　바라건대
　　　저희를 구하옵소서

—「야도」 마지막 연

　　　가난한 자의 등잔에
　　　영겁의 불 댕겨주시고
　　　거룩한 추수 후 낙수들만 남은
　　　이 쓸쓸한 밭머리에
　　　주여 주여
　　　부디 친히 납시옵소서

—「영겁의 불 댕겨」 마지막 연

> 너무나도 연민하올 버림받은 이여
> 이천 년 오늘까지
> 보혈을 흘리심으로 하여
> 사람의 울음을 울으심으로 하여
> 당신은 만민의 구세주시며
> 황송한 연인이시나이다
>
> —「신의 아들」 마지막 연

　지상에서는 지금 전쟁과 병과 고독과 가난으로 많은 사람이 고통을 받고 있다. 그것이 너무나 안타까운 시인은 예수가 재림하여 우리를 구해주기를 소망하고 있다. 「영겁의 불 댕겨」에서는 더욱 간절히, 예수가 부디 친히 납시어 우리를 구해달라고 빌고 있다. 「신의 아들」에서는 예수가 아예 연민의 대상이다. 오늘까지도 보혈을 흘리고 있고, 사람의 울음을 운다. 예수는 인간을 불쌍히 여겨 애통해하고, 그런 예수가 애처로워 시인은 눈물짓는다. 만민의 구세주인 예수가 나에게는 '황송한 연인'이다. 막달라 마리아를 전혀 언급하지 않은 이 시도 사실상 마리아의 입장에서 예수를 바라보고 쓴 것이다. 「망 부활」에서는 화자가 "절망의 하느님"을 기다리고 있다. 그것도 "내 품에 안겨주실" 절망의 하느님이다. 시인은 막달라 마리아가 예수를 아무 사심 없이 사랑했다고 생각하여 줄기차게 예수를 모성적으로 감싸 안으려고 한다. 만민의 구세주인 예수가 마침내 부활하여 우리의 마음속에서 살아난다.

> 이 새벽 막달라의 여자 마리아는
> 맨발로 숲길을 달려가고
> 흘리신 보혈에선
> 빛의 폭포수 솟아나나이다
> 섭리하신 모든 것 성숙되었으니

주께서 무덤을 나서실 일만

(……)

영혼의 밑바닥을 울음으로 흔드시는
그분 정녕 이상하여라
그 이상한 하느님 지금 살아나시네
부활의 주 그리스도
그리스도, 그리스도, 아멘.

- 「이제 잠을 깨시는 주여」 부분

앞에서는 재림을 간절히 소망했을 따름인데 제13시집에 와서는 "그 이상한 하느님 지금 살아나시네" 하면서 부활을 했다고 말하기에 이른다. 2000년 전 그때의 부활이 아니다. 수많은 인간의 울음소리와 비명소리가 하늘나라를 울려, 예수는 이제 2000년 동안의 잠에서 깨어나 우리 앞에 모습을 드러낸 뒤에 인류를 구원해줄 것이라는 믿음을 표명하고 있다. 구세주로서의 예수가 우리 앞에 모습을 드러내주기를 소망할 정도로 시인의 현실인식은 비관적이다. 끊임없는 전쟁, 에이즈 등의 질병, 온갖 사회 범죄, 크고 작은 테러……. 시인의 슬픔은 이런 수많은 비극에 연유한다. 막달라 마리아의 분신이 되고자 원했던 것은 이런 슬픔에서 벗어나려는 눈물겨운 노력의 소산이었으리라.

3. 80년대 시인들의 시에 나타난 예수

1) 80년대의 의미

1980년대는 한국 정치사에 있어 일종의 활화산이라 할 수 있다. 광주라는 이름의 분화구가 폭발한 것은 1980년 5월이었는데 그 이후 80년대 내내 광주에서는 민주화의 횃불을 밝힐 용암이 흘러나왔고, 검은 연기도 끊임없이 뿜어져 나왔다. 시인들은 그 뜨거운 용암의 세례와 시커멓고 매캐한 군사정권의 연기를 맡으며 80년대를 살았다. 예수는 그 활화산의 정상에 있었다. 광주가 민주화의 성지가 된 경위를 간단히 살펴보자.

1979년 10월 26일에 박정희가 죽자 전두환을 우두머리로 한 신군부가 정권을 잡았는데 그것이 12·12쿠데타이다. 신군부는 실체를 드러내지 않고 있다가 1980년 5월 중순, 학생들의 시위가 가열되자 5월 17일 24시를 기해 계엄령을 전국으로 확대하면서 권력의 실체임을 천명하였다. 신군부는 국회와 정당을 해산시켰으며, 김대중·김영삼·김종필 3김씨를 비롯한 구정치인을 거세하였다. 5월 18일, 광주에서는 계엄 확대와 김대중 씨 구속을 반대하는 시위가 격렬하게 전개되었다. 이에 신군부에서는 광주에 공수부대원을 내려보내 강경 진압을 하였고, 그 과정에서 희생자가 속출하였다. 그것에 분노한 광주시민에 의해 5·18광주민주항쟁이 시작되었다. 광주는 8일간의 처절한 항쟁에도 불구하고 무력으로 진압되었다. 5월 31일에 국가보위비상대책위원회를 발족하여 의장이 된 전두환은 7월 4일 김대중 등 37명을 내란음모사건으로 구속한 뒤, 7월 31일에 172개 정기간행물을 등록 취소하였다. 1980년 9월 1일 대통령에 취임한 전두환은 후속 조처로 정치정화법을 만들어 정치인 811명의 정치활동을 금지시켰고(11. 12), 동아방송·동양방송·신아일보·서울경제신문·합동통신·동양통신 등 언론기관을 통폐합하는 조처를 단행하였다(11. 14). 이러한 시대에 몇몇 시인은 예수의 부활(과거)과 부재(현재)에 대해 곰곰이 생각해보는 시간을 가졌다. 광주의 비극을 직·간접으로 체험한 80년대 시인들에게 예수는 어떤 모습으로 비쳐졌던 것일까?

2) 고정희의 경우 – 부재중인 예수에게 쓴 편지

고정희는 한국신학대학을 졸업한 이후 신앙을 버리고 산 적이 없다. 한 명 기독교인으로서 이 땅의 비극적 상황에 대해 끊임없이 고민하면서 살아간 시인이다. 1981년 7월 15일자로 발행한 두 번째 시집『실락원 기행』에 실려 있는「예수 前上書·1」과「예수 前上書·2」의 발표 시기는 확실하지 않다. 시의 내용으로 짐작컨대 광주민주항쟁 직후에 쓴 시인 듯하다.

> 어둠과 나란히 돌아와
> 문에 굳게 잠긴 열쇠를 끄를 때
> 문틈에 꽂힌 하얀 봉투가
> 저승에서 부쳐온 喪章임을 알았다
> 깊은 밤 내 남은 삶에
> 검은 리본을 꽂고
> 喪章에서 떨어지는 주검을 쓸어모아
> 수년째 잠든 죽지 못박고 있을 때
> 밖을 적시는 게 비인 것을 알았다

—「예수 前上書·1」 제1연

제목만을 보면 시인이 예수 앞으로 보내는 편지 형식을 취하고 있다. 하지만 예수상 앞에서 무릎 꿇고 기도드리는 내용이 결코 아니다. 기도조가 아닐 뿐 아니라 존칭도 쓰지 않고 예수를 '예수님'이라 칭하지도 않는다. 그래서 그 어떤 경건함이나 엄숙함을 찾아보기 어렵다. 다만 어떤 '상황'을 예수가 알아주기를 바라며 설명하고 있는 듯하다. "喪章에서 떨어지는 주검을 쓸어모아"란 시행으로 미루어 짐작컨대 이 시가 가리키는 비극적 상황은 광주에서 일어난 바로 그 엄청난 살상일 것이다.

> 그대 영혼의 단 향기는

멀리 더 멀리로 죽음을 이끌어내고
석축 안에 고이는 낮모르는 사내를
여자는 구원처럼 두레박질한다

그러나 알았다
그대 영혼 밑바닥에 닿는 두레박이
한 모금의 사내도 건져낼 수 없음을

—「예수 前上書·1」 후반부

"그대 영혼의 단 향기"는 시인이 예수를 '구세주 예수'나 '왕 중 왕'으로 인식하지 않고 쓴 것임을 알게 한다. "석축 안에 고이는 낮모르는 사내"를 광주에서 죽어간 시민으로 본다면 구원처럼 두레박질하는 여자는 누구일까? 성경을 염두에 둔다면 성모 마리아나 막달라 마리아일 테고, 항쟁의 현장을 염두에 둔다면 시인 자신이나 이름 모를 여인으로 볼 수도 있다. 문제는 그대(예수) 영혼 밑바닥에 닿는 두레박이 한 모금의 사내도 건져낼 수 없다는 사실에 있다. 성경상의 두 여인이 예수의 죽음을 울면서 지켜볼 수밖에 없었던 것처럼 그 어떤 믿음도 비극적 상황을 극복케 하지는 못한다. 시인이 생각하건대, 그 당시 광주에 예수는 없었다. 시인은 슬픔과 절망감에 사로잡혀 그 자리에 나타나지 않은 예수에게 한 통의 편지를 쓴 셈이다.

요즘은 정 두터운 사람과 만나도
말문 트기 바쁘게 아픔이 먼저 온다
마주보기 무섭게 슬픔이 먼저 온다
호의보다 편견이 앞서 가리고
여유보다 주검이 먼저 보인다
스스로 짓눌려 돌아올 때면

친구여
서너 달 푹 아프고 싶구나
그대도 나도 불온한 땅의
불온한 환자임을 자처하는 요즘은
통화가 끝나기 전 결론을 내리고
마주치기 앞서서 셔터를 내린다
좋은 물건일수록
의심을 많이 한다
서너 달 푹 아프고 싶구나

ㅡ「예수 前上書·2」 전문

이 땅 이 시대는 지금 아프고 슬프다. 편견이 우리 시야를 앞서 가리고 주검이 먼저 보이며, 이 땅은 지금 불온하다. 눈길을 가장 강하게 끄는 곳은 "그대도 나도 불온한 땅의 / 불온한 환자임을 자처하는 요즘은"인데, 이 대목이 암시하는 것이 몇 가지 있다. 예수는 남몰래 재림하여 우리와 함께 살아가는 동시대인 중의 한 사람이다. 그도 역시 "통화가 끝나기 전 결론을 내리고 / 마주치기 앞서서 셔터를" 내릴 만큼 불안에 떨고 있다. 사람을 믿지 못한다. '친구'와 '그대'를 예수가 아닌 주변 사람으로 설정하여 쓴 시라고 해도 뜻이 달라지지는 않는다. 제목이 '예수 前上書'이므로 세상이 지금 이 모양이라고 예수한테 고하는 것으로 보면 되기 때문이다. 아픔과 슬픔, 불안과 의심의 이유에 대해서는 명확하게 이야기하고 있지 않지만 "말문 트기 바쁘게 아픔이 먼저 온다 / 마주보기 무섭게 슬픔이 먼저 온다"는 표현이 광주민주항쟁을 암시하고 있음을 어렵지 않게 알 수 있다. 시인은 그때 그 장소에서 있었던 참상을 곧이곧대로 예수한테 고하는 식으로 시를 쓰지 않고 이렇게 은유하고 상징화한다. 서너 달 푹 아프고 싶다는 이야기로 자신의 무력감과 절망감을 나타낸다. 시집에는 예수를 직접 등장시킨 시가 한 편 있다.

친구
아세아에서였지
예루살렘으로 가는 예수를 만났네
어린 나귀 등에 업힌 예수를 만났네
쓸쓸한 골고다
자갈길 위로
어린 나귀가 한 마리 비틀거렸어
수많은 군중이 뒤따르고 있었네

십자가 앞에서였지
나귀 등에 업힌 예수는 사라지고
어둠 흩뜨릴 비법의 날개 하나
어린 나귀 등에 업혀 있었지
군중들은 갈기갈기
날개를 찢었지

아아 한평생
범인들의 쐐기인 어둠
한평생 범인들의 멍에인 어둠

―「巡禮記·6」 전문

예수의 피로 물든 골고다 언덕을 시인은 "쓸쓸한 골고다"라고 하였다. 십자가를 지고 가는 예수 곁에는 벗도 이웃도 제자도 없었다. 쓸쓸하게 골고다 언덕길을 걸어갔던 예수가 이 시에서는 예루살렘으로 가는 예수, 어린 나귀 등에 업힌 예수, 어린 나귀, 찢어진 날개 등으로 바뀌어 등장한다. 모두 수난자의 모습을 하고 있다. 그런데 왜 하필이면 '아세아'에서 예수를 만났다고 한 것일까. 예수가 십자가형을 당한 예루살렘이 아세아 지역임을 강조한 이유가 있다. 우리 한민족이 이 아세아에서 이토록 끔찍한 수난을 당했기 때문이다. 2000년 전 그때도 군중은 예수를 십자가에 못박으라고 한 목소리로 외쳤다. 그때의 상황은 이러했다. 빌라도가 "너희가 유대인의 왕이라고 부르는 이 사람을 어떻게 하면 좋겠느냐?"고 물었더니 제사장들이 "십자가에 못박으시오!"라고 외쳤고, 군중들이 합창이나 하듯이 "십자가에 못박으시오!"라고 외쳤다. "어둠 흩뜨릴 비법의 날개 하나"가 있었지만 그것은 어린 나귀 등에 업혀 있었고, 군중은 날개를 갈기갈기 찢었다. 구원의 역사(役事)가 이뤄지기는커녕 엄청난 살육이 행해졌음을 암시하는 연이다. 시인은 살육을 행한 자들을 '범인'이라고 서슴지 않고 말한다. 이 시대의 어둠이 범인들에게는 한평생 '쐐기'이며 '멍에'일 것이라고 말하며 시가 끝난다. 신군부에 대한 엄중한 항의의 목소리임에 틀림없지만, 앞의 작품과 마찬가지로 은유와 상징을 통해서 했다. 시인은 광주민주항쟁의 비극을 이와 같이 예수에게 올리는 두 통의 편지와 군중 앞에서, 군중에 의해 공개 처형된 예수를 통해 형상화했다.

3) 정호승의 경우 - 어두운 서울 거리를 헤매는 예수

정호승의 두 번째 시집이자 시선집인 『서울의 예수』에서 예수가 제목에 나오거나 본문에 나오는 시는 딱 3편이다. 「서울의 예수」와 「시인예수」는 제목에서부터 예수가 나오고, 「가을日記」에는 본문에 예수가 나온다. 정호승은 예수를 어떤 식으로 형상화했던 것일까.

> 1
> 예수가 낚싯대를 드리우고 한강에 앉아 있다. 강변에 모닥불을 피워놓고 예수가 젖은 옷을 말리고 있다. 들풀들이 날마다 인간의 칼에 찔려 쓰러지고 풀의 꽃과 같은 인간의 꽃 한 송이 피었다 지는데, 인간이 아름다워지는 것을 보기 위하여, 예수가 겨울비에 젖으며 서대문 구치소 담벼락에 기대어 울고 있다.

2

   술 취한 저녁. 지평선 너머로 예수의 긴 그림자가 넘어간다. 인생의 찬밥 한 그릇 얻어먹은 예수의 등뒤로 재빨리 초승달 하나 떠오른다. 고통 속에 넘치는 평화, 눈물 속에 그리운 자유는 있었을까. 서울의 빵과 사랑과, 서울의 빵과 눈물을 생각하며 예수가 홀로 담배를 피운다. 사람의 이슬로 사라지는 사람을 보며, 사람들이 모래를 씹으며 잠드는 밤. 낙엽들은 떠나기 위하여 서울에 잠시 머물고, 예수의 절망의 끝으로 걸어간다.

모두 다섯 편의 산문시로 되어 있는 「서울의 예수」의 앞 두 편이다. 기독교인의 가장 주된 기도문인 사도신경은 재림 교리가 담겨 있는 것으로, 그리스도론을 결정짓는다. 그 부분은 바로 "이제 산 자와 죽은 자를 심판하러 이 땅에 다시 오실 것입니다."이다. 시인이 상상해본 예수 재림시의 모습은 천사들과 함께 찬란히 빛을 뿌리며 오는 것이 아니다. 낚싯대를 드리우고 한강변에 앉아 있기도 하고, 물에는 왜 빠졌는지 강변에 모닥불을 피워놓고 젖은 옷을 말리고 있기도 한다. 예수가 겨울비에 젖으며 서대문 구치소 담벼락에 기대어 울고 있는 이유는 아무 죄 없이, 혹은 정치적인 신념 때문에 그 안에 갇혀 있는 사람들이 가련해서일 것이다. 예수는 장삼이사의 신분으로, 동정심 많은 한 인간으로 이 땅에 온 것이다. 시인은 또한 낚싯대를 드리우고 소일하고 있는 실업자나 서대문 구치소 담벼락에 기대어 우는 따뜻한 마음의 소유자가 예수 같은 존재라고 생각하는 것이다. 2번 시에 가서 예수는 괴로워한다. 민정시찰을 나온 암행어사처럼 서울의 곳곳을 돌아다녀 보니 평화는 고통 속에서 넘치고, 자유는 눈물 속에서 그립다. "사람의 이슬로 사라지는 사람"이나 "사람들이 모래를 씹으며 잠드는 밤"은 이 거대도시에서 살아가는 시민들의 삶이 얼마나 불안하고 부자유스러운가를 말해준다. 시민들의 불안과 부자유가 안타까워 예수는 술을 마시고 담배를 피운다. 예수는 부활과 승천에 따른 영광을 재현하려이 땅에 다시 온 것이 아니다. 서울 시내를 헤매 다니는 동안 고통과 절망을 거듭 맛볼 뿐이다. 3번 시는 상당히 길다.

> 목이 마르다. 서울이 잠들기 전에 인간의 꿈이 먼저 잠들어 목이 마르다. 등불을 들고 걷는 자는 어디 있느냐. 서울의 들길은 보이지 않고, 밤마다 잿더미에 주저앉아서 겉옷만 찢으며 우는 자여. 총소리가 들리고 눈이 내리더니, 사랑과 믿음의 깊이 사이로 첫눈이 내리더니, 서울에서 잡힌 돌 하나, 그 어디 던질 데가 없도다. 그리운 사람 다시 그리운 그대들은 나와 함께 술잔을 들라. 눈 내리는 서울의 밤하늘 어디에도 내 잠시 머리 둘 곳이 없나니, 그대들은 나와 함께 술잔을 들라. 술잔을 들고 어둠 속으로 이 세상 칼끝을 피해 가다가, 가슴으로 칼 끝에 쓰러진 그대들은 눈 그친 서울 밤의 눈길을 걸어가라. 아직 악인의 등불은 꺼지지 않고, 서울의 새벽에 귀를 기울이는 고요한 인간의 귀는 풀잎에 젖어, 목이 마르다. 인간이 잠들기 전에 서울의 꿈이 먼저 잠이 들어 아, 목이 마르다.

예수가 십자가에 매달려 최후를 맞이하는 장면은 누가복음·마태복음·요한복음에 나오는데, 그중 특히 "목이 마르다"고 말하는 장면은 요한복음 제19장 28절에 나온다. 숨이 끊어지기 직전에 순차적으로 몇 마디의 말을 하는데 그중 하나가 "목이 마르다"이다. 예수는 양손과 모아진 발에 못이 박힌 채 십자가에 매달려 한두 시간(혹은 두세 시간?) 괴로워하다가 숨을 거두는데, 매달린 상태에서 몇 마디 말을 한다. 그것을 적어보면 다음과 같다.

> 1) "아버지여, 저들을 용서해 주옵소서. 저들은 무엇을 하고 있는지 모르고 있습니다."
> 2) "오늘 네가 정녕 나와 함께 낙원에 들어가게 될 것이다."
> 3) "어머니여, 보십시오. 당신의 아들입니다."
> 4) "아들이여, 보아라. 그대의 어머니이시다."
> 5) "엘리, 엘리, 레마 사박다니?"

  6) "목이 마르다."
  7) "다 이루었다."
  8) "아버지, 제 영혼을 아버지 손에 맡기나이다."

  1)을 한마디로 치면 모두 여덟 마디의 말을 한 셈인데 그 가운데 여섯 번째의 말이 "목이 마르다"이다. 정호승은 이 말을 네 번 반복한다. 아니, 3번 시는 시적 화자가 예수이므로 예수를 등장시켜 네 번 말하게 한다. 목이 마른 이유는 서울이 잠들기 전에 인간의 꿈이 먼저 잠들었고, 인간이 잠들기 전에 서울의 꿈이 먼저 잠들었기 때문이라고 한다. 다소 난해하게 처리된 3번 시의 첫 두 문장과 끝 문장은 다시 말해, '서울에서 살아가는 이 시대의 시민들은 도무지 꿈(희망)을 꾸지 않고 살아간다'이다. 암울한 이 시대가 시민들로 하여금 꿈을 꾸게 하지 않는다. 그것이 절망스러워 예수는 네 번이나 '목이 마르다'라고 말한 것이다. 시집이 출간된 1982년을 상기하면 "총소리"라든가 "이 세상 칼끝", "악인의 등불"이 무엇을 암시하고 있는지 알 법도 하다. 12 · 12쿠데타로 정권을 차지한 전두환 집단에 대한 분노를 이런 은유와 상징으로 처리한 까닭은, 그것을 직접적으로 표했다가는 군사정권의 핍박을 받을 우려도 있었겠지만 직접적인 비판이 시인의 몫이 아니라고 생각했기 때문이었을 것이다. 아무튼 시인은 예수가 재림하여도 여전히 "목이 마르다"고 말하리라, 생각해본 것이다.

  제4번 시는 예수의 꿈을 말해주는 부분이다. "추억이 아름다운 사람을 만나, 소주잔을 나누며 눈물의 빈대떡을 나눠 먹고" 싶어 한다. 지극히 소박하고 서민적이다. 예수는 또한 "가난한 사람의 창에 기대어 서울의 그리움을 그리워하고 싶"어 하는 민중 지향의 예수이다. 제5번 시는 서울 사람들 모두에게 전하는 예수의 '말씀'이다.

5

   나를 섬기는 자는 슬프고, 나를 슬퍼하는 자는 슬프다. 나를 위하여 기
뻐하는 자는 슬프고, 나를 위하여 슬퍼하는 자는 더욱 슬프다. 나는 내
이웃을 위하여 괴로워하지 않았고, 가난한 자의 별들을 바라보지 않았나
니, 내 이름을 간절히 부르는 자들은 불행하고, 내 이름을 간절히 사랑하
는 자들은 더욱 불행하다.

   예수는 나를 '섬기는' 자는 슬프고, 나를 위하여 '기뻐하는 자'는 슬프다
고 하면서 자학과 자탄을 일삼는다. 또한 스스로, 내 이웃을 위하여 괴로
워하지 않았음을 괴로워한다. 이 시에 등장한 예수는 거룩한 하느님, 혹은
전지전능한 여호와가 아니다. 인간의 슬픔과 고통과 불행을 알고 있는 사
람의 아들이다. 예수 자신 인간이었기에 살아생전에 인간의 슬픔과 고통과
불행을 알고 있었을 것이니, 이 땅에 다시 임한다고 해도 시민들과 더불어
슬픔과 고통과 불행을 나누리라고 믿었기에 시인은 이 시를 썼던 것이다.
'서울의 예수'는 그 점에서 인간적인, 너무나 인간적인 예수이다. 「시인예
수」에 나오는 예수도 '서울의 예수'와 크게 다르지 않다.

   그는 모든 사람을
   시인이게 하는 시인.
   사랑하는 자의 노래를 부르는
   새벽의 사람.
   해뜨는 곳에서 가장 어두운
   고요한 기다림의 아들.

   절벽 위에 길을 내어
   길을 걸으면
   그는 언제나 길 위의 길.
   절벽의 길 끝까지 불어오는

사람의 바람.

들풀들이 바람에 흔들리는 것을
용서하는 들녘의 노을 끝
사람의 아름다움을 아름다워 하는
아름다움의 깊이.

날마다 사랑의 바닷가를 거닐며
절망의 물고기를 잡아먹는 그는
이 세상 햇빛이 굳어지기 전에
홀로 켠 인간의 등불.

-「시인예수」 전문

제목부터가 그러한데, 시인과 예수는 동격이다. 예수와 시인은 모두 "사
랑하는 자의 노래를 부르는 / 새벽의 사람"이며, "해뜨는 곳에서 가장 어두
운 / 고요한 기다림의 아들"이다. 제2연의 앞 3행을 보면 시인은 신선 같은
데, 예수는 전지전능한 절대자이다. 하지만 제3연에 가면 예수도 그렇게
엄숙하거나 거룩한 존재가 아니다. 자연 속에서 자연스럽게, 사람들 사이
에서 사람답게 살아가는 존재가 시인이고 예수이다. '시인예수'라는 제목
은 '시인이었던 예수'임을 나타낸다. 그 이유가 확실히 밝혀져 있는 것이
제4연이다. 정호승은 예수를 "날마다 사랑의 바닷가를 거닐며 / 절망의 물
고기를 잡아먹는" 존재로, "이 세상 햇빛이 굳어지기 전에 / 홀로 켠 인간
의 등불로" 인식하고 있다. 그러기에 예수야말로 참된 시인이었던 것이리
라. 「가을日記」에서 '예수'는 고유명사가 아니라 보통명사이다. "나는 어
젯밤 예수의 아내와 함께 여관잠을 잤다"로 시작되는 이 시는 우리 사회
의 난삽한 성 풍속도를 그리고 있다.

바퀴벌레 한 마리가 그녀가 벗어논 속치마 위로 기어갔다
가을에도 씨 뿌리는 자가 보고 싶다는
그녀의 마른 젖가슴에 얼굴을 묻으며 불을 껐다
빈 방을 찾는 남녀들의 어지러운 발소리가 들리고
그녀의 야윈 어깨가 가을 빗소리에 떨었다
예수는 조루증이 있어요 처음엔 고자인 줄 알았죠
뜨거운 내 손을 밀쳐내며 그녀는 속삭였다
피임을 해야 해요 인생은 짧으나 피임을 해야 해요

-「가을日記」 부분

'예수의 아내'는 몸을 파는 여자다. 화자는 여관에서 창녀와 정사를 벌이고, 예수 또한 타락할 대로 타락해 사창가에서 여자를 산다. 시인의 의견에 동의한다면, 예수는 이 세상에서 가장 누추한 곳, 음습한 곳, 타락한 곳에 재림할 것이다. 또한 그런 곳에 거할 것이다. 매음과 간음이, 성추행과 성폭행이 행해지는 부정한 곳이라 하여 재림한 예수가 외면하지는 않을 테고, 외면하지도 말아야 한다는 생각이 이 시를 쓰게 했다. 정호승은 서울의 예수는 이처럼 인간들이 악을 행하는 곳, 슬픔에 잠겨 있는 곳, 고통을 당하는 곳에 있어야 한다고 생각하였다.

4) 김정환의 경우-핍박 받고 고통 받는 민중의 일원인 예수

김정환은 첫 시집 『지울 수 없는 노래』를 내고 난 이후 두 번째 시집을 4권짜리 『황색예수전』으로 내놓는다. 고정희와 정호승과 더불어 세 시인이 약속이나 한 듯이 제2시집에서 예수를 다루고 있는 것이 이채롭다. 1983년 2월 5일에 『황색예수전』 초판을 낸 김정환은 '공동체, 그리고 노래'를 부재로 단 제2권을 1984년 5월 15일에, '예언, 그리고 아름다움을 위하여'를 부제로 단 제3권과 제4권을 상권과 하권으로 하여 1986년 1월 5일에 펴낸다. 다시 말해 시집 『황색예수전』은 '황색예수1', '황색예수2',

'황색예수3·上', '황색예수3·下' 4권으로 존재한다. 시인은 엄청난 열정을 바쳐 『황색예수전』을 썼던 것인데, 4권 시집에 대한 총괄적인 의미 규명과 평가가 이 글의 목적이 아니다. 김정환이 2000년 전에 지상에 짧게 왔다 간 예수를 어떻게 생각했는가, 왜 하필이면 '황색예수'인가, 지금 이 시대에 예수는 어떤 모습으로 우리에게 다가오는가 등이 중요한 것일 터이다. 시인은 『황색예수전』 제2권에서는 제목과 달리 예수로부터 많이 벗어난다. '베드로의 말'과 '바울로의 말'을 부제로 붙인 10편과 「사도들의 질문에 답함」이란 시가 있기는 하지만 예수의 생애와 고난과 관련된 시는 한 편도 없다. 「마당밟이노래」, 「모심기노래」, 「통일노래」, 「핵반대노래」 등이 대종을 이루고 있다. 제3, 4권은 14편의 장시로 이루어져 있는데, '예언, 그리고 아름다움을 위하여'란 제목으로 쓴 시를 『황색예수3·上』, 『황색예수3·下』로 명명하였기에 사실상 '황색예수'와는 완전히 무관한 시가 된다. 이 2권에는 민중의 생활상과 꿈을 시인 나름의 역사의식과 사회의식에 입각하여 쓴 시가 모여 있으므로 역시 논외로 돌린다. 따라서 제목에 걸맞은 시편은 제1권에 오롯이 모여 있다.

> 그대는 살과 뼈와 피비린 인간의 모습.
> 인간됨의 가장 비참한 모습.
> 사람들은 믿지 않는다.
> 그대는 하늘 그냥 늘 푸른 하늘일 뿐
> 그대 못 박힌 손발의 상처에
> 갈수록 아픔이 생생한 살이 돋는 사랑을
> 사람들은 믿지 않는다.
> 그대도 어쩔 수 없다, 사랑의 힘은 그대를 다시 태어나게 하고
> 우리가 그대의 사랑을 확인할 때
> (그것은 항상 너무 늦었을 때)
> 그대가 확인하는 것은 우리의 돌아선 뒷모습.

그것은 그대의 위대한 슬픔
그대는 슬픔의 시공을 초월하여 있으나
처절한 비참 속에 더욱 처절하게 있어

-「서시」 전반부

총 27행으로 되어 있는 「서시」의 전반부이다. 시인은 4권에 이른 긴 시의 제일 앞머리를 점하고 있는 「서시」에서 이미 예수를 "살과 뼈와 피비린 인간의 모습"을 하고 있다고 보았다. 시인에게 예수가 의미 있는 것은 그가 고통과 핍박을 받는 민중의 일원이었기 때문이다. 예수가 위대한 것은 그 아픔을 견뎌내고서 "생생한 살이 돋는 사랑"을 한 분이었다. 사랑의 힘은 그대 예수를 다시 태어나게 했다. 그런데 그대 예수가 확인한 것은 우리의 돌아선 뒷모습이었고, 그 모습은 "그대의 위대한 슬픔"이다. 「서시」의 후반부는 예수가 설한 '사랑'이라는 것이 도대체 무엇인가를 탐색하는 내용이다. "그대를 버린 사람들은 가시처럼 그대를 찌르"지만, "그대는 바로 찢어질 수 없는 / 깜깜한 사랑의 힘 / 그 자체"이다. 나를 배신한 군중을 두고 "저들을 용서해 주옵소서. 저들은 무엇을 하고 있는지 모르고 있습니다."고 말함으로써 용서한 예수의 포용력을 시인은 「서시」의 내용으로 삼았던 것이다.

『황색예수전』 첫 번째 시집은 제1부를 '성년식'으로, 제2부를 '행전(行傳)'으로, 제3부를 '부활'로 큰 제목을 잡아 쓴 12편, 20편, 14편으로 되어 있다. 「서시」까지 합치면 47편인데, 각각의 시에는 대개 제목 다음에 성경 구절이 적혀 있다. 가령 제1부에 있는 「썰물」에는 "왜 그렇게 겁이 많으냐? 아직도 믿음이 없느냐"란 말을 인용해놓고 그 뒤에 '―마 4장 40절'을 붙여 성경의 어느 부분임을 밝혀놓는다. 큰 제목은 '성년식'이지만 예수의 성년식으로는 보기 어려운 것이, 예수의 스무 살 이전 행적으로는 남아 있는 것이 거의 없기 때문이다. 「마가복음」에 따르면 예수는 바다를 건넌 뒤

제자 베드로에게 건너오라고 했다는 것인데, 베드로가 겁을 내자 위와 같이 말하였다. 하지만 시인은 기적을 행한 예수에 대해서는 별 관심이 없다. 화자를 '우리'로 삼은 것도 그 시대의 민중과 이 시대 민중의 공통분모를 찾아보기 위해서이다.

> 바다는
> 소금기 끈적끈적한 사랑이나마
> 단 한 발짝, 더 용서하기 위해서
> 가도가도 끝없는, 광활한 욕망을
> 우리 앞에 펼쳐 보인다
> 부끄럽게 눈이 부시게
> 돌아가는 것은 언제나 우리가
> 두려워서 돌아갈 뿐이다
> 흙 묻은 발로 그냥 그대로
> 달아날 뿐이다
>
> —「썰물」 전문

다시 말하거니와 예수가 행한 물 건너는 기적과 의심 많은 베드로를 향한 책망, 그런 연후 예수가 신(神)임을 제자들이 확신하는 「마가복음」 제4장 40절의 내용은 이 시를 이해하는 데 별 도움을 받을 수 없다. 이 시에서 문제가 되는 것은 '우리'이다. 베드로처럼 우리는 언제나 우리가 두려워서 돌아갈 뿐이고, "흙 묻은 발로 그냥 그대로/ 달아날 뿐"이다. 예수 처형 당시의 민중이나 지금 이 땅의 민중이나 약하고 어리석다. 겁 많고 믿음도 약하다. 김정환은 예수를 향해 말을 하는 식으로 종종 시를 쓰는데, 따라서 시가 다분히 기도조이다. 「고통의 우상화에 대하여」도 역시 기도조로 전개되는 시이다. 제목 밑에 「마태복음」 제5장 11~12절이 인용되어 있다.

　　"나 때문에 모욕을 당하고 박해를 받으며 터무니없는 말로 갖은 비난
을 다 받게 되면 너희는 행복하다. 기뻐하고 즐거워하여라."

　　나로 인한 고통을 달게 받아들이면 천국에 들 수 있다는 이 복음을 시
인은 이렇게 이해한다. 예수는 "나의 고통"과 "시대의 아픔"에 대해 말했
으리라고. "나는 당신의 우상화 속을 나와 / 신음하며 도처를 떠돌아 다닙
니다"는 이 시의 핵심이 되는 문장이다. 출가와 고행으로 말미암아 예수와
석가는 상통하는 데가 있는데, 두 성인 공히 사람의 아들로, 이 사바세계
에서 신음하는 자들의 목소리를 귀를 기울였다.

　　　　나의 고통의 소우주 속에서
　　　　당신은 매일매일 옷을 찢으며
　　　　나의 죽음을 뼈저리게 흐느끼고 있겠으나
　　　　나는 당신의 우상화 속을 나와
　　　　신음하며 도처를 떠돌아다닙니다
　　　　나를 찾으려거든
　　　　그대는 나의 고통으로 인하여 세계를 고통으로
　　　　파악하지 마시오
　　　　오히려 세계의 고통, 그대의 주변 약한 자들의 비명소리 속에서
　　　　흩어진 나의 시신을 발견하시오
　　　　그러면 나는 바로 그때
　　　　당신 일상의 울음소리로
　　　　통곡하며 있을 것입니다

―「고통의 우상화에 대하여」 후반부

　　이 시의 시적 화자는 예수로 볼 수도 있고 예수를 향해 기도하는 시인
으로 볼 수도 있다. 예수로 본다면 기도를 드리는 대상은 하느님이다. '나'
는 예수이고 '당신'이나 '그대'는 하느님이다. 예수는 하느님에게 항의조

로, 나의 고통으로 인하여 세계의 고통을 파악하지 말라고 말한다. 세계의 고통과 그대 주변 약한 자들의 비명소리 속에서 흩어진 나의 시신을 발견하라고. 이렇게 해석한다면 이 시에서 예수는 중음신(中陰身)과 다를 바 없다. 당신의 우상화 속을 나와 신음하며 도처를 떠돌아다닌다는 구절도 의미심장하다. 하느님이 유일신으로 떠받듦을 원하는 존재라면, 예수와 모든 인간의 절대 복종을 요구하는 존재라면, 예수는 "당신의 우상화 속을 나와" 신음하며 도처를 떠돌아다닐 것이라고 시인은 생각했던 듯하다.

화자를 광주민주화운동의 희생자로 간주하고 '당신'이나 '그대'를 예수로 보면 이 시에 대한 이해는 확연히 달라진다. 그때 광주에서 죽은 화자는 예수에게, 나의 고통으로 인하여 세계를 고통으로 파악하지 말라고 충고한다. 세계의 고통, 그대의 주변 약한 자들의 비명소리 속에서 "흩어진 나의 시신"을 발견하라고 말한다. "흩어진 나의 시신"은 자연사가 아니라 폭력의 결과이다. 십자가에서 최후를 마친 예수의 죽음을 두고 "흩어진 나의 시신" 운운할 수는 없다. 분명히 1980년 광주에서의 죽음이다. 그때 죽은 이들 가운데 시신이 가족에게 인도되지 않은 경우가 상당히 많았음을 상기한다면 이 시의 마지막 3행은 이런 해석이 가능하다. '그러면 광주에서 죽은 나는 바로 그때, 당신 예수는 일상의 울음소리로 통곡하며 있었을 것입니다.'와 '그러면 광주에서 죽은 나는 바로 그때, 당신 황색예수, 즉 민중의 일상의 울음소리로 통곡하며 있었을 것입니다.' 중 어느 것이 시인의 의도에 가까울까. 시집의 제목으로 미루어 짐작컨대 후자가 가깝다고 본다. 시인은 예수가 신의 아들로서 이 땅에 재림한 것이 아니라 황색인종인 우리가 바로 예수가 당한 그 고통을 당하고 있다고 본 것이다. 이 점을 확인하려면 예수를 전면에 내세운 몇 편의 시를 보면 된다.

　우리들의 비음 섞인 비역, 무릎에 머리를 고이는 내외맺음도 맺음이지만

도대체 신경질, 쌍욕, 거짓말의 다툼부터
골통을 빠쇌 구타, 살인, 강간, 독신의 침 배앝음까지
미치게 그리운 거다, 통째로 삶을 사랑한다는
벌거벗은 몸짓이.
다시 비싼 개부랄티 정력제를 상습 복용하는
여기말로 돈 많은 범털부터
시레기국 건더기조차 못 건져 먹는 찌그러진 개털까지
뭔가 같은 걸 발견하고 싶은 거다. 해와를 닮은 뒤구림의
대변 냄새라던가(내 뒤가 이렇게 구린 줄 사람들 보는 데서
똥눠 보니 알겠다) 배부른 만큼이나 드문 설사, 아니면
귀찮도록 가볍게 긁을 잔 피부병이라도
같은 몸부림이고 싶은 거다.

―「칼잠예수」 부분

　"서울의 예수"(정호승)는 "겨울비에 젖으며 서대문 구치소 담벼락에 기대어 울고 있"었지만 황색의 "칼잠예수"(김정환)는 잡범들과 함께 교도소에서 생활한다. 그곳에서는 비역이 행해지고 신경질, 쌍욕, 거짓말의 다툼이 있다. '좁아터진 감방에서 예수는 우리 시대의 어둠을 보고, 느끼고, 무엇인가 깨달았을 것이다'라고 시인이 생각했기에 시의 공간을 감방으로 잡은 것이 아닐까. 예수는 '행전' 도중에 늘 칼잠을 잤을 터이므로 지금 이 땅에 예수가 와 있다면 잡범들과 함께 감방에 있을 것이라고 시인은 상상하지 않았을까. 아주 당연히, 이 땅에 오시는 예수는 황색의 얼굴을 하고 있으리라.

　시인은 막달라 마리아에게 발을 맡겨 나아드의 향유로 씻게 한 예수의 "가장 성스럽기 위하여 / 가장 인간스러운 것을 / 당신이 보여주신 때"(「예수의 발」)를 시화하기도 했지만 주로 예루살렘 입성과 최후의 고백, 못박힘과 부활 등 예수의 마지막 행적을 따라가며 시를 써나간다. 우선 예수의 예루

살렘 입성이 어떤 식으로 황색예수의 서울 입성으로 바뀌는지 보자.

> 가자가자 피 흘리며 곤두서 가자
> 눈물덩이, 설움덩이 떨치며 가자
> 뿌리치며 손 맞잡고 몰켜서 가자
> 귓전에 남아 있는 아직도 부릅뜬
> 부모 형제, 조국 산하 부르며 가자
> (……)
> 가자가자 저 하늘을 곤두서 가자
> 쓰러짐으로 몸부림으로 곤두서 가자
> 갑돌이도 갑순이도 울면서 가자
> 전라도도 경상도도 울면서 가자
> 가자가자 피 흘리며 곤두서 가자
>
> —「입성」 부분

제목 밑에 적힌 "호산나! 주의 이름으로 오시는 이여, 찬미 받으소서!"
는 「마가복음」 제11장 10절에 나오지만 예수의 예루살렘 입성과는 아무
상관없이 시가 전개된다. 곳곳에서 자유와 혁명을 암시하고 있으며, 상황
은 완전히 한국적 상황이다. "내가 그대의 혁명이듯이 / 그대 또한 나의 혁
명이어야 합니다", "아우성 지친 몽둥이 세례같이", "누군가 / 게릴라처럼
달아나라 / 너희는 잠에서 깨어나 / 나를 배반하라" 등의 거친 표현이 보이
는 「최후의 고백」은 성경에 나오는 예수 체포시의 모습이 80년대 한국의
상황과 교차한다. 그때 예수는 혁명가였다. 부정부패와 권력투쟁을 종식시
키기 위해 들고일어난 혁명가였던 예수는 혁명을 꾀했기 때문에 "핏줄이
터지는 아픔"(「못박기」) 속에서 죽어간다. 시인은 예수의 죽음에 대해 이렇
게 쓴다.

그대의 죽음은
우리를 다시 한번 진실과 피의 관계에 대해서
경악케 합니다
우리는 봅니다 왜 진실은 피묻은 진실이어야 하는가를
(……)
그대의 죽음으로 우리는 불안을 얻었지만
그대의 죽음으로 우리는 좀더 사람다워지기 위한
사랑을 얻었습니다

-「다시 쓰는 추도사」 부분

예수의 죽음이 뜻깊은 것은 그 죽음이 "피묻은 진실"을 담보했기 때문이라 한다. 예수의 죽음으로 말미암아 우리 얻게 된 것은 "불안"과 "좀더 사람다워지기 위한 사랑"이다. 그리고 시인은 "그대 죽음의 행위가 / 완전한 자유의 상징"이라고 한다. 이 시를 통해서 보아도 시인의 예수 이해는 '민중의 일원으로서, 민중과 함께 했던' 민중(지식인이 아닌) 예수이다. 시인은 「부활제」라는 이어지는 시에서 예수의 부활을 찬양하지 않고, 인간이었기에 부활하지 않은 것으로 간주한다.

네가 쓰러진 그 자리에서
쓰러져 단지 거름으로 썩는
바로 그 자리에서

-「부활제」 마지막 연

왜 그럼 제목이 '부활제'인가. 예수는 부활했을지라도 이 땅에 다시 왔다가 처형된 황색예수는 부활하지 않고 쓰러진 그 자리에서 거름으로 썩었을 것이라고 생각했기 때문이다. 즉, 다시 말해 김정환이 구현한 황색예수는 80년대 초의 엄혹한 상황이 처형한 이 땅의 민중이다.

김진경은『우리 시대의 예수』를 1987년에 펴낸다. 시 제목 가운데 '우리 시대의 예수'가 있어 시집의 제목이 된 것이지만 시집을 통틀어 예수가 나오는 시는 단 1편밖에 없다. 나머지 시는 모두 '민중교육지 사건'으로 옥살이를 한 시인의 시대고의 산물이다. 「우리 시대의 예수」에도 시대고가 여실히 담겨 있는데, 예수를 형상화하였기에 간단히 논하고자 한다.

> 아이야, 슬퍼하지 마라
> 예수는 그 사람들 속에 있지 않다
> 너에게 회개하라고
> 빵 몇 조각을 던져주고 간 그 사람들 속에 있지 않다
> 안락 속에 있지 않다
> 예수는 늘 버려진 자 속에 있다
>
> 크리스마스 캐롤 속에 있지 않다
> 예수는 예루살렘의 더러운 말구유 속에
> 서울의 냄새나는 서대문 구치소
> 빵기통 곁에 쭈그리고 앉아
> 강도나 강간 미수의 얼굴을 하고 있다

—「우리 시대의 예수」 전반부

김진경이 노래한 예수도 정호승과 김정환의 예수와 다를 바 없다. 냄새나는 서대문구치소 빵기통 곁에 쭈그리고 앉아 '강도나 강간 미수'의 얼굴을 하고 있다. 시인에게 예수는 결코 거룩한 존재가 아니다. 또한 이 시대가 요망하는 예수는 신성을 지닌 분이 아니다. "늘 버려진 자", 즉 범죄자일 수도 있고 가난뱅이일 수도 있고 천한 신분일 수도 있다. 김진경은 그런 사람과 동고동락할 수 있는 예수여야 우리 시대의 예수가 될 수 있다고 보았기에 이 시를 썼을 것이다. 그는 또 "추운 거리를 지나/면회를 기다

리다 잠든 / 가난한 마리아의 꿈속으로" 가는 사내가 검은 고무신을 끌고 간다고 함으로써 우리 시대의 고통을 외면하지 않는 예수가 참된 예수임을 말하고 있다.

5) 윤동재의 경우―우리들 곁에 늘 계시는 예수

윤동재는 1987년에 시집 『아침부터 저녁까지』를, 1998년에 『날마다 좋은 날』을 펴낸다. 2권 시집에 예수가 등장하는 시가 10편을 상회하는데, 앞에서 언급한 1980년대 시인들의 시 세계와는 예수관에서 다른 점이 많다. 시인은 아마도 기독교인이 아닐 것이다. 천주교에서는 주로 '하느님'이라 쓰고 있고 개신교에서는 '하나님'이라 부르는데 시인은 시에서 '하나님'과 '하느님'을 다 쓰고 있다.

대낮부터 술이 반쯤 취해
담배만 연신 뻐끔뻐끔 빨아대며
예배당 길 건너 신호등 아래 서서
망설이고 있다.
백지수표 두어 장이면
무게를 잡을 수 있는데
내가 한 장 빌려줄까 했으나
그럴 필요까진 없다며
신호등이 몇 번이나 바뀔 동안
망설이고 있다
망설이고 있다
감사절에 오신 하나님
오 구주 하나님.

―「감사절에 오신 하나님」 전문

기독교에서는 추수감사절이 되면 하나님께 예배를 올리며 감사하는 마음을 갖는다. 시인은 이런 추수감사절에 신이 우리 곁에 온 것으로 간주하는데, 대낮부터 술이 반쯤 취해 담배만 연신 피우는 부랑자를 신으로 착각하여(?) "오 구주 하나님"이라고 부른다. 어찌 보면 신성 모독이다. 그러나 시인의 의도가 신성 모독에 있는 것은 아니다. 시인 앞에 신이 그런 모습으로 나타났던 것이다. 가난한 부랑자에게 은혜를 베풀면 부랑자는 화자의 구주 하나님이 될 수 있고, 외면하면 화자는 하나님의 나라로 갈 기회를 잃는 것이다.

> 성당이나 교회에 가보든지
> 종이에 그림으로 박힌
> 예수를 보면
> 모습이 조금씩 다릅니다.
> 코의 생김이 다르고
> 눈의 생김이 다르고
> 광대뼈가 튀어나온 각도가 다릅니다.
> 심지어는 구레나룻 수염의 숫자도
> 엄청나게 차이가 있습니다.
> 예수의 모습은 왜 이렇게 다른가
> 나도 예수를 만나볼 수 있을까
> 단 한번만이라도 만나볼 수 있을까
> 예수를 만나고 나면 나는
> 어떤 모습으로 그를 그릴 것인가
> 어떻게 그릴 것인가.

─「나의 예수」 전문

그림마다 달리 생긴 예수이기에 시인은 예수의 본 얼굴이 몹시도 궁금하였나 보다. 그런데 '나의 예수'는 경배의 대상이 아니다. 만나보고 싶은,

그림으로 그리고 싶은 분이다. 시인은 예수를 한 명의 인격체로 인식하고 있지 신으로 우러러보고 있지 않다. 즉, 성부와 성신이 아닌 성자로 인식하고 있는 것이다. '나의 예수'란 내가 이해하고 있는 예수인데, 예수는 우리 주변의 장삼이사와 크게 다를 바 없다.

제 이름을 예수라고 밝힌 소년이
세종로 세종문화회관 앞에서
버스를 기다리고 있는 나에게
서울 온 지 며칠이 지났는데
아무리 찾아도 우리가 없다면서
우리는 어디로 가야 찾을 수 있느냐 했다.
나는 우리가 무언지 잘 모르므로
아무 대답도 할 수 없었다.

-「소년 예수」 부분

막달라 마리아, 밤에만 피는 꽃
당신이 가까이 계신다는 것을
사천 원에 졌다가 사천 원에 다시 피어나는 꽃
가는 다리를 절며절며 하나님 만나러 간
서른세 살의 예수는
아직도 당신 편일까 당신 편일까?

-「막달라 마리아」 끝 부분

예수는 십자가의 고통을 감내한 분도, 하나님의 나라에 오른 이도, 민중의 영도자도 아니다. 정신이 나간 가출 소년이나 사창가에서 여인을 사는 (혹은 기둥서방 노릇을 하는) 절름발이 사내에게서도 시인은 예수의 모습을 본다. 모습을 본다고 해서 예수가 소년이나 사내의 모습으로 변하여 우리 앞에 나타났다는 것이 아니다. 우리가 일상적 삶의 과정에서 만나고 헤어지는 수많은 사람이 '나의 예수'임을 시인은 말하고 싶었던 것이다. 예수는 우리들 속에, 우리와 함께 있다. 인간의 어떤 면면은 예수의 모습이기도 하다. 예수라고 하여 화를 낼 줄도 모르고 여인을 사랑할 줄도 모르는가. 성경에 기록되어 있는 예수의 생애를 보면 수많은 기적을 행하는 신이면서 마음 약한 한 명 인간이기도 했다. 예수는 슬퍼하기도 하고 괴로워하기도 한 인간이었기에 시인에게 대단히 매력적인 존재로 다가왔던 것이다. 시인이 보기에 우리는 어떤 때, 수지타산을 하면서 하나님을 믿는다.

> 얼마 전부터 나는
> 당신이 가까이 계신다는 것을
> 믿어보기로 했지요
>
> 을지로 2가
> 공인회계사 사무소에서
> 일하고 있는 내가
> 아무려면 수지타산이야
> 맞춰보지 않을 수 있나요
> 그래 계산기를 몇 번
> 두드려보았지요

-「하나님」 제1, 2연

신앙인 가운데에는 교회에 가서 자신을 포함한 가족의 복을 빌거나 하느님을 내세워 축재를 하는 경우가 없지 않다. 시인은 참된 신앙심이 어떤 것인지를 이 시를 통해 기독교인에게 묻고 있는 셈이다. 우리가 하느님을 이용하고 있는 것은 아닌지, 반성을 촉구해본 것이다. 아래의 시를 보면 시인이 하느님을 어떻게 생각하고 있는지 확연히 알 수 있다.

하느님이 계시기는 계시는가 보다
가을이라 맑은 날
지천으로 들국화를 피워놓고
공짜로 실컷 보라 하시니
하느님이 아니고서야
누가 공짜로
들국화 한 송인들 피워 올리겠느냐
누가 공짜로
맑은 날을 주려 하겠느냐

-「들국화를 주시는 하느님」 전문

삼라만상에 미만해 있는 생명체를 보고 경외심을 느낀 시인은 하느님의 존재를 믿을 수 있다. 들국화가 어찌 그냥 생겨나 저 들판에 피어 있는 것이냐, 하느님이라는 창조주가 저 들국화를 피워낸 것이 아니겠냐고 시인은 묻고 있다. 제2시집에 가서도 시인의 예수관은 바뀌지 않는다. 시인이 신앙심을 갖고 있는 것 같지는 않지만, 예수라는 존재 자체를 부정할 수는 없다.

나는 예수를 만날 때마다
똑바로 쳐다볼 수 없어서 고개를 돌린다
애시당초 예수를 모르고 살았더라면
예수를 한 번이라도 만나지 않았더라면

예수는 싫다는데도 왜 자꾸
나를 만나려는 걸까
요즘도 아무 때나 어쩌자고
내 앞에 불쑥불쑥 나타나는 걸까.

-「내 나이 스무 살 때 처음 만나 예수」 후반부

예수를 외면하고 살려고 해도 그것이 쉽지 않다는 한탄을 하고 있다. 가장 큰 이유는 제2연에 나와 있는 "나는 예수와 같이 / 살 수 없을 것 같아서"이다. 이는 비기독교인으로서는 상당히 정직한 자세일 수도 있다. 스물 살 때 유강하 신부의 소개로 매주 수요일 저녁에 교리 공부를 했지만 예수를 본받고 따르기가 쉽지 않으리라 생각하고는 신앙인의 길로 가지 않았다는 시인의 고백이 이 시의 중심 내용이다. 시인은 또 한국 기독교계에 대해 상당히 비판적인 시각을 갖고 있다.

(상략) 예수도 자가용이 없어서 교회에 들어가지 못하고 나하고 아이들 야구시합 구경을 했습니다 예수는 야구 규칙을 잘 몰라 가끔 내게 물었습니다 나도 잘 알진 못하지만 아는 대로 또박또박 알려주었습니다 (하략)

— 「주일」 부분

허리통이 굵어진 아내가 아침 일찍 일어나
쌀을 씻고 밥을 안치는 사이
나는 하느님에게 기도합니다.
이번에 분양 신청한 아파트 당첨되게 해달라고.

— 「기도합니다」 제1연

목사님은 안수 기도의 전문가로 통해 요즘 눈코 뜰 새 없이 바쁩니다 아마도 예수님께서 목사님만을 특별히 사랑하사 그에게 많은 일을 맡겨서인가 봅니다 (하략)

— 「목사님」 부분

3편 시의 주제는 하나다. 한국 기독교회가 너무나 기복과 물량 위주로 흐르고 있는 것에 대한 비판이다. 시인이 알고 있는 예수는 "스텔라 소나타 포니 로얄살롱 맵시 콩코드 르망 프라이드 그랜저 듀크 엑셀" 등 승용차로 온 동네가 뒤덮일 정도로 승용차를 타고 교회에 온 사람을 만나는 이가 아니라 서초초등학교 운동장에서 아이들 야구시합을 구경하는 분이다. 지금 우리 사회에서는 일부 신앙인들이 분양 신청한 아파트를 당첨되게 해달라고 예수를 찾고, 안수 기도를 잘 한다고 인기를 끄는 목사를 믿고 따르고 있다. 예수가 진정으로 바랐던 신앙인의 자세와 시인이 현실에서 마주치는 기독교인의 자세가 이렇게 차이가 있다. 아무튼 윤동재가 80년대와 90년대에 낸 2권의 시집에는 꽤 자주 예수가 등장하는데, 그는 늘 우리들 곁에서 우리의 모습으로 있는 분이다. 2005년 3월호 『현대문학』에 발표한 시를 보자.

> 복음 교회 김 집사는 올해 일흔 일곱입니다. 평생 고향을 떠난 적이 없고 농사일말고는 다른 일을 해본 적도 없습니다. 초등학교는 다녔지만 제대로 공부를 하지 않아서 아직도 글을 읽고 쓸 줄 모릅니다. (……) 그런데 김 집사는 여러 해 전부터 기도 제목을 대통령 예수라고 정해놓고 새벽 일찍 일어나 찬물에 목욕하고 무릎 꿇고 앉아서 통성 기도를 합니다. 예수가 많이도 말고 딱 5년만 우리나라 대통령으로 일을 해달라고 말입니다. 김 집사는 예수가 떡 다섯 개와 물고기 두 마리로 오천 명을 먹였다는 성경 이야기는 사람들이 각자 제 혼자서만 먹으려고 끝까지 숨겨둔 것을 남김없이 모두 꺼내게 하여 서로 나누어 먹도록 한 것이라고 합니다. 김 집사는 지금 우리나라는 바로 이런 예수의 능력이 절실히 필요하고 예수가 딱 5년만 우리나라 대통령을 하면 우리나라는 세세 영원히 살기 좋은 나라가 될 거라고 굳게 믿습니다. (하략)

—「대통령 예수」 부분

이 시는 일자무식인 시골 어느 교회 집사의 소박한 기도 내용이 핵심이다. 예수가 재림하여 우리나라의 대통령으로 딱 5년만 일하면 세세 영원히 살기 좋은 나라가 될 터이니 제발 대통령으로 나타나 달라고 빈다는 기도 내용은 어찌 보면 어처구니없는 소망이다. 하지만 시골 교회 집사의 입을 빌려 말하는 시의 속내에는 역대 대통령들의 실정(失政)에 대한 비판, 예수의 말씀을 따르기보다는 교회라는 단체 중심의 신앙에 대해 회의, 정치이건 종교이건 나누어 먹기에 대한 실천이 필요함이라는 세 가지 주제의식이 숨어 있다. 이상의 시를 살펴보건대 윤동재는 예수의 인간적인 면모에 매력을 느꼈지만 성당이나 교회에 나가지는 않고 있는 듯하다. "예수도 들어가지 못한 교회"(「주일」)라는 구절에 잘 나타나 있듯이 예수가 2000년 전에 이 땅에 온 뜻을 제대로 모르고 있는 일부 기독교인들에 대해 환멸을 느꼈기에 그는 이런 시를 썼을 것이다.

5) '예수' 등장 시에 나타난 민중신학적 관점

70년대 유신시대에 접어든 이후 우리나라에서는 남미 해방신학의 영향을 받으면서도 한국적인 상황에서 예수의 복음을 사회적 차원에서 이해하고 해석하려는 민중신학이 대두하였다. 해방신학이 혁명에 의한 체제 전복을 지지하는 입장을 취하였기에 상당히 과격했지만 민중신학은 정권 교체나 체제 개혁을 목표로 삼았기에 그보다는 훨씬 온건하였다. 김광식은 두 신학의 이러한 상이점에도 불구하고 민중신학은 해방신학처럼 인간의 신앙적 결단과 사회적 행동을 결부시켜, 역사와 사회에 대한 기독교인의 책임을 강조하고 있다고 말한 바 있다.[24] 그는 민중신학이 하느님의 구원의 행위나 그리스도로 말미암은 은혜보다는 기독교인의 자기 결단으로 말미암은 사회 참여의 행동을 더 중요시한다고도 말하였다. 민중신학은 다시 말해, 민중이 주체적으로 결단하고 행동하는 가운데 예수를 발견하는 신학적 관점이다. 민중신학의 또 하나의 특징은 예수의 인간화이다. 민중신학

---

24) 김광식 편저, 『기독교 사상』, 종로서적출판주식회사, 1974, 215~216쪽.

은 예수가 민중의 일원이었고, 민중의 고통을 알고 있었으며, 도탄에 빠진 민중을 구원하려 애쓴 이로 간주하였다.

80년대가 되어 여러 시인이 신학상의 새로운 관점인 민중신학의 영향도 받았고, 광주민주항쟁을 직·간접으로 함께 체험한 경험의 공감대를 바탕으로 엇비슷한 예수상을 만들어냈다. 그들은 예수가 낮은 데로 임하였다고 믿었다. 80년대에 발간된 여러 권의 시집에 집중적으로 나타난 예수는 거의 언제나 고난 받는 인간의 얼굴을 하고 있었다. 골고다 언덕의 상황은 그대로 한국적 상황이었고, 예수의 십자가 처형은 민주화 과정에서 숱하게 죽어간 민중의 죽음과 통하는 바가 있었다(고정희). 정치·경제적으로 억압 받는 민중들 한가운데서 그들과 함께 아픔을 나누는 예수는 엄밀한 의미에서 신이 아니다. 또한 서울은 신이 역사(役事)하는 왕국이 아니라 가난한 예수가 수난을 받는 고통의 예루살렘이다(정호승). 천상에서, 하느님 곁에 있는 예수가 예수의 진정한 모습이 아니라, 서대문구치소 밖에서 울고 안에서 신음하는 이 시대의 민중이 곧 예수가 간 길을 따라 걸어간 '황색예수'라고 간주하기도 했다(김정환). 예수가 이 땅에 온 진정한 뜻을 모르고 예수를 이용하고 있는 일부 신앙인에 대해 강하게 비판한 시인도 있었다(윤동재). 바로 이런 점에서 이들 시인이야말로 이 시대가 필요로 하는 예수, 이 시대에 맞는 예수를 탄생시킨 신이라고 할 수 있을 것이다. 시인은 예수 그리기를 통해 인간성 회복과 정치적 자유, 그리고 민주의의의 실현과 참된 신앙을 꿈꾸었다. 물론 '80년 광주'가 없었더라면 예수는 또 다른 모습으로 형상화되었을지 모른다.

한국 현대시에 나타난 '원효'

1. 논의에 앞서

신라 진평왕 39년(617)에 나서 신문왕 6년(686)에 입적한 원효(元曉)는 신라를 대표하는 고승일 뿐만 아니라 우리나라 역사상 최고의 불교학자였다. 원효는 70년 생애 동안 약 100여 종 240여 권에 달하는 엄청난 양의 불교 관련 저서를 펴냈는데 그 가운데 현존하는 것은 23부 27여 권이다.[1] 신라가 불교를 국가적으로 공인한 것은 법흥왕 때(527)로, 원효가 태어나기 90년 전이었다. 원효 입적 300년 후 중국 송나라의 찬녕(贊寧)에 의해 편찬된 『송고승전(宋高僧傳)』의 「신라국황룡사원효전」에 따르면 원효가 출가한 것은 15~16세 때였다.[2] 불가에 귀의한 원효는 입수 가능한 불교서적을 폭넓게 읽은 뒤에 일심사상(一心思想)·화쟁사상(和諍思想)·무애사상(無㝵思想)으로 대표되는 자기 나름의 독특한 사상 체계를 세웠다. 지금까지 전해지

---

1) 고영섭, 『원효탐색』, 연기사, 2001, 297~300쪽 「원효 저술 목록」 참조.
2) 황영선 편, 『원효의 생애와 사상』, 1996, 국학자료원, 26쪽.

고 있는 책 가운데 『금강삼매경론』 3권, 『대승기신론소』 2권, 『대승기신론별기』 1권, 『십문화쟁론』 2권, 『화엄경소』 3권 등이 그의 대표 저서로 손꼽히고 있다.

이상의 저술 경력만 놓고 보면 그는 한국 불교계에서 전무후무할 정도로 많은 책을 펴낸 학자임에 틀림없다. 하지만 그는 승려였고 게다가 생의 후반기에는 떠돌이 포교승이었다. 원효는 극락왕생을 기원하는 정토종3) 신앙을 자신이 직접 돌아다니면서 전도하여 불교 대중화의 길을 열었다. 그는 서민과 천민을 대상으로 불교를 널리 전하기 위한 한 방법으로 춤을 만들어 나라 안에 퍼뜨리기도 했는데 그 춤이 우리네 전통 춤 가운데 하나인 무애무(無㝵舞)였다. 원효에 의해 신라불교는 종교로서의 역할을 다해 귀족은 물론 최하층 천민들까지도 '나무아미타불관세음보살'을 밤낮으로 외게 되었다. 원효 등장 이전의 신라불교는 귀족불교였고, 한자를 모르는 천민들에게 어려운 불교 용어를 곁들인 스님들의 설법은 지루하기만 했다. 그래서 원효는 신라 각처 고을의 장터에 가서 무애무를 추며 사람을 모은 뒤 불교의 진리를 쉽게 설명해 많은 사람이 불교를 믿게 하였다.

인도에서 발흥한 불교가 중국을 거쳐 우리나라에 들어온 것은 삼국시대 때였다. 고구려 소수림왕 2년(372)의 일로, 중국 전진의 왕 부견이 자기 나라의 승려 순도를 시켜 불상과 경문을 고구려에 전한 것이 시초였다. 백제에는 그로부터 12년 뒤인 침류왕 원년에 중국 동진에서 활동하던 서역의 승려 마라난타가 전하였다. 신라에는 눌지 마립간 때(417~457)에 전해지기는 했지만 불교를 공식적으로 인정한 것은 한참 뒤인 법흥왕 14년(527) 때였다. 당시의 귀족들은 불교가 재래의 고유 신앙과 고유 문화에 배치되는

---

3) 정토종(淨土宗) : 자력으로 성불할 수 없는 사람도 염불을 열심히 하면 극락에 갈 수 있다고 한 아미타불의 대원력(大願力)으로 정토에 가는 것을 이상으로 삼는 불교의 한 종파.

것이라고 극력 반대하여 오랫동안 전파되지 못하였다. 이후 법흥왕의 신하 이차돈이 불교를 믿자고 주장하다 죽임을 당한 이후에야 신라에서도 불교 전도가 허용되었고, 그때부터 민간에서는 물론 귀족사회에서도 불교를 믿는 사람이 조금씩 늘어갔다.

원효 이전까지는 무속(巫俗)이나 점복(占卜) 등 민속종교가 성한 우리나라에 불교가 뿌리를 내리기가 쉽지 않았고, 불교에 대한 깊이 있는 연구도 이루어지지 않은 상태였다. 당시의 승려들은 계율과 형식에 얽매여 있었다. 이러한 때에 원효가 등장하여 신라불교는 커다란 전기를 맞이하였다. 원효의 불경 연구와 저술 활동에 의해 불교는 비로소 사상적 깊이를 갖게 되었고, 그의 포교 활동 덕에 불교가 민중의 생활에 뿌리를 내리게 되었다. 원효 입적 10년 전인 676년에 신라에 의해 삼국통일이 이뤄지는데, 바로 이 무렵부터 불교의 교리는 귀족과 천민을 가리지 않고 많은 사람의 마음을 사로잡게 되었다.

한국의 대표적인 불교학자요 고승인 원효는 이광수의 역사소설 『원효대사』(1942)가 나옴으로써 역사 속의 인물에서 세속 세계의 인물로 탈바꿈하게 된다. 이광수는 소설에다 원효가 요석공주와 잠자리를 같이하여 설총을 낳는 과정, 그런 연후에 머리를 기르고서 전국을 떠돌며 포교 활동에 나선 점 등 생애의 특이점 외에도 거지 떼와 도둑 떼의 탐심을 애국심으로 이끌어 간 과정과 원효·요석공주·아가사 사이의 삼각관계 등 허구적 내용을 가미하였다. 즉, 원효의 인간적인 면모에 초점을 맞추어 쓴 소설이 『원효대사』였다. 이광수의 이 소설 이후 원효는 한국 시인들의 작품 속에서 바로 그 '인간적인 면모'로 말미암아 종종 형상화되기에 이른다. 작고 시인 가운데 서정주·김수영이 원효를 등장시킨 시를 썼고, 현존 시인 중에는 황동규·윤동재·허만하·고창수·고영섭 등이 원효가 나오는 시를 썼다. 윤동재의 경우 원효를 갖고 쓴 시가 10편에 달한다. 원효가 지금으로부터 천 수

백 년 전에 살았던 한 명 불교학자에 지나지 않았더라면 이 많은 시인에 의해 형상화되었을 리가 없다. 원효한테 많은 시인이 매료된 이유가 도대체 무엇일까. 이 글은 이 땅의 시인들이 왜 원효라는 신라시대의 고승을 등장시켜 시를 썼는지, 그 연유를 밝혀나가면서 원효 소재 시편의 값어치를 논해보고자 한다.

2. 우리 시에 나타난 원효

원효 관련 설화는 상당수에 이른다. 조동일은 원효를 이해하는 데에는 두 가지 방법이 있는데 하나는 원효의 저술을 통해 이해하는 방식이고, 다른 하나는 원효에 관한 설화를 통해 이해하는 방식이라고 했다. 조동일은 원효에 대해서는 저술을 통한 이해가 정확하지만 원효가 어떤 사람이고 무엇을 했음이 승속 간에 알려져 있고, 원효의 어떤 면모가 사람들에게 감명을 주었는가를 알기 위해서는, 즉 후세의 원효 수용에 관해 알아보기 위해서는 원효의 저술보다 원효에 관한 설화가 더욱 소중한 자료라고 했다.[4] 원효에 관한 기록은 일종의 행적비인 서당화상비와 화쟁국사비에 일부 남아 있다.[5] 특히 『宋高僧傳』, 『三國遺事』, 『宗鏡錄』 등에는 원효와 관련된

---

4) 조동일, 「원효 설화의 변모와 사상 논쟁」, 불교전기문화연구소 편, 『원효, 그의 위대한 생애』, 불교춘추사, 1999, 581~582쪽. 조동일은 원효 관련 설화를 크게 12개로 분류했는데 出生·鎭火·中國·金剛·變身·小盤·義湘·公主·觀音·歌舞·交友·異蹟이 그것이다.
5) 誓幢和上碑는 원효 입적 120년 뒤인 신라 애장왕 때, 분황사 和諍國師碑는 고려 명종 때 세워졌다. 두 비가 지금은 다 무너지고 없지만 소실되기 전 탁본을 한 것이 남아 있어 원효의 행적이 다소나마 전해지게 되었다.―김상현, 『원효연구』, 민족사, 2000, 19~53쪽. 서당화상비는 건립 연대에 이견이 있다. 고영섭은 신라 원성왕 원년(785), 원효 열반 100주기를 기념하여 건립된 것이라고 했다. '화쟁국사'는 고려 숙종 6년(1101), 원효에게 내려진 시호이다.―고엽섭, 『원효, 한국 사상의 새벽』, (주)도서출판 한길사, 2002(5쇄), 282쪽.

많은 설화가 나와 있어 승려 원효와 더불어 인간 원효를 십분 느낄 수 있게 해준다. 아래 서정주의 시는 『삼국유사』의 「을해」편 '말을 못하던 사복[蛇福不言]'조를 거의 그대로 국역한 것이다.

> 신라 서울의 萬善北里에 과부가 애를 배 낳아놓았는데, 열두 살이 되도록 말도 못하고, 일어나서 앉지도 못하고, 배 깔고 살살 기기만 하는지라, '뱀 새끼'란 이름이 있었습니다. "사내가 굶주리다 못해설라문 뱀을 붙어서 낳은 것이다."는 소문이 수상하게 퍼지굽시요.
>
> 그러다가 그 어미는 어느 날 숨이 넘어가 이승을 뜨고, 뱀 새끼만 호올로 남았습니다.
>
> 아무도 이 뱀 새끼를 찾는 이가 없었는데, 元曉만이 가만히 찾아가서 인사를 하니, 그 뱀 새끼가 엎드려서 뇌까리는 말이, "내나 니나 전생에선 불경책을 등에 싣고 다니던 암소였는데, 나는 인제 망해버렸다. 나하고 같이 엄마 장례나 지내줄래?" 하는 것이었습니다.
>
> 원효가 "그러자." 하고, 그 죽은 어미에게 보살계를 준 뒤에 "목숨이 없음이여, 죽음은 괴롭구나! 죽음이 없음이여, 그 목숨도 괴롭구나!" 祝을 지어 읊조리니 "얘, 그건 복잡하다. '죽고 사는 건 괴롭다'고 간단히 해라." 한마디 대꾸하기도 하는 것이었습니다.
>
> 원효가 "지혜 있는 호랑이는 지혜 있는 수풀에다 묻는 것이라는데." 어쩌고 재주 있는 소리를 한마디 또 해보니까,
>
> "석가모니처럼 우리도 열반에나 드는 것이 그중 좋겠다." 하고 그 어디 돋아난 갈대를 뿌리째 뽑았는데, 그 뽑힌 자리를 보니 휑한 구덩이여서 그 속으로 뱀 새끼는 그 죽은 어미를 업고 사르르르 기어 들어가 버리고 말았습니다. 그 구멍도 드디어는 펑퍼짐히 메꾸아져 버리굽시요. 아무 일도 없었던 듯 아조 평안히 메꾸아져 버리굽시요.
>
> ―「元曉가 겪은 일 중의 한 가지」 전문

이 시의 내용은 설화에 대한 새로운 해석이라기보다는 기존 설화를 그대로 번역한 것이라고 보면 된다. 지금으로 치면 뇌성마비 장애아쯤 되는

사생아를 '뱀 새끼'(蛇福)라는 이름으로 등장시킨 시인은 아이가 뱀으로 변신한 것이 아니라, 행동거지가 뱀 같아서 놀림감이 되었음을 먼저 이야기한다. 뱀으로의 변신은 시의 끝에서 이뤄진다. 갈대를 뽑자, 갈대가 뽑힌 그 자리에 나 있는 구덩이 속으로 뱀 새끼는 죽은 어미를 업고 "사르르르 기어 들어가 버리고" 만다. 뱀으로 놀림받던 사생아가 정말 뱀이 된 양 휑한 구덩이 속으로 죽은 어미를 업고 사르르르 기어 들어가 버리고 마는 것이다.

이 설화에서 가장 중요한 대목은 원효가 하는 말 "목숨이 없음이여, 죽음은 괴롭구나! 죽음이 없음이여, 그 목숨도 괴롭구나!"를 받아 '뱀 새끼'가 한마디로 줄여 "죽고 사는 건 괴롭다"고 말하는 부분이다. 이 설화가 말해주는 것은 인간 생로병사의 허망함, 죽음에 못지않은 생의 고통, 전생의 업보를 갚는 이승에서의 삶 등이다. 한마디로 말해 인생무상이다. 뱀 새끼로 취급받던 장애아가 죽은 어미를 업고 휑한 구덩이 속으로 들어감으로써 끝나는 이야기의 구조를 보면 인생무상과 함께 만물유전(萬物流轉)이라는 불교사상이 담겨 있음을 알 수 있다. 이 설화는 조동일의 분류 중 '교우'에 잘 설명되어 있다.6) 조동일의 설명 중 사람과 사람과의 관계가 서로 상대적임을 알아 생사의 괴로움에서 벗어나는 길을 찾아야 한다는 주제는 납득할 수 있지만 또 하나의 주제가 '민중의 각성'이라는 것에는

---

6) 조동일은 이 설화를 8개 단락으로 나누어 각 단락의 의미를 소상히 설명한 뒤에 아래 결론에 이른다.
"이것은 불교 설화이면서 또한 불교 설화가 아니다. 불교 이전에 형성되어 후대까지 면면하게 전승되고 있는 우리 설화의 독자적인 설정을 받아들여 서두를 마련하고, 형상화를 분명하게 하고, 뜻을 더 깊게 했다. 서로 맺고 있는 관계가 전혀 상대적임을 알아 생사의 괴로움에서 벗어나는 길을 찾아야 한다는 것은 분명히 불교의 가르침이다. 그렇지만 세상에서 가장 훌륭하다는 사람보다 앞선 사람이 못난이들 가운데 있고, 하늘보다 땅이 더욱 위대하다고 하는 이 이야기의 핵심적인 주제는 민중의 각성이다. 그 두 가지 생각이 하나로 연결되어 있어, 이 이야기는 불교 설화이면서 불교 설화가 아니다."

동의하기 어렵다. 너무 확대 해석하였기 때문이다. 황영선은 이 설화를 전생 인연에 따른 업보와 연화장세계, 즉 열반으로의 승화를 암시한 이야기라고 보았다.[7] 아무튼 서정주는 이 시를 통해 인간 원효에 대해 탐색을 해본 것은 아니고, 『삼국유사』 설화 가운데 원효가 등장하는 사복불언조 설화를 번역하고 싶은 마음에서 쓴 것이라고 볼 수 있다. 그래서 이 시의 문학적 가치는 논하기가 어렵다.

> 聖俗이 같다는 원효대사가
> 텔레비에 텔레비에 들어오고 말았다
> 배우 이름은 모르지만 대사는
> 대사보다도 배우에 가까웠다
>
> 그 배우는 식모까지도 싫어하고
> 신이 나서 보는 것은 나 하나뿐이고
> 원효대사가 나오는 날이면
> 익살맞은 어린놈은 활극이 되나 하고
>
> 조바심을 하고 식모 아가씨나 가게
> 아가씨는 원효의 염불소리까지도
> 잊고— 죄를 짓고 싶다
>
> 돌부리를 차듯 서투른 원효로
> 분장한 놈이 돌부리를 차고 풀을
> 뽑듯 죄를 짓고 싶어 죄를
> 짓고 얼굴을 붉히고
>
> 죄를 짓고 얼굴을 붉히고—

---

7) 황영선 편, 앞의 책, 63쪽.

聖俗이 같다는 원효대사가
텔레비가 나온 것을 뉘우치지 않고
春園 대신의 원작자가 된다

우주시대의 마이크로웨이브에 탄
원효대사의 민활성 바늘 끝에
묻은 죄와 먼지 그리고 모방
술에 취해서 쓰는 시여

―「원효대사―텔레비를 보면서」 전반부

　　1968년 6월 16일에 사망한 시인 김수영의 그해 3월 1일 발표작이다. 춘원 이광수 원작 「원효대사」가 텔레비전 드라마로 만들어져 방영되던 무렵 김수영은 그 드라마를 "신이 나서" 봤던 모양이다. 자신이 겪은 지극히 사적인 일들을 곧잘 시를 쓰면서 털어놓곤 했던 김수영이었는지라 이 시 역시 상상력의 산물이 아니라 직접체험의 산물로 보아야 할 것이다. 집의 식모는 원효로 분장한 탤런트를 싫어하지만 원효와 요석공주의 사랑 장면에서는 애를 태운다. 집의 아이는 활극이 안 나와 조바심을 내고 나(시적 화자라기보다는 시인 자신으로 보면 된다)는 그래도 신이 나서 본다. 드라마에서 원효가 "聖俗이 같다"는 말을 하는 것과, 죄를 짓고 얼굴을 붉히는 것에서 "신이 난" 것일까, 시인은 한 편의 드라마 감상기를 써나간다.

텔레비 속의 텔레비에 취한
아아 원효여 이젠 그대는 낡지
않았다 타동적으로 자동적으로
낡지 않았고

원효 대신 원효 대신 마이크로가
간다 '제니의 꿈'의 허깨비가

간다 연기가 가고 연기가 나타나고
마술의 원효가 이리 번쩍

저리 번쩍 '제니'와 대사가
왔다갔다 앞뒤로 좌우로
왔다갔다 웃고 울다 왔다갔다
파우스트처럼 모든 상징이

상징이 된다 聖俗이 같다는 원효
대사가 이런 기계의 영광을 누릴
줄이야 '제니'의 덕택을 입을
줄이야 '제니'의 '제니'를 사랑할 줄이야

긴 것을 긴 것을 사랑할 줄이야
긴 것 중에 숨어 있는 것을 사랑할 줄이야
제절로 이루어지는 것이 긴 것 가운데
있을 줄이야

그것을 찾아보지 않을 줄이야 찾아보지
않아도 있을 줄이야 긴 것 중에는
있을 줄이야 어렴히 있을
줄이야 나도 모르게 있을 줄이야

—「원효대사—텔레비를 보면서」 후반부

이 시 속의 '제니의 꿈'이 무엇인지, 제니가 누구인지 알아내는 일이 쉽
지 않다. 다만 "'제니'의 '제니'를 사랑할 줄이야 // 긴 것을 긴 것을 사랑할
줄이야"라는 대목은 원효와 요석공주와의 길게 이어지지 못한 사랑을 암
시하고 있다. 요석공주는 무열왕의 딸이다. 승려인 원효는 지체 높은 공주
와 지극히 세속적인 의미에서의 사랑을 하여 아이까지 낳았다. 요석공주로

말미암아 파계를 하게 된 원효는 그 이후 전국을 떠돌아다니면서 민중의 실상을 파악하게 되었고, 사람들이 불경의 심오한 교리를 터득하지 못하더라도 염불을 정성으로 하면 서방정토, 즉 극락세계에 갈 수 있다는 정토종 신앙을 널리 퍼뜨렸다. 이러한 원효의 노력으로 신라 사람 열 사람 중 8～9명이 불교를 믿게 되었다. 원효의 생에는 이런 드라마적인 요소가 있었기 때문에 이 땅의 시인들이 그에게 관심을 갖고 시화(詩化) 작업에 나섰던 것이다. 아무튼 시는 "긴 것"에 대한 이야기를 한참 하다가 끝이 난다. 드라마 속 원효가 성속이 같다는 말을 한 이유는 미루어 짐작할 수 있다. 승려라는 성직을 갖고 있었으면서도 한때 파계하여 속인의 삶을 살았던 원효의 의식세계를 한마디로 표현한 것이다. '긴 것'이란 무엇을 뜻하는 것일까? '질긴 목숨', '불변의 진리', '성적 욕망', '이성간의 사랑', '세속적인 삶' 등을 생각해볼 수 있겠는데, 상징적으로 처리하였기에 그 뜻이 확연히 다가오지는 않는다. 김수영은 원효사상의 깊이나 넓이에 대해 생각해보는 대신 텔레비전 드라마를 보면서 떠오른 몇 가지 상념을 시의 형식을 빌려 써본 것이다. 이 작품에서 김수영은 텔레비전 드라마「원효대사」를 재미있게 보았을 것이라는 정보만 전해줄 뿐, '원효 그리기'를 제대로 하지 못했다. 게다가 "술에 취해서 쓰는 시여" 하면서 엉뚱하게 원효와 자신을 동일시하기도 한다. 시인은 "聖俗이 같다"는 드라마 속 원효의 말을 세 번씩이나 인용하는데, 그렇다면 원효의 삶과 자신의 삶에 공통되는 부분이 무엇인지를 탐색해보았을 법도 하다. 하지만 이 말이 던져준 의미에 대해 생각을 제대로 전개해보지 못한 채 시를 끝맺고 만다. 특히 '제니의 꿈'이니 '긴 것'을 운운하면서 시상을 흐트러뜨려, 인간 원효에 대한 탐색은 고사하고 드라마「원효대사」의 소감 쓰기도 실제로는 못하고 만다. 이 시는 현실참여시로 보기도 어렵고 풍자시하고도 거리가 멀다. 김수영이 이해한 원효는 텔레비전 드라마의 주인공이었을 뿐, 종교적·역사적 인물로서의 원

효는 아니었음을 알 수 있다. 아래 황동규의 시에서는 원효와 인연이 많은
절 오어사가 그려져 있다.

1
오어사에 가려면
포항에서 한참 놀아야 한다.
원효가 친구들과 천렵하며 즐기던 절에 곧장 가다니?
바보같이 녹슨 바다도 보고
화물선들이 자신의 내장을 꺼내는 동안
해물잡탕도 먹어야 한다.
잡탕집 골목 어귀에 있는 허름한 술집에 들어가
그곳 특산 정어리과(科) 생선 말린 과메기를
북북 찢어 고추장에 찍어 먹고
금복주로 입 안을 헹궈야 한다.
그에 앞서 잡탕집 이름만 갖고
포항 시내를 헤매야 한다.
앞서 한번 멈췄던 곳에 다시 차를 멈추고
물으면 또 다른 방향,
포기할 때쯤 요행 그 집 아는 택시 기사를 만난다.
포항역 근처의 골목 형편은
머리 깎았다 기르고 다음엔 깎지도 기르지도 않은
원효의 생애만큼이나 복잡하고 엉성하다.

－「오어사(吾魚寺)에 가서 원효를 만나다」 제1번

전체 다섯 개의 시가 모여 한 작품이 된 시의 제1번을 인용하였다. 오어
사 이야기도 『삼국유사』 「의해」 편 '이혜동진(二惠同塵)'조에 나온다. 오어
사는 원효가 승려 혜공과 내기를 벌였던 것에서 유래된 이름이다.[8] 오어

---

8) 고운기는 『우리가 정말 알아야 할 삼국유사 2』(현암사, 2002)에서 이 설화를 다음과
   같이 쉽게 번역해 놓았다. 여기 나오는 스님은 혜공이다.

사는 현재 경북 포항시 항사동 소재로 되어 있지만 시내 한복판에 있는 것이 아니라 경계 수려한 교외에 있는 절이다. 절 앞을 흐르던 개천이 지금은 저수지가 되어 있고, 그 개천에서 혜공과 원효 두 사람이 장난을 치고 논 내용이 『삼국유사』와 『동국여지승람』에 나온다. 두 사람은 물고기를 잡아먹고 놀다가 변의를 느껴 돌 위에 똥을 누었다. 원효가 먹은 물고기는 소화가 되어 똥으로 나왔는데 혜공이 먹은 물고기는 변으로 나와서도 그대로 살아 헤엄을 쳤기에 "물고기 그대로[吾魚]"라는 절의 이름이 만들어졌다니, 원효보다 혜공의 법력이 월등 뛰어났음을 이야기하고 있는 설화이다. 두 책자의 내용이 좀 다른데, 『삼국유사』에서는 "물고기와 새우를 잡아먹고, 돌 위에서 대변을 보았다"(掇魚蝦而啖之 放便於石上)고만 했고, 『동국여지승람』에서는 "고기를 잡아서 먹고 물 속에 버리니, 고기가 문득 살았다"(捕魚而食 遺失水中 漁輒活)고 했다. 조동일은 이 설화에 대해서도 설명한 바 있다.9) 혜공의 변으로 나온 물고기가 살아서 물로 돌아갔다는 『동국여지승람』의 설화를 조동일은 혜공이 도술을 부린 것으로 이해, "기이한 사건과 연관될 따름"이라고 폄하하였다.

황동규는 오어사라는 절에 경건한 마음으로 참배하러 간 것이 아니라 '친구들과 놀러' 갔다. 원효라는 인물은 시인에게 "머리 깎았다 기르고 다

(……) 늘그막에는 항사사(恒沙寺)로 옮겨 머물렀다. 그 때 원효가 여러 경소(經疏)를 찬술하면서 매양 스님에게 와서 의심나는 곳을 물었다. 간혹 서로 장난을 치기도 하였는데, 하루는 두 분이 시냇물을 따라가다 물고기를 잡아 구워 먹고는 돌 위에 똥을 누었다. 스님이 그것을 가리키며 희롱하듯이, "자네는 똥인데 나는 물고기 그대로야" 하고 외치는 것이었다. 이로 인해 오어사(吾魚寺)라 이름지었다. 어떤 이들은 여기서 원효의 이야기라기에는 외람되다고 하기도 한다.(540쪽)

9) 『유사』에서는 '너의 똥이 내 물고기'라고 한 뜻은 남의 것과 자기의 것, 더러운 것과 깨끗한 것, 죽은 것과 산 것이 다르지 않고 둘이 아니므로, 시비와 분별을 넘어서자고 했다. 그런데 『여지』에서는 혜공과 원효가 잡아서 먹은 물고기를 다시 살려내는 도술을 부렸다고 했다. 이야기 줄거리는 전승되었지만, 핵심이 바뀌어 의미가 아주 달라졌다. '오어사(吾魚寺)'라는 절 이름이 『유사』에서는 불교의 깊은 깨달음과 연관되고, 『여지』에서는 기이한 사건과 연관될 따름이다. —조동일, 위의 글, 629~630쪽.

음엔 깎지도 기르지도 않은" 인상을 남겼다. 즉, 승려로 살다가 파계를 한 뒤에 머리를 길렀고, 그 다음에는 깎지도 기르지도 않은 상태로 살아갔다. 원효가 생의 후반을 비승비속으로 살다 간 존재임을 알고 있는 시인에게 원효의 생애는 "복잡하고 엉성한" 것이었다. '복잡'이란 낱말은 '파란만장'을 연상시키지만 '엉성'은 '유유자적'을 연상시킨다. 시인에게는 원효가 참선에 몰두한 고승, 혹은 저술에 생을 바친 학자가 아니라 복잡하고 엉성한 생을 살다 간 비승비속이었다. 시의 2, 3, 4번에서는 원효 관련 이야기가 전개되지 않고 오어사에 가기까지의 여행담이므로 5번으로 간다.

> 5
> 원효 쓰고 다녔다는
> 잔 실뿌리 섬세히 엮은 삿갓 모자의 잔해,
> 대웅전 한구석에서 만난다.
> 원효의 숟가락도 만난다.
> 푸른색 굳어서 검게 변한 놋 녹.
> 다시 물가로 나간다.
> 오늘따라 바람 한 점 없이 고요한 호수에선
> 원효가 친구들과 함께 잡아 회를 쳤을 잉어가
> 두셋 헤엄쳐 다녔다.
> 한 놈은 내보란 듯 내 발치에서 고개를 들었다.
> 생명의 늠름함,
> 그리고 원효가 없는 것이 원효 절다웠다.
>
> —「오어사(吾魚寺)에 가서 원효를 만나다」 제5번

황동규는 오어사란 절 이름을 보고서 "원효가 친구들과 함께 잡아 회를 쳤을 잉어"라고 쓴다. 원효가 혜공과 물고기를 잡아먹고 똥을 눴다는 설화에서 나온 절 이름 오어사이니 원효가 살생을 했다는 것을 전제로 하여 이 이야기를 한 것이다. 설화를 사실로 간주한다면 회를 쳤다는 것은 당연하다. 시의 마지막 행 "그리고 원효가 없는 것이 원효 절다웠다."는 무슨 뜻일까. 오어사에는 원효가 쓰고 다녔다는 삿갓과 원효가 썼다는 숟가락 같은 것도 보관되어 있지만 시인이 보건대 그런 것은 없는 편이 나았다는 이야기다. 원효의 유품일 리가 없는 그런 것들을 보관해놓고는 원효의 절이라고 하는 오어사의 선전에 대해 은근슬쩍 비판을 하면서 원효의 자유정신을 예찬하고 있는 구절이다. 황동규는 원효를 제도와 계율, 교리와 관습에 얽매이지 않았던 사람으로 인식했던 듯하다. 시인이 오어사에서 만난 원효는 실체가 없었지만 바로 그런 사람이었을 거라는 상상이 시를 이런 식으로 완성시키게 했다. 오어사에 가서 시인은 원효의 유품이라는 것을 보았지만 느끼고 싶었던 것은 친구들과 어울려 천렵도 했던 원효, 즉 물고기를 잡아 회도 떴던 원효였다. 이것 역시 고승 원효가 아니라 인간 원효에 대한 시인의 애착이 낳은 시편이다.

윤동재는 제1시집 『아침부터 저녁까지』(1987)에 「원효」 연작시 7편을, 제2시집 『날마다 좋은 날』(1998)에 원효를 등장시킨 3편의 시를 싣는다. 윤동재의 원효 이해를 살펴보자.

> 국립 경주박물관 정문 앞 대로상에서
> 썩어 흐늘흐늘한 가마니를 깔고 앉아
> 원효는 사주팔자를 봐주고 있다 하더라
> 연중무휴로 사주팔자를 봐주고 난 뒤
> 사주팔자를 보러 온 이들에게 원효는
> 서라벌 시민증을 하나씩 나눠준다고 하더라
> 서라벌 시민증을 얻은 이들은 이후론 시민증 뒷면
> 시민의 맹세에 따라 살아간다고 하더라
> 시방 신통대사로 통하고 있는 그는
> 아침에 구름을 살짝 밟고 내려왔다가
> 진종일 사주팔자를 봐주고는

해거름에 까마귀 목덜미에 앉아 까악까악
서라벌 하늘을 한 바퀴 획 돌다
저녁노을을 밟고 도로 올라간다고 하더라.

―「원효·1」 전문

원효가 살아생전에 사람들 사주팔자를 봐주고 서라벌 시민증을 나눠주었을 턱이 없다. 윤동재는 원효가 이 땅에 다시 온다면 그런 모습으로 와, 그런 행동을 하리라 상상해본 것이다. 까마귀 목덜미에 앉아 까악까악 우는 것은 까마귀인가 벌레인가 원효의 혼백인가. 시인은 원효가 옛 서적 속에서 만날 수 있는 역사적 인물이 아니라 우리의 생활 가운데 만날 수 있는 현세적 인물로 보았다. 경주박물관 정문 앞에서 연중무휴로 사주팔자를 봐주고 있는 어떤 사람한테서 시인은 원효의 이미지를 찾아냈던 것이 아닐까.

문천교 다리 아래 가설극장 무대에서
원효는 지금 무애가를 부르고 있다.
동네 처녀애들이 서넛
가설무대 밖에서 고개를 들이밀고는
저희들끼리 얼굴 마주보며 히히덕거리고 있다.
요석공주도 하마 많이 늙어 보인다.
입장권 대신 금강삼매경이 실린
무애가 가사집을 한 권씩 나눠주면서
구경꾼들에게 웃어주고 있다.

―「원효·2」 부분

남산 언덕비탈을
원효는 흥건히 젖은 옷을 걸치고
세실리아라는 이국 소녀와 팔장을 낀 채

걸어오면서 걸어오면서
금강삼매경을 강론하고 있다.
돌부처 하나 그것을 보고
키 작은 개불알꽃 꽃대강이에 거꾸로 매달린다.
턱없이 큰 눈엔 눈물이 괴어
노랑나비 한 마리 두 마리 세 마리
피를 불며 짓궂게 웃고 있다.

―「원효·3」 전문

원효는 그 옛날 시장바닥에서 무애가를 불렀다는데 지금은 문천교[10] 다리 아래 가설극장 무대에서 무애가를 부르고 있다. 무애가가 아니라 다른 노래이겠지만 시인은 원효의 무애가가 무명가수의 유행가와 다를 바 없다고 생각했던 듯하다. 가설극장 무대의 한 명 여인을 요석공주로 간주한 시인은 "하마 많이 늙어 보인다"고 하였다. 시인은 앞의 시에서도 그러했지만 이 시에서도 지금 이 땅에서 원효를 닮은 이를 찾는 작업을 하고 있다.

---

10) 『삼국유사』에 따르면 문천교는 원효와 요석공주의 사랑에 있어 중요한 역할을 했던 다리다. 요석공주는 궐내에 들어와 설법을 한 원효를 연모하게 되었지만 원효도 요석공주를 사랑하게 되었다. 신분의 차는 두 사람을 맺어질 수 없게 했고 원효는 답답한 마음에 다음과 같은 노래를 지어 부르며 거리를 돌아다녔다.

누가 자루 없는 도끼를 주려나
하늘 받칠 기둥을 찍어 내려네.

사람들은 원효가 거리에서 큰소리로 부르는 이 노래가 무엇을 뜻하는지 몰랐지만 무열왕은 원효에 대한 소문을 듣고는 두 사람의 관계를 짐작하였다. 무열왕은 어느 날 신하를 시켜 거리를 떠돌아다니는 원효를 찾아 요석궁으로 인도해 들이게 했다. 신하는 어명을 받들어 원효를 찾아다니다가 문천교라는 다리를 지나고 있는 원효와 맞닥뜨리게 되었다. 그 신하가 자신을 찾아내기 위해 여기저기 수소문을 하고 다닌다는 것을 알고 있던 원효는 멀찍이에서 그 신하의 모습이 보이자 짐짓 발을 헛디딘 양 문천교 아래 냇물에 풍덩 빠졌다. 허우적거리는 원효를 건져낸 신하는 가마에 태워 곧장 궁궐이 아닌 요석궁으로 달려갔다. 원효의 젖은 옷을 갈아입힌 요석공주는 원효와 며칠을 보내고 나서 아기를 갖게 된다. ― 하정룡, 『교감 역주 삼국유사』, (주)시공사, 2003, 541~542쪽 참조.

그 시절 신라에서의 원효는 저잣거리에서 하층민 사람들과 어울려 놀면서 포교를 하였다. 그런 원효의 상을 시인은 경주박물관 정문 앞 대로상에서 사주팔자를 봐주는 사람, 가설극장의 연희자, 남산의 언덕비탈에서 이국 소녀에게 『금강삼매경』을 강론하는 사내한테서 본다. 원효를 고매한 인격체로 보았다면 이런 상상은 해보지 않았을 터, 시인에게 원효는 장삼이사요 낯익은 이웃에 불과하다. 시인에게 원효가 매력적인 인물로 다가온 것은 바로 이 이유 때문이다. 윤동재는 귀족들 앞에서 강론을 하던 젊은 날의 원효에게 매력을 느끼지 않았고, 저자거리를 떠돌며 민중 속에서 민중의 언어로 포교하던 늙은 원효에 매력을 느꼈던 것이다.

> 흙으로 만든 불상이 하나
> 황룡사 대웅전 앞마당으로 끌어내려졌다.
> 팔을 걷어붙인 원효가
> 불상의 아랫배를 힘껏 쥐어박았다.
> 불상의 귀랑 코랑 팔이 퍼석퍼석 소리를 내며 떨어져나갔다.
> 그러자 그 순간 그 자리에 모여 있던 사람들이 모두
> 우레와 같은 박수를 보냈다.

-「원효·5」 부분

> 낮 동안 원효는 뒤웅박을 차고 다니면서
> 구름 속에 감추어진 별들을 캐내고 있다.
> 그래서인지 요즘 서라벌의 하늘에는 밤이 되어도
> 별들이 돋아나지 않고 있다.
> 뒤웅박에 가득 별을 캐내어
> 그는 무엇을 하려는 것일까

-「원효·5」 부분

> 원효는 얼마 전부터

경운기에다 사람들을 가득 태워
어디론가 데려가고 있다
(……)
경운기는 언덕길을 자갈밭길을 들길을
덜커덩 덜커덩거리며 달리기도 하는데
경운기에 실려 원효를 따라가는 사람들은
누구 하나 불편하다는 기색도 없이……

−「원효·7」 부분

　요석공주와 헤어진 이후 원효는 더 이상 궁궐을 드나들며 했던 식으로는 설법을 하지 않는다. 흙으로 만든 불상을 황룡사 대웅전 앞마당으로 끌어내리고, 뒤웅박 가득 별을 캐내고, 경운기에 사람들을 가득 태우고 어디론가 데려가기도 한다. 즉 원효는 우상숭배를 거부하고, 우주와의 교감을 꿈꾸며, 이웃과 더불어 살아가는 사람이다. 원효는 많은 공부를 한 학승이었지만 그보다는 사람의 무리 속에 들어가 불법을 전한 포교승이었다. 시인은 원효를 행동하는 사람, 혹은 실천하는 사람으로 간주하였다. 그래서 원효가 현현하여 사람들을 인도하면 "누구 하나 불편하다는 기색도 없이" 따라갈 것이라고 생각했던 것이다. 원효는 현실주의자일 때가 많았지만 「원효·5」에서처럼 이상주의자일 때도 있었다. 윤동재는 원효가 현실주의자이건 이상주의자이건 간에 지극히 인간적인 인물이었다고 보았다. 원효를 성모 마리아의 남편 요셉과 동일시한 「원효·4」를 보자.

사월초파일 분황사에서 만난 원효는
만삭이 된 아내를 나귀에 태우고
베들레헴으로 가는 길이라 했다.
베들레헴으로 가고 있던 그들의 뒤를
때아닌 봄눈이 내려

오래오래 흩날리고 있었다.
그리고 두어 달이 지난 뒤
베들레헴에서 만난 원효는
분황사로 다시 돌아가겠다며
만삭이 다 된 아내가 타고 갈
나귀를 구하러 돌아다니는 중이라 했다.
후줄근히 내리는 빗속의
베들레헴 골목을 샅샅이 뒤지며.

-「원효·4」 전문

만삭이 다 된 아내를 나귀에 태우고 베들레헴으로 간 것은 목공 요셉이었다. 시인은 요셉이란 이름을 쓸 자리에 원효를 썼다. 기독교인이 보건 불교도가 보건 망발이라고 할 말을 한 셈인데 왜 시인은 이런 엉뚱한 말을 한 것일까. "베들레헴에서 만난 원효는 / 분황사로 다시 돌아가겠다며 / 만삭이 다 된 아내가 타고 갈 / 나귀를 구하러" 베들레헴 골목을 샅샅이 뒤진다고 했다. 처음 만난 이후 두어 달이 지났는데도 여전히 만삭이다. 말이 안 된다. 그럼 왜 이런 말이 안 되는 말을 한 것일까. 이 시에서 원효는 617년에 나 686년에 입적한 그 원효일 수도 있고 그렇지 않을 수도 있다. 문제는 원효가 한때 "만삭이 다 된 아내"를 둔 지아비였다는 것이다. 바로 이 점에서 시인은 원효라는 인물을 예수를 잉태한 마리아의 남편 요셉과 동일시해보는 근거를 마련할 수 있게 되었다. 원효의 아내가 두어 달이 지나도 여전히 만삭인 것은 이 이야기의 상징성을 말해주는 부분이다. 독자가 얼토당토않은, 혹은 천부당만부당한 이야기를 곧이곧대로 들어줄 리 없을 테니 「원효·4」에 나오는 이야기의 상징성을 이해해달라고 시인은 요망하고 있는 것이다. 승려의 신분으로 만삭이 다 된 공주의 지아비였던 원효와 수태고지로 자식을 얻게 되는 성경 속의 요셉이 크게 다를 바 없다는 생각이 이 시를 쓰게 하지 않았을까. 연작시 7편에 깔려 있는 윤동재의 생각은 이것이다-원효는 지극히 상식적인 차원에서의 한 명 인간이었다. 그 이상도 그 이하도 아닌.

11년 뒤에 내게 되는 시집 『날마다 좋은 날』에서도 시인의 원효상은 바뀌어지지 않는다. 원효는 현대에 나타나 아무하고나 잘 어울리고, 어디에서도 거리낌 없이 행동한다.

> 원효대사가 어제 저녁 경주에서 고속버스를 타고 서울에 올라왔습니다 잠은 종로3가 싸구려 여인숙에서 자고 오늘 아침 9시부터 세종문화회관 별관에서 열리는 광복 50주년 기념 국제학술대회에 주제발표자로 선정되어 주제발표를 하고 있습니다 (하략)
>
> —「원효대사」 부분

> 종립 동국대학교에서는 지난 봄 원효 스님을 석좌 교수로 모셨습니다 그 동안 원효 스님의 거처를 아는 사람이 없었는데 어떻게 연락이 닿았나 봅니다 (하략)
>
> —「공개강좌」 부분

『날마다 좋은 날』에서 찾아낸 두 편의 시에 묘사되어 있는 원효도 이전 시집에서 그려낸 원효상과 별반 다르지 않다. 시인은 자신이 만나본 현대인 중 몇 사람한테서 그 옛날 원효의 상을 발견하고는 그를 원효라고 지칭하여 시를 쓴다. 그런데 현대의 원효는 특별한 것이 거의 없는 사람이다. 다시 말해 그 옛날의 원효도 지극히 인간적이었던지라 거리감을 느낄 수 없는 것이고, 원효를 닮은 현대인도 특별한 구석이 없어 가깝게 생각되는 것이다.

> 의상 부처님이 무량수전에서 원효 부처님에게 중국에서 공부하고 온 걸 자랑하고 있었습니다 화엄경 80권을 산스크리트로 다 외울 수 있다며

새벽부터 외우고 있는 중이라고 했습니다 벌써 열흘째 외우고 있는데 한
대목도 틀린 곳이 없다고 했습니다

－「원효 부처님과 의상 부처님」 부분

원효가 등장하는 윤동재의 또 다른 시 「원효 부처님과 의상 부처님」을
보면 중국에서 공부하고 온 의상과 유학을 가지 않은 원효가 대비되고 있
다. 의상이 『화엄경』 80권을 다 외우고 실차난타가 한문으로 옮긴 것도
다 외울 수 있다고 하자 원효는 "일체유심조입니다" 일갈하고는 무량수전
을 나와 산길을 내려가 버린다. 이 시는 의상과 원효가 함께 당으로 유학을
가려고 했다가 의상은 유학을 가고 원효는 국내에 남아서 불도를 닦게 된
그 유명한 '해골바가지 속 물 마시기' 이야기를 빼놓고 이해할 수가 없다.
조동일은 원효가 중국으로 가다가 되돌아온 이 사건이 『송고승전』, 『삼국
유사』, 『종경록』, 『임간록』에 기록되어 있다고 하고는 각기 조금씩 달리
기록되어 있는 바를 고찰하였다. 『삼국유사』의 것을 가장 많이 참고하여
이 설화를 소설식으로 정리해보면 다음과 같다.

신라 진덕여왕 4년(650)에 원효는 불교 공부를 더 하기 위해서 당나라
로 유학 갈 결심을 했다. 여덟 살 아래인 의상과 마음이 맞아 함께 육로
로 고구려를 통과해 당나라로 가기로 하고는 길을 떠났다. 그러나 도중에
그만 고구려의 군사에게 붙잡혀 옥에 갇혔다가 신라로 강제로 보내지고
만다. 고구려에서는 아무리 불교를 공부하려고 당나라로 가는 스님이라
하지만 고구려의 군사 기밀이나 지역적인 특성을 당나라와 신라에게 고
해 바치면 큰일이라는 걱정이 들었고, 군인이 스님으로 변장했을지도 모
른다고 생각하여 국경을 넘는 것을 허락하지 않았던 것이다.
그로부터 11년 뒤인 문무왕 1년(661)에 두 사람은 다시 당나라로 가서
불교를 더욱 깊이 공부하기로 했다. 지난번의 실패를 되풀이하지 않기 위
해 이번에는 배로 가기로 했다. 그래서 일단 배를 탈 수 있는 당항성(지
금의 경기도 남양주군)을 향하여 여행을 떠났다.

어느 날 저녁, 하루 종일 어둡던 하늘이 완전히 깜깜해지더니 빗발이 뿌리기 시작했다. 빗줄기는 점점 굵어졌고, 걸음을 옮기기도 힘들 정도가 되었다. 비는 장대처럼 퍼붓는데 밤이 왔고, 불빛 한 점 보이지 않는데 산중에서 길도 잃고 말았다. 두 사람은 어둠 속을 한참이나 헤매다 헛간 같은 것이 보여 비도 피할 겸 들어갔다. 워낙 어둡고 기진맥진해 두 사람은 그곳이 초막처럼 만들어 둔 그 시대의 무덤이란 것을 알 수가 없었다. 빗물이 여기저기서 떨어지고 있었지만 원효와 의상은 워낙 지쳐 있어 깊은 잠에 빠져들었다.

원효는 칠흑의 어둠 속에서 자다가 목이 몹시 말라 잠에서 깨어났다. 비는 그사이 그쳐 있었고, 머리맡 한 구석에 바가지 하나가 놓여 있는 것을 발견했다. 새벽 동이 터 오고 있어 사물의 윤곽을 희미하게나마 구분할 수 있을 정도였다. 눈을 비비고 보니 그 바가지 안에는 물까지 담겨 있는 것이었다. 원효는 바가지를 들어 그 속에 담겨 있는 빗물을 달게 마시고는 깊은 잠에 빠져들었다. 이튿날 날이 밝았을 때, 원효는 소스라치게 놀랐다. 초막에는 시체가 있었고, 그의 해골이 나뒹굴고 있었다. 간밤에 바가지인 줄 알았던 것은 바로 해골이었던 것이다. 헛구역질을 한참 하다가 원효는 문득 한 깨달음을 얻었다.

'해골에 담긴 물을 그렇게 맛있게 마시다니. 그렇다. 모든 분별은 마음에서 생기는 것이로구나. 간밤에 달게 마신 물이 오늘 아침에는 해골의 물이라 하여 구역질을 하다니. 달다고 느끼는 것과 더럽다고 느끼는 것은 오로지 마음가짐에 달린 것이 아니냐. 그렇다면 극락과 지옥이 따로 있는 것이 아니다. 이 세상이 곧 극락일 수 있으며, 불교의 이치도 마음만 제대로 먹으면 깨칠 수 있는 것일 게다. 이 이치를 내 오늘 알게 된 이상 불법을 다른 곳에 가서 구할 필요는 없지 않은가. 진리는 우리의 일상 생활 속에서도 얼마든지 찾을 수 있는 것이다.'

원효는 이렇게 마음을 바꾸었다. 원효는 의상을 중국으로 떠나 보내고는 서라벌로 돌아왔다.

의상은 당 유학을 마치고 와서 부석사를 비롯한 많은 사찰(화엄사·해인사·범어사 등)을 건립했으며, 많은 제자를 육성하여 화엄종의 개조가 되었다. 원효가 저술에 힘쓰고 개인적으로 교화 활동을 편 데 반해 의상은 교단 조직에 의한 교화와 제자들의 육성을 중시했던 것으로 보인다.[11] 원효가 대중불교를 위해 노력한 것과 달리 의상의 화엄학은 귀족적이라는 시각도 있다.[12] 시인은 두 사람의 차이를 염두에 두고 시를 쓴 것일 터인데 원효를 격상시키고 의상을 격하시켰다. 의상이 유학파이고 원효가 국내파여서 그런 것일 수도 있겠고, 의상의 화엄종보다 원효의 정토종이 마음에 더 들어 이렇게 쓴 것일 수도 있겠다. 의상과 원효를 일종의 상징으로 끌어온 것이라면 지식을 많이 쌓은 것을 과도하게 자랑하는 경박한 지식인을 풍자하려는 의도가 담겨 있을 법하다. 아니, 그런 것보다 "일체유심조입니다"라는 원효의 말을 강조하기 위해 이야기를 하나 만들었을 법도 하다. 일체유심조(一切唯心造)라는 말은 해골바가지 설화에 나오는 '불교의 이치도 마음만 제대로 먹으면 깨칠 수 있는 것일 게다'라는 일종의 오도송과 일치한다. 이 말을 하고 원효는 구법승이 되는 것을 포기했는데, 시인에게는 이 말이 의미심장하게 다가왔던 것이다.

　모란꽃 그늘에서 한 스님이 술잔을 들고 혼자서 춤을 추고 있다. 뒤꿈치를 들고 발바닥을 지렛목으로 이따금 하늘에 떠오르며 자기의 원둘레가 되어 돌고 있다. 균형잡기의 목적은 구름처럼 무너지는 일이다. 선도산 하늘에 피어난 치자색 노을이 지워지기 시작할 때도 스님은 춤을 걷으려 하지 않는다. 팔각의 화강암 테를 두른 샘물이 왕녀 덕만이 처음으로 머리에 얹던 금관같이 황금빛 비늘을 번뜩이는 순간 원효의 모습은 사라지고 보이지 않았다. 시린 달빛만이 정갈한 경내 멀리 깔려 있었다. 다음날 아침 비어 있는 뜰에는 흔들던 그의 소매에서 떨어진 모란 꽃잎이 어지럽게 흩어져 있었다.

---

11) 『브리태니커 세계 대백과사전』 17, 한국브리태니커회사, 1996(초판 6쇄), 498쪽.
12) 유명종, 『한국사상사』, 이문출판사, 1995(6판), 70쪽.

허만하의 시 「분황사에서 원효를 찾다」 전문이다. 분황사는 원효와 관계가 많은 절이다. 원효는 이 절에 한동안 머물면서 『화엄경소』 등의 책을 썼고, 열반하자 아들 설총이 소상(塑像)을 만들어 분황사에 안치하였고, 고려시대 때 의천(義天)이 제문을 지어 원효를 추모하는 제를 지냈던 곳이기도 하다.[13] 이 시의 내용 그대로 시인이 분황사에 가서 스님이 술잔을 들고 혼자서 춤을 추고 있는 광경을 본 것일까. 그렇지는 않을 것이다. 왕녀 덕만 운운하는 것으로 보아 그 옛날 원효가 무애무를 추는 모습을 상상해 본 것임을 알 수 있다. 모란꽃은 마침 원효에게 연정을 느낀 요석공주가 장삼과 더불어 선물했던 바로 그 꽃이다. 시인은 분황사에 간 날 가득히 피어 있는 모란꽃을 보았는데 다음날 모란 꽃잎이 어지럽게 흩어져 있었던 것이고, 그 이유가 뜰에서 밤 깊어가도록 춤추며 흔들던 원효의 소매에서 떨어졌을 것이라는 상상을 해본 것이다. 허만하는 분황사에 있는 원효와 관련이 있는 유물, 예컨대 모전석탑·삼룡변어정(우물)·화정국사비의 대좌 등에는 아무 관심이 없었고, 경내 뜰에 있는 모란꽃의 개화와 낙화를 가장 인상 깊게 본 뒤에 이 시를 썼을 것이다. 분황사에 왔더니 무애무를 춘 원효가 생각났고, 경내에 피어 있는 모란꽃을 보고는 원효와 연결시켜 보고자 이 시를 썼을 수도 있다. 하지만 시인이 궁극적으로 이 시를 통해 말하려고 한 것이 무엇인지 모호하고, 묘사에 있어 지나친 평이함이 이 시를 무미건조하게 만들었다.

계림으로의 나의 순례는 결국 퍼덕이는 연들과 고통에 시달리는 사람들이 있는 내 마을의 삼매경(三昧境)으로 돌아오는 여행이었다. 고향에서는 익은 과일과 부르는 목소리가 내 혼령에 불을 붙였다. 내가 고향에서 돌아왔을 때, 안압지는 내 잔해를 비추고 나로 하여금 내 해골물을 마시

---

13) 황영선 편, 앞의 책, 64쪽.

게 하였다. 내 살과 뼈는 그 손가락으로 바람 부는 절벽을 가리켜주었다. 절벽 아래에는 공(空)의 바다가 포효하였다. 나는 겁에 질려 있었다. 내 손에 내 해골을 거머쥐고 요석공주의 이름을 부르며, 고향의 인기척 없는 거리를 헤매었다.

-「원효대사가 시인에게 한 말」 부분

고창수의 시집 『원효를 찾아』에 나오는 시편 중 원효라는 이름이 나오는 시는 이 1편밖에 없다. 이 작품은 시집의 제목이 되기도 했지만(같지는 않다) 제일 앞머리에 놓여 있으며, 장장 8페이지에 달하는 것으로 시인이 큰 비중을 둔 것임을 알 수 있다. 이 시의 화자는 원효다. 고향에서 계림으로 돌아왔을 때 안압지가 내 잔해를 비추고 내 해골물을 마시게 했다는 구절이 보이므로 원효 혼백의 경주 순례인 듯도 하다. 원효의 고향은 압량군 불지촌 북쪽에 있는 밤골인데, 이종익은 『동국여지승람』을 참고하여 이곳을 경북 경산군 자인면으로 보고 있다.14) 원효가 시인에게 한 말이라는 이 시에서 가장 자주 등장하는 시어는 '말'이다.

나는 사바세계에서 밀려가는 바람에 내 시를 뿌렸다. 시냇물은 나에게 시력과 영감을 보내주었다. 나는 나의 말을 모두 내 꿈속에 묻어버렸다. 나의 꿈을 모두 시냇물 속에 묻어버렸다.

나는 말을 지극히 불신하였다.
말이란 쓸모없는 말풀이에 지나지 않았다
언어는 우리에게 시를 주지만 도(道)에 이르지는 못한다.
언어는 스스로의 정화가 필요하기 때문이다.
말이란 공(空)에 이르는 당신의 길을 가로막는 장애물에 지나지 않는다.

---

14) 이종익, 「원효의 생애」, 불교전기문화연구소 편, 『원효, 그의 위대한 생애』, 불교춘추사, 1999, 219쪽.

무엇을 전하려는 내 노력은 격에 맞지 않는 은유와 우화를 낳을 뿐이다.
말은 당신의 시력(視力)이나 경험에 닿지 못한다.
말은 결코 당신의 마음에 도달하지 못한다.

— 「원효대사가 시인에게 한 말」 부분

제목을 보면 원효가 시인에게 해주는 말이지만 실은 시인 스스로 해보는 말이다. 시인의 언어에 대한 불신은 대단하다. 하지만 문학은 말로 이루어지며, 문학의 가능성은 바로 말의 가능성에서 그 근거를 마련한다. 하지만 원효는 말을 불신함으로써 문학의 가능성을 인정하지 않았던 것처럼 보인다.15) 조동일은 『대승기신론소』에 나오는 "眞如離言"과 "眞如者 依言說分別" 및 "所謂因言遣言 猶如以聲止聲也" 대해 아래와 같이 설명한 바가 있는데, 고창수의 이 시를 이해하는 데 많은 도움을 준다.

> 원효는 모든 언설은 가명에 지나지 않고 실상과 연결되지 않는 것이며, 진여를 떠났다고 하면서도 계속 언설을 늘어놓았다. 말을 불신하면서도 말로써 마음의 근원, 열반, 진여를 전했다. 말이 아니면 전할 수 없고 말이 아니면 이치를 드러낼 길이 없다고 생각한 것이다. "말을 떠난 진여"라고 하는 것만으로는 부족하고 "말에 의한 진여"를 알아야 한다고 하면서, 부정했던 말을 다시 긍정했다. 그런데 이 경우의 긍정은 단순한 긍정이 아니고, 말의 횡포로 가려진 이치를 말로써 말을 파괴하여 드러낸다는 의미에서의 긍정이다. "이른바 말로써 말을 없애는 것은 소리로써 소리를 그치게 하는 것과 같다"고 하면서, 말을 없애는 말을 긍정한 것이다.16)

시인이 말과 말의 조합인 시를 부정한다면 시를 쓸 수 없을 터, 그래서 원효의 입을 빌려 불립문자(不立文字)와 교외별전(敎外別傳)의 경지를 고찰해

---

15) 조동일, 「원효」, 『한국문학사상사시론』, 지식산업사, 1978, 43쪽.
16) 조동일, 위의 글, 같은 쪽.

본 것이다. 원효는 '언어로써 언어를 버리는'(以言遣言), 즉 '언어를 끊어버린 언어'(絶言之言)[17]의 상태를 지향하고 있다. 불교에서 언어에 대한 부정은 언어에 대한 긍정을 이끌어내기 위한 것일 뿐, 부정을 위한 부정이 아니다.[18] 원효도 그러했지만 시인 자신도 말 자체를 부정한 것이 아니라 '말을 없애는 말'은 긍정한 것이다. 이런 점에서 보면 「원효대사가 시인에게 한 말」은 언어를 바탕으로 하여 만들어지는 시라는 것이 때로는 말(일상어)보다 무가치할 수 있음을 깨달은 시인이 자신과 시를 탄식하고 있는 내용을 담고 있다고 보면 된다. 구태여 원효의 입이 아닌 다른 고승의 입을 빌려도 마찬가지겠지만 시인은 "나는 사바세계에 밀려가는 바람에 내 시를 뿌렸다"는 말을 하고자 원효의 입을 빌렸을 것이다. 원효는 요석공주와의 사랑 때문에 사바세계로 밀려갔다. 시인은 "내 씨를 뿌렸다"고 하지 않고 "내 시를 뿌렸다"고 했다. 고창수는 사바세계로 밀려가는 바람에 고승 원효가 시인이 되고 만 것으로 보았다. 그럼에도 나(원효)는 말을 지극히 불신하고 있고, 말은 결코 당신(고창수)의 마음에 도달하지 못할 것이라고 했다. 원효가 시인더러 정신차리라고 하는 식이지만 실은 시인 자신이 원효의 입을 빌려 자경록 같은 시를 써나간 것이다. 시의 대미는 다음과 같다.

> 당신의 사랑과 궁휼을 지성으로 연마하라.
> 자신의 업보와 동포의 업보를 사랑하라.
> 당신의 고독의 눈망울로
> 존재의 불꽃을 돋구어라.

---

17) 원효, 「대승기신론별기」 권본, 동국대학교 한불전편찬위 편, 『한국불교전서』 1책, 동국대학교 출판부, 1979, 680쪽.
18) 고영섭, 「원효의 화엄학」, 고영섭 편, 『한국의 사상가 10人 ─ 원효』, 예문서원. 2003(3쇄), 502쪽.

고향 마을에서
지성으로 그 어둠을 가꾸어라.
소멸을 통해서만 소멸은 극복할 수 있다.
있는 것과 없는 것은 서로 따라다닌다.
있는 것과 없는 것을 똑같이 존중하라.

(……)

정말 중요한 것은 결단을 내리는 일이다.
지금과 여기에 몰두하라.
당신의 찰나 속에 영겁이 빛나고 있으니.

달은 그 빛을 시냇물 속에 던진다.
시냇물은 그 빛을 달 속에 던진다.
당신은 손에 진리를 쥐고 있으나
보지는 못한다!

고창수 자신의 시론이랄까 시관이랄까, 시인으로서 해야 할 일들을 천명한 부분이다. 이런 부분에서 원효의 독창적인 일심사상이나 화쟁사상, 무애사상 같은 사상의 편린은 보이지 않는다. 다만 시인은 원효의 결단에 주목하였다. 귀족으로 태어나 승려의 길을 걷기로 한 결단, 당으로 유학을 가려다가 해골에 든 물을 마신 뒤에 유학을 포기한 결단, 요석공주의 구애를 받아들이기로 한 결단, 자식까지 두었지만 환속을 하지 않는 결단, 요석공주와 결별한 이후 사찰로 들어가지 않은 결단, 떠돌이 포교승으로 살아가기로 한 결단 등 원효의 생애는 결단의 연속이었다고 해도 과언이 아닐 것이다. 원효는 시인에게 이렇게 말한다. 엄밀히 말해 시인 스스로 이렇게 다짐한다. "지금과 여기에 몰두하라"고. 원효는 역대 어느 고승보다 '지금'과 '여기'에 몰두한 이였기에 시인은 그의 입을 빌려 한참 동안 자기 시론을 전개해본 것이다. 원효가 사바세계에서의 실천을 대단히 중요하게 생각했던 것만큼 고창수도 시인이라면 끊임없이 말을 부정하고 의심하면서, 그러면서도 시작을 포기해서는 안 된다는 것을 알고 있었다. 당신의 찰나 속에 영겁이 빛나고 있다는 시구는 영원성에 대한 시인 자신의 믿음을 대변한 것으로 보면 된다. 말에 대한 불신에서 시작한 이 시는 '지금'과 '여기'에 몰두하면 나의 시도 영원히 남을 명시가 될 수 있으리라는 소박한 믿음으로 전환되면서 끝이 난다.

대표적인 원효 연구자이면서 시인이기도 한 고영섭은 시 「시정에서 부르는 원효의 노래」와 「원효의 새벽노래」 2편을 첫 시집 『몸이라는 화두』에 실은 뒤 자신의 저서인 『원효탐색』의 제일 앞에도 실었다. 2편 시 뒤에 '책머리에' 글을 실은 것으로 보아 이 2편의 시에 대해 남다른 애착을 갖고 있음을 알 수 있다.

> 들풀들이 아프면 나도 아프리
> 모든 것에 걸림 없는 한 사람이
> 한 길로 삶 죽음을 벗어났으니
> 자루 없는 도끼를 내게 준다면
> 하늘 떠받친 기둥을 끊으리
>
> 그날 요석다리 아래에 떨어진
> 개천 시궁창 안의 진한 악취와
> 양편 둑 위에 질펀히 자라나는
> 풋풋한 들꽃들의 땀냄새를 맡았네
>
> ─「시정에서 부르는 원효의 노래」 제2, 3연

원효가 파계하게 되는 과정을 『삼국유사』에 근거하여 그려놓은 부분이다. 여기서 원효가 요석공주와의 사이에 아들 설총을 두는 과정을 살펴보기로 하자. 고영철이 논문을 쓸 때는 원효의 사상과 업적에 대해 집중적으로 탐색했지만 시를 쓸 때는 결코 그렇게 하지 않고 원효의 러브스토리에 관심을 보였다. 이 설화는『三國遺事』와『東京雜記』에 소상히 기술되어 있는바, 이를 참고하여 소설적으로 구성해본다.

　　승려가 된 원효는 절간에만 머물지 않고 고승을 두루 찾아다니며 불교 공부를 했다. 그리고는 분황사로 가서 불경에 대한 연구를 하여『화엄경소』라는 책을 썼다. 그 후 초개사에 머물면서 부처님의 말씀을 담은 중국의 책『금강삼매경』을 다섯 권으로 쉽게 풀어쓰는 일도 했다. 젊은 승려 원효가 불교 경전에 대한 깊은 공부로 그 방면에 일가를 이루었다는 소문은 무열왕의 귀에도 들어갔다. 무열왕의 청을 받고 원효는 황룡사에서 임금님을 비롯하여 왕자와 공주, 그리고 여러 대신들과 전국의 절에서 온 이름 높은 고승들에게『금강삼매경』에 대한 강의를 했다.
　　불당에 앉아 원효의 강론에 귀를 기울이고 있던 많은 사람 중에는 무열왕의 둘째딸이 있었다. 남편을 백제와의 싸움에서 잃고 홀몸이 된 공주는 원효에게 연정을 느끼게 되었다. 무열왕은 원효의 인품과 높은 실력에 감복하여 중요한 국가적인 행사가 있을 때면 자주 원효를 초청하였고, 그렇지 않으면 궁궐로 불러들여 강론을 듣고는 했다. 원효를 가까이에서, 혹은 먼발치에서 여러 차례 보게 된 공주의 마음속에는 날이 갈수록 더욱 큰 그리움이 자리잡게 되었다. 공주는 아무리 다짐을 해도 머리에는 원효가 스님이 아니라 학식 높고 말 잘하는 미남자로만 떠오르고, 그리움이 사무쳐 병이 날 지경이 되었다. 공주는 용기를 냈다.
　　공주는 마침내 원효에게 모란꽃과 장삼을 선물해 은근히 자신의 마음을 전했다. 원효는 공주의 마음을 알아차렸지만 가타부타 아무 말을 하지 않았다. 공주는 고민 끝에 자신의 이런 간절한 연모의 마음을 아버지 무열왕에게 말씀드렸다. 공주는 아버지 무열왕에게 이렇게 자신의 짝사랑을 고백하였으니, 신라의 여인들은 대단히 적극적인 데가 있었던가 보다. 그 당시 신라에서는 과부의 개가가 엄격히 금지되어 있지 않았는지도 모른다.
　　요석공주의 연모를 눈치 챈 원효는 마침내 자신도 발랄하고 아름다운 공주에 대한 사랑의 감정을 어떻게 할 수 없을 지경에 이르렀다. 하지만 자신은 승려 신분이요 상대방은 일국의 공주였다. 두 사람이 모두 결혼을 원하고 있었더라도 많은 제약이 따를 것은 분명한 일이었다. 원효는 답답한 마음에 다음과 같은 노래를 지어 부르며 거리를 돌아다녔다.

누가 자루 없는 도끼를 주려나
하늘 받칠 기둥을 찍어 내려네.

사람들은 원효가 거리에서 큰소리로 부르는 이 노래가 무엇을 뜻하는지 몰랐지만 무열왕은 소문을 듣고는 원효의 의도를 눈치 챘다. 그래서 무열왕은 어느 날 신하를 시켜 거리를 떠돌아다니는 원효를 찾아 요석궁으로 인도해 들이게 했다.

신하는 어명을 받들어 원효를 찾아다니다가 문천교라는 다리를 지나고 있는 원효와 맞닥뜨리게 되었다. 그 신하가 자신을 찾아내기 위해 여기저기 수소문하고 다닌다는 것을 알고 있던 원효는 멀찍이에서 그 신하의 모습이 보이자 짐짓 발을 헛디딘 양 문천교 아래 냇물에 풍덩 빠졌다. 어푸어푸 허우적거리는 원효를 건져낸 신하는 가마에 태워 곧장 궁궐이 아닌 요석궁으로 달려갔다. 미리 짜둔 각본 그대로였다.

원효의 젖은 옷을 갈아입힌 요석공주는 단 며칠이었지만 꿈같은 시간을 보내고 나서 아기를 갖게 된다. 요석궁에서 사는 공주라고 하여 '요석공주'라고 불리우게 된 이 여인은 우리 옛 조상들이 만들어 쓴 문자인 '이두(吏讀)'를 완성시킨 설총의 어머니가 된다. 원효가 요석공주와의 사이에 설총을 낳은 것은 655년에서 660년, 즉 원효의 나이 39세에서 44세 사이에 일어난 일로 추정되고 있다.

앞서 언급했듯이 원효가 부른 노래는 무애가였고 노래를 부른 장소는 시정(市井)이었다. 시인의 상상력에 힘입어 현대에 재림한 원효는 자신의 시정을 '천민촌 북천'과 '난지도 쓰레기장'으로 설정하였다.

마땅히 어디서 누구를 건져야 하리

천민촌 북천을 뛰쳐나가는 내게
뒤통수를 찌르듯 던진 한마디 대안스님 말씀과
저자거리의 불목하니로 남아
난지도 쓰레기장에 모여드는
잠 못 드는 영혼들을 데워준 나를
잘 가게 하며 알아보신
뒷방 늙은이 우리 방울스님 말씀
저자 속에서야 비로소 깨달았네

-「시정에서 부르는 원효의 노래」 제5연

대안스님과 방울스님은 원효의 설화 그 어디에도 나오지 않는 인물이다. 대안스님은 시인이 잘 아는 시인이 아닌가 싶고, 방울스님은 "뒷방 늙은 이"라는 수식어가 붙어 있기 때문에 혈족이 아닌가 싶다. 둘 다 시인이 아는 사람이리라. 시인은 자신이 시정에서 만난 두 스님과의 인연을 말한 뒤에 원효의 전도 행각을 다음과 같이 묘사한다.

모두 다 버려야만 보이는 들풀들을
두 눈으로 꿰뚫어보면서
부질없이 질러버린
종요(宗要)와 논소(論疎)의 문빗장을 열어젖히고
두드리는 박소리와 휘젓는 춤사위로
뭇 삶들의 바다 속에서
자맥질하기로 했네.

-「시정에서 부르는 원효의 노래」 마지막 연

시의 이 부분을 보다 잘 이해하기 위해서는 원효의 행각에 대한 이성적인 고찰이 필요하다. 앞에서도 설명했었지만 고승 원효는 요석공주와의 사랑이 결실을 맺었지만 절로 돌아가지 않고 시정으로 가 불교의 교리를 전한다. 원효는 단 며칠이었지만 속세에서 결혼식도 올리지 않고 공주와 함께 지냈고, 그 결과 자식까지 둔 몸이 되었다. 임금이 허락한 일이니 스님이라는 신분만 아니었다면 크게 욕될 것은 없었지만 절에 가서 부처님 앞에 다시 서기가 참으로 부끄러웠을 것이다. 이때부터 원효의 생활 태도는 전과는 판이하게 달라지게 된다. 요석궁을 한밤중에 몰래 빠져나온 원효는 그 이후 승복을 벗고 일반 천민들이 입는 옷으로 바꿔 입는다. 불교의 계율을 어기고 파계를 했으므로 승복을 벗어야 한다고 스스로 생각했던 것이다. 이름도 소박하게 소성거사(小姓居士)로 바꾸어 자신의 신분을 속였다. 절을 떠난 원효가 잠자리를 마련한 곳은 거지 소굴이었다. 자신이 집집이 찾아다니며 탁발을 해 밥을 얻어먹는 것이나 거지들이 동냥을 해 밥을 얻어먹는 것이나 다를 바가 없다고 생각했기 때문일 것이다. 원효는 거지들에게 동냥 다니면서 써먹으라고 불경도 몇 구절 가르쳐주었다. 마을에서는 거지가 구걸을 와서 염불을 하면 많이 배운 사람이 어쩌다 저렇게 거지가 되었나 하고는 혀를 차면서 밥도 더 많이 주는 것이었다. 하지만 부처님을 욕되게 하는 짓이라고 화를 내는 사람들도 있었다. 원효는 이렇게 생활하면서 몸은 고달팠지만 마음은 편했다. 황룡사나 궁궐에서 많은 사람들 앞에서 설법하던 자신의 옛날을 돌이켜보니 거짓된 삶을 살았다는 생각이 자꾸만 들었다. 원효에게는 거지들이나 노인네들, 시장의 상인들, 철없는 아이들, 마을의 부녀자들이 다 친구이고 포교의 대상이었다.

원효는 이런 식으로 신라 전역을 돌아다니며 부처님의 말씀을 전하다 하루는 광대패를 만났다. 광대들이 사람들 앞에서 갖고 노는 커다란 바가지가 원효의 눈에는 신기하게 비쳤다. 원효는 목탁을 대신한, 자신의 밥그릇이기도 한 바가지에다가 '무무'란 이름을 붙였고, 무무를 갖고 놀면서 부르는 노래를 지어 '무애가'라고 이름을 붙였다.

모든 것에 거리낌이 없는 사람이라야
죽음의 문제에서 벗어난다네
생사의 편안함을 얻게 된다네

이런 뜻의 무애가를 부르며 추는 춤이 바로 무애무이다. '무애'란 세상 그 무엇에도 거리낄 것이 없다는 뜻으로, 갖가지 고민에서 벗어나 큰 깨달음을 얻은 경지를 가리키는 말이다. 춤도 그런 뜻을 담아 해방감을 만끽하게 하는 몸짓으로 추었다. 물론 광대들이 바가지를 들고 노는 모양을 본따서 만든 춤이었다. 이처럼 무애무는 불교의 교화를 목적으로 원효가 만든 춤이 틀림없지만 매우 서민적이고 온화한 춤이었으리라 여겨진다. 상당히 익살스럽고 우스꽝스런 몸짓도 포함되어 있었을 것이다.

원효는 절간에서 남이 해주는 공양을 받고, 높은 데서 만인을 내려다보며 염불을 하다가 세상을 떠돌며 노는 광대, 즉 한 사람의 자유인이 된 것이다. 무애무와 정토종은 전국 방방곡곡으로 파져갔다. 그는 영어로 하면 '모노드라마'인 일인극을 펼치며 사람을 모아놓고는 부처님의 말씀을 전했다. 고영섭의 시에는 바로 『삼국유사』와 『파한집』에 나오는 무애무에 얽힌 이야기가 전개되고 있다. 시인은 이 한 편의 시로 원효가 행한 드라마틱한 전환(불경 연구자에서 포교승으로의 전환)을 찬하고 있다.

원효는 어디에도 걸림이 없는 철저한 자유인이었다. 원효는 "일체에 걸림이 없는 사람은 단번에 생사를 벗어난다(一切無㝵人 一道出生死)"는 말을 한 적이 있다.[19] 그는 부처와 중생을 둘로 보지 않았으며, 오히려 "무릇 중생의 마음은 원융하여 걸림이 없는 것이니, 태연하기가 허공과 같고 잠잠하기가 오히려 바다와 같으므로 평등하여 차별상이 없다"고 하였다.[20]

---

19) 황영선 편, 앞의 책, 482쪽.
20) 한국정신문화연구원, 『한국민족문화대백과사전』 16, 웅진출판주식회사, 1996(11쇄), 763쪽. '원효'에 대한 부분은 이기영이 썼다.

고영섭은 다른 한 편의 시에서 자신의 원효상을 더욱 분명히 정립한다.

1
들풀들 파릇파릇 햇빛에 반짝이는
새 날 새 세상을 열으리
첫새벽 온 누리에 비치는 부처님 햇빛이 되어
동두렷이 터오는 새밝을 열으리

달동네 뒷산 언저리 위 공동묘지의
한 무덤 속에서 깨어나 깨달았네
마음이 일어나므로 갖가지 현상이 일어나고
마음이 사라지므로 땅막과 무덤이 둘이 아니듯
마음 밖에 따로 구할 것이 없는데
무엇을 따로 구할 것이 있으리

-「원효의 새벽노래」 1번 시의 부분

제1연은 불교가 신라에 들어옴으로써 무지의 어두운 시대가 가고 불법(혹은 부처님 말씀)의 동이 터 옴을 찬양하는 내용이다. 제2연은 해골바가지에 담긴 물을 마시고 득도하는 과정을 시로 쓴 것이다. 1번 시에서는 어느 부분을 봐도 특별히 새로운 내용이 없다. 하지만 2번 시에서 시인이 느닷없이 현대를 그림으로써 생생한 생명력을 불어넣는다.

2
밤골 조그만 마을에 거(居)하는 사나이가 되어
미아리 삼양동 봉천동 달동네의
무허가 판자촌 봉창이 뚫린 집 앞에서

날마다 출근길에 시달리는 맞벌이 들꽃들과
공납금 등록금을 내지 못해 우는 아이들에게

세상의 주인으로 사는 법을 가르쳐주면서
노래와 탈춤으로 한바탕 마음을 달래주었네

연탄재가 널부러진 길목에서
임금인상 작업환경개선 적정근무시간을 외치다가
노동으로 지쳐 돌아오는 들풀들에게
파릇파릇 생기를 불어넣어 주면서
새 집 짓기 위해 들어 올려진 대들보를
불쏘시개로 쪼개서
세상 밝히는 장작불로
활활 타오르게 했네.

–「원효의 새벽노래」 2번 시의 전문

고영섭은 "나는 오늘 원효를 만난다. 그는 서라벌에만 있지 않다. 원효는 우리나라의 어느 거리에서나, 산간벽지의 절 속에 면면히 살아 있다."[21]고 했는데 이런 생각이 이 시에는 잘 담겨 있다. 2번 시에서 시인은 이처럼 원효의 현재적 의미를 탐색하고 있다. 그 옛날 원효가 시장바닥에서 했던 일을 현대의 원효는 달동네 무허가 판자촌에서 한다. "날마다 출근길에 시달리는 맞벌이 들꽃들과 / 공납금 등록금을 내지 못해 우는 아이들에게 / 세상의 주인으로 사는 법을 가르쳐주면서 / 노래와 탈춤으로 한바탕 마음을 달래주었네"는 4행은 원효가 이 땅에 와서 한 일이 무엇이었던가를 말해주고 있는 부분이다. 시인은 원효가 수많은 불교서적을 발간하여 신라불교를 중흥시킨 역할을 한 사실을 무시하려는 마음은 전혀 없었을 것이다. 하지만 그보다 더욱 중요한 것은 가난한 민중 속으로 들어가, 그들과 희로애락을 함께 하며 불교를 전파한 것이야말로 원효의 가장 큰 역할이었음을 강조하고 싶었음에 틀림없다. 이 시는 80년대에 흔히 볼 수 있었던 '노

---

21) 고영섭, 『원효, 한국 사상의 새벽』, (주)도서출판 한길사, 2002(5쇄), 27쪽.

동시'의 계보에 들 수가 없다. "임금인상 작업환경개선 적정근무시간을 외치다가"를 보면 노동환경 개선과 노조의 결성을 통한 노동해방이라는 노동시의 일반적인 주제를 짐작할 수 있지만 시의 말미는 완전히 다른 차원을 지향한다. "새 집 짓기 위해 들어 올려진 대들보를 / 불쏘시개로 쪼개서 / 세상 밝히는 장작불로 / 활활 타오르게 했네."는 결구를 통해 고영섭은 원효에 의해 한국 불교사상의 개화가 이뤄졌음을 주장하고 있다. 원효가 고도의 정신세계를 지향하는 불교철학서를 저술하는 데 그쳤더라면 이런 식의 묘사가 행해졌을 리가 없다. 대들보 운운은 『송고승전』의 「신라국황룡사원효전」에 나오는 시 한 수에 영향을 받은 것이 아닌가 여겨진다.

> 지난날 백 개의 서까래를 가려낼 때에는
> 비록 내가 들지 못했지만
> 오늘 아침 하나의 대들보를 가로지르는 곳에서는
> 나만이 할 수 있구나!

쉬운 시구 속에 오묘한 철학이 감춰져 있다. 원효의 사상은 몽매한 인간들로 하여금 깨달음에 도달하도록 하기 위해 먼저 자신의 마음을 비우고, 각자의 처지에 따라 경문을 외우는 한편 생활을 검소하게 하는 가운데 실천하도록 유도하는 것이었다. 원효에 의해 펼쳐진 정토종이란 탁상공론이 아니라 수행, 실천하는 가운데 깨닫는 것이라는 윤리적인 목표가 있었다. 다시 말하거니와 원효사상의 위대성은 민중의 삶 한복판으로 파고든 데 있었고, 이 땅의 몇 명 시인은 바로 그 점을 중시하여 원효를 형상화했던 것이다.

3. 나가는 말

7명 시인의 17편 시밖에 찾아보지 못했지만 원효라는 한 승려를 소재로 하여 쓴 현대시의 수는 이 글에서 다룬 것보다 훨씬 많을 것이다. 이른바 위인으로 일컬어지는 인물 가운데 시인들이 관심을 갖고 그의 행적이나 인품을 형상화한 시의 수는 17편만으로도 거의 으뜸이 아닐까 한다. 그만큼 원효는 시인들에게 매력적인 인물로 다가왔다. 불교가 발전해온 데 원효의 저술 업적을 소홀히 할 수 없지만 그보다는 원효가 수많은 설화를 남긴 문제적 인물이었기 때문이다. 특히 많은 설화가 담겨 있는『삼국유사』의 존재는 원효의 인간 됨됨이를 잘 말해주는 문학적 보고라고 할 것이다.

시인들 가운데 황동규·윤동재·고영섭 같은 이는 원효의 인간적인 면모를 부각하는 데 힘썼고, 고창수는 원효가 주창한 불교의 교리에 한 걸음 다가섰다. 원효가 진정 생명력이 있는 인물이라면 앞으로도 계속해서 시인들의 관심권 안에 있을 것이다.

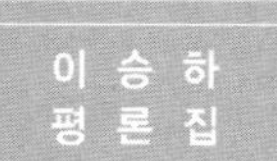

세속과 초월 사이에서

2부

한국 현대시의 특수성

한국 현대시에 나타난 '음식'

한국 현대시에 나타난 '자궁'

한국 현대시에 나타난 '웃음'

한국 현대시에 나타난 '낙동강'

한국 근·현대시에 나타난 '서울'
―「漢陽歌」(1844)에서 『나의 우파니샤드, 서울』(1994)까지

한국 현대시에 나타난 '음식'

텔레비전 드라마 「대장금」이 불러온 한류 열풍이 식을 줄을 모른다. 드라마 필름이 동남아 투어를 마치고 미국과 남미에까지 상륙해 대단한 인기를 끌고 있다고 한다. 이 드라마의 인기 요인에는 여러 가지가 있겠지만 화면 가득히 펼쳐지는 화려한 궁중음식이 한몫을 하였다. 동남아 곳곳에 '大長今'이라는 이름의 음식점이 생겨났으며, 유황오리 요리 등 드라마에 나오는 음식에 대한 관심도 폭발적으로 일어났다. 그 전에 「허준」이 큰 인기를 누렸을 때는 사람들이 매실을 못 구해 난리를 쳤었다. 명의 허준이 매실을 갖고 만병통치약 비슷한 것을 만드는 것을 보고 매실주나 매실차를 만들기 위해서였다. 지금 한창 인기를 끌고 있는 두 편 텔레비전 드라마의 두 여주인공이 모두 요리사(한 명은 빵 만드는 파티쉐이고 또 한 명은 서양요리 전문가)이다. 이는 드라마 작가가 현대인들이 먹거리에 관심이 많은 것을 알고 있기 때문이 아닐까. 건강을 무엇보다 중요시하는 현대인들은 몸에 좋은 것을 먹으려 하는 욕망이 강하다. 그래서 뭐가 안 좋다고 하면 한꺼번에 먹지를 않는다. 먼 나라에서 조류독감이 퍼지면 나비효과가 나타나 이 땅에서는 아닌 밤중에 닭 값이 폭락한다. 삼계탕도 치킨도 먹지 않기 때문이다. 광우병이 문제가 되면 쇠고기를 아예 먹지 않는다. 우리의 관심사 중에 '맛있는 음식'과 '건강에 좋은 음식'에 대한 것은 빠지지 않게 되었고, 그 점은 시에도 반영되고 있다. 2000년대 우리 시에서 무척 자주 만나는 소재가 바로 각종 먹거리다.

고형진의 말마따나 우리 현대시사에서 음식을 시의 텍스트 안에 끌어들인 최초의 시인은 백석이었다.[1] 백석의 시를 보면 북방의 토속적인 음식이 무진장 나온다. 흔히 먹을 수 있는 음식들, 명절날이 되어야 먹어볼 수 있는 음식들, 사계절의 음식들, 음식을 만드는 장면, 음식을 나눠먹는 장면, 음식남녀, 음식가족……. 인간의 의식주 가운데 '食'이 얼마나 중요한 것인가를 일깨워준 시인이 백석이었다.

그 뒤 먹거리가 시에서 중요한 화두로 등장한 것은 또 언제일까? 공출로 말미암아 절대적인 기아에 허덕이던 30년대 후반일까, 아니면 전 민족이 생사기로에 섰던 6·25전쟁 때나 폐허의 전후일까? 혼식과 분식을 장려한 박정희 대통령 통치 기간일까? 내가 보건대 그 어느 시대보다 먹는 것에 대한 관심이 고조된 때는 80년대였다. 아니 그 전, 60년대와 70년대의 식탁은 한 번씩 언급할 필요가 있다.

> 아아 내 톱날에 잘려지는 외국산 나무들,
> 외롭게 잘려서, 얼굴을 내놓은 김치, 깍두기.
> 차고 미끄러운 된장국 시간.
> 베니어는 잘려 나가고

---

1) 고형진, 「생활의 체취와 자연에 대한 물음」, 『시안』, 2004 여름, 26쪽.

무거운 내 머리, 어제 잃은 페이지가 잘려나간다.
허리 부러진 흙의 이야기.
활자들도 하나씩 기어서 달아나는
뒹구는 낱말, 그 밥알들을 나는 먹겠지.
상을 물리고 건방진 책을 읽기 위하여
나는 잠시 아내를 멀리하면
바람이 차네요 그만 주무셔요.

－이성부, 「우리들의 糧食」 부분

1967년 동아일보 신춘문예 당선작인 이 시의 화자는 지식인 노동자다. 공사판에서 톱질을 하다 귀가하여 김치와 깍두기, 식은 된장국으로 저녁식사를 한 뒤 곧장 잠자리에 들지 않고 "건방진 책"을 읽는다. 그 무렵 실업률이 꽤 높았을 테고, 지식인이라고 하여 일용할 양식을 구하기 위해 노동판에 뛰어들지 않을 수 없었을 것이다. 그런데 노동자가 먹는 양식은 부실하기 짝이 없다. 이성부는 어쩌면 지식인 노동자의 비애 같은 것을 그리려 했는지 모르겠다. 의식은 지식을 구하고 있으되 몸은 노동을 해야만 하는. 60년대, 우리들의 양식은 너무나 부실하여 "허술한 공복"을 가져올 수밖에 없었다. 산업화가 고속으로 이뤄진 70년대라고 하여 우리 식탁이 하루아침에 풍성해질 리는 없었다.

흐르는 것이 물뿐이랴
우리가 저와 같아서
강변에 나가 삽을 씻으며
거기 슬픔도 퍼다 버린다
(……)
우리가 저와 같아서
흐르는 물에 삽을 씻고
먹을 것 없는 사람들의 마을로

다시 어두워 돌아가야 한다.

— 정희성, 「저문 강에 삽을 씻고」 부분

아직까지도 나의 뇌리에 강하게 남아 있는 시구가 있으니, "먹을 것 없는 사람들의 마을로 / 다시 어두워 돌아가야 한다"이다. GNP 수치는 눈부시게 치솟고 있었지만 빈부의 격차는 오히려 더욱 심화되어 갔고, 그로 인해 노동자의 상대적 박탈감이 증폭된 '개발연대' 70년대의 실상이 잘 나타나 있는 작품이다. 외식산업이 서서히 들어오기 시작한 80년대의 식탁은 그럼 먹을 만한 것들로 채워졌을까?

돈이 생기면 제일 먼저 가리봉 시장을 찾아
친한 친구랑 떡볶기 500원어치, 김밥 한 접시,
기분나면 살짜기 생맥주 한 잔이면
스테이크 잡수시는 사장님 배만큼 든든하고
천오백원짜리 티샤쓰 색깔만 고우면
친구들은 환한 내 얼굴이 귀티 난다고 한다

— 박노해, 「가리봉 시장」 부분

『노동의 새벽』에 싣게 될 시를 쓸 무렵, 박노해에 따르면 세상에는 세 부류의 인간이 있었다. 스테이크 잡수시는 '사장님'과 떡볶기 500원어치와 김밥 한 접시로도 호사를 누릴 수 있는 '우리 노동자들', 그리고 그 사이에 있는 작업반장 유의 인간들이다. 박노해는 빈부의 격차와 신분의 고하가 너무도 뚜렷한 이 나라를 뜯어고칠 생각을 하였다. 그에게 이 나라는 자유롭고 민주화된 나라가 아니라 지구상 가장 불평등하고 부조리한 나라였다. 그래서 생맥주 한 잔이면 스테이크 잡수시는 사장님 배만큼 든든하다고 비아냥거리며 사용자의 위선을 강하게 비판하였다. 또한 노동자의 시대가 와 진정한 '노동 해방'이 이루어지기를 꿈꾸었다.

이런 밥,
부잣집 개라면 안 먹일 거야
기계라도 덜거덕 소리가 날 거야
우리들은 식사를 거부하고
마지막 지점,
옥상으로 모였다

바람마저 자그맣게 열리어 타오르는
심장을 얼리려는 듯 차가워
기대인 어깨로 서로의 체온을 나누며
우리가 누릴 수 있는 건 굶을 자유뿐이라고
낙엽 같은 웃음으로 배를 불렀다

—박노해, 「밥을 찾아」 부분

　80년대의 가난은 보릿고개를 벗어난 뒤의 가난이므로 절대빈곤은 아니었다. 하지만 분배의 불균형과 사회적 불평등에서 온 가난이었기에 박노해는 분기탱천하여 "우리가 누릴 수 있는 건 굶을 자유뿐"이라고 부르짖었던 것이다. 노동의 대가로 받은 돈으로 밥을 샀을 때, 그 밥이 나의 배를 채우지 못하는 현실에 불만을 품고 그들 노동자는 옥상으로 갔다. 전태일의 분신자살이 촉발한 70년대 노동시의 한계는 지식인이 노동자 계급을 향해 연민의 시선을 보낸 데 있었다. 하지만 80년대의 노동시는 노동자들이 직접 밥을 더 달라고 옥상으로 갔다는 점에서(옥상은 시위 장소였다) 이전 시대와 확실히 달라졌던 것이다. 박노해 외에도 '허기의 시학'은 김신용과 유용주가 펼쳐 보였다.

　80년대의 앙팡테리블인 장정일은 먹거리를 완전히 다른 면에서 다룬다. 음식이란 그에게 있어 '만들어 먹는' 것이었다.

> 오늘 내가 해보일 명상은 햄버거를 만드는 일이다
> 아무나 손쉽게, 많은 재료를 들이지 않고 간단히 만들 수 있는 명상
> 그러면서도 맛이 좋고 영양이 듬뿍 든 명상
> 어쩌자고 우리가 <햄버거를 만들어 먹는 족속> 가운데서
> 빠질 수 있겠는가?
> 자, 나와 함께 햄버거에 대한 명상을 행하자
> 먼저 필요한 재료를 가르쳐 주겠다. 준비물은
>
> ─장정일, 「햄버거에 대한 명상」 부분

이 시는 부제가 '가정요리서로 쓸 수 있게 만들어진 시'이다. 시의 외양을 지니고 있는 듯하지만 사실상 햄버거를 만든 과정 자체를 기술하고 있다. 그런데 왜 하필이면 '햄버거에 대한 명상'일까? 옛날에는 명상을 잠 안 자고 꼿꼿이 앉아서 해야만 했다. 현대에 와서는 단전호흡을 하거나 기 수련을 통해 명상을 해볼 수 있다. 하지만 시인의 생각은 그렇지 않았다. 재료를 갖춰놓고 햄버거를 만들면서도 얼마든지 명상을 할 수 있는 법이고, 조리 과정이 곧바로 시가 될 수 있는 법이다. 면벽 참선이 아니라 조리 명상인 것이다.

햄버거나 피자, 핫도그, 닭튀김 같은 인스턴트식품이 김치와 된장찌개, 콩자반과 멸치볶음 등으로 이뤄진 우리 식탁을 위협하기 시작한 것이 언제부터였을까. 잘은 모르겠으나 80년대 초부터가 아니었을까. 제5공화국은 광주항쟁을 무력으로 진압한 뒤에 정권을 공고히 했는데, 운 좋게도 3저의 호황 시대[2]를 맞이하여 국가 경영에 자신감을 갖게 된다. 아마도 이 무렵부터 우리나라에는 패스트푸드 문화가 붐을 이루게 된 것이 아닐까. 장정일의 이 시는 시기적으로 바로 이 무렵에 나왔기에 이런 가정을 해보

---

2) 우리나라는 1985년 가을 이후 달러 가치·금리·원류 세 가지가 함께 떨어지면서 국가경쟁력이 급상승한다.

게 되는 것이다. 80년대의 시단에는 먹거리를 아주 거칠게, 날카롭게 묘사
해낸 시인도 있었다.

凶器를 품은 건달族에게 능욕당하며
버둥거리는 처녀처럼
도마 위에 잉어가 퍼덕거린다
칼에 잘리는 지느러미
칼에 긁히는 금빛 비늘

뇌 속의 쓸개를
독한 소주로 헹구면서
얼큰한 매운탕을 한 그릇 해야겠다

- 최승호, 「매운탕」 부분

최승호는 현대화를 '약육강식'과 '적자생존'으로 이해하였다. 내가 살려
면 누군가를 먹어야 한다. 잡아먹지 않으면 등쳐먹어야 한다. 잉어 매운탕
의 재료가 된 잉어는 건달족에게 능욕을 당한 처녀의 모습에 빗대어지는
데, 그런 상상을 한 이유는 현대를 지탱케 하는 모든 관계에는 폭력성이
내재해 있다는 인식 때문이다. 매운탕이 시의 소재가 될 때, 그것의 맛과
영양가는 아무런 상관이 없다. 매운탕 한 그릇도 폭력의 산물인 것이다.
그러다 90년대에 오면 갑자기 요리 만들기의 즐거움, 요리 해주기의 기쁨,
요리 맛보기의 행복이 노래된다. 80년대 음식 소재의 시와는 확연히 달라
진 것이다.

저녁 같이 먹을래요?
뜨겁고 맛있는 된장국을 끓였어요
사라다에 당신이 좋아하는 배와 맛살도 넣었어요
잠자는 숲속의 공주처럼 예쁜 파슬리도

> 그 곁에 누워 있어요
> 당신이 오시면 찾을지도 몰라
> 독일산 백포도주도 준비해놓았어요
> 풍성한 식탁에서 퍼올리는 희열,
> 그 희열에 걸려
> 우리 두 사람 황홀하게 그쪽으로 넘어져봐요
> 빨리 오세요
> 음식들이 내 마음처럼 활활
> 타오르고 있어요
>
> — 김상미, 「음식 만세 1」 부분

화자는 이제 저녁 식사 준비를 다 했다. 사랑하는 이와 저녁을 함께 할 시간을 기다리며 식탁을 준비하면서 사뭇 희열에 넘쳐 있다. 밥을 투쟁의 대상으로, 햄버거를 명상의 대상으로, 매운탕을 폭력의 산물로 생각한 앞 세대의 시인과는 음식에 대한 생각이 판이하게 다르다. 독일산 백포도주까지 곁들여 풍성한 식탁을 차려놓고 마음껏 즐기면 된다. 음식이 인생의 크나큰 즐거움의 대상이 된 것이다. 하이드룬 메르클레의 말에 의하면 그리스 시대 이래 포도주는 힘겨운 세상살이와 여러 위험들로부터 위안을 주는 쾌락의 도구였을 뿐만 아니라 특별한 방식의 치료 도구이기도 했다.[3] 포도주는 기쁠 때 그 기쁨을 증폭시키고 슬플 때나 괴로울 때 그것을 잊게 해주는(또는 경감시켜주는) 역할을 했기 때문이다. 또한 포도주는 사교적이고 관습적인 음주, 공동체에서의 결속을 위해 필수불가결한 도구였다. 가정에서의 다양한 축제, 모든 종교적이거나 비종교적인 축일에도 사람들은 많은 양의 포도주를 소비했다.[4] 김상미는 식탁에서의 포도주 역할을 아는 시인이다.

---

3) 하이드룬 메르클레, 『식탁 위의 쾌락』, 신혜원 옮김, 열대림, 2005, 82쪽.
4) 하이드룬 메르클레, 위의 책, 247쪽.

　2000년대에는 이른바 웰빙 바람이 불어 닥친다. 음식이 허기를 채우는 것이 아니라, 풍성하게 식탁을 차려놓고 마음껏 먹으며 즐기는 것이 아니라, 자기 입맛에 맞는 것을 골라서 사먹고 해먹는 시대가 된 것이다. 그런데 시인들은 나이가 있어서 그런지 햄버거나 피자, 빵, 라면 같은 인스턴트 식품(혹은 서구화된 음식)을 먹지 않고 우리 고유의 음식을 즐겨 먹는다. 또한 어린 시절에 먹었던 음식을 생각하며 향수에 잠기기도 한다. 입맛이란 것은 참으로 묘하다. 나이가 들면 들수록 까마득히 어린 시절에 먹었던 것을 찾게 되니 말이다.

　　　하지가 지나면
　　　성한 감자는 장에 나가고
　　　다치고 못난 것들은 독에 들어가
　　　가을까지 몸을 썩혔다
　　　헌 옷 벗듯 껍질을 벗고
　　　물에 수십 번 육신을 씻고 나서야
　　　그들은 분보다 더 고운 가루가 되는데

　　　이를테면 그것은 흙의 영혼 같은 것인데

　　　강선리 늙은 형수님은 아직도
　　　시어머니 제삿날 그걸로 떡을 쪄서
　　　우리를 먹이신다

– 이상국, 「감자떡」 전문

　다치고 못난 감자가 독에 들어가 몸을 썩힌 뒤, 분보다 더 고운 가루가 된다. 이 가루로 떡을 쪄서 '아직도' 우리를 먹이는 분이 계시니, 강선리 늙은 형수님이다. KFC나 버거킹, 파파이스 같은 외식 업체가 만든 감자튀김이나 유명 제과업체의 포테이토칩의 맛에 한국인의 입이 길들여져 있을지 모르지만, 그것은 신세대에게만 해당된다. 여전히 이상국 시인의 세대는 토종 감자를 값지게 생각하며 그것으로 만든 감자떡을 먹는다. 감자 가루를 "흙의 영혼 같은 것"으로 인식하고 있는 연유는 그것이 이 땅에서 난 것이기도 하겠지만 달리 가공을 하지 않은, 자연 그대로의 것이기 때문이다. 사실 사람들의 입에 딱 맞는 것은 '맛있는 옛날 가정식 요리'뿐이다. "집에서 먹는 밥이 항상 제일 맛있어."라고 세상 사람들은 말하고, 우리는 깊이 생각해 볼 필요도 없이 그 말에 동의한다. 목구멍은 정체성의 일부이다. 목구멍의 감각, 즉 '미각'은 도덕규범이나 관습, 주거 문화, 신앙과 마찬가지로 민족 중심적 이데올로기 혹은 더 일반적으로 우리 중심적 이데올로기의 요소이다. 자신의 관습은 합리화되고 정당화되며 소중히 간직하고 지켜야 할 귀중한 자산으로 이해된다.[5] 영양가가 어떠니 발효식품이어서 몸에 좋으니 어떠니 따지기 전에 김치와 된장은 우리의 이데올로기였고 자신이었다. 감자떡이나 콩자반, 막걸리빵, 돼지국밥, 순대 같은 것도 가난했던 유년기에 대한 기억을 갖고 있는 이 땅의 40대 이상 성인이라면 누구나 향수를 갖고 있는 먹거리일 것이다.

> 간장에 달달 볶아
> 반질반질 윤기 나는
> 까만 눈동자들
> 한 콩 한 콩이
> 내 식솔들의 눈동자였다
>
> – 정철훈, 「콩자반」 부분

예전에는 식탁에서건 도시락 반찬에서건 빠지지 않고 들어 있던 것이

---

5) 클라우스 E. 뮐러, 『넥타이와 암브로시아』, 조경수 옮김, 안티쿠스, 2007, 143~144쪽 참조.

콩자반이었는데 지금은 음식점에 가도 콩자반을 보기 어렵다. 손이 꽤 가는 반찬이기 때문인데, 시인은 한 콩 한 콩이 내 식솔들의 눈동자라고 생각하여 "콩은 나를 빤히 쳐다보고 / 나는 말똥말똥 까만 눈빛을 / 슬그머니 피한다"는 시구를 얻는다. 콩은, 나의 지난날을 지켜본 동반자였던 것이다. 뿐만 아니라 콩과 함께 해온 인생이어서 "한 콩 한 콩이 / 내가 먹은 나이"라는 데까지 생각이 미친다. 감자떡과 콩자반에 대한 향수가 이 2편의 시를 쓰게 했는데, 막걸리빵의 경우는 좀 다르다. 오늘날에는 막걸리빵을 사 먹는 사람이 거의 없다.

> 은행 앞 지하철 입구 막걸리빵 노랗게 시들었다
> 일 보고 사무실로 돌아가는 사람들
> 발길 아래 곁눈질로 막걸리빵 슬쩍 보며
> 언제 저런 것도 있었느냐는 듯
> 문 닫는 은행에서 돈 냄새 밀어낸다
> 지는 햇살 노랗게 식은 막걸리빵 앞에
> 아침보다 더 부푼 태아를 안고 아주머니 앉아 있다
>
> — 최영철, 「막걸리빵」 부분

"오백 원에 한 조각"이니 무척 싼 빵이다. 그런데도 사람들은 막걸리빵을 사 가지 않는다. 제과점의 비싼 빵에 입맛이 길들여진 탓일까? 아니, 그보다는 막걸리빵의 맛을 기억하는 사람이 이제는 별로 없기 때문이다. 궁핍했던 시절, 막걸리빵은 우리의 허기를 달래주기도 했었건만 지금은 그 맛을 찾는 사람이 없다. "아침 햇살에도 노랗게 뜬 아주머니"만이 "참 맛있어요 참 맛있어요, 중얼대기만 한다". 감자떡·콩자반·막걸리빵처럼 우리가 손쉽게 구할 수 없는 먹거리를 갖고 쓴 시가 있는가 하면, 지금도 거리거리에서 먹을 수 있는 먹거리를 갖고 쓴 시들이 있다.

담양하고도 창평장에를 가면
거기 녹슨 양철 지붕의 돼지국밥집이 있다네
머릿고기, 내장, 간과 순대들
물큰내를 풍기며 가마솥에서 펄펄 끓는다네
오일장이면 누구랄 것도 없이 이른 참부터 들러
육두문자와 파안대소도 곁들이는 돼지국밥
(……)
산해진미에도 헛헛한 마음들
돼지 내장으로 씻고는 화색이 도는 것인데
아무래도 무슨 추억이며 향수를 먹는 돼지국밥집

─고재종, 「돼지국밥집이 붐비는 풍경」 부분

돼지국밥은 단순히 음식 메뉴 중의 하나가 아니다. 손님은 돼지국밥에 육두문자와 파안대소도 곁들이고, 그 집에서 추억이며 향수를 먹기도 한다. 녹슨 양철 지붕을 가진 돼지국밥집이니 허술하기 이를 데 없지만 사람 사이에 정을 나눌 수 있고 노동의 애환을 달랠 수 있는 더없이 따뜻한 공간이다. 음식 자체보다도 더 중요한 것이 그것을 먹는 장소이다. 돼지국밥집이 붐비는 것은 음식의 맛 때문이겠지만 그 허술한 집이 손님의 마음을 푸근하게 했음을 간과해서는 안 된다.

밸 꼴리는 세상에서
구절양장(九折羊腸) 인생을 살아내자면
꼴리는 밸을 어찌 저찌 대처했을 돼지가 스승인 듯
순댓집은 늘 북적대는 사람들로
돼지처럼 살아낼 재간을 배우려는 이들로
나도 순서를 기다려
한 그릇씩 먹고 나면 뒤틀린 밸을 펴는
신통술이라도 깨우쳤다는 듯이 웃고들 나간다.

─유안진, 「순대도 경전인가」 부분

순댓집 역시도 늘 북적댄다. 그곳은 손님들이 순댓국을 먹고 가는 음식점이기만 한가? 그렇지 않다. 그곳에서 손님들은 뒤틀린 밸을 펴고, 신통 술이라고 깨우쳤다는 듯이 웃고들 나간다. 우리 위 세대 사람들은 맛과 영양소 등 음식의 질을 물론 중요시했지만 그보다는 그것을 먹는 곳의 분위기와 누구와 함께 먹는가를 더욱 중요시했음을 알 수 있다. 다시 말해 우리는 외식을 할 때 마음 맞는 사람과 허리띠를 느슨하게 풀어놓고 먹을 수 있는 장소를 물색해 왔던 것이다. 신달자의 「설렁탕 한 그릇」, 최영철의 「메밀묵 장수」, 안도현의 「곰장어 굽는 저녁」, 고재종의 「한바탕 잘 끓인 추어탕으로 놀다」, 나희덕의 「국밥 한 그릇」, 강기원의 「선짓국」 등을 보면 이들 시인은 우리가 다같이 오래 전부터 먹어온 토속적인 음식에 대해 긍정적인 시각을 지니고 있음을 알 수 있다. 그렇다면 지금부터는 재빨리 준비해 먹을 수 있는 인스턴트 음식이나 패스트푸드 음식을 다룬 시를 보자. 일단 그런 음식은 먹는 장소가 중요하지 않다. 한 끼 때우면 그만인 음식이어서 요즈음 한창 유행의 물결을 타고 있는 웰빙과는 무관하다. 그래서인지 이런 소재로 하여 시를 쓸 때는 대개 부정적인 시각으로 먹거리를 다룬다.

익을 만하면 잽싸게 들어오는
젓가락들의 혈투

덕지덕지 부스럼딱지가 앉은
손가락들의 혈투

— 최영철, 「철판구이」 부분

우리에 갇힌 돼지나 양어장 물고기는
맛이 없다

비육된 이념이나 사육된 인간도
마찬가지다

─공광규, 「맛없는 고기」 부분

라면의 표정은 딱딱하고 각이 져 있다
그들이 짠 스크럼의 대오는 아주 견고하고
단단해 보인다 그러나 끓는 물 속에서
그들은 금세 표정을 바꿔
각자 따로 놀며 흐물흐물 녹아 내릴 것이다
저 급격한 표정 변화는 우리 시대의 슬픈 기표다

─이재무, 「라면을 끓이다」 끝 부분

웰빙의 관점에서 보자면 철판구이(재료가 소고기나 해산물일 때가 많다), 사육된 돼지와 양어장 물고기, 라면 따위는 좋은 먹거리가 아니다. 항생제나 식품첨가물이 제법 들어 있다. 이런 먹거리를 갖고 쓸 때, 시인이 상당히 화를 내고 있음을 알 수 있게 하는 시편이다. 특히 라면은 지조 없는 사람을 가리키기 위해 동원된 객관적 상관물이다. 박철이 쓴 「통닭」 같은 시에서는 전기의자로 사형을 집행하는 방법을 처음으로 고안해낸 미국이 비판된다. 우리의 전통 먹거리를 소재로 삼아 쓸 때의 태도와는 이렇듯 아주 다르다.

인간이 삶을 영위해 나가는 데 있어 가장 기본이 되는 의식주 가운데 '식'의 중요성이 나날이 높아지고 있다. 그러므로 이 땅의 시인들은 앞으로 더욱 더 먹거리를 갖고 시를 쓸 것이다. 어린이집 급식과 학교 급식이 자주 문제가 되고 있다. 먹어도 아무런 탈이 없는, 맛있고 영양가 만점인 먹거리만이 우리 식탁에 놓일 날을 꿈꾸는 것은 나만이 아닐 것이다. 사람의 입에 들어가는 것을 갖고 사악한 욕심을 부리는 이가 없는 세상이 와야 할 텐데……

한국 현대시에 나타난 '자궁'

1. 금기를 넘어선 시인들

'풍기(風紀)'란 풍속이나 사회 도덕에 대한 기율이다. 특히 남녀가 교제를 하는 데 있어 절도를 가리키는 말이다. 한국 현대시에 포스트모더니즘과 페미니즘의 바람이 강하게 불어 닥친 이래, 여성의 몸이나 인간의 성과 관련되어 금기시 되었던 항목들은 대부분 깨어졌다. 문학은, 특히 시는 그 시대의 풍속을 반영하게 마련이다. 그래서인지 폭력성과 잔혹성과 엽기, 그리고 성도착이 난무하는 시를 우리는 아주 쉽게 접하게 되었다.

> 입을 맞춰 줘⋯ 음⋯ 됐어⋯ 이젠⋯ 내⋯ 보×를 핥아⋯ 아⋯ 기분이
> 좋아⋯ 이리 와⋯ 너의 성기를 빨고 싶어⋯ 냄새가 좋아⋯ 이젠 너의 것
> 을 내 항문으로⋯ 집어넣어⋯ 그렇게⋯ 아⋯ 이번엔⋯ 가죽 혁띠를 가져
> 와⋯ 나의 등을 때려⋯ 더 세게⋯ 세게⋯ 세게⋯
>
> — 장정일, 「늙은 창녀」 부분

이런 시가 일부 완고한 보수주의자들의 눈살을 찌푸리게 했을지도 모른다. 하지만 일반인이 즐겨 보는 영화와 청소년층이 즐겨 보는 만화의 폭력성과 잔혹성과 엽기, 그리고 성도착의 수준에 비한다면 시 속의 이런 것들은 아무것도 아니다. 영화는 특히 더욱 자극적인 것을, 더욱 충격적인 것을 보여주고자 일신, 우일신하고 있다. 지금은 사드의 소설 「소돔 120일」이나 오시마 나기사의 영화 「감각의 제국」이 고전이 된 21세기이다. 한때 O양 비디오란 것이 세상을 떠들썩하게 한 뒤에 아무개 양 비디오, 아무개 양 비디오 하는 것들이 인구에 널리 회자되더니 근년에는 유명 연예인의 누드 사이트가 앞을 다투어 문을 열고 있다. 집집마다 '자녀의 교육과 생활 정보'를 위해 마련한 컴퓨터에 음란 사이트가 수시로 침범해 왜곡된 성교육을 시키고 있다. 컴퓨터의 성인 사이트는 이제 은밀하게 보는 것이 아니라 당당하게 보는 것이다. 언론매체에서도 공공연히 19세만 넘기면 무엇이든 거리낌 없이 보라고 권유하고 있다. 전국 방방곡곡에 성인용품 가게가 생겨나고 있으며 원조교제는 근절되지 않고 있다. 시정의 음담패설에 수위라는 것이 없는데 하물며 모든 금기가 깨어진 문학에 있어서랴.

시인은 그 시대의 피뢰침 내지는 소금의 역할을 해야 한다고 강변하는 사람이 아직도 있을까? 혹 선구자나 예언자의 역할을 해야 한다고 말하는 사람은 있을 법도 하다. 그렇다면 우리 시대의 성 담론을 가장 앞서서 전개해온 사람인 시인이야말로 선구자나 예언자일 것이다. 우리는 이미 1980년대 초, 군부 독재에 정식으로 항의할 수 없었던 시인들이 '현실 풍자'라는 우회적인 비판의 기법을 동원하면서 그린 성 풍속도를 보고 경악을 금치 못한 경험을 한 바 있다. 그 대표주자가 박남철과 황지우였고, 80년대 중·후반부를 화려하게 장식한 앙팡테리블인 장정일과 김영승이 그 뒤를 이었다. 90년대에 들어 자본주의가 극성기 현상을 보이자 함민복과 유하가 나타나 이에 발 빠르게 대처하면서 금기를 넘어서는 농담을 하거나 농도 짙은 장면을 보여주었다.[1] 나는 이들에 대한 연구를 해보기 이전에 「한국 현대시에 나타난 '성'(1)」이란 글을 통해 서정주·전영경·김수영·이정기·강우식 다섯 시인의 성 담론이 뜻하는 바를 나름대로 고찰한 바 있다.[2] 공교롭게도 이 두 글은 모두 남성 시인이 연구 대상이었다. 앞의 두 글을 보완하는 뜻에서 1990년대 여성 시인들에게 있어 성 담론이 어떤 식으로 전개되었는지, 시에 나타난 성 담론의 의미와 의의를 짚어보고자 한다. 특히 태아가 발육하는 내부 생식기의 한 부분인 자궁을 여성 시인들이 어떤 식으로 형상화했는가를 중심으로 살펴보려고 한다.

2. 파괴된 자궁이 가져다준 고통－박서원

박서원은 1989년 월간 『문학정신』으로 등단한 이래 지금까지 5권의 시집을 출간하였다. 시인은 산문집 『천년의 겨울을 건너온 여자』(1998)에서 그 시점까지 살아온 생의 이력을 소상히 밝힌 바 있다. 어린 시절에 당한 성폭행이 원인이 되어 얼마나 많은 시련을 겪었으며, 그 시련을 극복하기 위해 어떻게 살아왔는가를 솔직하게 고백한 산문집은 시인의 몇몇 난해한 시를 이해하는 데 적지 않은 도움을 준다. 시인은 아기를 가질 수 없게 되었고, 정신병원을 들락날락해야만 했고, 두 번의 사랑도 비극적인 결말을 맞아야만 했다. 첫 시집 『아무도 없어요』(1990)는 제목부터가 의미심장하다.

> 내가 다스릴 수 없는 내 생애는 시작되어
> 나도 아버지처럼 자주 입원을 했었죠

---

1) 필자는 졸고 「한국 현대시에 나타난 '성애'」에서 박남철과 황지우, 장정일과 김영승, 함민복과 유하 시인의 시에 나타난 성 담론의 의미와 의의를 논한 바 있다.－『한국 현대시에 나타난 10대 명제』, 새미, 2004.
2) 『한국 현대시 비판』, 도서출판 월인, 2000.

그럴수록 식구들의 식욕은 왕성해져서
내가 없는 집안은 환하게 불타오르고
나의 살갗 밑으로는 애정 대신 소독약이 흘렀죠
쇠창살의 병실에서
어릴 적에 집어먹던 고소한 에비오제처럼
작고 귀여운 알약들을 자꾸 집어먹었죠

－「발작·2」 끝 부분

무엇이 걱정이십니까
물론 병원엔
늘 휘황한 거리와 음악은 없지만
늘 당신이 꿈꾸는 어여쁜 죽음이
사방에 진열돼 있습니다
더 이상은 두려워 마시고
당신의 영원한 병을
사러 오십시오

－「병원·1」 끝 연

　시인은 첫 시집에서 입원과 퇴원을 되풀이한 자신의 아픈 과거를 줄기차게 이야기한다. 시적 화자를 시인과 동일시해도 무방하리라. 「발작·1」, 「발작·2」, 「병원·1」, 「병원·2」, 「안구회전증」, 「악몽」, 「정신착란」, 「학대증·1」, 「학대증·2」, 「병·1」, 「두통」 등의 시를 읽다 보면 시집 전체가 병상일기이거나 인생 고백록 같다는 느낌이 든다. 시인은 집을 떠나 쇠창살의 병실에 갇혀 있었다. 병원에는 "어여쁜 죽음이 / 사방에 진열돼" 있다. 정을 나눌 피붙이가 없었다는 것은 시인에게 엄청난 상처로 남아, 작고 귀여운 알약들을 자꾸 집어먹으며 한 시절을 버틴다. 그런데 화자에게 병을 안겨다준 원인은 첫 시집의 어디를 펼쳐보아도 나타나 있지 않다.

두 번째 시집 『난간 위의 고양이』(1995)에 가서 시인은 공포에 사로잡혀 울부짖기도 하고 고통에 짓눌려 신음을 내뱉기도 한다. 첫 시집의 「엄마, 애비 없는 아이를 낳고 싶어」에서 불임에 대한 자의식을 드러낸 바 있는 시인은 제2시집에 수록될 시를 쓰면서 이 문제에 대해 심각하게 고민하고 집착한다.

> 누군가 내게 또 속삭인다. 당신은 임신할 수
> 없어.
> 천만에!
> 나는 내 자궁에다 더 깊이 속삭인다. 천만에!
>
> 이제 난 급류처럼 범람하는 내 속의 양수를
> 굽어본다.
> 물살을 가르며 번창하는 아이들
> 그래, 난 언제나 완벽한 여자였던 거야.
>
> －「생리불순」 끝 부분

시적 화자는 임신을 할 수 없는 몸으로, 생리불순의 고통을 겪고 있다. 하지만 "난 언제나 완벽한 여자였던 거야"라며 스스로를 위로한다. 이것은 일종의 자기 정체성 확인이며 자신을 이렇게 만든 이에 대한 강한 항변이 기도 하다. 시인은 만삭·매독·수음·매음녀·창녀·육체·번식·피의 애무 같은 시어를 동원하여 아픈 기억을 되새기다가 「간음」이란 시에 이 르러서야 비로소 심각한 정신적 외상을 갖게 된 이유를 밝힌다.

> 그 자식은 나를 내버려두고 갔다.
> 새벽 3시. 광기가 수증기로 발화하는 시간,
> 그 많은 즐거움을 두고 나는 비바람에 짓이겨진

벗꽃,

창밖
고가도로를 질주하여 터널을 빠져나가는 자동차, 둘러싸인
山과 낡은 지붕들 사이사이 빌딩들 모두 매춘부로 만들어놓고.

방안에 수북히 쌓인 담배꽁초와 술병들

나는 저항하지 않았다

-「간음」 앞 4연

고가도로를 질주하여 터널을 빠져나가는 자동차가 빌딩들을 모두 매춘
부로 만들어놓았다는 제2연을 어떻게 해석해야 될까. 나로서는 성폭행을
연상하지 않을 수 없다. 그런데 그때 화자는 저항하지 않았기 때문에 그
행위를 '간음'으로 생각하게 되었고, 그렇기 때문에 시에서 네 번에 걸쳐
"간음하라"고 외치게 된 것이 아닐까. 미지의 독자들에게 무방비 상태에서
성폭행을 당하느니 차라리 간음하라고 외치는 화자의 부르짖음은 남근지
배이데올로기에 대한 강렬한 항의의 부르짖음이다. 섹스가 폭행이 아니라
면 "그 많은 즐거움"의 세계일 터, "천국의 열쇠는 음부 사이에 꼭 달라붙
어 있으니", "여인들이여! 이제 때가 왔노니, 간음하라"고 외치며 시인은
울부짖고 있다. 마지막 연이 "사내들은 용기가 필요하리라"인데, 여기에도
남근지배이데올로기에 대한 항의의 뜻이 담겨 있다. 이처럼 화자의 자궁이
생명체를 키울 수 있는 아기집이 되지 못하게 한 남성에 대한 사무친 원한
은 시인을 거친 몸부림의 세계로 나아가게 한다. 제3시집 『이 완벽한 세계』
(1997)에서도 시인은 제 역할을 못하는 자궁에 대한 인식에서 한시도 벗어
나지 못한다. 아니, 벗어날 수가 없다.

세상에 움직이고 형체 있는 건
숨쉬는 날까지
네 자궁의 연주자인 거야

―「플라타너스」 부분

주름진 얼굴과 육체로
백 살까지 아기를 낳는 산고를 치르리라

―「産苦」 부분

둥지 속의 새들은
하늘을 한 스푼씩 떠서
양수에 젖은 징그럽고 귀여운 새끼를 낳죠

―「조물주의 슬픔 2」 부분

갈보의 묘기는 진짜 사랑

넌 모른다
네 몸 전체가 자궁이다

―「거짓말」 부분

여성에게 있어 자궁이란 자기 존재에 대한 확인을 넘어 세상과의 연대를 가능케 하는 제2의 목숨이다. 위에 인용한 4편의 시는 모두 자궁에 대한 끈질긴 상념의 산물이다. 그런데 어머니가 될 수 있게 하는 자궁이 강간 때문에 제 역할을 못하게 되었음을 시인은 여러 차례 암시한다. "난 이제 변기 옆에서 / 해골을 놓고도 웃을 수 있"(「강간」)다. 강간을 당했기에 완전히 짓이겨진 육체와 영혼이라는 것이다. 끔찍한 상처를 안긴 그날의 광경을 시인은 다음과 같이 떠올린다.

해와 달이 몸을 섞는다 (……) 나, 나, 도 모르게 머리칼이 곤두서……
내 바지…… 내 스웨터…… 내 금빛 스카프…… 나 분홍빛 다정한 육체
였는데…… 아아 여기저기 일어서는 갓난아기 울음소리 30년 전 지팡이
가 날아간다 테이블이 흔들린다 콜라가 엎어져 내 발등을 덮친다

-「어떤 황홀 3」 부분

화자가 자신의 몸을 "분홍빛 다정한 육체"로 인식하고 있던 것은 30년
전이었다. 시인의 30년 동안의 고통에 십분 공감하면서 애통함을 느낀다.
제2, 3시집에서 시인이 고통에 짓눌려 계속해서 비명을 지르고 신음을 내
뱉기 때문에 독자는 마음이 몹시 불편해진다. 밝은 세계를 찾아가려는 노
력을 보여주지 않고 고통스런 과거지사에 대해 지속적으로 고백하여 독자
를 지치게도 한다. 시인은 제4시집『내 기억 속의 빈 마음으로 사랑하는
당신』(1998)에서 진정한 사랑을 찾아가는 여행을 떠난다. 하지만 이 시집의
작품들은 긴장감이 현저히 떨어지는 것들이라 실망을 안겨주고 만다. 지나
치게 거칠고 난폭했던, 자학적이고 신성 모독적이었던 시 세계를 버리고
아주 안정된 마음으로 사랑을 예찬하고 있어 어리둥절함을 느끼게 된다.
출판사에서도 이 시집의 질적 함량에 의심을 가졌는지 일련번호를 붙이지
않은 채 출간하였다. 자궁에 준 상처가 영혼에 지울 수 없는 상흔을 남겼
고, 이것을 웬만큼 회복하는 것은 2002년에 낸 제5시집『모두 깨어 있는
밤』에 와서이다. 시인은 이제 당당하게, "하느님 / 자네 내 아들을 되돌려
주시게"(「침묵」)라고 말한다. 얼마나 힘든 나날을 살아냈는지를, 시집의 제
일 마지막에 놓여 있는 작품의 마지막 부분을 보면 알 수 있다. 사산된 태
아는 성스럽기까지 하다. 이런 안정된 시각을 갖기 위해 시인은 끈질긴 투
병의 나날을 보내야만 했던 것이리라. 그녀를 치유해준 것은 의사도 약도
아닌 시였으리라.

웅덩이에서 시작된 바다는 지금 행복하다

사산된 태아는 바다의 용광로 속에서
황금으로 불쑥 솟아오른다

새벽 해님은 황금의 아이를 손잡는다

밀물…… 제라늄 밭이 다시금 황홀해진다

아아 물의 향기…… 오랜 세월……

-「밀물」 후반부

사산된 태아가 시인의 상상력 속에서 황금의 아이가 된다. 바다의 용광로 속에서 황금으로 불쑥 솟아오르는 해를 대지모인 자신이 출산한다. 자신의 자궁이 제 역할을 하지 못한다는 것을 비관하면서 살아온 시인은 마침내 그것을 인정하고, "사산된 태아"를 "새벽 해님"이 손잡는 광경을 연출해 보여준다. 오랜 세월 동안 파괴된 자궁에 대한 뼈아픈 자의식에서 벗어나는 광경은 충분히 감동적이다.

3. 매음의 결과인 생명체에 대한 부정 - 이연주

1953년 군산에서 태어난 이연주는 1991년 『작가세계』 가을호로 등단하여 그해 11월에 첫 시집 『매음녀가 있는 밤의 시장』을 냈으므로 출판사 편집진의 전폭적인 지지를 받은 불세출(?)의 시인으로 볼 수 있다. 하지만 바로 그 다음해에 시집 『속죄양, 유다』의 원고를 출판사로 보낸 뒤에 자살로 생을 마감하고 말았다. 즉, 그녀의 두 번째 시집은 사후에 나온 유고 시집이다. 자살의 이유는 지금까지 명확하게 알려진 바 없다. 40년을 못 채운 생애도 짧았지만 작품 활동 기간도 무척이나 짧았다. 시인으로 산 것은 1년밖에 안 되었지만 2권의 시집은 대한민국이 여성에게 부여한 짐의 무게를 알 수 있게 하기에 의미심장하다. 일단 첫 시집에 나오는 '자궁'의 의미를 탐색해본다.

죽은 쥐들과 살육당한 동물들의 뼈다귀와
독한 냄새를 피우는 배설물들과
나는 강을 건널 것이며
물고기들은 바다로 흘러 들어온
지상의 폐기물들의 살을 먹는 것이다
바다는 요니의 자궁

— 「바다로 가는 유언」 부분

내 자궁은
썩은 쇳조각,
분신할 아들도 파업할 딸년도 낳을 수가 없는데요
여자가 바닥을 박박 기어대며 몸부림쳤다.
의사가 말없이 다녀갔다.
간호사가 와서 근육주사 한 대를 놓고
돌아갔다. 철커덕 문이 닫겼다.
난, 정말 아무짓도 하지 않았는데요
정신병동 철문을 붙들고
여자가 희멀겋게 중얼거렸다.

— 「발작」 후반부

요니는 힌두교에서 여성의 성기를 형상화한 것이다. 「바다로 가는 유언」을 보면 바다는 일종의 자궁인데, 새 생명을 키우는 자궁이 아니라 배설물과 폐기물 등 지상의 온갖 쓰레기가 흘러 들어가는 곳이다. 자궁에 대한 완전히 역설적인 형상화이다. 「발작」에서 형상화한 자궁은 생명을 키울 수가 없을 뿐 아니라 정신병자의 자궁이기에 "썩은 쇳조각"으로 표현되고 있다. 연작시 「매음녀」도 그러하지만 시인은 2권의 시집에서 '에미'가 '자식'을 죽이고 내다버리는 것에 주목하여 이를 여러 차례 묘사한다. 자궁이 제 역할을 다한다고 해도 산모는 자신이 자궁에서 길러낸 자식을 부정한다. 그래서 박서원 시인이 묘사한 자궁보다도 더욱 비극적이다. "애가 이상하면 죽이세요"(「출산 에피소드」) 하면서 낳은 자식을 부정하는 장면이 시집 여기저기에 보인다. 자식을 낳은 적이 있는 여성일지라도 난관절제수술을 받고는 임신하기를 거부한다(「무엇이 잘못?」). 현실에 대한 부정적인 인식이 오죽했으면 다음과 같은 시를 썼을까.

세 발로 걸을 때보다 나은 건 두 발로
두 발로 걸을 때보다 좋은 건 네 발로
네 발로 걸을 때보다 잘된 일은
태중에서 죽는 일.

―「우리는 끊임없이 주절거림을 완성한다」 제2연

시인의 세계 인식에 따르면 태어나지 않는 것이 태어나는 것보다 오히려 낫다. 아예 자궁에서 죽어서 나오는 것이 아이로, 어른으로, 노인으로 사는 것보다 낫다는 것이다. 생명과 생애, 존재와 생존에 대해 이렇게 부정적인 인식을 갖고 있던 시인은 첫 시집에서 이미 자살할 것을 암시한다.

모두가 습관처럼 어깨를 들먹이고
등불에서 빛을 훔쳐낸 자들은 고해소로 간다.
몇십 알의 알약과 두어 병의 쥐약과
목걸대로 이용할 넥타이와, 유산으로 남기는
각자의 몫을 들고

―「낙엽이 되기까지」 제5연

더 이상 완벽할 수 없는 비극적 인식이다. 시인은 왜 이렇게 비극의 극한으로 치달아간 것일까. 그 이유를 나는 매음, 즉 사랑의 부재에서 연유한 것으로 본다. 박서원 시에 있어서 '성'은 강간으로 성립되는 것이었는데 이연주의 시에 있어서 성은 매음으로 성립된다. 여성이 자신의 몸을 돈을 받고 파는 것이다. 그런 과정에서 생겨난 아기를 어떻게 낳고 키울 수 있으랴.

> 무섭다
> 나는 자꾸자꾸 아이를 낳는다 밟아 죽인다
> 나는 쿨럭거린다
> 아무도 눈치 못 채는 일이다.
>
> ―「무덤에서의 기침」 부분

> 소금에 절었고 간장에 절었다
> 숏타임 오천원,
> 오늘밤에도 가랑이를 열댓 번 벌렸다
> 입에 발린 ××, ×××
> 죽어 널브러진 영자년 푸르딩딩한 옆구리에도 발길질이다
> 그렇다, 구제 불능이다
> 죽여도 목숨값 없는 화냥년이다
> 멀쩡 몸뚱아리로 뭐 할 게 없어서
> 그짓이냐고?
> 어이쿠, 이 아저씨 정말 죽여주네
>
> ―「매음녀 3」 전문

연작시 세 번째 시에서 매음녀는 하룻밤에 열댓 번이나 몸을 파는 존재, 설사 죽는다 해도 "목숨값 없는 화냥년"이다. 그런 점에서 "구제 불능"이다. 남녀간의 성행위에서 서로가 느끼는 충일감이나 2세 탄생을 꿈꾸는 회

임에의 의지 같은 것은 찾아볼 수 없다. 남자는 사고 여자는 파는 일종의 상행위가 있을 뿐이다. 이연주 시인의 시에 있어서 성 풍속은 사창가에서 이뤄지므로 추악하다고는 할 수 없겠지만 음습하고 불건강하다. 그 결과물로 생긴 아기가 있다면 죽이고, 내다버린다.

> (⋯) 벌써 날이 밝았어, 벌써 날이 밝았어, 한숨 섞어 중얼거리던 에미는 신문지에 둘둘 말아 싼 애비 모르는 죽은 것을 쓰레기통에 쿡, 처박았네. 아아, 나일론 살에 붙어 타는 냄새.
>
> —「매음녀 7」 끝 부분

숱하게 손님을 받다가 생겨난 아기이므로 아버지가 누구인지 알 수 없다. 직업여성이니 아기를 제대로 키울 수도 없다. 그래서 핏덩어리를 죽이는데, 신문지에 둘둘 말아 싸서 죽여 쓰레기통에 쿡 처박아 버린다. 시인은 "긁어낸 태내 아이처럼 속수무책의 / 무자비한 주검"(「흰 백합꽃」)을 수시로 본다. 유고 시집을 준비할 무렵에 시인은 더욱더 비관적인 생각에 사로잡히는데, 기이하게도 줄기차게 사랑을 갈망한다. 물론 갈망할 뿐 성사되는 바가 없어 시인은 절망하여 자살을 예고한 뒤, 이를 실행한다. 시인은 사랑할 대상이 없는 세상에서 살아야 할 이유를 발견할 수 없었던 것이다.

> 만일 누군가가 아직도 나를 사랑한다면
> 나는 치사량의 주검,
> 하늘을 자유롭게 풀어주는, 해질녘의
> 코로나.
>
> —「만일 누군가가 아직도 나를 사랑한다면」 끝 연

> 돌멩이를 사랑하는 일은 쉽다.
> 걷어차도 배반 없는, 그러나

애정 없는 섹스.

–「최후 사랑법」 제3연

△▽→모든 변은 보이지 않는다
신기함을 잃어버린 공간
소속된 끄나풀의 제도적 사랑도
파괴적 미친 사랑도 적절치 않다

–「무정부주의적 미립자의 고뇌」 제3연

'사랑'이라는 낱말이 나오는 어느 시를 보아도 그것이 긍정적인 의미로 쓰인 적이 없다. 정신적인 사랑이건 육욕에 의한 성행위이건 사랑은 모두 부정의 대상이요 환멸의 대상이다. 사랑은 아예 안 하는 것이 좋다. 그래야 아이가 생겨나지 않으니까. 가족이란 성을 매개로 하여 성립 가능한 것인데 사랑이 없으므로 가족 공동체는 존재할 필요가 없다. 하지만 사람들은 결혼을 하고, 그래서 성립된 가족 공동체는 너무나 손쉽게 붕괴된다. 사랑할 대상이, 특히 사랑할 가족이 없는 경우 그 사람은 살 이유를 찾기 어려울 것이다. 그래서 시인은 자살을 감행한 것일까.

진통이 오는지 이마를 찡그리며 둥근 배를 쓸면서
아가야, 태 안에서 죽으렴
(……)

그러나 못 들은 척 어미 배를 찢고 나오는 아기,

–「성 마리아의 분만기」 부분

이처럼 이연주의 시에서는 생명이 부정된다. 가족과 성도 부정된다. 매음(혹은 사련)의 결과인 생명체인지라 태 안에 있는 것을 죽이려 들고, 배를 찢고 나오면 밟아 죽이기도 한다. 사랑으로 맺어지지 않은 관계, 즉 매음의 관계가 다반사인 세상에 대한 도저한 절망감은 이런 시들을 쓰게 하였고, 시 쓰기에 지친 시인은 스스로 목숨을 끊음으로써 모든 고통으로부터도 해방되었다.

4. 아버지로부터 유린당한 딸의 자궁 – 김언희

1989년에 등단한 김언희는 1995년에 시집 『트렁크』를, 2000년에 시집 『말라죽은 앵두나무 아래 잠자는 저 여자』를 발간하였다. 첫 번째 시집의 다음 시에 가장 먼저 주목한다.

> 건드리면 모가지가 떨어져버리는 紙狀兒를
> 안아본 적이 있어?
> 자궁 속에서 이미 구겨박질린
> 꾸깃꾸깃한 종이아이를
> 손아귀에
> 뭉쳐 쥐어본 적이 있어?
> 가까운 휴지통에 던져 넣어본 적이?
>
> —「마리아의 노래」 부분

예수의 어머니 마리아는 흔히 '聖母'로 일컬어지며, 성경에서는 천사 가브리엘의 수태고지를 통해 동정 수태를 했다고 한다. 시인은 그런데 마리아의 입으로 하는 말이라고 하면서 신성 모독적인 발언을 거리낌 없이 하고 있다. 이 시의 문맥만을 보면 시인은 동정 수태를 믿지 않는다. "양수 한 방울 흐르지 않는 출산을?" 하면서 비아냥거리고 있다. 이러한 도저한 부정은 어디에서 연유한 것일까? 시인은 2권의 시집에서 줄기차게 아버지를 등장시키는데, 시에 등장하는 아버지는 딸자식을 성폭행하는 악인이다.

김언희는 딸을 성폭행하는 아버지의 이미지를 왜 줄기차게 묘사한 것일까.

이리 온, 내 딸아
아버지의 바다로 가자
일렁거리는 저 거대한 물침대에
너를 눕혀주마
아버지의 바다에, 널
잠재워주마

—「아버지의 자장가」 마지막 연

이 시에서 주목을 요하는 시어는 '물침대'이다. 일반 가정에 물침대가 있을 리 없다. 이것은 불륜을 저지른 남녀가 성의 쾌락을 얻기 위해 필요한 장치인데 아버지는 바다를 물침대라고 말하며 잠재워주겠다고 한다. 이 시가 근친상간을 암시하고 있지 않다고 생각한다면 다음 시를 보면 된다.

부저가 울리면
뚜껑을 열고
가족들을 끄집어낸다
분당 칠백 회전
와류식 세탁조 속에서
얼마나 서로를 붙들고 늘어졌던지 식구들은
근친상간의
사람뙈리를 틀고
팔다리가 엉겨 떨어지지도 않는다

—「빨래」 앞부분

식구들의 옷이 세탁기에 넣어져 돌아가고 있다. 식구(食口)란 밥을 함께 먹는 존재이고, 잠을 한 집에서(혹은 한 방에서) 자는 존재이다. 속옷도 함께 세탁기에 넣어 빨아서 입는 존재인데 시인은 「빨래」라는 시에서 '근친상간'이라는 말을 썼다. 빨래를 할 때는 옷이 뒤섞이게 마련이다. 그런데 시인은 옷이 뒤섞이는 것을 보고 근친상간을 연상한 것이다. 한 집 안에서 사는 사람 사이에 근친상간이 성립하는 것은 부부지간을 제외한 모든 것이다. 시인은 내가 나와 생피 붙는 희한한 상상도 해본다.

> 자웅동체
> 암수 한 몸
> 지척지간 한배 새끼
> 나는 나와
> 생피 붙는다
> (불륜의 향기는 코를 찌르고 목을 조르고 눈구녕을
> 후벼파고)

―「백합, 백합, 백합」 부분

내가 나와 생피 붙는 자웅동체에게 성관계가 '불륜'일 턱이 없다. 분명히 집 안에서 나와 누군가가 근친상간을 한 것이다. 시인이 말하는 시간(屍姦)도 알고 보면 근친상간이다. 시인은 첫 시집에서 "오후 / 두 시의 / 귀울림, 죽은 자가 / 산 자를 겁탈하는 백주의 / 屍姦, 오후 / 두 시의 / 유리 구겨지는 소리"(「저, 옐로우 하우스」) 하면서 시간을 언급한 적이 있는데 두 번째 시집에서는 그것이 바로 근친상간이라고 직접적으로 말한다.

> (……) 그 여자의 숨결에서 그는 그의 시취(屍臭)를 맡았다 그 남자의 정액에서 그녀는 그녀의 시즙(屍汁) 맛을 보았다 서로의 몸을 열고 들어가면 물이 줄줄 흐르는 자신의 성기가 물크게 기다리고 있었다 이건 시간(屍姦)이야 근친상간이라구

―「그라베」 부분

근친상간의 주체가 오빠일 수도 있고 삼촌일 수도 있다. 하지만 시인은 오직 한 사람, 아버지임을 곳곳에서 말하고 있다.

> 벗겨주소서
> 벗겨내주소서아버지
> 나를아버지
> 콘돔처럼아버지
> 아버지의좆대가리에서아버지!

―「벗겨내주소서」 끝 부분

내 생명의 원천이라고 할 수 있는 아버지의 성기를 '좆대가리'라고 표현하는 것은 시적 화자가 근친상간의 피해를 입었기 때문이다. 시적 화자는 아버지로부터 당한 끔찍한 일을 기억에서 내몰고 싶어 한다. 그래서 아버지를 여자로 만들어 그 일을 부정하기도 한다.

> 거울 속의
> 아버지, 새빨간
> 페티큐어를 하고, 아이,
> 꽃만 보면 소름이 져요, 허리를
> 꼬는 아버지, 과부가
> 된 아버지,
> 생리중인 아버지,
> 시뻘건 아버지의 음부, 아버지의
> 질, 하룻밤에 여든여덟 체위로
> 내 남자와
> 하는,

―「가족극장, 과부가 된 아버지」 제1연

이 시에서 아버지의 성 정체성이 의심스럽다. 질을 갖고 있는 아버지라면 성전환수술을 했단 말인가? 나는 그렇게 보지 않는다. 화자는 아버지라는 존재를 어떤 방법으로든 부정하고 싶은 것이다. 「가족극장, 이리 와요 아버지」에는 "쇠가죽처럼 질겨빠진 아버지의 처녀막을 찢어드릴게 손잡이 달린 나의 성기로 아버지 아주 죽여드릴게"라는 구절이 나온다. 내가 아버지가 되고 아버지가 딸이 되어, 즉 아버지인 내가 딸인 아버지를 성폭행하는 상상이 이 시의 모티브이다. 화자의 기억에서 절대로 지워지지 않는, 나를 성폭행한 아버지는 '색골'이다(「가족극장, 나에게 벌레를 먹이는」). 아버지 때문에 나의 자궁으로 가는 길은 불태워졌다(「가족극장, 소작된」). 그래서 나는 아버지의 아가리에 똥을 싸고 싶어 한다(「가족극장, 문고리」). 이렇게 되면 가족 파탄과 가정 붕괴를 넘어서 가족은 서로가 철천지원수가 되며 악과 모욕밖에 남을 것이 없게 된다. 지금까지 행한 이러한 추론이 억설인지 확인을 해보자.

아버지아버지아버진 너무
흘려, 아버진
색골이야! 벌레
먹은 아버지, 벌레로
뒤덮인 창문
뒤에서

－「가족극장, 나에게 벌레를 먹이는」 부분

시의 인용한 부분만 보면 아버지는 천하에 둘도 없는 바람둥이라고 생각해볼 수 있다. 하지만 "나에게 벌레를 먹이는 아버지"라는 제3행을 읽고 나서 이 부분을 읽으면 대뜸 근친상간의 결과 상처 입은 딸이 울부짖는 장면임을 알 수 있다. "자궁으로 가는 길은 불태워졌다"로 시작되는 「가족극

장, 소작된」에는 아버지가 나오지 않지만 「가족극장, 삭망(朔望)」에는 아버지
가 나온다. 시인은 딸자식을 성폭행한 이 세상의 아버지를 용서할 수 없어
줄기차게 아버지를 등장시킨다. 화자의 자궁을 유린한 아버지는 이 세상에
서 제일 나쁜 사람이다. 그래서 화자는 아버지를 모욕하고 싶다. 복수하고
싶다. 아니, 모욕하고(「가족극장, 문고리」), 복수한다(「가족극장, 왜파의 나라」).

> 미끌거리는
> 아버지의 문고리…… 하지만 아버지
> 이제, 내가, 아버지의
> 아가리에
> 똥을
> 쌀
> 차례죠…… 이제, 내가, 아버지,
>
>   −「가족극장, 문고리」 끝 부분

> 내가 받은
> 닭은
>
> 닭은, 아빠였어
>
> 머리와 자지를
> 떼낸
>
>   −「가족극장, 왜파의 나라」 뒷부분

이제는 내가 아버지의 아가리에 똥을 싸야 한다고 생각한다. 아버지의
머리와 자지를 떼어내는 상상도 해본다. 화자에게 있어 아버지는 "짐승 항
렬"(「가족극장, 쥐덫 속에」)일 따름이므로 이런 끔찍한 모욕을 할 수 있는 것
이다. 자궁으로 가는 길이 아버지에 의해 불태워졌으므로 화자는 아기를

낳지 못할 것이다. 지상에 이보다 더한 비극이 있으랴. 화자로 하여금 아기를 낳을 수 없게 만든 장본인이 바로 아버지이니. 충격적이면서도 슬픈 일이다.

근친상간이 초래한 참상, 특히 아버지의 딸 성폭행이 초래한 비극적 결말을 말해주기 위해서이겠지만 김언희의 시는 이루 말할 수 없이 난폭하다. 김언희의 두 번째 시집을 읽은 나의 느낌은 시인이 악에 받쳐 있다는 것이다. 악에 대항하기 위한 악이어서 그런 것일까. 수시로 드러나는 위악의 몸짓이 조금은 위험하게 보인다. 아무리 이런 소재와 주제라 하더라도 이렇게 난폭하게, 거칠게 그려야 할 필요가 있었을까 하는 생각도 든다. 표현이 조금만 더 순화되었더라면 좋지 않았을까. 박서원과 이연주가 깨뜨린 금기는 여성의 몸에서 자궁을 드러낸 것과 진배없었는데 김언희에게 이르러서는 질마저 푹푹 찔리고 있다(「가족극장, 껌」). 휴머니즘과 신성은 이제 완전히 무너졌다. 김언희의 시에서 도덕과 윤리, 혹은 인성과 신성을 찾으려 한다면 그것은 연목구어일 것이다.

5. 덧붙이는 말

1990년대의 우리 시단에서 박서원·이연주·김언희 세 시인의 시는 확실한 공통점을 갖는다. 유린당한 자궁에 대한 집요한 탐색이 그것이다. 박서원과 김언희가 성폭행으로 말미암아, 이연주가 성매매로 말미암아 유린당한 자궁이라는 점이 달랐지만 세 시인에게 자궁이란 여성성을 확인케 해주지 않고 오히려 여성성의 상실을 가져다주었다. 박서원에게 자궁은 아기를 낳을 수 없는 자궁이었고 이연주에게 자궁은 아기를 임신하지 말았어야 할 자궁이었다. 김언희에게 자궁은 아버지에 의해 수없이 유린당한 자궁이었다. 이 땅의 시를 두고 이제 풍기가 문란하다고 이야기해서는 안

된다. 폭력성과 잔혹성과 엽기, 그리고 성도착이 난무하는 시는 그대로 지금 이 시대의 풍속을 반영하고 있다. 독자가 남성이건 여성이건 간에 남성의 성기에 의해 여성의 자궁이 얼마나 심하게 상처받고 유린당하고 있는지를 알아야 한다. 세 시인이 왜 이런 시를 썼는지도.

자궁이 있어 여자는 어머니가 된다. 즉, 새 생명을 이 세상에 내보내게 된다. 새 생명이 여성의 자궁 안에서 충분히 영양분을 공급받으며 살아갈 수 없는 것이 현실이라면 이 세상은 지금 카오스다. 세 여성 시인이 이 세상이 카오스임을 줄기차게 말한 이유는 진정한 사랑에 대한 갈망 때문이 아니겠는가. 세 시인은 두 사람이(두 사람은 성이 달라야 한다) 만나 서로 사랑하여 2세를 얻는 생명체의 순리를 거스르는 이 세상의 무질서는 남성 때문이라고 말한다. 그러므로 남성이라면 세 여성 시인의 부르짖음에 숙연한 마음으로 귀를 기울여야 한다.

한국 현대시에 나타난 '웃음'

1. 글머리에

1) 웃음의 사회적 의미

웃음을 생리적으로 말한다면 사람의 얼굴에 있는 15개의 안면근육이 동시에 수축하면서 생기는 운동반사에 지나지 않는다. 그렇지만 인간 세상에 웃음이 없다면 얼마나 삭막할 것인가. 하고많은 동물 중에서도 인간만이 웃을 줄 아는 존재이고 남을 웃길 줄 아는 존재이다. 동물원의 동물들이 인간을 보고 회심의 미소를 짓거나 껄껄 소리 내어 웃는다면? 인간이 미소 짓는 개와 소리 내어 웃는 호랑이를 본다면? 기절초풍할 것이다. 고사를 지낼 때 쓰는 웃는 돼지머리는 사실 인간이 그렇게 만든 것일 뿐이다. 현대의 젊은 여성들이 유머 감각(humor sense)이 있는 남자를 신랑 될 사람이 갖춰야 될 조건 중의 하나로 제시할 정도로 현대인들은 유머 감각을 중요시한다.

현대에 와서야 유머가 중시된 것은 아니다. 아리스토텔레스는 『시학』에서, "우스꽝스런 것은 남에게 고통이나 해를 끼치지 않는 일종의 실수 또는 기형"[1]이라고 했다. 그는 희극과 비극의 차이를 논하는 자리에서 희극은 실제 이하의 악인을 모방하려 하고 비극은 실제 이상의 선인을 모방하려고 한다고도 했다.[2] 그리스 시대의 고전극을 보면 희극은 보통사람이나 그 이하의 인간(예컨대 백치나 팔푼이)을 내세워서 관객의 웃음을 유발하는 데 반해 비극은 영웅이 등장하여 대개의 경우 장렬하게 죽는다.

17세기에 와서 데카르트는 『정념론』(1649)에서 "우리가 웃음이라고 부르는 것은 안면운동 및 명료하지 않은 고성(高聲)에 지나지 않는 것"[3]이라고 하며 웃음의 의미를 생리현상 정도로 축소시켰다. 하지만 바로 뒤이어 토마스 홉스는 『리바이어던』(1651)에서 "웃음은 그들을 유쾌하게 해주는 그들 자신의 어떤 갑작스러운 행동이나 다른 사람에게서 어떤 흉한 일을 발견하고 비교하여 갑자기 자찬할 때 생긴다"[4]고 했다. 다시 말해 웃음의 감정이란 타인의 약점이나 자신의 이전의 약점과 비교해서 자신에게서 뜻밖의 우월감을 느꼈을 때 나타나는 갑작스런 승리감이라는 것이다. 홉스 역시 웃음의 역할을 그다지 중요시한 사람은 아니었다.

근대에 들어서서 칸트는 웃음을 "긴장했던 기대가 돌연히 무로 전화하는 데에서 생기는 정서"[5]라고 했다. 칸트 역시도 웃음을 생활의 활력소라고 보지 않고 엉뚱함이나 당혹스러움에 가까운 정서로 보았다.

그리스 시대의 아리스토파네스나 고전주의 시대의 몰리에르의 희곡은 희극이었다. 셰익스피어의 작품 중에도 희극이 많은데, 이들 작품이 공연

---

1) 아리스토텔레스 외, 『詩學』, 천병희 역, 문예출판사, 2002, 45쪽. '기형'은 '기행'으로 이해하는 것이 좋을 듯하다.
2) 앞의 책, 33쪽.
3) 데카르트, 『방법서설 / 성찰 / 정념론 외』, 김형효 역, (주)삼성출판사, 1993(6쇄), 265쪽.
4) 토머스 홉스, 『리바이어던』, 한승조 역, (주)삼성출판사, 1993(6쇄), 186쪽.
5) 백기수, 『미학』, 서울대학교출판부, 1979, 93쪽.

될 때 불러일으킨 웃음에 대해서 별다른 연구가 안 되어 있는 것은 웬일일까. 서구에서는 웃음을 점잖지 못한 행위로 간주했을 수도 있고 신성의 엄숙성에 위배되는 경박한 행위로 간주했을 수도 있다. 하지만 위의 세 사람을 비롯한 적지 않은 희극 작가들은 관객을 등장인물의 실수와 기행으로 한껏 웃겼고, 웃기는 데서 한 걸음 나아가 인간의 양심과 도덕성을 고양시켰다. 웃음이라는 과정을 거쳐 현실의 부조리를 비판하고 인간의 악덕을 교정하려는 풍자문학 작가의 의지가 희극에는 내포되어 있었다.

20세기에 와서 베르그송은 『웃음―희극성의 의미에 대한 시론』에서 웃음을 "사회 생활의 뿌리깊은 습관으로 인해 우리가 갖추게 된 하나의 기계 장치에서 비롯되는 단순한 결과"[6]라고 설명했다. 베르그송의 주장에 따르면 인간은 사회의 변화를 주시하고 이에 적응하는 과정에서 긴장과 유연성을 갖게 되는데, 그러나 변화에 대처하지 못하고 기계처럼 같은 동작을 반복하는 경직성과 방심상태에 놓일 때 웃음을 터뜨린다는 것이다. 웃음의 사회적 성격을 강조하는 베르그송에게 있어서 웃음의 원인인 '불일치'는 바로 사회에 적응하지 못하는 '비사회성'이다. '비사회성'에서 오는 기계적인 경직성이나 방심상태를 단죄하는 사회적 징벌이 베르그송이 말하는 웃음의 사회적 기능이다. 그는 웃음이 '개선'이라고 하는 사회적 유용성을 추구한다고 말했다. 다시 말해 웃음은 보통 이하의 열등한 인물을 교정하는 중요한 사회적 기능을 한다는 것이다. 웃음이 농담이나 재담의 차원이 아니라 특정한 사람이나 사회의 악폐 등을 폭로하고 조소하는 일에 기능할 때, 그것은 풍자가 된다. 웃음은 또한 같이 웃는 다른 사람들과의 일치, 다시 말하면 공유의식을 바탕으로 하고 있다. 의미 있는 웃음은 집단의 웃음이다. 베르그송이 집단성을 웃음의 본질로 들고 있는 것은

---

6) 앙리 베르그송, 『웃음―희극성의 의미에 관한 시론』, 정연복 역, 세계사, 2004(초판 11쇄), 159쪽.

바로 이 때문이다.

2) 우리 문학사에서의 '웃음'의 전통

이런 몇 사람의 주장에 귀를 기울이면서 웃음과 유머, 혹은 풍자가 서양인의 전유물이라고 생각할 수 있는데, 이는 큰 잘못이다. 우리 고전문학을 살펴보면 골계미가 넘쳐나는 작품이 대단히 많다. 고대가요인 「구지가」와 「공무도하가」부터도 음미해보면 골계미가 없지 않다. 거북이더러 고개를 내밀지 않으면 구워서 먹겠다고 하니 겁 많은 거북이는 기절초풍할 노릇이다. 「공무도하가」는 어찌 보면 처절한 비극이다. 하지만 머리가 허옇게 센 노인이 꼭두새벽에 만취하여, 게다가 술병까지 들고 강을 건너겠다고 뛰어드는 상황 설정에는 희극적인 요소도 들어 있다고 본다.

신라 향가 중 「처용가」는 그 내용이 대단히 익살스럽다. 처용이 밤늦게 집에 와서 보니 이불 밖으로 다리가 네 개 나와 있다. 외간 남자(역신)가 아내와 동침 중이었던 것이다. 처용은 그 충격적인 광경을 보고 화를 내기는커녕 얼씨구나 하고 한바탕 춤을 추었으니 배포가 보통이 아니다. 분노를 터뜨리지 않고 웃어넘길 줄 알았던 처용은 분명히 웃음의 철학을 아는 자였다.

고려시대의 가전체 소설과 조선시대의 동물 주인공 소설,[7] 김시습과 박지원의 소설, 그리고 '호색풍자전'으로 일컬어지는 「배비장전」, 「이춘풍전」, 「옹고집전」, 「변강쇠전」 등에도 우스꽝스럽기 짝이 없는 장면이 자주 나온다. 판소리 가운데 「흥부전」과 「춘향전」에는 좌중을 웃음바다로 만드는 대목이 수시로 나온다. 탈춤과 들놀이(野遊)의 양반춤 과장에는 꼭 관중의 웃음을 유도하는 장면이 나오며, 유랑광대들의 인형극에서도 마찬가지다.

---

7) 예컨대 「장끼전」, 「별주부전」, 「두껍전」, 「서동지전」 같은 소설.

조선조 말 우리 문학에서 빼놓을 수 없는 인물이 김삿갓으로 불리는 김병연이다. 그의 한시는 풍자와 해학을 담고 있으며, 한시의 파격이고 또한 양반에 대한 희화(戱畵)였다. 전통적인 한시가 권위적이며 교훈적인 것인데 반해 김병연의 한시는 이런 양식의 틀을 신랄하게 파괴했다.

우리 문학에서 웃음의 전통은 안국선의 「금수회의록」을 징검다리 삼아서 김유정과 채만식으로 이어진다. 김유정의 소설을 보면 농촌사회의 궁핍함을 해학적으로 그리기에 앞서 일단 등장인물 묘사부터 하는데, 이들은 하나같이 세상 물정 모르는 우둔한 인물이다. 우둔하고 무지한 등장인물들의 행동이 영판 바보 같아서 독자는 웃음을 터뜨리지만 웃음의 뒤끝에는 언제나 진한 연민이 남는다. 그래서 김유정 소설의 인물들에게서 독자는 안타까움과 친근함을 동시에 느끼게 되는 것이다. 이것은 시니컬한 목소리로 사회를 비판하고, 일제 강점기 시대의 계층간 갈등과 부자와 식자들의 오만을 풍자적으로 그린 채만식과는 다른 점이다. 『태평천하』를 쓴 채만식 풍자의 특징은 민족의 궁핍한 현실을 반영하는 것과 일제에 빌붙어 호의호식하는 지주들에 대한 비판에 집중되어 있었다. 양반을 희화하는 것이 조선조 서민문학의 특징이라고 할 때, 지식인 소설이라고 할 수 있는 채만식의 작품이 양반을 희화한 것은 대단히 이색적인 작업이었다.

광복 이후 우리 민족은 국토 분단의 아픔을 겪게 된다. 6·25전쟁을 치른 이후에는 전형적인 경찰국가인 제1공화국 시대를 통과하였고, 박정희의 유신정권, 유신정권에 못지않은 철권통치를 한 제5공화국 시대를 거치면서 우리 문학은 웃음을 많이 잃게 된다. 그러나 잘 살펴보면 시대가 어두웠다고 하여 문학작품마저 어두웠던 것은 아니다. 비장미나 숭고미의 뒤편에서는 골계미를 지닌 작품이 간간이 발표되었다.

1980년대 이후 윤흥길의 장편소설 『완장』, 심상대의 단편집 『묵호를 아는가』 등과 성석제의 짧은 소설이 웃음의 전통을 이었다. 젊은 소설가 가운데에서는 김종광의 『모내기 블루스』, 박민규의 『삼미슈퍼스타즈의 마지막 팬클럽』, 이기호의 『최순덕 성령충만기』 등을 유머 감각을 지닌 작품으로 꼽을 수 있다.

고대가요로부터 시작하여 향가, 고려가요, 악장, 가사, 시조, 수필, 소설로 이어지는(이런 순서로 전개된 것은 아니다) 우리 문학사를 조감하면서 '전통의 맥'이라는 것이 있다고 가정해본다면 그 맥의 핵심 내용은 한이 아니라 웃음이었다. 웃음을 불러일으키는 해학에는 가진 자의 권위나 권력층의 고압적인 자세, 유교적인 가치관들을 희극적인 상황 유발을 통해 부정해보는 것으로, 억압에서 벗어나고자 하는 서민들의 욕망이 담겨 있었다.[8] 고전문학에서 현대문학으로 넘어오는 과정에서 언어가 바뀌기는 했지만 전통의 맥이 끊겼다고 보기 어려운 것은 바로 이 웃음의 정신 덕분이다. 이 글은 우리네 문학적 전통의 가장 뚜렷한 맥인 '웃음'이 현대시 속에서 어떻게 이어지고 있는가, 그 흐름을 살펴보고자 쓰인다.

2. 1970년대 말과 80년대 전반기 등단 시인의 시에 나타난 웃음

1980년대의 시는 그 출발선상에 어느 한 시인이나 어느 그룹의 시인들이 자리 잡고 있지 않다. 1980년 5월의 광주민주화운동이 자리를 잡고 있다. 이성복과 박남철이 유신 말기인 1977년과 1979년에 등단하였고, 황지우가 1980년에, 장정일이 1984년에, 김영승이 1985년에 등단하였다. 이들 시인들이 등장하고 활동하는 데 있어 '5월의 광주'는 음으로 양으로 큰 영향을 끼쳤다.

박정희 대통령의 죽음으로 생겨난 권력의 공백 지점을 신군부 세력은 하극상을 통해 장악한 이후 자기네들의 '힘'을 보여주고자 요원의 불길처

---

8) 한국문학평론가협회 편, 『문학비평용어사전⑲』, 2006, 1129쪽 참고.

럼 일어난 민주화 운동을 무자비하게 탄압하는 과정에서 광주를 일종의 희생양으로 삼았다. 신군부 세력은 그 당시 민주화운동의 리더 역할을 하던 김대중 씨를 비롯한 '민주인사'들을 구속, 투옥했으나 이를 규탄한 광주시민과 대학생들의 시위가 처음부터 과격하지는 않았다. 어느 정도 평화적인 모양새로 진행되는 시위를 신군부는 공수부대원들을 동원하여 강경하게 진압하면서 사망자가 발생했다. 이는 광주시민과 학생들을 분노케 했으며 자위권을 갖고자 무장화로 이어졌고, 광주의 해방구 선포는 결국 더욱 강경한 진압으로 이어졌다. 엄청난 인명 살상을 가져오긴 했지만 광주 민주화운동은 한국의 민주화를 위한 초석이 되었다. 1980년대의 문학은 '5월 광주'라는 진원지로부터 늘 지진의 조짐이나 여진의 떨림을 느껴야만 했다. 바로 이러한 시대적인 배경을 갖고 등장한 시인들의 작품 속에 '웃음'의 요소를 발견할 수 있다는 것은 아이러니한 일이다.

1) 이성복―상황을 은유화하는 과정에서 지어본 쓴웃음

이성복의 첫 시집 『뒹구는 언제 잠 깨는가』에서 찾아볼 수 있는 유머는 대개 성적인 이미지를 환기하는데, 독자의 표정을 일그러뜨려 쓴웃음을 짓게 한다.

> 어느 날 갑자기 여드름투성이 소년이 풀 먹인 군복을 입고 돌아오고
> 조울증의 사내는 종적을 감추고 어느 날 갑자기 일흔이 넘은 노파의 배에서
> 돌덩이 같은 胎兒가 꺼내지고 죽은 줄만 알았던 삼촌이 사할린에서 편지를
> 보내온다 어느 날 갑자기, 갑자기 옆집 아이가 트럭에 깔리고 축대와 뚝에
> 금이 가고 月給이 오르고 바짓단이 뜯어지고 연꽃이 피고 갑자기,

한약방 주인은 國會議員이 된다 어느 날 갑자기, 갑자기 장님이 눈을 뜨고
앉은뱅이가 걷고 갑자기, ×이 서지 않는다

—「그러나 어느 날 우연히」 제3연

이 시에서 어느 날 우연히 일어나는 일들이란 살다보면 일어나게 마련인 온갖 범상한 일들, 언론에 보도되는 갖가지 기이한 일들, 신약성경에 나오는 예수가 행한 이적들인데, 이런 것만큼이나 중요한 것이 "갑자기, ×이 서지 않는" 일이다. ×이 서지 않게 된 이유는 심리상의 이유나 건강상의 이유일 텐데, 그런 이유에 대해서는 일체 설명하지 않고 시인은 그저 서지 않는다고만 말한다. 사람에 따라서 ×이 서지 않게 된 일은 여간 심각한 일이 아닐 것이다. ×이 서지 않게 된 데는 무기력과 불감증이 어떤 작용을 했을 수도 있다.

그해 겨울이 지나고 여름이 시작되어도
봄은 오지 않았다 복숭아나무는
채 꽃 피기도 전에 아주 작은 열매를 맺고
不姙의 살구나무는 시들어 갔다
소년들의 性器에는 까닭 없이 고름이 흐르고
의사들은 아프리카까지 移民을 떠났다 우리는
유학 가는 친구들에게 술 한잔 얻어먹거나
이차 대전 때 南洋으로 징용 간 삼촌에게서
뜻밖의 편지를 받기도 했다 그러나 어떤
놀라움도 우리를 無氣力과 不感症으로부터
불러내지 못했고 다만, 그 전해에 비해
약간 더 화려하게 절망적인 우리의 습관을
修飾했을 뿐 아무것도 追憶되지 않았다

—「1959년」 앞부분

이 시에서는 아이러니컬한 상황이 앞의 시에서보다 훨씬 많이 전개된다. 근년에 들어 지구 온난화로 인해 기상 이변이 심해진 탓에 겨울이 지나고 곧바로 여름이 올 수는 있다. 하지만 복숭아나무가 꽃이 피기도 전에 아주 작은 열매를 맺는 일은 이루어질 수가 없다. 이 시에는 웃음의 요소가 전혀 없고, 패배와 좌절, '무기력과 불감증'의 기류가 팽팽히 흐르고 있을 뿐이다. 이성복의 시를 읽으며 우리가 지을 수 있는 것은 고작해야 쓴웃음이다. 재담이나 농담에 담겨 있는 경쾌한 유머 감각이 아니라 섬뜩하고 잔혹한 느낌까지 주므로 이성복의 유머는 블랙유머이다.

> 나는 아침 이슬 李氏 노을에 걸린 참새가
> 내 엄마 나는 껍질 벗긴 소나무 진물
> 흘리며 꿈꾸고 있어 한없이 풀밭 위를
> 달리는 몸뚱이 體位를 바꾸고 싶어 正敎會의
> 돔을 세우고 싶어 體位를 바꾸고 싶어
> 느낌표와 송곳이 따라와 노래의 그물에
> 잡히기 전에 어디 숨고 싶어 體位를 바꾸고
> 싶어 돋아나는 뾰루지 속에 병든 말이
> 울고 있어 병든 말을 끌어안고 임신할까 봐
> 지금은 다만 體位를 바꾸고 싶어

- 「口話」 제2연

화자는 시의 한 개 연 속에 체위를 바꾸고 싶다는 말을 네 번이나 하고 있다. '체위'라는 낱말은 크게 세 가지의 뜻이 있다. 어떤 일을 할 때의 몸의 자세, 성교를 할 때 남자와 여자가 취하는 몸의 자세, 또 하나는 체격·건강·운동 능력 따위의 정도를 가리키는데, 이 시에서는 두 번째 뜻일 것이다. 시의 세계가 아닌 일상에서는 남 앞에서 갑자기 ×이 서지 않는다고 말하거나 체위를 바꾸고 싶다고 거듭 말하기란 여간 부끄럽지 않은 일이다. 금기의 세계를 깨뜨리면서 이성복은 묘한 쾌감을 느낀다. 소년들의 성기에서 까닭 없이 고름이 흐른다고 하는데, 청소년층에게까지 성병이 만연해 있으므로 이 또한 금기가 깨어진 것으로 보아야 한다. 유곽에서 몸을 파는 여인이 화자의 누이이며, 화자가 누이의 몸을 산 남자를 지켜보아야 하는 상황(「정든 유곽에서」) 또한 금기가 깨어진 것이다. 윤리와 도덕의 잣대로는 아무것도 잴 수 없는 마비의 시대, 종말의 시대, 성도착의 시대가 이성복이 바라본 70년대 말과 80년대 초였다. 이 시대에는 색이 등등한 늙은이가 의붓딸을 범하기도 한다.

> 스캔들이 터진다 色이 등등한 늙은이가
> 의붓딸을 犯하고 습기 찬 어느 날 밤 新婚夫婦는
> 연탄 가스로 죽는다 알몸으로, 그 참 구경 좋다
>
> 철든 그날부터 변은 변소에서 보지만 마음은 늘 변 본 그 자리를 떠나
> 지 못하고, 악에 받친 소년들은
> 소주병을 깨고 제 팔뚝을 그어도……
> 여전히 꿈에 부푼 식모애들은 때로, 私生兒를 낳지만
>
> 언젠가, 언젠가도 정든 마구간에서 한 발자국, 떼어놓기를 우리는 겁내며
>
> —「다시, 정든 유곽에서」 부분

대개의 경우 웃음은 즐거움의 산물이며 건강함의 발현이다. 하지만 이성복의 초기 시에 나타난 웃음은 웃음이라고 하기에는 아무래도 종류가 많이 다른, 쓴웃음이다. "그 참 구경 좋다"란 대목은 시집 전체를 관통하고 있는 시인의 정조를 한마디로 말한 것이라 여겨지는데, 이것은 냉소일 수도 있지만 쓴웃음에 더 가깝다. 신혼부부가 연탄가스를 마시고 알몸으로 죽어 있는 광경이 어찌 희극이겠는가. 악에 받친 소년들이 소주병을 깨어

제 팔뚝을 긋는 것도, 식모애들이 사생아를 낳는 것도 비극이지만 이런 비극을 순화시키는 것은 "철든 그날부터 변은 변소에서 보지만 마음은 늘 변 본 그 자리를 떠나지 못하고" 만다는 유머 센스이다. "병든 말을 끌어안고 임신할까 봐" 지금은 다만 체위를 바꾸고 싶다는 말하는 것도 시인 특유의 유머 센스이다. 하지만 이 모든 유머는 거북한 뒷맛이 남는 블랙유머이다. 1980년 10월 25일에 발간된 『뒹구는 돌은 언제 잠 깨는가』는 한마디로 말해, 어두운 시대 상황을 은유적으로 표현하는 과정에서 시인이 지어본 쓴웃음이었다.

2) 박남철 ― 신군부 세력에 대한 조소

1979년에 등단한 박남철 시 속의 '웃음'은 야유 내지는 조소에 가까웠다. 1980년대 초기 국내의 정치적인 기류는 대통령이 저격으로 사망했고 광주민주화운동 당시에 많은 사람이 죽었기 때문에 매우 불안정했다. 신군부는 사람만 많이 죽였던 것이 아니라 '언론사 통폐합'이라는 이름으로 분서갱유를, '사회악사범 일소'라는 이름으로 많은 사람들을 격리 수용하였다.9) 이런 상황에서 시인은 결코 너털웃음을 터뜨릴 기분이 아니었다. 시인은 하느님조차도 원망스러웠다.

지금, 하늘에 계시지 않은 우리 아버지 이름을 거룩하게 하옵시며,
아버지의 나라이 말씀이 아니시며, 뜻이 하늘에서 이룬 것같이, 그러나

---

9) 신군부는 국가보위비상대책위원회라는 초법적인 기구를 가동, 사회악사범을 일소한다는 명분으로 1만 9,000명을 '삼청교육대'에 집어넣어 사망자와 자살자가 속출할 정도로 무자비한 군사교육을 시켰다. 곧이어 언론사 통폐합 조치를 단행하여 8개 신문사와 4개 통신사, 2개 방송국, 그리고 617개 출판사의 문을 내리게 했다. 정치인 37명을 내란혐의로 기소하고 김대중 씨에게는 사형을 선고했다. 이 모든 일이 1980년 7월 말일부터 9월 중순까지 일어났다. 즉, 광주에서 나름대로 본때를 보였다고 생각한 신군부가 자신감을 갖고 이런 일을 단행한 것이다.

땅에서는 아직도 이루어지지 않았나이다
　오늘날 우리에게 일용할 거시기는 단 한 방울도 내려 주시지 않으셨으며
　우리가 우리에게 죄짓고 있는 자들을 모르는 척하고 있듯이 우리의 모
르는 척하는 죄를 눈감아 주옵시고,

－「주기도문」 앞부분

지금, 하늘에 계신다 해도
도와주시지 않는 우리 아버지의 이름을
아버지의 나라를 우리 섣불리 믿을 수 없사오며
아버지의 하늘에서 이룬 뜻은 아버지 하늘의 것이고
땅에서 못 이룬 뜻은 우리들 땅의 것임을, 믿습니다
(믿습니다? 믿습니다를 일흔 번쯤 반복해서 읊어보시오)
오늘날 우리에게 일용할 고통을 더욱 많이 내려주시고
우리가 우리에게 미움 주는 자들을 더더욱 미워하듯이
우리의 더더욱 미워하는 죄를 더, 더더욱 미워하여 주시고

－「주기도문, 빌어먹을」 앞부분

송두리째 당신의 뜻으로 되어
주여 저는 언제나 믿고 믿을 수, 없었사오며, 오
주여 저는 안 믿는 척하며 남몰래 믿고, 있었사오며
저는 끝끝내 믿고 믿을 수밖에는 그렇다고 별도리도
없었사오며, 두 다리 벌리고 서서 하늘 향해 울부짖을
수밖에는, 없었사오며, 오 주여 저의 이 모든 사랑들이

－「감사기도」 제4연

　앞의 두 시는 주기도문을 패러디한 형식이고 제일 밑의 시는 시인 나름
대로 해본 감사기도이다. "아멘"으로 끝나는 3편 시의 공통점은 신성 모독
혹은 기독교에 대한 반감일 수도 있겠지만 그보다는 상황에 대한 비판의
식이 더욱 큰 것이었음을 간과해서는 안 된다. 지금 이 시대(시가 쓰인 80년

대 초)에 우리는 "우리에게 죄짓고 있는 자들을 모르는 척하고" 있다. 독자는 "우리에게 죄짓고 있는 자들"을, 민주화를 열망하는 다수 국민을 가혹한 감시와 처벌로 억누른 신군부 세력 이외의 다른 어떤 자들로 보기 어렵다. 신성 모독이 아니라면 이 시는 표현의 자유를 박탈해간 신군부 세력을 조소하고자 쓴 시로 간주할 수밖에 없다. "땅에서 못 이룬 뜻은 우리들 땅의 것"이니 "우리에게 일용할 고통을 더욱 많이 내려주시고"라는 구절에 담긴 자학과, "두 다리 벌리고 서서 하늘 향해 울부짖을 / 수밖에는 없었"다고 하는 구절 속에 담긴 한탄에서 읽어낼 수 있는 것은 하느님에 대한 원망이 아니다. 신군부 세력을 마음껏 비판하고 비웃고 싶은데 그것을 곧이곧대로 할 수가 없어 주기도문이나 감사기도의 형식을 빌려왔다고 보아야 한다. 1960년대 이후 우리의 의식과 무의식을 옥죄고 있는 군사문화에 대한 비판의식이 담긴 아래의 시에도 웃음의 요소가 분명히 있는데 이는 밝은 웃음이 아니라 시니컬한 웃음, 즉 조소이다.

> 내 시에 대하여 의아해하는 구시대의 독자 놈들에게→차렷, 열중쉬엇,
> 차렷,
>
> 이 좆만한 놈들이……
> 차렷, 열중쉬엇, 차렷, 열중쉬엇, 정신차렷, 차렷, ○○, 차렷, 헤쳐모엿!
>
> 이 좆만한 놈들이……
> 헤쳐모엿,
>
> (야 이 좆만한 놈들아, 느네들 정말 그 따위들로밖에 정신 못 차리겠어,
> 응?)
>
> 차렷, 열중쉬엇, 차렷, 열중쉬엇, 차렷……
>
> —「독자놈들 길들이기」 전문

이 시의 주제는 문면에 드러나 있는 것—내 시를 제대로 이해해주지 않는 독자에 대한 야속함—이 다일까? 교과서를 통해 시를 배워 전통서정시만이 시라고 생각하는 무지한 독자를 일깨우겠다고 쓴 시일까? 그렇지 않다. 시인이 독자 사인회에 와서 "너희 좆만한 놈들이 내 시를 안긴 뭘 알아?" 하고 호통을 친다면 누가 좋아할 것인가. 이 시에는 정치군인이 반공이데올로기로 국민을 길들여온 데 대한 비판의식이 담겨 있다. 반공이데올로기를 심어줄 수 있는 곳은 중·고등학교와 군대인데 특히 군대는 완전히 격리되어 있는 곳이므로 교육의 장소로는 적격이었다. 게다가 대한민국의 남자는 특별한 결격사유가 없는 한 반드시 병역의무를 필해야 한다. 군대만큼 인간의 의식을 고착화시키기 쉬운 곳도 없고, 획일화시키기 쉬운 곳도 없다. 절도와 규율을 요하는 제식훈련 중에 교관은 계속 욕설을 퍼붓고 훈련생은 묵묵히 차렷과 열중쉬엇을 되풀이한다. 교관을 집권 세력으로, 훈련생을 국민이라고 생각해볼 수도 있지 않을까. 그렇다면 이 시는 제3공화국 시대 이래 전개되고 있는 군사문화를 여전히 이어가고 있는 제5공화국 시대의 권력자들과, 군사문화에 길이 들어 판단력이 흐려져 있는 국민을 향해 시인이 조소의 눈길을 보내려고 쓴 작품으로 봐야 한다.

박남철 시집에서 웃음의 요소는 이런 것 외에도 요설체·금기어·욕설의 사용, 글자 키우기와 줄이기, 뒤집기와 붙여쓰기 등 해체적 문법에서 종종 발견된다. 1988년에 나온 『반시대적 고찰』에서는 전통적인 시적 규범을 깨뜨림으로써 사회의 규약과 문학적 엄숙주의를 타파하려는 시인의 방법론이 더욱 치열해진다. 아마도 1980년대의 독자들은 이 두 시집을 처음 읽고는 경악을 금치 못했겠지만 두 번 세 번 읽으면서 시의 재미를 만끽했을 것이다. 허탈하게 웃으면서, 쓴웃음을 지으면서.

박남철의 시 가운데 필자로 하여금 유쾌하게 웃게 한 작품이 있는데, 첫 시집에 실려 있는 「꿈」이다. 그는 이성복의 「아들에게」를 의식하고 이 시를 쓴 것이 아닐까.

> 사랑은 응시하는 것이다 빈말이라도 따뜻이 말해주는 것이다 아들아
> 빈말이 따뜻한 時代가 왔으니 만끽하여라 한 時代의 어리석음과
> 또 한 時代의 송구스러움을 마셔라 마음껏 마시고 토하지 마라
>
> ―「아들에게」 부분

> 사랑이여 한 발짝만, 제발, 비켜서 다오, 제발 한 발짝만, 한 발짝이 너
> 무 그렇다면 반 발짝만, 반 발짝도 너무하다면 반의 반 발짝만, 그래도
> 그게 너무하다면, 제발 가는 말이라도 곱게 빈말이라도
>
> 안 돼, 빈말이 따뜻하던 시대는 이미 지나갔다, 나는 정말 나쁜 놈이다
>
> ―「꿈」 끝 부분

이성복은 빈말이 따뜻한 시대가 왔으니 만끽하라고 말했는데, 박남철은 빈말이 따뜻하던 시대가 이미 지나갔다고 말한 뒤에 "나는 정말 나쁜 놈이다"라고 자학한다. 이성복은 이성복답게 독자들에게 쓴웃음을 짓게 할 줄 알았고 박남철은 박남철답게 독자들을 길들일 줄 알았다. 이런 시인이 있었기에 1980년대 전반기에 이 땅의 독자들은 몰래 쓴웃음을 지으면서, 조소를 머금으면서 '그러나 살아갈 수 있었던'[10] 것이다.

3) 황지우―현실에 대한 부정의식에서 나온 냉소

황지우의 웃음은 사회의 부조리 현상이나 인간의 죄악상을 비꼬고 싶을 때 짓는 싸늘한 웃음, 곧 냉소이다. 인간은 고압적인 자세로 남을 조롱할 때 종종 냉소를 짓는다. 황지우의 냉소는 철두철미한 현실 부정의 소산이

---

10) 박남철은 1982년에 박덕규와 함께 공동시집 『그러나 나는 살아가리라』를 낸 바 있다. 의미심장한 제목이다.

어서 삶의 끔찍스러움을 어느 정도는 긍정한 상태에서 짓는 고소와는 차
이가 있다.

> 그때 거기서 나는 웃었다
> 이름을 대고 나이와 직업을 대고
> 꽝 내리치는 주먹
> 떨어지는 국화꽃잎 아래서
> 그때 거기서 나는 웃었다

—「대답 없는 날들을 위하여 · 3」 전반부

시적 화자는 지금 취조를 받고 있다. 수사관은 화자가 자신의 이름과 나
이와 직업을 댔음에도 불구하고 주먹으로 책상을 꽝 내리친다. 국화꽃잎이
떨어질 정도로. 강압적인 수사임에 틀림없는데, 이때 화자가 취할 수 있는
반항이라고는 고작 웃는 것일 뿐이다. 이 웃음이 냉소가 아니고 무엇인가.

> 어서 가라
> 이 쑥밭의 땅에서
> 괴로워하는 쑥굴형 가시 덩굴 헤치고
> 그대의 어린 가족들 데리고
> 어서 가라
> (……)
> 오 화해할 수 없는 이 지상을
> 벗어 나가라
> 밤마다 그대 도려낸 흉곽의 응달에
> 世世孫孫 푸른 넝쿨 내리고
> 世世孫孫 맑은 물줄기 타고
> 그대의 幻聽 속에 수천의 弔鐘으로
> 떠내려오는 저 만수산으로

　　어서 가라
　　어서 가라

—「만수산 드렁칡·2」부분

　황지우의 이 땅에 대한 인식은 한 편의 시에 연이어 나오는 "이 쑥밭의 땅", "살균된 땅", "초토", "화해할 수 없는 지상", "수천의 弔鐘으로 / 떠내려오는 저 만수산"이라는 표현 속에 잘 나타나 있다. 살균된 땅은 인간은 물론 어떤 생명체도 살아갈 수 없는 곳이다. 그렇기 때문에 시인은 계속해서 외친다. 어서 가라고, 이 땅을 떠나라고. 「에프킬라를 뿌리며」에서도 시인은 여기가 초토라고 말하고, 「파란만장」에서는 율도국으로 흘러가고 싶다고 한다. 「그대의 표정 앞에」서는 "여보, 우리 꺼지자. 南美로, 南極으로, 우리의 對蹠地로 어디든!" 하고 부르짖는다. 민주주의가 실현되기를 원했던 사람들을 무자비하게 탄압했던 제5공화국 시대에 씌어진 황지우의 시는 예외가 거의 없이 정치적인 발언이었다. 시의 형식을 따져 해체냐 아니냐를 논할 수도 있고, 포스트모더니즘이냐 아니냐를 갖고 논할 수도 있지만 그보다 더욱 중요한 것이 편편의 시를 통해 시인이 정치적인 발언을 했다는 점이다. 이 땅이 이 지경이 되었으므로 나는 도저히 여기서는 살 수 없다는 것이 황지우 초기 시의 일관된 주제였다. 그가 택한 형식적 방법론은 미술 제작 기법인 콜라주, 사진 제작 기법인 몽타주, 영화 제작 기법인 원근법과 편집효과 등이었다. 그리고 그 정신적 기류는 냉소였다. 시인은 시대적 상황과 자신의 처지를 다 비웃고 있었던 것이다.

　　청계천에 기둥 세 개만 남아 있으리라
　　남대문은 벽돌 조각으로 덮여 있으리라
　　남산 송신탑은 길게 가로누워 있으리라
　　지하철 속으로 빈 바람이 소리내어 불며

도큐 호텔에서, 5세기 후 발굴단 인부들이, 달라붙은
남녀의 화석을 긁어낼 것이다.
손바닥에 침을 뱉고 그들은 킬킬대리라
더럽게 붙었네 잡것들이!

-「오늘도 무사히」 제1연

화산 폭발로 지하 세계로 가라앉고 만 폼페이처럼 서울이 그야말로 초토가 되었다. 시인은 이렇게 상상해본다. 5세기 후 도큐 호텔 발굴 공사를 한 인부들이 남녀의 화석을 긁어낸 뒤에 손바닥에 침을 뱉고 킬킬댈 것이라고. 또한 "더럽게 붙었네 잡것들이!"라고 말하며 비웃을 것이라고. 동시대의 도덕적 타락을 비판한 듯한 이 시 역시도 기본적인 정조는 냉소이다. 을숙도에서 일정한 무리를 이루며 갈대 숲을 이룩하는 흰 새떼들이 "자기들끼리 끼룩거리면서 / 자기들끼리 낄낄대면서"(「새들도 세상을 뜨는구나」) 이 세상 밖 어디론가 날아간다고 본 것도 같은 정조에 기인한다. 시인은 아마도 영화관에 가 애국가가 나오는 화면을 쳐다보면서 이렇게 생각했던 것이리라—흰 새떼들이 끼룩끼룩 울면서 날아가는 것이 아니라 낄낄대면서 날아가는구먼. 새떼가 어리석은 우리 인간을 비웃고 있네.

우리도 우리들끼리
낄낄대면서
깔쭉대면서
우리의 대열을 이루며
한 세상 떼어 메고
이 세상 밖 어디론가 날아갔으면
하는데 대한 사람 대한으로
길이 보전하세로
각각 자기 자리에 앉는다

주저앉는다

한 세상 떼어 매고 갈 이 세상 밖은 존재하지 않는다. 우리가 새가 아닌데 어디로 날아간단 말인가. 시인은 홍길동처럼 율도국 같은 신천지로 갈 꿈도 꾸어보았고, 지구의 반대편 우리의 대척지로 가버리자고 부르짖기도 했지만 결국 자기 자리에 주저앉고 만다. 시인은 자신의 처지를 비관해 스스로를 비웃다가 자포자기한다. 또한 자조하고 자학한다. 현실에 대한 부정의식의 한 표현 기법인 냉소는 그 자체로는 힘을 발휘할 수 없다. 싸늘하게 비웃기만 하다가는 무엇인가를 이룩하기 어려운 법이다. 그래서 시인은 역사의식에 입각하여 『겨울－나무로부터 봄－나무에로』를, 불교정신으로 눈을 돌려 『게 눈 속의 연꽃』을, 일상성을 심화시켜 『나는 너다』를 출간한다. 하지만 이들 시집에서는 웃음의 요소를 발견해내기 어려우므로 논외로 칠 수밖에 없다.

4) 장정일－세태풍자를 하면서 계속 실소하다

1962년 생인 장정일은 1984년에 등단, 1987년에 제1시집 『햄버거에 대한 명상』을 펴낸다. 따라서 1972년부터 전개된 유신시대에 그는 초등학교와 중학교를 다녔을 테고, 1980년부터 전개된 5공화국 시절에는 학교를 다니는 대신 책을 열심히 읽는 한편[11] 시와 희곡을 습작하며 보냈을 것이다. 다시 말해 앞에서 다룬 3명 시인에 비해 우리나라의 어두웠던 정치적 상황에 대해서는 별다른 부채의식을 가지고 있지 않은 시인으로 볼 수 있다. 그렇기 때문에 그는 그 시대의 정치적인 사안에 대해서는 깊게 고민할

---

11) 시인의 독서체험 역정은 시집 『길안에서의 택시 잡기』에 나오는 첫 번째 시 「삼중당 문고」에 자세히 나와 있다.

필요가 없었다. 『서울에서 보낸 3주일』에서는 문명을 비판하고 『통일주의』에서는 반미의식을 드러내기도 하지만 자유분방하게, 또한 재기발랄하게 자기 마음껏 상상력을 발휘하면서 시를 쓴 시인이 장정일이다. 그는 또한 도시적 감수성을 지닌 시인으로서 현실 사회의 불합리성과 인간 정신의 불확실성을 보여준 시인이었다.

> 사람들은 당쉰이 육일 만에
> 우주를 만들었다고 하지만
> 그건 틀리는 말입니다요.
> 그렇습니다요.
> 당쉰은 일곱째 날
> 끔찍한 것을 만드쉈습니다요.
>
> 그렇습니다요
> 휴쉭의 칠일째 저녁.
> 당쉰은 당쉰이 만든
> 땅덩이를 바라보쉈습니다요.
> 마치 된장국같이
> 천천히 끓고 있는 쉐계!
> 하늘은 구쉬한 기포를 뿜어올리며
> 붉게 끓어올랐습지요.
>
> (……)
>
> 그런데 내 내가 누 누구냐구요?
> 아아 무 묻지 마쉽쉬요.
> 으 은 유 와 푸 풍자를 내뱉으며
> 처 처 천년을 장슈한 나 나 나는
> 쉬 쉬 쉬 쉬인입니다요.

—「쉬인」 부분

　시인이란 존재의 탄생과 존재 의의, 받아온 대우를 우스꽝스럽게 그린 시이다. 조물주가 힘들게 6일 동안 우주 만물을 창조한 뒤에 쉬어야 하는 휴일에 엉뚱한 자를, 잘못해서 만들어낸 것이 바로 시인이다. 이빨 사이로 바람이 새는 듯한 이상한 어투하며 말더듬이하며 이 시에는 웃음을 불러 일으키는 여러 가지 양념이 잘 버무려져 있다. 은유와 풍자를 내뱉으며 천 년을 장수해온 존재가 시인이라는 장정일의 말은 아주 그럴듯하여 고개를 끄덕이게 하고 미소를 머금게 한다. 이 시 외에 장정일이 보여주는 유머는 사고 파는 경제 행위에 대한 진단과 풍자로부터 발원한다.

> 티브이를 켜니 서부극인 모양이다
> 모자를 삐딱하게 눌러쓴 카우보이가
> 밧줄 올가미를 휘휘 휘둘러
> 마구 뛰어 달리던 야생마를 낚아채뜨린다
> 그런 다음 자신의 이름이 새겨진 뜨거운 부젓가락을
> 버둥대는 말 엉덩이에 사정없이 눌러 찍는다
> 양키들은 잔인하구나!
> 채널을 다른 방송으로 돌리자 광고가 흐르는데
> 말같이 튀어나온 한국 아가씨의 엉덩이에
> 리바이스 청바지 상표가 빨갛게 눌러 찍힌다

─「낙인」 부분

　이 시에는 두 가지 상황이 전개된다. 하나는 텔레비전에서 방영하는 서부극이고 하나는 광고이다. 카우보이가 말 엉덩이에 뜨거운 부젓가락을 눌러 찍어 표시를 새기는 서부극의 장면과 텔레비전의 리바이스 청바지 광고 장면이다. 청바지 광고는 한국 아가씨의 엉덩이에 청바지 상표가 빨갛게 눌러 찍히는 장면을 보여준다. 두 가지 상황이 연결됨으로써 독자는 재미를 느끼게 된다. 또한 시인이 한 "양키들은 잔인하구나!"라는 말에 고개를 끄덕이면서 실소를 하게 된다.

> 여점원들에 대해서라면 몇 가지 부기할 것이 있다.
> 기사식당에서 나는 늘 그녀들의 일부를 만나곤 했지
> (…)
> 그녀들이 좋아하는 이상적 남성을 나에게서 이루고
> 그녀들의 잠버릇을 충분히 연구한 연후에
> 시도한다면 그 또한 가능한 노릇. 그녀의 성감대는
> 주식시세처럼 민감하게 떨려 오겠지
> 그러나 그들이 무엇을 권리로 가지고 있습니까, 그 왕국에 대하여?
> 물으신다면, 담당매장만이 나의 것이라고 말하겠어요
> 열 시간의 노동만이 나의 것이라고 말하겠어요
> 빳빳한 월급봉투만이 나의 것이라고 말하게에엣써요. 말하
> 게에에, 개처럼 짓게엣써요. 짓게에엣써요
> 개처럼 벌어서 정승처럼 쓰게에엣, 써어요
>
> — 「백화점 왕국」 부분

백화점의 여직원들에 대해 이런저런 말로 관심을 표하다 시인은 열 시간의 노동만이 나의 것이라고, 빳빳한 월급봉투만이 나의 것이라 말하겠다고 한다. 개처럼 짖겠다고도 하고 개처럼 벌어서 정승처럼 쓰겠다고도 한다. 그런데 이런 말들이 악을 쓰며 노래라도 부르듯이 "말하게에엣써요", "짓게에엣써요", "쓰게에엣, 써어요"라고 늘어뜨려 쓰고 있다. 엉뚱한 장난으로 볼 수도 있고 황당한 상상력이라고 볼 수도 있는 이런 부분에서 독자는 장정일 특유의 발랄함을 느끼게 되는 것이다. 그리고 이와 아울러 입가에 씩— 웃음을 머금게 되는데, 이것은 바로 실소이다. 20대 젊은이의 이런 시를 나이가 많은 사람이라면 어처구니없다는 듯이 혀를 차며 읽을 수도 있었겠지만 젊은이라면 이런 장난스런 말투를 재미있어 하며 미소지었을 것이다.

죽음은 싸지 않다
당신이 죽으면
장사치들이 똥파리같이 달겨들어
(여기서 내가 감히 당신을
똥과 같이 취급하려는 건 결코 아니다)
너에게 대한
점포정리를 시작한다. 우선
전문적인 염꾼은 너에게
바가지에 가까운 목욕비를 요구한다.
그리고 장례사는 최신 유행의
관값을 받을 것이고
전문적인 운구업자는
전국운구업자협회가 정한
협정 운임비를 받아낸다.
까다롭게 굴지 말고
그들이 부르는 대로 후하게 주라
시신을 비싸게 파는 자는
천국에 가기 쉬우니

―「구매자」 부분

사람의 시신조차도 값을 매겨 흥정하여 사고 파는, 다시 말해 매매의 대
상이 되는 작금의 세태를 풍자한 작품이다. 시인은 이러한 세태에 대해 실
소를 금할 수 없는 것이고, 독자는 또 시인의 이런 태도에 실소를 금하지
못한다. 시인은 이처럼 자본주의의 생리에 대해 깊은 관심을 갖고서 때로
는 연구하고 때로는 비판하고 때로는 반응하면서 시를 썼다. 시신을 비싸
게 파는 자는 천국에 가기 쉽다는 시인의 말을 듣고, 또 전문적으로 호곡
하는 여인들에게 호곡비를 주라는 시인의 말에 실소를 금할 수 없다면, 그
사람은 장정일 시의 매력을 아는 독자일 것이다. 시의 다음 부분이 보여주
는 유머도 독자가 자기도 모르는 사이에, 허탈하게 웃게 한다.

되도록 너는 많이 벌어놓아야 한다
죽음은 싸지가 않고
너는 많은 사람을 대접해야 할 테니.
사람들이 당신의 부덕함을 흉보지 않도록
될 수 있는 한 당신은
푸짐하게 대접해야 한다.
산 자를 위해 죽은 자는
돼지머리를 삶고
술을 내고
떡을 구워야 한다.

―「구매자」 부분

5) 김영승 ― 병적인 비웃음에서 건강한 홍소로

김영승은 시집 『반성』(1987)에 이어 『권태』(1994)를 낸 바 있는데[12] 두 권 모두 숫자 번호의 연작시로만 이루어진 독특한 시집이다. 시인은 자신의 삶 언저리에서 주로 시의 소재를 가져온다. 일상성 추구라는 점에서는 장정일의 시와 비슷한 면이 있지만 웃음의 측면에서는 많이 다르다. 시집 『반성』을, 스스로 반성하고 타인의 반성을 촉구하는 내용을 담은 시집으로 보기는 어렵다. 장정일은 시 안에서 본인이 실소하고 독자로 하여금 실소하게 하는 데 반해 김영승은 어머니와 함께 깔깔깔 웃는다.

TV엔 아시안 게임
110kg급 용상 역도 경기에 나와 195kg 들다 실패한 콧수염 기른 배불
때기
이락 선수를 보더니

---

12) 이 두 시집 사이에 『車에 실려가는 車』(1988), 『취객의 꿈』(1988), 『심판처럼 두려운 사랑』(1989), 『아름다운 폐인』(1991)이 있다. 『심판처럼 두려운 사랑』은 장정일과 낸 공동시집이다.

지랄하고 교만 떨더니 떨어뜨리네 하며
어머니는 또 깔깔깔 웃으신다

교만스럽게 생긴 것하고
무게를 못 드는 것하고는 무슨 관계가 있는지 모르지만
나도 깔깔깔 웃었다.

52kg에서 48kg에서 38kg까지 떨어졌던
나의 체중

나는 교만하고
그리고 우습다
깔깔깔.

-「반성 828」 전문

  아시안 게임 역도 중계를 해주는 텔레비전 앞에서 어머니가 농담을 하
고는 "깔깔깔" 웃자 나도 "깔깔깔" 웃는다. 체중이 52kg이었다가 38kg까
지 떨어졌다는 것은 시적 상황이 아니라 현실이었다고 생각되는 바 시인
은 한때 중병을 앓았던 모양이다. 어머니의 농담이 환기한 것이 자신의 병
이었음에도 "나는 교만하고 / 그리고 우습다 / 깔깔깔" 하고 웃을 정도로 시
인은 불행했던 과거지사를 웃음으로 덮을 줄 안다. 모자가 함께 웃을 때는
깔깔깔 하고 웃지만 시인 혼자서는 히히, 혹은 킥킥 하고 웃는다.

구월동 간석동
동 대항 처녀막 찢기 대회가 열렸냐?
히히
처녀막 재생 수술 해주는 의사와 간호원이 무슨
전쟁터 뛰어다니며 찢어진 데 꼬매 주는
국제 적십자사 앙리 음낭, 아니 앙리 뒤낭

나이팅게일 같다. 히히

―「반성 815」 부분

시인이 생각하기에 '처녀막 재생 수술'이란 어처구니없는 짓이다. 처녀
시절에 아무리 몸을 함부로 굴렸어도 수술 한 번이면 처녀처럼 만들어 시
집을 갈 수 있으니 말이다. 그런데 인천의 구월동이나 간석동에는 그런 수
술을 해주는 병원이 여러 곳 있는 모양이다. 시인은 그런 수술을 해주는
의사와 수술을 받는 비처녀에 대해 어처구니없어 하며 히히 하고 웃는다.
'처녀성'이라는 것이 결혼 전의 여성이 반드시 지켜야 할 의무이던 시대가
지나기는 했지만 시인은 우리 사회가 반성해야 할 것 중의 하나로 지적하
면서 히히 하고 웃는다. 이때의 웃음은 윤리 도덕 관념이 무너진 우리 세
태에 대한 병적인 비웃음, 즉 비소(誹笑)이다.

'지 에미 속을 얼마나 썩혔을까
대가릴 저 지랄로 해야만 글이 나온다던?
저 드러운 저 똥 콧수염 저 으……'

신문에 난 『내 잠 속에 비 내리는데』 수필집 광고에 나온
李外秀 사진을 보며 어머니는 또 그러신다 그러더니 또 별안간
'야 저새끼 장가갔냐?' 하신다

히히.

―「반성 563」 부분

시인의 어머니는 소설가 이외수의 몰골을 보고 한심하기 짝이 없는지
따옴표 속의 말을 하며 비웃는다. 시인은 어머니의 그 말을 듣고 히히 하
고 웃는다. 자기 생각에도 이외수의 몰골이 심했다는 생각이 들었기 때문

일 것이다. 소설가 이외수의 얼굴을 떠올려도 그렇거니와 시인 어머니의 말투가 거칠기 이를 데 없어서 독자는 씩 웃게 된다. 독자는『반성』을 읽으면서 자주 시인이 피식 웃는 모습을 보게 되는데, "히히"라는 웃음이 나오는 시는 예로 든 것 외에 69, 799, 788, 722번 4편이 더 있고, "킥킥" 하고 웃는 장면은 39, 517, 810, 826, 699, 576번 6편에 걸쳐서 나온다. 시집 1권에 10회 이상 시인이 웃는 장면이 나오므로 시집『반성』은 추한 이 세상과 윤리 도덕 관념이 없는 이 세상 사람들을 마음껏 비웃어주려고 낸 시집이다.

> 당신 섹스 파트너는 솔직히
> 몇 명이었소?
> 킥킥.
>
> 한 부부가 염라대왕 앞에 갔단다
> 염라대왕이 부부를 각각 따로 떼어놓고
> 자신이 몇 번 간음했는가 절대
> 비밀로 할 테니 말하라고 했고
> 그리고 간음 한 번에 팔뚝에 한 땀씩
> 바느질을 하는 벌을 주기로 했다
>
> 남편은 딱 두 번이라고 고백하고
> 아얏! 두 번 꼬맸다
>
> 다 꼬매고 남편이 아내는 왜 아직 안 오나 몰래 보니
> 아내는 들들들 재봉틀로 누비를 당하고 있었다나
>
> -「반성 810」 제6~9연

인용한 부분을 보면 세상에 떠도는 개그가 시가 되어 있다. 아무리 스스

로에 대한 반성보다는 타인과 이 사회를 마음껏 비웃어주고자 쓴 시일지
라도 이런 식의 전면 인용은 시의 품격을 떨어뜨리는 데 일조하게 마련이
다. 이 부분 앞뒤로 시적 형상화를 꾀한 부분이 없을뿐더러 시가 전체적으
로 농담의 수준이다.

> 어제는 술 마시고
> 괜히 맞았다 괜히 아무나 때리고 싶다는 놈한테
> 그럼 한 번 때려보라니까
> 정말 때렸다
>
> 누구든지 네 오른편 아구통을 갈기면
> 왼편 아구통도 돌려대라
> 킥킥
> 나는 웃고 있었는데
> 그는 글쎄 나를 붙들고 엉엉
> 울고 있었다.

—「반성 826」 끝 부분

성경에 나오는 예수의 설교 내용을 염두에 두고 읽어야 할 위의 시도
독자에게 재미를 주지 않고 실소를 머금게 할 뿐이다. "네 오른편 아구통
을 갈기면 / 왼편 아구통도 돌려대라"고 하면서 비어를 쓰니까 일단은 재미
를 느낄 수 있지만 뒷맛은 영 께름칙하다. 그래서 킥킥 웃는 시인의 웃음
소리를 듣고 따라 웃을 수가 없다. 김영승이 유머 감각을 제대로 발휘하는
시집은 7년 뒤에 발간하는 『권태』일 것이다.

남들 안 입는 그런 옷을 입었으면 부끄러운 줄 알아야지 왜 으스대는
가. 왜 까부는가. 왜 뻐기는가. 왜 어깨에 목에 힘이 들어가 있는가. 왜 꼭
그렇게 미련을 떨어야 하는가. 하얀 가운을 걸치고 까만 망토를 걸치고

만원 버스를 타봐라. 만원 전철을 타봐라. 얼마나 쳐다보겠냐. 얼마나 창
피하겠냐. 수녀복을 입고, 죄수복을 입고, 별 넷 달린 군복을 입고……

　　왼쪽 손가락을 깊이 베어 며칠 병원을 다녔는데 어떤 파리 대가리같이
생긴 늙은, 늙지도 않은 의사 새끼가 어중간한 반말이다. 아니 반말이다.
그래서 나도 반말을 했다.

　　"좀 어때?"
　　"응, 괜찮어."
　　그랬더니 존댓말을 한다. 그래서 나도 존댓말을 해줬다.
　　"내일 또 오십시오."
　　"그러지요."

―「권태 72」 전문

이 시는 독자에게 밝은 웃음을 선사한다. 김영승은 아마도 병원에 갔다
가 직접 겪은 일을 갖고 이 시를 썼을 것이다. 제복을 입었다면 봉사정신
에 투철해야 할 텐데 그들 중 다수는 사람을 깔보는 습성이 있다. 그래서
시인은 맞대응을 했던 것이고, 의사는 그때서야 말을 높여서 환자를 대한
다. 사회 풍자라고 해야 할지 인간 풍자라고 해야 할지, 시인이 반말을 하
는 의사에게 한 방 멋지게 펀치를 날렸다. 「권태 72」는 인간에 대한 풍자
이면서 우리 사회의 나쁜 관습에 대한 풍자이기도 하다. 이 작품은 자기한
테 반말을 한 의사를 시를 통해 비꼬는 한편, 봉사정신에 투철해야 할 제
복을 입은 모든 사람들을 풍자한 이중 풍자의 성격을 지니고 있다. 시인이
일상적인 삶을 영위하는 과정에서 기막힌 일을 당하여 그것을 갖고 시를
쓸 때, 독자는 그 기막힘에 동참하면서 미소를 지을 수 있다.

아내는 잠들었는데 나는 TV에서 하는 「Rocky Ⅱ」를 본다. 저렇게 좆,
터지는데 누구는 잠들어 있으면, 싱겁다. 남편이 좆, 터지고 있는데 그 아

한국 현대시에 나타난 '웃음'　**219**

내가 잠들어 있다면. 남이 조터지는데 잠들어 있지 말자. 내가 조터지고
있는데 아내는 잠들어 있다. 좆, 터질 맛도 안 난다.

―「권태 18」 전문

시인은 많이 얻어맞는다는 뜻으로 쓰는 '조터진다'는 말을 '좆, 터진다'
는 말로 바꿔 쓰면서 텔레비전에서 방영하는 주말의 영화를 볼 때 겪은 난
감한 일에 대해 말하고 있다. 가장인 시인이 세파에 시달리며 고생을 하고
있을 때, 아내가 나 몰라라 한다면? 사람이 곤란한 일을 당할 때 주변 사
람들이 방관한다면? 내가 성욕에 사로잡혀 있는데 아내가 쿨쿨 자고 있다
면? 이런 것들을 연이어 생각하는 동안 독자는 씩 웃을 수밖에 없다.

러시아워 지난 저녁, 한적한 전철 안, 내 옆자리에 앉아 신문을 보던
놈이 별안간 신문에 얼굴을 묻고, 어깨를 들썩이며 <u>으ㅎㅎㅎㅎ</u>
　흐느낀다 싶었는데 흰 넥타이 단정하게 맨 안경 쓴 이 자식은 신문이
찢어지게 웃는다.
　무엇을 보며 그럴까 하고, 들여다보니 스포츠신문 만화를 보고 그런다.
나도 웃었다. 그걸 보고 있던 앞자리의 여자도 웃는다.
　똥을 누는지, 부지지직 신문을 찢으며, 힘을 주며.

―「권태 569」 전문

전철 안에서 한 사내가 스포츠신문에 난 만화를 보고 미친 듯이 웃는다.
그것을 보고 화자도 웃고 다른 여자 승객도 따라 웃는다. 하품이 전파되는
것처럼 웃음도 전파력을 갖는다. 이런 유쾌한 웃음은 사람의 마음에 엔돌
핀을 돌게 할 것이다. 시인은 한 줄로 된 제2연을 덧붙임으로써 독자의 웃
음을 배가시킨다. 만화를 보고 너무 우스워 신문에 얼굴을 묻고 어깨를 들
썩이며 웃다가 신문이 찢어지게, 아니 부지지직 신문을 찢으며 웃었으니
거의 폭발적인 웃음이다. 이런 건강한 웃음은 우리를 살맛나게 한다. 나와

아무 관계도 없는 사람이 밝게 웃는 것을 보고 나도 기분이 좋아짐을 느꼈던 독자가 있다면 이 시가 더욱 잘 이해될 것이다. 웃음은 보통 이하의 열등한 인물을 교정하는 중요한 사회적 기능을 한다는 베르그송의 주장이 잘 들어맞는 시가 바로 「권태·72」나 「권태·569」이다.

> "여태까지 원고를 못 쓰셨어요?"
> 여기자가 그렇게 말해서 나는 전화에다 대고 너무 웃었더니 손에 힘이 하나도 없어서 글을 못 썼다고 말하면서도 또 하하 하하하 한참 웃었다.
> "아니 뭐가 그렇게 우스우세요. 그리고 웃었다고 왜 손에 힘이 없어요?"
>
> —「권태·776」 제1연

시인이 너무 웃어서 손에 힘이 다 빠져 그만 글을 못 썼다고 하는 말을 여기자는 알아듣지 못했지만 우리는 금방 알아차려야 한다. 포복절도라고 하지 않는가. 너무 웃으면 기진맥진해지는 것이 아니라 일종의 엑스터시, 즉 망아의 상태가 올 수도 있다. 이런 웃음은 그야말로 삶의 활력소가 될 수 있고 명약의 역할을 할 수 있다. 「권태·569」와 「권태·776」이 보여 주는 웃음은 입을 크게 벌리고 떠들썩하게 웃는 웃음이니, 한자어로 쓰면 홍소(哄笑)이다.

3. 1980년대 후반기 등단 시인의 시에 나타난 웃음

1980년대 후반기를 체육인들은 '86아시안게임과 '88올림픽이 열린 해로 기억할 것이다. 이런 큰 대회를 한국이 유치하게 된 것은 국력의 신장 덕분이기는 했지만 정치는 아직도 많이 혼란스러웠다. 1985년에 일어난 사건으로는 대우자동차 파업, 서울 미문화원 점거 농성 사건, 구로공단 연대파업 농성, 학원안전법 파동, 농축산물 수입개방 반대 시위가 있었다. 1986년에는 5·3인천사태, 부천 성고문 사건, 건국대 애학투련 사건, 이민우 내각제 파동이 있었다. 1987년에 박종철 고문치사 사건과 이한열 최루탄 사망 사건이 일어나자 6·10민주항쟁이 일어났고 노태우 민정당 대표가 부득불 8개항 시국수습 방안을 발표했으니 이것이 바로 6·29선언이었다. 8월에는 옥포·창원·인천 등에 자리잡고 있는 수많은 사업장에서 파업이 일어났고, 전대협이 결성되었다. 11월 29일의 KAL기 폭파 사건은 제13대 대통령 선거에서 노태우가 당선되는 데 결정적인 역할을 했다. 올림픽이 개최된 1988년에 전대협은 8·15남북학생회담을 추진하였고, MBC 노조가 방송사상 첫 파업을 했다. 1989년은 '통일'이 많은 사람에게 화두가 되었던 해이다. 문익환 목사가 평양을 방문한 데 이어 서경원 의원 밀입북 사건이 터졌고 임수경이 북한을 방문하여 열렬한 환영을 받았다.

이상 일련의 사건을 살펴보면 군사정권이며 또한 공안정권이기도 했던 제5, 6공화국 시대였지만 민주화가 해가 다르게 진전되고 있었음을 알 수 있다. 민주화에 대한 국민의 열망을 억압 일변도로 억누를 수 없다는 깨달음을 얻은 노태우 대통령은 국회의 '광주특위'와 '5공특위' 등 7개 특위 구성에 사인, 광주청문회를 통해 자신의 면죄부를 사기도 한다. 하지만 자신이 훗날 전두환과 함께 구속될지는 그때야 알 도리가 없었을 것이다.

바로 이러한 시대인 1989년에 장경린의 『누가 두꺼비집을 내려놨다』와 유하의 『武林일기』가, 1990년에 함민복의 『우울氏의 一日』이 나왔다. 정치적인 억압이 자심했던 시절에 이성복·박남철·황지우·장정일·김영승은 독자의 웃음을 유발하는 시를 몇 편씩 썼는데, 그때의 웃음은 얼굴을 일그러뜨리고 웃는 쓴웃음이었다. 조소, 쓴웃음, 비웃음 같은 것을 밝은 웃음이라고 볼 수는 없다. 하지만 장경린·유하·함민복의 웃음은 상황을 비판하면서 웃는 웃음일지라도 전시대와는 다른 점이 있었다. 독자들은 세 시인의 시집을 읽으며 한결 밝은 마음으로 미소 지을 수 있었다.

1) 장경린―난감한 상황을 어색한 웃음으로 얼버무리다

　장경린의 첫 시집『누가 두꺼비집을 내려놨다』에서 미소를 떠올리게 하는 시는 대개 과거와 현재가, 우연과 필연이 겹친 곳에서 발생하는 기포 같은 것이었다. 어처구니없는 상황이 이끌어내는 허탈한 웃음을 장경린의 시는 보여주곤 했다.

> 우리 관군이 육전에서 패배를 거듭하고
> 있는 동안 해전에서는
> 이순신 장군이 연전연승 일본 함대를 격멸시켜
>
> 전세를 역전시키고 있었다. 4번 타자
> 김봉연이 타석에 들어서자
> 관중들은 함성을 지르며
>
> 묵묵히 걸어나갔다. 최루탄 가스에도
> 아랑곳하지 않고
> 자유로운 사람을 위해서 그들은
>
> 콘돔이나 좌약식 피임약을
> 상용하였으므로 대부분의 아이들이
> 외동아들이거나 외동딸이었음에도
>
> 불구하고 라면은 퉁퉁
> 불어 있었다. 정확히 물을 3컵 반
> 재어서 부어넣었는데, 어떻게, 면발이 퉁퉁

―「라면은 퉁퉁」 전문

이 시를 이루고 있는 5개 연은 상호 연관성이 없다. 연전연승하는 이순신 장군과 홈런 타자 김봉연의 등장에 환호하는 야구 경기장 관중과는 아무런 관련이 없다. 그리고 콘돔이나 좌약식 피임약과 외동아들 혹은 외동딸과도 실제로는 관련이 없다. 라면을 끓이는 행위와 이런 것들 사이에도 공통분모를 발견할 수 없다. 아무런 관련이 없는 것들이 모여 있음으로 인하여 어떤 연상작용을 유발할 수 있지만 그런 것도 이 시에는 없다. 별개의 사물을 각자 놀게 하는 것이 장경린이 노린 시적 효과였다. 음악으로 치면 불협화음이다. 불협화음은 듣는 사람에 따라서는 불쾌한 소음이 될 수도 있다. 당장 입으로 들어가야 할 라면이 퉁퉁 부어 있다면, 참 난감한 일이다. 먹어야 하나 버려야 하나.

시인은 인과관계를 따지는 신비평가들이 영 못마땅했는지 엉뚱한 말을 늘어놓음으로써 독자들이 허탈한 웃음을 짓게 한다. 이 세상의 모든 일이, 모든 사람이, 모든 사물이 유기적인 관계를 맺고 있지 않음을 시인은 말해주고 싶었던 것이리라. 아닌게 아니라 삼라만상은 우연성의 지배를 받고 있는 것인지도 모른다. 불가에서는 모든 만남을 인연의 결과로 보고 있지만 시인에게는 기이한 우연일 따름이다. 제대로 물을 넣어 끓인 라면이 퉁퉁 부어 있는데 1~4연의 일들이 도대체 나와 무슨 상관이란 말인가 하는 자조적인 시각이 이 시를 재미나게 한다. 장경린은 개인주의가 심화되는 현대적 삶의 양식을 보여주려고 이런 시를 쓴 것일까? 최루탄 가스에도 아랑곳하지 않고 묵묵히 걸어갔던 사람들이 있었는데 나는 고작 라면이 퉁퉁 불었다고 심각해하고 있다. 삶의 우연성과 가변성, 사물들 사이의 불협화음은 다른 시들에서도 쉽게 찾아볼 수 있다.

동대문 시장 좌판에 물을 3컵 반
춘화 같은 육신 쭈그리고 앉아

큰골 작은골 소주로 적셔가며
스펀지 같은 세상으로
하산하는 기분으로

연애하고 가요
아저씨, 예쁜 아가씨 있어

고개 숙이고
청계천 6가 뒷골목을 지나가는
고개 숙인
이개
하위지
유성원
유응부
성삼문
박평년

내가 國産 빤쓰 입고 살아가는 나라의
뒷골목

-「청계천 6가」 전문

청계천 6가에서 소주를 마시는 현대인과 사육신 사이에는 어떤 관계가 있을까? 또한 호객행위를 하는 삐끼와 내가 입은 국산 팬티 사이에는 무슨 관련이 있을까? 물어본들 좋은 답이 나오기는 어려울 것이다. 시마다 과거와 현재가, 우연과 필연이 뒤섞여 혼란을 가중시키는데, 시인은 명쾌한 해답을 제시하지 않는다. 상황만 제시할 뿐이다. 시인은 역사의 아이러니와 당대적 삶의 혼란스러움, 세상살이의 허망함, 뭐 이런 것을 말해주고자 이런 묘한 시를 쓴 것이 아닐까. 시인은 독자에게 의뭉스런 웃음을 보내고, 독자는 난감하다는 듯 고개를 갸웃거리면서 마주보고 웃을 뿐이다.

신경질이 절망이 삼강오륜이 어리굴젓이
편두통과저혈압이 청바지가 빌빌놀고먹을
수없는불만이 눈물과민족주의가 라면이
제3세계문학전집이 비틀즈가 나를 필요로
하지만

나는要
지금 당장 신고 나갈
면양말 한 켤레가 필요해요

―「나는要」 전문

이 시는 앞의 두 시가 가중시킨 의문을 조금이나마 해소시켜준다. "나는
要", 즉 내가 필요로 하는 것은 지금 당장 신고 나갈 면양말 한 켤레인데
서가에 꽂힌 제3세계문학전집은 내 손길을 기다리고 있고 라디오에서는
비틀즈의 노래가 흘러나오고 있다. '신경질'부터 '비틀즈'까지 수많은 사물
이 나를 필요로 하고 수많은 심리적 요인이 나를 옥죄고 있지만 내가 필요
로 하는 것은 면양말 한 켤레일 뿐이다. 이러한 아이러니, 혹은 난감함이
이 시의 주제일 것이다.

제2시집 『사자 도망간다 사자 잡아라』를 보면 시인은 책의 날개에 '현
재 한국은행에 재직중'이라며 자신의 직업을 밝혀놓고 있다. 그래서인지
'利子'라는 낱말을 무수히 쓰면서 자본주의 사회를 지탱하는 기이한 증식
논리 중 하나인 이자의 성격, 역할, 문제점 등을 규명하고 있다. 여기에 대
해서는 정효구가 정치하게 논한 바 있으므로[13] 여기서는 웃음의 요소만을
들춰보기로 한다. 생의 아이러니와 기이할 만큼 무질서한 현실을 가장 잘
그려낸 연작시가 「전골과 찌개」이다. 이들 시는 우스꽝스런 상황 전개를

---

13) 정효구, 「삶 세계―이자(利子)놀이의 과정―장경린론」, 『몽상의 시학』, 민음사, 1998.

공통점으로 갖고 있다.

1

집단 무의식에 작업실을 차렸다
나날이 꿈은 다가와 利子가 되어가는데
利子들은 꿈이 사라지고 있다고 한다
利子가 꿈과 다르다면
우리가 꿈을 잘못 꾸었거나
꿈이 엉뚱한 별로 잘못 떨어진 것이 아닐까

2

어머니가 짖고 있다. 공중전화기를 어깨로 받혀든 채 주간지를 뒤적이
며 나는 딴전부리고. 빨간 금성전화기를 틀니에 바싹 붙이고 소리를 질러
대고 계실 테지. 그래 에미보다 먼저 뒈질라고 원수 같은 술 퍼마셔! 마
당에 피어 있는 국화꽃들은 바람에 흔들흔들 춤추고, 벌써 잠들었을 게으
른 캐리. 연탄가스 배출기는 굴뚝 끝에서 신나게 돌아가고 있겠지. 캐리
대신 짖어대는 어머니. 뒤에서 목덜미 허연 아가씨가 눈알을 부라리고 있
다. 들고 있는 수화기가 아령 같다.

-「전골과 찌개 3」 부분

달걀은 소금물에 완숙으로 삶아내어 차게 식힌 다음 껍질을 벗겨낸다

싱싱한 한반도를 얇고 둥글게 썰어
꽃 모양으로 떠놓는다 냄비에
달걀과 비무장 지대를 넣고 조려낸다

저쪽에서 대남 방송이 흘러나온다 이미자의
「섬마을 선생님」을 부르며 김병장이 벙커 뒤에서
소변을 보고 있다 이순신 거북선
암구호가 빠르게 뇌리를 스치고 지나간다

조려진 달걀을 보기 좋게
오이나 당근을 곁들여 접시에 올려놓는다

―「전골과 찌개 4」 전문

앞에 인용한 시에서 1과 2는 제각각 따로 놀고 있다. 왜 같은 제목 아래 1번과 2번이 되어 있는지 독자는 어리둥절하여 고개를 흔들게 된다. 이자의 뜻이 무엇인가 곰곰이 생각해보다가 2번을 읽는다. 공중전화기를 통해 들려오는 어머니의 꾸중은 지겹고, 집에서 키우는 개 캐리에 대한 생각……. 전화기는 내가 들고 있는데 화난 아가씨가 들고 있는 전화기가 아령 같다? 시 전체가 뒤죽박죽이다. 그 다음 시도 마찬가지이다. 우리들의 나날의 삶이 대체로 혼란스럽다는 것을 강조하고자 이 시를 쓴 것이라면 시인은 성공을 했다. 전골이건 찌개이건 여러 가지 재료를 넣고 보글보글 끓여서 완성하는 음식처럼 우리네 삶이란 것도 질서정연하지 않고 때로는 엉망진창이고 때로는 뒤죽박죽이니까. 흡사 무성영화 시대의 슬랩스틱 코미디처럼 시인은 연결이 잘 안 되는 여러 가지 사건을 몇 개 나열하면서 퍼즐놀이를 하고 있는 듯하다. 시인의 놀이에 즐거움을 느낀 독자라면 입가에 조금은 어색한 웃음을 지을 것이며, 불편함을 느낀 독자라면 인상을 찌푸린 채 고개를 갸웃거릴 것이다.

식당의 라면 상자 뒤를(역사적인 나날들을) 뻔질나게 오가면서도
상자에(역사에) 큼직하게 써 있는 '農心라면'
을 못 읽는 약삭빠르지만 무식한 고양이들처럼

'고기는 냉장고 안에 있습니다'
안내문이 걸려 있는
정육점의 텅 빈 진열장처럼

커피가 담긴 보온병을 쟁반에 얹어
보자기로 감싸들고
껌을(자본주의를) 질경질경 씹으며 걸어가는
다방 여급(한국사)처럼

성부와 성자와 성신의 이름으로

—「전골과 찌개 8」 전문

　4개 연의 연결고리를 찾는 일이 무척 어렵다. 괄호는 독자가 이 시를 이해하는 것을 방해하고 있고, 식당·정육점·다방을 공간적인 배경으로 삼다가 왜 갑자기 "성부와 성자와 성신의 이름으로" 운운하는지 독자는 알 수 없다. 시인은 혼란을 즐기고 있고, 이런 혼란이 현대적 삶의 가장 큰 특징임을 말해주고 있다.

　혹자는 장경린의 시에서 웃음의 요소를 발견해낼 수 없다고 말할지도 모른다. 그러나 사람이 이 이야기를 하다가 아무런 표정의 변화 없이 능청스럽게 저 이야기를 하는 경우 듣는 사람에 따라서는 크게 웃을 수도 있을 것이다. 이야기하는 사람은 조금도 웃지 않으면서 이치에 맞지 않은 이야기를 늘어놓을 때, 그 '이치에 맞지 않음'이 사람을 웃길 수도 있다. 그런데 이때의 웃음은 엉뚱한 광경을 보았기에, 얼토당토않은 이야기를 들었기에 웃는 황당한 웃음, 혹은 어색한 웃음이다. 청량리 뒷골목 극장에 들어갔더니 호모 아저씨가 부드러운 손길로 허벅지를 더듬으며 나의 거기를 향해 접근해 오더라는 이야기를 시인이 해준다면 당신은 웃을 것인가, 인상을 찌푸릴 것인가? 이런 난감한 상황을 웃음으로 얼버무릴 줄 아는 자, 바로 장경린이다.

　기차표를 끊어놓고

시간 죽이러 들어간 청량리 뒷골목 극장
기형도 시인이 쓰러졌던
파고다극장보다 작고 음침한 그곳에는
세상과 담을 쌓기 위해 숨어든 백수들과
부랑자들이 굴러들어온 호구를 눈여겨보고 있었다
때 절은 잿빛 스크린 펄럭이며
사람들을 가지고 노는 흉측스런 공룡보다
찢어진 스피커의 소름끼치는 소음이
사람 잡을 때마다
움찔거리며 흘리던 쥬라기의 팝콘들

그때 슬그머니
내 허벅지를 타고 넘어오는
옆자리 중년 남자의
부드러운 손길

―「幕間」(『토종닭 연구소』) 제1, 2연

이 시를 읽고 지을 수 있는 웃음은 사람이 난감할 때 짓는 아주 어색한 웃음일 것이다. 영화는 흉측스런 공룡이 사람들을 가지고 논다고 하니까 「쥬라기 공원」이 아니었나 싶다. 낡은 극장이라 찢어진 스피커가 소름끼치는 소음을 내보내는데, 소음이 사람을 잡을 때마다 "움찔거리며 흘리던 쥬라기의 팝콘들"은 시인의 유머 감각이 살아 있는 재미있는 표현이다. 시의 마지막 부분, "남자가 / 남자를 뛰어넘지 못하고 무너지는 / 그 영화 같은 현실 앞에서 / 덥석 공룡에게 물린 듯 / 식은땀을 흘리며"에 이르러서는 시인이 겪었을 난감한 상황을 떠올리며 참았던 웃음을 터뜨리게 된다. 사람은 자신이 난감한 처지에 놓이게 되었을 때, 자기도 모르게 쓴웃음을 짓는 수가 있다. 그런데 남이 난감한 처지에 몰리게 되었을 때도 역시 자기도 모르게 미소를 짓는다. 장경린은 바로 이런 상황을 포착하여 시로 써온 시인이다.

2) 유하—비판하면서도 어느덧 즐기는 자신에 대한 웃음

1988~89년에 집중적으로 쓰였던 유하의 연작시 「무림일기」는 이렇게 시작된다.

> 경천동지할 무공으로 중원을 휩쓸고 우뚝 무림왕국을 세웠던
> 무림패왕 천마대제 만박이 주지육림에 빠져 온갖 영화를 누리다
> 무림의 안위를 위해 창설했던 정보기관 동창 서열 제 2위
> 낙성천마 금규(金圭)에게 불의의 일장을 맞고 척살되자,
> 무림계는 난세천하를 휘어잡으려는 군웅들이 어지러이 할거하기 시작
> 했다
> (…)
> 무력 19년 가을, 광도일귀는 승산의 영웅대회에서 잔혼귀존 폭풍마독 등
> 형식적인 비무를 거친 뒤 무림맹주의 권좌에 등극하였다
> 그날 동천존자(冬天尊者)는 그를 일컬어 달마 이후 최고의 미소라며 극
> 찬하였고
> 무협신문들은 일제히 환영의 뜻을 표하며,
> 혈의방 무사들이 통천가공할 무공을 익히며 호시탐탐 중원을 노리는
> 이때
> 강력한 무공의 소유자가 중원을 다스려야 한다고
> 수심에 가득 찬 기사를 썼지만 대부분 인면수심들이었다.
>
> —「武歷 18년에서 20년 사이—무림일기·1」 부분

이 시에서 유하는 정치인들을 무림계의 고수들로 형상화하여 그들의 행동을 무협지에서 볼 수 있는 용어들을 통해 보여준다. '무림패왕 천마대제 만박'은 말년의 박정희를, '낙성천마 금규'는 박정희를 살해한 김재규를 가리킨다. 즉, 이 시는 박정희가 김재규에게 피살당한 후 군사정권 존속에

위기감을 느낀 전두환이 최규화와 정승화를 몰아내고 대통령이 되는 일련의 정치적 일정을 풍자한 것이다. 유하가 당시의 정치현실을 무협지에 빗댄 의도는 '허구 같은 역사적 사실'을 은유적으로 표현하려는 데 있었다. 시인은 시대적 소명의식을 저버리고 한결같이 "환영의 뜻을 표하며", 강력한 무력의 소유자가 국가를 다스려야 한다는 "인면수심"의 당대 신문들을 풍자하는 것도 놓치지 않고 있다. 시의 제목은 군사정권 18년에서 20년 사이를 의미하기에 제5공화국은 여러모로 박정희 군사정권의 연장이라는 유하의 시대의식을 엿볼 수 있다. 박정희 정권과 제5공화국 정권에 대한 비판의식은 무림일기 연작보다는 시집 편제상 그 뒤의 시편에서 더욱 적극적으로, 흥미롭게 전개된다.

> 박통 시절, 박통 터지게 인기 있었던 프로레슬링
> 김일의 미사일 박치기에 온 국민이 들이받쳐서
> 박통 터지게 티브이 앞에 몰려들던 프로레슬링
> (……)
> 레슬링 쑈는 한두 사람 박통 터지면 그만이지만
> 정치 쑈는 온 국민을 박통 터지게 하지
> 지금도 링 뒤에서,
> 첫판은 네가 알밤에서 엉덩방아찧기 풍차돌리기
> 둘째 판은 내가 헤드록 날개꺾기 보디슬림
> 박통 맞대고 통박 굴리는 놈들
>
> ―「프로레슬링은 쑈다!」 부분

> 덕분에 난 종업식 때, 문교부장관 표창장을 받았어
> 킥킥, 예나 지금이나 우리나라에선
> 따귀와 표창은 한끗 차이 아냐?
> 윗사람은 폐품 수집에 남달리 열성적으로 참여한 바
> 타의 모범이 되었으므로 이에 표창함!

문교부 장관 대독

―「새마을에 관한 고백」 부분

앞의 시는 '유신'이라는 미명 아래 각종 정치 쇼를 했던 '박통'에 대해, 뒤의 시는 제3공화국 정권이 대내외적으로 널리 알렸던 대표적인 정치 쇼로 새마을운동을 간주하여 풍자한 시이다. 시인에게 새마을운동이 표방했던 '농촌 경제 살리기'라는 것은 별로 실감되지 않았고, 학교 '새마을 부장'으로서 폐품 수집을 잘 했다고 문교부장관 표창장을 받은 것으로 이 운동이 기억되고 있을 뿐이다. 강압적인 군사정권에 대한 희화화 작업은 「동작그만, 원위치」, 「알아서 기는 법」, 「어떤 나라시에 관한 기억」, 「몽」 등으로 이어진다.

그 옛날 캐비닛 속에 날 처넣고 군화로 짓이기던 교련 선생
다 널 인간 만들려고 그러는 거야
사랑의 매도 몰라?
독랄한 고문 전문가도 일요일이면, 믿습니다
독실한 믿음으로 구원의 기도 드리는 나라

―「어떤 나라시에 관한 기억」 부분

문득 버마하면 떠오르는 건, 박스컵과 축구
지금 돌이켜보면 박스컵이란 이름 뒤에 숨겨진
음흉한 단꿈의 의미도 맹랑한 것이지만
축구 잘해서 박스컵 자랑스레 가져가던 버마의 젊은 청년들
얼마나 본전도 안 빠지는 장사했던가 헛노동했던가

―「몽」 부분

군사훈련을 받는 교련이 고등학교와 대학교의 정식 교과 과목이었던 시절, 장교 출신인 교련 선생은 고등학생이었던 시인을 캐비닛 속에 처넣고

군화로 짓이기기도 했었나 보다. 시인은 이런 웃을 수도 없는 상황을 제시한 뒤 "다 널 인간 만들려고 그러는 거야 / 사랑의 매도 몰라?" 하는 교련 교사의 말을 덧붙여 독자들이 쓴웃음을 짓게 한다. 군사문화는 제5공화국이 들어선 이후 더욱 심해지면 심해졌지 약화되지 않는다. 독하고 악랄한 고문 전문가도 일요일이면 교회에 가서 "믿습니다"라고 말하며 용서를 받는 이 이상한 나라를 시인은 어처구니없어한다.

뒤의 시에는 박정희 대통령 재임시 국제축구대회 명칭을 '박스컵'이라고 붙인 데 대한 비판의 뜻이 담겨 있다. "음흉한 단꿈"은 영구 집권을 하겠다는 꿈이다. 버마(현재명 미얀마) 축구선수들은 수중전에 특히 강해 우승까지 하여 박스컵을 자기네 나라에 갖고 가기도 했는데 열심히 공을 찬 그 나라 선수들이 사실은 박정희 대통령의 정치적 쇼에 놀아난 것이 아니냐고 시인은 그들에게, 아니 독자들에게 묻고 있다. 정치적인 의도로 행해지는 이런 쇼들을 줄곧 보아온 시인은 1980년대 말에 이르러 혀를 차면서 스스로를 비웃는다.

> 돌과 화염병쯤은 어린애 장난 같은 불사신의
> 사이보그 경찰, 강철도 종이 구기듯 하는
> 그 초강력 파워가 민중의 지팡이가 되는 미래 사회?
> 삐삐삐삐 시인분주중 조옴 보옵시이다
> 생각만 해도 우린 든든하다
> 생각만 해도 우린 든든……
>
> —「로보캅—영화 사회학」 부분

영화 「로보캅」은 시인의 설명에 따르면 "사망 직후의 경찰을 엄청난 괴력의 로봇으로 / 개조하여 도시의 범죄자들을 초토화 시켜버린다는, / 람보 스타일의 미국영화"다. 한국에도 로보캅 같은 존재가 있는데 바로 밤낮을

가리지 않고 신분증 제시를 요구하는 경찰이다. 이처럼 웃음의 요소가 충
만한 시편은 「무림일기」보다도 부제를 '영화 사회학'이라고 붙인 일련의
작품이다.

> 파리애마는 안소영 오수비 염해리 시절
> 단조로운 스톤 운동과는 스케일부터 달라
> 이제 백마 콤플렉스 훌훌 던져버리고
> 코스모폴리탄적으로 그랜드하게 놀자는 말씀,
> 역시 제주도에서 벌거벗고 말 타는 것보단
> 파리에서 한복 입고 말 타는 게
> 국위선양도 될 겸 보기에도 한결 포토제닉하구만
> 암백마와 사는 남편을 찾기 위해 파리에 온
> 불감증 환자 유혜리에게 불란서 미남 백마가 묻는다
> 두 유컴 프롬? …프롬 코리아
> 오우예, 쎄울 올림픽!

-「파리애마-영화 사회학」 부분

> 다른 건 몰라도, 베를린 깐느 베니스 영화제에
> 문화영화 부문이 신설된다면
> 감독상 촬영상 주연여우상 우리가 다 휩쓸어버릴 텐데,
> 저번 대통령 선거 때도 맛뵈기로 위력을 보여줬지만
> 에이젠슈타인 선생도 무덤에서 발딱 일어날
> 고도의 몽타주 수법이 우리 문화영화의 자랑거리죠

-「황노인의 외출-영화 사회학」 부분

흔히 제5공화국은 3S정책을 폈다고 한다.[14) 1980년 12월 1일에 컬러텔

---

14) 3S정책은 섹스, 스포츠, 스크린의 머리글자를 딴 것으로 남미 등에서 독재정권이 국
민의 정치적 관심을 다른 데로 돌리기 위해 즐겨 쓰는 정책이다.

레비전이 첫 전파를 탔고, 1982년 3월 27일 한국 프로야구 첫 번째 시즌의 개막전이 열렸다. 또한 1980년대에 들어 여러 신문사가 경쟁적으로 포르노성 주간지를 펴냈다. 방화「파리애마」와「황노인의 외출」에 대한 일종의 영화 감상문인 이 두 편의 시는 제5공화국이 편 3S정책을 비판하기 의해서 쓴 시라고 여겨지는데, 이런 시대상황을 대하는 시인의 태도는 꽤 자조적이었다. 자조의 증거로 시인은 "파리에서 한복 입고 말 타는 게 / 국위선양도 될 겸 보기에도 한결 포토제닉하구만"이라는 대목과 "우리 문화영화의 자랑거리죠"라는 대목을 제시한다. 시에서의 외래어 남용도 우리나라 사람들의 문화적 열등감에 대한 확실한 자아 비판이다. 시인은 일부 사람들이 외국의 것을 선망하는 것에 대해 비판하지만 사실 이것은 우리의 자화상이기에 혀를 차면서 자조하는 것이다.

> 지도부 검문을 아슬아슬 통과하여 기진맥진 몸을 이끌고
> 겨우겨우 교문에 헤드 퍼스트 슬라이딩으로 들어서면
> 아, 웅장하게 울려퍼지던 영광영광 대한민국
> 조회시간 수천 명 검은 제복의 아이들
> 획일의 미덕을 손끝에 싣고 일제히
> 충성!
>
> ―「그로잉 업―영화 사회학」 부분

3S정책 외에 시인이 비판하고 싶었던 것으로는 최루탄으로 진압하는 도심의 시위(「크로커다일 던디」), 조직폭력배가 나타나 뒤엎어버리는 야당 전당대회(「용팔이」), 학교 조회시간에 교복을 입고서 경례를 강요하는 군사문화의 흔적(「그로잉 업」) 같은 것이다. 이런 것들을 비판하는 시인의 태도는 다시 말하거니와 쓸쓸한 자조이다. 폐품 수집도 박스컵도 3S정책도 좀 지나서 보니 너무나 뻔한 국민 속이기로서, 시인에게는 속여넘기는 무리보다는

속아 넘어가는 우리 국민이 딱할 뿐이다.

유하는 1991년에 두 번째 시집『바람부는 날이면 압구정동에 가야 한다』를 내는데, 저급한 대중문화를 지칭하는 '키치'를 사용하여 이 땅의 정치 상황과 상업주의를 비판하였다. 특히 소비문화의 온갖 형태를 시쳇말을 적절히 구사하면서 고발했는데, 시인은 엄숙한 표정을 짓지 않고 실실 웃으면서 하였다. 이러한 태도는 독자에게 읽는 재미를 충분히 줄 수 있었다.

> 압구정동은 체제가 만들어낸 욕망의 통조림 공장이다
> 국화빵 기계다 지하철 자동 개찰구다 어디 한번 그 투입구에
> 당신을 넣어보라 당신의 와꾸를 디밀어보라 예컨대 나를 포함한 소설가 박상우나
> 시인 함민복 같은 와꾸로는 당장은 곤란하다 넣자마자 띠— 소리와 함께
> 거부 반응을 일으킨다 그 투입구에 와꾸를 맞추고 싶으면 우선 일 년간 하루 십 킬로의
> 로드웍과 새도 복싱 등의 피눈물 나는 하드 트레이닝으로 실버스타 스탤론이나
> 리차드 기어 같은 샤프한 이미지를 만들 것 일단 기본 자세가 갖추어지면
> 세 겹 주름바지와, 니트, 주윤발 코트, 장군의 아들 중절모, 목걸이 등의 의류 액세서리 등을 구비할 것 그 다음
> 미장원과 강력 무쓰를 이용한 소방차나 맥가이버 헤어스타일로 무장할 것
> 그걸로 끝나냐? 천만에, 스쿠프나 엑셀 GLSi의 핸들을 잡아야 그때 화룡점정이 이루어진다
>
> —「바람부는 날이면 압구정동에 가야 한다 2—욕망의 통조림 또는 묘지」 부분

> 바람부는 날이면, 압구정동에 가야 한다 사과맛 버찌맛
> 온갖 야리꾸리한 맛, 무쓰 스프레이 웰라폼 향기 흩날리는 거리
> 웬디스의 소녀들, 부띠끄의 여인들, 까페 상류사회의 문을 나서는

구찌 핸드백을 든 다찌들 오예, 바람불면 전면적으로 드러나는
저 흐벅진 허벅지들이여 시들지 않는 번뇌의 꽃들이여
하얀 다리들의 숲을 지나며 나는, 끝없이 이어진 내 번뇌의 구름다리를
출렁출렁 바라본다 이 거추장스러운 관능의 육신과 마음에 연결된
동아줄 같은 다리를 끊는 한 소식 얻기 위하여, 바람부는 날이면
한양쇼핑센터 현대백화점 네거리에 떡 하니 결가부좌 틀고 앉아
온갖 심혜진 최진실 강수지 같은 황홀한 종아리를 뚫어져라 바라보며
不淨觀이라도 해야 하리 (하략)

─「바람부는 날이면 압구정동에 가야 한다 6」 부분

압구정동 거리에서 살 수 있는 것들, 압구정동 거리의 가게들, 압구정동을 거니는 사람들, 그리고 압구정동에 있는 한양쇼핑센터와 현대백화점에 있는 것들이 이 두 편의 시를 이루고 있다. 시인이 문명비판 시각을 갖고 있다는 것은 두 편의 시만으로도 알 수 있지만 확실한 비판까지는 나아가지 못하는 듯하다. 시인은 서울의 거리를 너무 사랑하고 있다. 시적 화자는 가지고 싶은 것을 몽땅 구비하며, "흐벅진 허벅지들"과 "황홀한 종아리"를 바라보며 즐기고 있다. 어떤 대상에 대한 확실한 비판은 자신의 도덕적 자신감에서 나오는 것인데 시인은 그런 도덕성과 양심, 염결성 등을 자랑하지 않는다. 일정한 비판의식을 견지하면서도 느끼고 향유하고 즐긴다. 시인이 웃을 때, 그 웃음은 시니컬하다. 미인을 좋아하는 시적 화자를 향해 어떤 선배는 낄낄대고 화자도 히힛, 웃는다. 그러나 나중에 가서는 쯧쯧, 하고 자신을 향해 혀를 찬다.

솔직히 말하겠다 난 미인이 좋다
세상에 미인 안 좋아하는 놈 없겠지만 난 정도가 심하다
사실…… 난…… 미인이 아닌 여자는 마구 구박해왔다
프라이버시지만, 옛날 올리비아 핫세 닮은 여자도 뻐드렁니란 이유로

차버렸다 물로 나도 차인 적이 있다 차고 차이는 게 남녀 관계 아닌가
그러는 날 두고 어머니는 여자가 낯바닥만 히멀쭉하면 뭘 해 속이 차
야지 근심 어리게 쳐다보시고
어떤 선배는 그거 직업병이지 직업병이야 낄낄댄다
오늘 아침도 난 「물의 나라」 영화 광고에 나오는 심혜진의 요염한 미
소와 함께 시작했다
(……)
진짜 물의 나라 속에도 붕어 심혜진이 있는가?
과연 내가 느끼는 아름다움을 물고기도 공감할까
물고기 얼굴에 난 어떻게 보일까 히힛, 짱꼴라 주윤발? 짱꼴라 장자 형
님은
이렇게 말했것다, 화용월태 서시도 물고기 앞에선
별 볼일 없는 괴물이라고 지느러미야 물고기 살려라 도망간다고
(……)
그놈의 미인병 땜에 그 동안 얼마나 천추의 한을 남겼는가
비비안 리여 이젠 바람과 함께 사라지거라 클레오파트라 역사의 콧날도
밥을 많이 먹어도 배 안 나오는 여자, 페티시즘의 야한 여자도
지상의 모든 35-24-35의 신화도 사라지거라 난 물고기가 될지니
물고기가 돼서도 美魚만 사랑할 나이지만 쯧쯧

—「미인병」 부분

행마다 웃음의 요소가 차고 넘친다. 하지만 이 시를 비롯한 유하 시 속
의 웃음과 시인 자신의 웃음은 유쾌한 웃음이 아니다. 뭔가 거리끼는 것이
있어 퍽 부자연스럽게 나오는 웃음이다. 「물의 나라」 영화 광고에 나오는
심혜진의 요염한 미소에 매료된 시인이 "물고기 얼굴에 난 어떻게 보일까"
생각하고는 "히힛" 하고 웃는데, 이 웃음소리가 말해주는 것이 있다. 나쁜
짓을 하다가 들킨 아이가 부끄러워하며 히힛 하고 웃는 웃음, 바로 그런
것이다. 유하의 웃음에는 이처럼 자조가 짙게 배어 있다. 시인은 미국 할
리우드가 만들어낸 상업성 짙은 영화를 혐오스러워하면서도 어느 영화광

에 못지않게 영화를 즐겨 본다. 압구정동의 이모저모를 역겨워하면서도 고향인 전북 고창의 하나대로 돌아갈 수는 없다. 세운상가에 가면 구할 수 있는 온갖 키치의 물품을 저급한 것으로 간주하면서도 젊은 날 자신의 영혼을 키워주었던 그것들에 대한 추억을 소중한 것으로 마음 한구석에 간직하고 있다. 이러한 이율배반에서 시인이 취할 수 있는 행동은 쓸쓸하게 웃는 것, 즉 자조하는 것이다. 시인이 자조를 멈추고 타인의 삶 속으로 뛰어들어 보고자 했을 때, 시 쓰기는 적당한 대응 양식이 될 수 없었다. 그래서 그는 영화감독으로 나선 것인지도 모른다.

3) 함민복―자본주의의 힘 앞에서 쓸쓸하게 웃어보기

함민복은 첫 시집 『우울氏의 一日』을 준비하면서 별로 웃지 않았겠지만, 독자를 웃겨주는 일도 거의 하지 않았다. 시집의 제목부터 '우울氏의 一日'이 아닌가. 광고 문구를 응용한 아래와 같은 시는 무척 재미있어 미소를 머금게 되지만 시집에서는 예외적인 작품에 속한다. 시인은 이 무렵 인간의 성적 욕망에 관심을 갖고서 시를 몇 편 써보았는데 「나는 여대생의 가방과 카섹스를 즐겨보려 한 적이 있다」, 「궁중 섹스 약전」, 「당신도 고전적인 섹스를 즐길 수 있다」, 「자위」, 「우울氏의 一日·1」 등은 웃음의 측면에서 아래의 시에 훨씬 못 미친다.

> 잘 벗겨지지 않아요
> ―― 제비(?)표 페인트
> 알아서 빨아줘요
> ―― 대우 봉(?) 세탁기
> 구석구석 빨아줘요
> ―― 삼성(?) 세탁기
> 빨아주고 비벼주고 말려주고

　　　——금성(?) 세탁기
　우리는 그이가 다 빨아줘요
　잘 빨아주니 새댁은 좋겠네
　　　——럭키 슈퍼타이

　무엇이, 무엇을 의도적으로 빠는 이 광고에
　우리는 무엇을 꼭 집어넣으라고 욕해야 할지

-「내 귀가 섹스 쪽으로 타락하고 있다」 전문

　　1980년대 당시의 세탁기 광고 언어를 모른다고 해도 함민복의 시가 지닌 웃음의 의미는 약화되지 않을 것이다. 이 시는 패러디가 어떤 사회, 혹은 어떤 집단이 처한 현실을 첨예하게 반영해낼 수 있다는 사실을 확인시켜 주는 좋은 예로 꼽을 수 있는 작품이다. 이러한 패러디 기법은 오늘날 우리 사회가 안고 있는 복잡한 현실을 시적인 언어로 수용하려는 방법적 모색의 일환으로 읽혀지며, 소재 선택과 시 형태의 가능성을 확대시켰다는 데 의의가 있다. 패러디나 언어유희에 의존하는 이러한 웃음은, 급속도로 확산되는 대중문화의 새롭고도 다양한 자기 갱신의 속성과 방법들을 수용하면서, 그 사회의 타락한 현실을 효과적으로 반영할 수 있다. 이런 패러디 시는 우리말이 지닌 섬세한 뉘앙스를 살려준다는 장점이 있지만 자칫 현실 비판의 강도나 깊이를 감퇴시켜 경박한 말장난이 되기 쉽다는 약점도 지닌다.

　　왕　：내 정력이 어떠했는다
　　왕비 : 성욕이 만극하오시니다
　　왕　：짐은 후궁에 들러 한 번 더하고 오는다
　　왕비 : 상감마마 통쭛하여 주옵소서
　　왕　：그럼 왕비와 또 한 번 하는다

왕비 : 성욕이 하해와 같사오니시다

－「궁중 섹스 약전」 제2연

이런 말장난은 독자에게 웃음은커녕 불쾌감을 줄 수도 있다. 함민복은 1993년에 펴낸 두 번째 시집 『자본주의의 약속』에서 비로소 자본주의 혹은 물질문명의 본질을 파헤친다.

그 누구의 전신상도 조선팔도에
저리 번식력 있게 세워지지는 않았다
저렇게 높은 빌딩을 횃대로, 밤마다,
네온사인으로 빛나는, 닭벼슬 쓴,
저 노인의 교묘한 웃음 띤 얼굴

쳐라
치지 못하면 우리가 닭대가리다

－「켄터키후라이드 치킨 할아버지」 끝 부분

성동구 금호4가 282번지
네 가구가 사는 우편함

서울특별시의료보험조합
한국전기통신공사전화국장
신세계통신판매프라자장우빌딩
비씨카드주식회사
(…10줄 생략…)

이 시대에는 왜 사연은 없고
납부통지서만 날아오는가
아니다 이것이야말로

자본주의의 절실한 사연 아닌가

-「자본주의 사연」 부분

국내에 들어와 있는 외식 산업 가운데 켄터키후라이드 치킨은 아이들이 특히 좋아하는 닭튀김 요리로, 특이하게도 가게 앞마다 닭 요리를 개발한 할아버지의 전신상이 놓여 있다. 이 전신상을 얄밉게 생각한 시인은 교묘한 웃음을 띤 그 노인의 얼굴을 치라고 부추긴다. 「자본주의 사연」에서 시인은 납부통지서를 보여준다. 우편함에 쌓이는 우편물 중에 편지 같은 것은 하나도 없고 죄다 무얼 납부하라는 통지서다. 이런 납부통지서야말로 자본주의의 절실한 사연이 아닌가 하고 시인은 생각한다. 자본주의는 공산주의와의 1세기가 넘는 싸움에서 최후의 승리를 거둔 이념이다. 자본주의는 빈익빈부익부, 유전무죄 무전유죄, 돈 놓고 돈 먹기를 조장하지만 아직까지는 맞서 싸울 대응 이론이 나타나지 않았으므로 무소불위의 힘을 발휘하고 있는 중이다. 이런 막강한 자본주의의 문제점을 하나씩 짚어나가면서 독자에게 웃음을 유발하는 시집이 바로 『자본주의의 약속』이다.

「자본주의의 게임」은 주부 대상 라디오 퀴즈 프로그램을 소개하면서 자본주의의 천박성을 비판한 시이다. 「자본주의의 메뉴」에서 시인은 생산지마다 감귤아가씨니 능금아가씨니 하는 미인을 뽑아 "인간과 상품이 합일된 놀라운 극치"를 추구하는 자본주의의 속성을 풍자한다. 「자본주의의 삶」은 인간의 모든 행동양식과 사고방식이 숫자로 환치되는 현실을 개탄한 작품이다. 텔레비전 광고에 나오는 모델은 가상현실의 인물에 지나지 않는데 실존인물로 여겨 그 모델과 함께 사랑하며 살아가는 화자를 내세운 「자본주의의 사랑」은 장정일의 「샴푸의 요정」과 비슷한 작품이다.

광고의 나라에 살고 싶다
사랑하는 여자와 더불어

아름답고 좋은 것만 가득 찬
저기, 자본의 에덴동산, 자본의 무릉도원,
자본의 서방정토, 자본의 개벽세상—

인간을 먼저 생각하는 휴먼테크의 역사를 듣는다, 르네상스 리모컨을
누르고 한쪽으로 쏠리지 않는 휴먼퍼니처 라자 침대에서 일어나 우라늄
으로 안전 에너지를 공급하는 에너토피아의 전등을 켜고 (……) 승객의
안전을 먼저 생각하는 제3세대 승용차 엑셀을 타고 보람차고 알찬 주말
을 함께하자는 방송을 들으며 출근한다.

제1의 더톰보이가 거리를 질주하오
천만번을 변해도 나는 나
제2의 아모레 마몽드가 거리를 질주하오
나의 삶은 나의 것
(……)
제13의 피어리스 오베론이 거리를 질주하오
살아 있는 것이 아름답다

자연은 후손에게 물려즐 유산이 아니라 후손에게 차용한 것이라고 말
하는 공익광고협의회의 저녁 뺨에서 헹굼까지 사랑이란 이름의 히트 세
탁기를 돌리고 (…) 패션의 시작 빅맨을 벗고 코스모스표 특수형 콘돔을
끼고 잠자리에 든다

아아 광고의 나라에 살고 싶다
사랑하는 여자와 더불어
행복과 희망만 가득 찬
절망이 꽃피는, 광고의 나라

―「광고의 나라」 부분

아닌게 아니라 우리는 하루 종일 광고를 보고, 듣고, 느낀다. 아침에 눈
을 뜨자마자 광고를 보고, 광고와의 대면은 잠자리에 들 때까지 쉴 틈 없

이 이어진다. 광고가 말하는 세계는 에덴동산이며 무릉도원이고, 그것도 모자라 서방정토와 개벽세상이지만 실제로 그러한가. 소비사회는 결국 쓰레기 더미에 파묻힐 수밖에 없다. 소비사회의 주민은 자동차의 배기가스와 공장의 매연을 줄기차게 마시고, 식품첨가물과 소각장의 다이옥신이 몸에 축적되어 암으로 일찍 죽게 마련이다. 광고가 인간을 기만하니 광고에 너무 현혹되지 말라고 시인은 경고의 메시지를 보낸다. 하지만 인간이 광고를 외면하고 살 수가 없기 때문에 이 시를 읽은 독자는 그저 한 번 씁쓸하게 웃을 따름이다. 「광고의 나라」는 겉보기에는 재미있는 시이지만 속내용은 절망적이다. 그래서 시인은 "절망이 꽃피는, 광고의 나라"라는 말로 끝맺음을 한 것이리라. 전체 5개 연으로 되어 있는 이 시는 제2, 4연이 광고의 나열이다. 제3연은 이상의 연작시 「烏瞰圖 詩第一號」를 패러디한 것인데 고딕체 활자로 된 부분은 그 광고의 카피이다. 제1, 5연은 광고의 나라에서 살고 있는 당신은 얼마나 행복하시냐고 시인이 묻는 부분이다. 광고의 나라에서 행복을 느끼며 살아가는 사람은 한 명도 없을 것이다. 구매욕구가 있어도 돈이 없는 한 모든 광고는 그림의 떡이다. 광고는 우리의 소비욕구를 부추겨 물건이 넘쳐나게 하지만 그에 대한 반대급부로 정신이 공허한 백치상태로 만들 수 있으므로 정신을 바짝 차려야 한다고 시인은 주장한다. 이 시의 주제를 제대로 파악한 독자라면 고개를 끄덕이며 씁쓸한 웃음을 지을 수도 있으리라. 시집의 제목이 된 시가 있다.

　　혜화동 대학로로 나와요 장밋빛 인생 알아요 왜 학림다방 쪽 몰라요 그럼 어디 알아요 파랑새극장 거기 말고 바탕골소극장 거기는 길바닥에서 기다려야 하니까 들어가서 기다릴 수 있는 곳 아 바로 그 앞 알파포스타 칼라나 그 옆 버드 하우스 몰라 그럼 대체 어딜 아는 거요 거 간판 좀 보고 다니쇼 할 수 없지 그렇다면 오감도 위 옥스퍼드와 슈만과 클라라 사이 골목에 있는 소금창고 겨울나무로부터 봄나무에로라는 카페 생긴

골목 그러니까 소리창고 쪽으로 샹베르샤유 스카이파크 밑 파리 크라상
과 호프 시티 건너편요 또 모른다고 어떻게 다 몰라요 반체제인산가 그
럼 지난번에 만났던 성대 앞 포토폴리오 어디요 비어 시티 거긴 또 어떻
게 알아 좋아요 그럼 비어 시티 OK 비어 시티―

―「자본주의의 약속」 전문

「광고의 나라」를 읽고서도 웃지 않은 사람일지라도(이때의 웃음은 마음속
으로 웃는 것이지 소리 내어 웃는 것은 아니다) 이 시에 이르면 웃지 않을 수 없
을 것이다. 대학로 지리를 잘 아는 서울 사람이 잘 모르는 시골 사람과 만
날 장소를 전화로 정하는데, 그 통화 내용이 그대로 시가 되었다. 주고받
는 대화 내용 중에 "그럼 어디 알아요", "그럼 대체 어딜 아는 거요 거 간
판 좀 보고 다니쇼", "어떻게 다 몰라요 반체제인산가", "거긴 또 어떻게
알아요" 등 투덜거리는 소리는 이 시의 재미를 배가시키고 독자의 웃음을
이끌어낸다. 이때의 웃음을 구태여 명명한다면 유하와 같은 '자조'가 아닐
까. 우리는 자본주의 사회를 결코 떠날 수 없다. 광고의 홍수 속에서 헤어
날 길이 없다. 명민한 독자라면 이 시를 읽고 자본주의 사회에서는 약속
장소를 정하고 사람을 기다리는 데도 돈이 필요함을 알아차렸을 것이다.
돈 없이는 약속도 할 수 없는 자본주의 사회의 속성이 시인은 영 못마땅했
기에 이 시를 쓰지 않았을까.

함민복은 이상에서 살펴본 대로 상업광고의 언어를 패러디하여 불순하
게 뒤얽혀 있는 우리 사회의 모순과 부조리를 비판한 시인이다. 육체적인
이미지와 관련된 먹고 마시는 것, 성적인 것, 배설에 관련된 것이 즐겁고
유쾌한 것으로 찬양될 수 없음을 그는 보여주었다. 그는 기존의 신성이나
계율, 이데올로기, 도덕적 가치는 얼마든지 육체적이고 물질적인 차원으로
격하될 수 있다고 보았다. 자본주의 사회에서 돈이 없다면, 우리는 이제
웃을 수도 없다고 시인은 생각했던 것이다.

4. 1990년대 등단 시인의 시에 나타난 웃음

　1990년대로 들어서기 직전인 1989년 11월, 동서 냉전의 상징이었던 베를린 장벽이 무너진다. 장벽이 무너진 이후 주변의 공산주의 국가들은 물밀 듯이 밀려들어오는 자유의 물길을 감당하지 못한다. 장벽이 무너지자마자 체코슬로바키아에서는 자유를 요구하며 10만 명이 시위를 하고, 루마니아 차우세스쿠 정권이 시민의 봉기로 붕괴된다. 1989년 12월 2일에는 미·소 정상이 몰타에서 만나 냉전 종식을 선언하는데, 이는 곧 양극 이데올로기 대립의 시대가 끝났음을 의미하는 것이었다. 1990년에는 동·서독이 통일되고 폴란드 자유노조의 바웬사가 대통령에 당선된다. 1991년에는 바르샤바조약기구가 해체되면서 11개 공화국의 독립국가연합이 창설된다. 소련이 지구상에서 사라지는 역사적인 순간이 온 것이다. 이후, 러시아와 중국이 정치 체제로는 여전히 공산주의 국가를 표방하고 있지만 경제적으로 자본주의 체제를 받아들임으로써 이데올로기 싸움에서 1세기 만에 자본주의가 공산주의에 대해 완벽한 승리를 거둔 형국이 된다.

　미국과 소련 사이의 화해 무드 조성은 남북한에게도 전해진다. 1990년에는 제1차 남북고위급회담이 서울에서, 제2차 남북고위급회담이 평양에서 열렸다. 범민족 통일음악회도 평양에서 개최된다. 1991년 9월 17일에는 남북한이 유엔에 동시에 가입하는 감격적인 일이 성사된다. 문민정부의 수장 김영삼 대통령이 취임한 1993년 2월 25일은 5, 6공화국이 행한 '고문 정치'가 종말을 고하는 날이기도 했다. 1990년대는 정치적으로 80년대와는 완전히 다른 분위기에서 전개된다.

　이러한 정치상의 분위기는 우리 문단에도 그대로 전해진다. 어떤 주제로 시를 쓸 것인가를 두고 과거의 몇몇 시인은 별다른 고민을 할 것이 없었다. 민주화, 노동 해방, 분배의 질서, 정치가의 도덕과 양심, 문어발식 확장을 하는 재벌의 행태, 농민의 아픔, 전교조의 합법화, 억압과 해방······.
거대담론에 속하는 이런 주제로 시를 쓰던 시인들은 갑자기 무엇을 주제
로 시를 써야 할지 혼란을 느낄 무렵 네 시인이 나타난다. 전윤호와 반칠
환과 이만식과 김진완이 그들로서 모두 90년대 전반기에 등단한다. 이들
은 거대담론을 내 시에 어떻게 담아낼 것인가 하는 문제에 대해서는 전혀
부채의식을 느끼지 않고 시를 써온 시인이다. 이 글에서 다루고자 하는 시
집은 전윤호의 『이제 아내는 날 사랑하지 않는다』(1995), 『순수의 시대』
(2001), 『연애소설』(2005), 반칠환의 『뜰채로 죽은 별을 건지는 사랑』(2001),
『웃음의 힘』(2005), 이만식의 『시론』(1994), 『하느님의 야구장 입장권』
(1997), 『나는 정말 아주 다르다』(2005), 김진완의 『기찬 딸』(2006) 등이다.
등단연도는 90년대 전반기이지만 전윤호의 첫 시집과 이만식의 제1, 2시
집을 제외하고는 모두 2000년대에 발간된 것이다. 그러므로 이 네 시인
시집 속의 '웃음'을 다룬다면 1980년대부터 2000년대까지 우리 시에 나타
난 웃음의 양상을 대충은 살펴본 것이 여겨진다. 다시금 말하거니와 좌우
이데올로기 싸움의 종식은 우리 시에 큰 영향을 미쳤다. 웃음을 담은 시에
마침내 체제 비판이 사라졌다. 풍자의 대상 가운데 정치 지도자들이 사라
졌다. 우리 시의 90년대는 80년대에 비해 이렇게 많이 달라진 것이다.

1) 전윤호 – 샐러리맨의 비애를 농담으로 눙치다

1991년 『현대문학』으로 등단한 전윤호가 낸 3권 시집의 공통점은 시인
자신이 한 명의 가장으로서, 또는 샐러리맨으로서(때로는 직장을 잃고서) 살
아가면서 느끼는 생의 비애를 한마디 농담으로 눙칠 줄 아는 유머 센스에
있다.

공휴일에 출근해

점심 먹고 졸다가
코피가 터졌다
김이 나는 붉은 피가
사무실 바닥을 흥건히 적시며
영하 12도의 거리로 흘러내렸다
울컥울컥 혼잡한 사거리를 넘치며
중앙선을 지우고 신호등을 꺼버렸다
가판대 신문들이 풀어헤쳐져
어두운 경제면이
검은 세단들과 함께 둥둥 떠다녔다
허물을 벗으려는지
개운했다

-「코피-이무기」 전문

공휴일에도 출근해야 했던 이 시의 시적 화자는 점심 먹고 졸다가 코피를 터뜨린다. 시는 곧이어 상상력의 날개를 타고 웃음의 세계로 날아간다. 소인국에 온 걸리버인 양 코피의 양이 넘치고 넘쳐 홍수를 불러온다. "어두운 경제면이 / 검은 세단들과 함께 둥둥 떠다녔다"는 두 행은 공휴일에도 출근할 수밖에 없는 이 땅의 일부 샐러리맨과 혹사를 강요하는 어두운 경제상황, 그리고 휴일도 못 챙겨먹는 화자의 곤란한 처지를 동시에 말해주는데, 시의 마지막 두 행이 의미심장하다. 코피를 흘리고 나니 이무기가 허물을 벗고 승천하려는 것처럼 오히려 개운해졌다는 것이다. 이 시의 재미는 바로 이런 역설에 있다. 시인의 독특한 인간 연구도 입가에 미소가 번지게 한다.

출근시간이 지난 그의 책상엔
신용카드회사에서 온 청구서들만 널려 있다
후배인 그의 상사는 시간이 갈수록 부아가 치민다

잘 다듬은 정원에 말라비틀어진 가시나무 한 그루
회의 때 함부로 지껄이고
제멋대로 퇴근하는
감원 때마다 명단에 오르는 사내
직원들이 없는 점심시간에만
불쑥 결재서류를 내미는 오 년 선배
매일 밤 신입사원을 붙잡고
늦게까지 술을 푸는 그의 얼굴은
이젠 술집의 조명으로는 보이지 않는다
목구멍이 시커먼 다섯 식구가 있고
계산이 틀린 서류가 줄서 있는 이 과장
힘겹게 속도를 올리며
신호를 위반하며 달려오는
쥐색 스텔라

-「이 과장」 전문

이 과장은 화자의 직장 부하직원이지만 학교로 따지면 5년 선배가 된다. 이 과장은 후배한테 결재 받기가 민망해 직원들이 없는 점심시간에만 불쑥 결재서류를 내민다. 이 과장에 대해 상사로서 영 못마땅하게 생각하는 화자의 속마음은, 알고 보면 그렇지도 않다. 이 과장에게는 목구멍이 시커 먼 다섯 식구가 딸려 있다. 이 과장은 계산이 서툴지만 그래도 나름대로 열심히 살아보려고 하는데, 이 과장의 이러한 노력을 화자는 잘 알고 있기 에 안쓰러운 생각도 든다. 화자의 이런 생각이 마지막 3행에 담겨 있고, 독자는 시를 이렇게 마무리지은 시인의 마음에 십분 공감하게 된다. 이 시 가 전해주는 웃음은 이 과장이 처한 딱한 입장을 계속 생각하게 하므로 조 금은 씁쓸한 웃음이다.

막차로 퇴근하는 밤이면 지하철역에서

집으로 전화해본다
기총 소사처럼 울리는 신호음
아침에 문단속은 하고 나왔지만
그가 거기에 숨어 있다
괜찮아 나라구 어서 전화 받아
매복에 익숙한 그는 오래 참는다
혹시나 하고 회사에도 전화한다
(……)
그는 길들여진 내가 불만이다
매달 월급 받아먹기도 힘든 내게
뱃살 쿡쿡 찌르는 폭탄을 숨기고
이 도시에서 테러리스트가 되라 한다
백화점과 건설부를 불지르고
국회를 점거하라 한다
전화부스를 포위한 무표정한 정착민들
응 나야 지금 낙오됐어
사나운 말 한 마리 보내 줘

—「내 마음의 쿠르드족 1」 부분

시에 '그'와 '나'가 등장한다. 나는 무척 소심한 샐러리맨이다. 늘 불안해하고 망상에 시달린다. 그는 "탱크와 독가스에 맞서던 산악게릴라"처럼 용감하고 저돌적이지만 나는 주변 상황에 길들여져 있는 얌전이다. 화자는 그를 '내 마음의 쿠르드족'이라고 생각하는데, 어찌 보면 그는 나의 비서요 감시자요 분신이요 무의식이다. 화자는 지하철 막차로 퇴근하는 '나'를 부정하고 '그'가 되고 싶어 하는데 그것이 쉽지가 않다. 인용 시의 후반부를 보면 시인의 발랄한 상상력과 재치 있는 말솜씨, 그리고 자신의 불행을 웃어넘길 줄 아는 낙천주의적인 인생관을 느낄 수 있다. 불행한 처지에 놓이거나 불운을 겪게 되었을 때 좌절하지 않고 농담으로 자신의 마음을 다스릴 줄 아는 능력이 시인에게는 분명히 있다. 제3시집에 가면 샐러리맨으로서의 애환이 본격적으로 이야기된다. 그런데 이런 샐러리맨을 등장시킨 시들이 결코 신세 한탄에 머물지 않는다는 것이 전윤호 시의 특징이다. 어떤 경우에도 농담 한마디를 곁들이는 것을 잊지 않는다.

> 우리 회사에는 유령이 있다. 검은 양복을 입고 회색 넥타이를 맨 유령은 회사 사정이 어려울수록 회의실에 자주 나타난다. 지친 얼굴로 사람들이 회의를 하러 들어오면 유령도 그 어두운 회의 탁자의 한 자리를 차지하고 음산한 표정으로 외친다. "자 그럼 회의를 시작합시다" (······) 회의는 서로 책임을 지지 않으려고 버티는 게임이다. 회의가 끝나고 진이 빠진 사람들이 사라진 뒤에 유령은 혼자 앉아 중얼거린다. "수고들 했어, 다음 회의 때 보자구"

-「회의실의 유령」 부분

회사 회의실에 출몰하는 유령이 있다고 한다. "회의는 서로 책임을 지지 않으려고 버티는 게임"이라는 말도 그렇지만 시의 전개 상황이 우스꽝스럽기 짝이 없다. 시의 마지막을 장식하는 유령의 혼잣말은 고차원의 유머다. 시인 자신이 직장생활을 하면서 얼마나 회의하기가 싫었으면 이런 시를 다 썼으랴. 사람들은 회의를 하고 난 뒤면 진이 빠지지만 금방 그것을 잊고, 아니 그것을 번연히 알면서도 또다시 회의를 한다. 직장인의 생리가 우습다는 생각이 드는 한편으로 쓸쓸한 기분이 들기도 한다.

> 나를 만나러 갔다
> 혼자 술 마시는 버릇은 여전했다
> 요즘도 한밤중에 그녀에게 전화를 할까
> 흰머리가 늘어 서로 어색했다
> 그는 시를 쓰고
> 나는 일을 한다

다르게 보이고 싶어서 수염을 기르고
뒷골목에서 사는 그는
내가 살이 쪘다고 불만이다

이 시에서도 '그'와 '나'가 등장하여 두 사람 사이의 관계가 시를 만들어간다. 나를 만나러 갔으니 나는 나인가 그인가. 시를 쓰는 그와 일을 하는 나는 동일인인 듯도 하지만 마지막 몇 줄을 보니 그와 나는 다른 사람이다. 그는 취직을 준비하고 있는 사람이며 나는 사직을 준비하고 있는 샐러리맨이다.

마지막 잔을 비우며 그가 말했다
나도 그만 취직할까
집으로 다 돌아와서야
술집에서 계산을 하다가
사직서를 흘린 걸 알았다

마지막에 가서 한 번 미소를 머금게 되는데, 그와 동시에 생의 비애도 느끼게 된다. 한 사람은 취직을 하고 싶어 고심의 나날을 보내는데 그의 친구는 사직서를 쓰지 못해 안달이다. 시를 쓰는 그는 취직을 하고 싶어 하고, 일을 하는 나는 사직서를 늘 지니고 다닌다. 우리 자신도 그렇지 않은가. 직장이 없으면 취직을 하기 위해 갖은 노력을 다하지만 직장에 다니면 그만두려고 온갖 궁리를 다한다. 실업자와 직장인의 비애가 한 편 시에 고스란히 담겨 있는데, 시인은 이런 유다른 비애를 자못 우스꽝스런 두 가지 상황 설정을 통해 독자에게 들려준다.

식구들이 잠들기를 기다려
조심스럽게 불을 켜고
이력서를 쓴다
아직 실직한 사실을 모르는 아내는
깊이 잠들고
은행의 잔고만큼 밤은 춥다

－「이력서 쓰는 밤」 부분

상기 본인은 일신상의 사정으로 인하여
이처럼 화창한 아침
사직코자 하오니
그간 볶아댄 정을 생각하여
재가해주시기 바랍니다
머슴도 감정이 있어
걸핏하면 자해를 하고
산 채 잡혀먹기 싫은 심정에
마지막엔 사직서를 쓰는 법
오늘 오후부터는
배가 고프더라도
내 맘대로 떠들고
가고픈 곳으로 가려 하오니
평소처럼
돌대가리 같은 놈이라 생각하시고
뒤통수를 치진 말아주시기 바랍니다

－「사직서 쓰는 아침」 전문

앞의 시에는 실업자의 비애가, 뒤의 시에는 직장인의 비애가 잘 나타나 있다. 은행의 잔고만큼 밤이 어둡다고 하는 비유를 접하곤 웃음이 안 나오지만 그간 볶아댄 정을 생각하여 사직서를 재가해주기 바란다는 말에는 피식 미소가 머금어진다. 산 채로 잡아먹히기 싫어서 최후의 결단으로 사

직서를 쓴다는 말에 인상이 찌푸려졌다가 시의 마지막 3행을 읽고는 다시
쓴웃음을 짓게 된다. 두 가지 상황이 사실상 다 절박한 것임에도 시인은
한마디 농담을 하며 시를 마무리한다. 「이력서 쓰는 밤」은 "위 내용이 사
실임을 증명한다고 도장을 찍으면서 / 나는 깨닫는다 / 한 장이 더 늘어난
이력서가 / 점점 내가 아님을"로 끝이 나는데, 시인의 농담 실력에 혀를 내
두를 수밖에 없다.

　이상 몇 편의 시를 감상해본 결과 전윤호는 자신을 포함한 이 세상 모
든 샐러리맨의 애환을 즐겨 다룬 시인으로서 그들을 위로하는 방편으로
몇 마디의 농담을 건넨 것으로 볼 수 있다. 하지만 시인 자신이 타고난 재
담꾼이어서 그랬는지도 모를 일이다.

2) 반칠환－슬픔을 몰아내는 웃음의 힘

　반칠환은 시집 출간에 있어 묘한 구석이 있는 시인이다. 1992년에 등단
한 이후 첫 시집을 2001년에 내고 두 번째로 낸 시집이 시선집인데 같은
출판사에서 나왔다. 첫 시집에서 시를 일부 뽑아 시선집을 낸 것은 출판사
의 상업적인 전략 탓인 듯하다. 이 두 권의 시집을 내고 제2시집 『웃음의
힘』을 낸다. 웃음의 강도에 있어서는 『웃음의 힘』보다는 『뜰채로 죽은 별
을 건지는 사랑』이 윗길이다.

　　또 배탈이군. 한때 돌조차 삭이던 위장이었는데. 그렇지, 장모가 전라
도 배추를 경상도 고춧가루로 버무린 탓일 거야. 아냐, 맥도널드 햄버거
에 우리밀 빵을 함께 먹은 탓인지도 몰라. 아니, 방부제와 잔류 농약이
십이지장, 소장, 대장을 방제하는 날일까? 쯔쯧, 세계화 시대에 이렇게 편
협한 국수주의자의 내장을 가지고서야. 신토불이? 우린 모두 지구촌 읍민
이니 지구에서 나는 모든 음식이 신토불이인 거야. 저녁엔 다시 캘리포니
아 쌀에 중국산 콩을 놔 먹어보자. 끄억－. 미제 트림에 중국산 방귀를

뀌어볼까나. 비록 제3세계의 셋방에 살지만 오늘도 난 다국적 똥을 눈다.

―「다국적 똥」 전문

이 한 편의 시가 보여주는 세계는 소름끼칠 정도로 비극적이지만 시인은 '소름'을 '웃음'으로 바꾸어 이야기한다. 화자는 시종일관 농담을 하고 있는데, 사실 농담을 할 기분이 아니기에 역설적으로 농담을 하고 있는 것인지도 모른다. 방부제와 잔류 농약으로 국민의 건강을 심각하게 위협하는 수입 농산물의 대량 유통과 다국적 패스트푸드점의 성업으로 농촌 경제는 파국으로 치닫고 있다. 그런데 이런 상황을 어두운 어조로 이야기하지 않고 별 대수로울 것 없다는 식으로, 즉 농담하듯이 말한다. 하지만 시인의 속내는 사실 통곡에 가깝다. 우려가 깊기 때문에 웃음의 힘을 빌려온 것이다. 농촌 현실이 암담하다, 국민 건강이 심각하다는 등의 말을 인상을 찌푸리고 한다면 시가 언론 보도의 차원이 되고 만다. 그래서 시인은 장모가 전라도 배추를 경상도 고춧가루에 버무려 또 배탈이 났다고 농담조로 말하는 것이다.

너, 개를 개 패듯 두들겨 잡는 이유를 알아? 깨갱깨갱 희번덕. 마음은 안됐지만 개고기 수육은 참 맛있지? 그건 들깨, 마늘, 참기름 요런 거 때문이 아니고 개 하나의 슬픔과, 개 하나의 절망과, 개 하나의 분노와, 개 하나의 억울함 때문이야. 억울함이 개를 연하게 한다구. 생각해봐. 짖을 만큼 짖다가 늙을 대로 늙어 좌탈한 중과 개고기를 어느 호랑이가 입맛 다시겠냐? 억울한 먹이가 맛도 좋고 힘이 된다. (……) 아무튼 많이 먹어라. 뭐니뭐니 해도 복날엔 이게 최고야. 1인분 더 시킬까? 너 지구가 아직도 푸른 별인 건 억울한 것들의 멍자국 때문이래. 지구는 억울한 사람, 억울한 짐승이 억울한 세상에 살고 있어서 보석처럼 빛난단다. 멍멍멍―. 저런, 아직 음식이 되지 못한 목숨들이 짖는구나.

―「개고기를 먹으며」 부분

개고기를 맛있게 먹으며 같이 먹는 친구에게 말하듯이 전개되는 이 시는 "개 하나의 슬픔과 (……) 개 하나의 억울함 때문이야."에 이르러 독자를 한 번 웃게 한다. 윤동주의 「별 헤는 밤」을 기묘하게 패러디했기 때문이다. 억울함이 개를 연하게 한다는 말도 엉뚱하여 재미를 느끼게 되지만 "짖을 만큼 짖다가 늙을 대로 늙어 좌탈한 중과 개고기를 어느 호랭이가 입맛 다시겠냐" 하는 농담에 이르러서는 미소를 짓지 않을 수 없다. 그리고 마지막 문장, "저런, 아직 음식이 되지 못한 목숨들이 짖는구나."를 읽고는 흐흥, 하고 코웃음을 치게 된다. 이때의 코웃음은 비웃음이 아니라 가벼운 웃음이다. 복날이면 떼죽음을 당하는 전국 방방곡곡 개의 처지를 생각하면 웃어서 안 될 일이지만 시인의 재담은 시를 읽는 동안 여러 차례 미소를 짓게 한다. 비극적인 상황을 희극적으로 돌려 치는 수법은 「다국적 똥」과 같다.

> 포크레인이 한옥을 헐고 있다. 얕으막한 담벼락은 지레 허물어진 지 오래다. 투두둑 문짝이 날아가고, 챙그랑 '家和萬事成'이 깨어진다. 문틀 위 붉은 부적이 찢겨나가고, 복조리가 나둥그라진다. 저런, 복과 액이 한꺼번에 흩어진다.
>
> (……)
>
> 곧 이 집터엔 들보 없는 건물이 들어선다 한다. 들보 없는 집에서 자란 아이들이 들보 없는 나라를 세울 것이라 한다.
>
> –「철거」 부분

오래된 한옥을 포크레인이 와서 헐어버리는 장면을 본 시인은 아쉬움을 느낄 수도 있었을 것이다. 이런 상황에서도 시인은 혀를 차는 대신 "들보 없는 집에서 자란 아이들이 들보 없는 나라를 세울 것이라 한다."는 뼈있는 농담으로 생각의 경직됨을 완화시킨다.

시집에는 '속도에 대한 명상'을 부제로 붙인 13편의 시가 나오는데 하나같이 시인이 농담 실력을 발휘한 작품이다. 반칠환의 농담은 시시한 재담의 수준이 아니다. 슬픔이나 아픔, 서러움이나 아쉬움을 따뜻하게 감싸 안으려고 하는 포용의 정신이 가져온 농담이다. 제일 끝의 시만 보도록 하자.

> 보도블록 틈에 핀 씀바귀꽃 한 포기가 나를 멈추게 한다
>
> 어쩌다 서울 하늘을 선회하는 제비 한두 마리가 나를 멈추게 한다
>
> 육교 아래 봄볕에 탄 까만 얼굴로 도라지를 다듬는 할머니의 옆모습이
> 나를 멈추게 한다
> 굽은 허리로 실업자 아들을 배웅하다 돌아서는 어머니의 뒷모습은 나
> 를 멈추게 한다
>
> 나는 언제나 나를 멈추게 한 힘으로 다시 걷는다
>
> —「나를 멈추게 하는 것들—속도에 대한 명상 13」 전문

현대를 가리켜 속도전이라고 한다. 상품이나 신무기의 개발 속도, 전송 속도, 차의 속도, 비행기의 속도, 육상선수의 기록……. 이 모든 속도전에서 이기려고 수많은 사람들이 머리를 싸매고 연구하고 있다. 육상선수의 운동화와 의복도 연구 대상이다. 그런데 시인은 그런 속도전을 비웃는다. '나를 멈추게 하는 것들'을 사랑한다. 시인이 예로 든 네 가지는 하등 대수로울 것 없는 평이한 것이지만 시인의 눈길과 걸음을 멈추게 한다. 그런 것들의 힘으로 시인은 또 하루를 살아가는 것이다. 이 시에서 웃음의 요소는 찾아볼 수 없지만 앞서 말한 슬픔이나 아픔, 서러움이나 아쉬움을 따뜻하게 감싸 안으려고 하는 포용의 정신은 이 시에서도 충분히 찾아낼 수 있다. 4년 뒤에 낸 『웃음의 힘』에는 자신의 이런 장기를 발휘해보고자 쓴 시

들이 모여 있다. 시들이 일본의 하이쿠처럼 아주 짧다.

울 어매 얇게 빗썰어 놓은
무 한 장

―「낮달」 전문

서리 내린 밤
맨발로
빈 논 건너는 생쥐
시리지 않다

―「사랑」 전문

짧은 시는 하이쿠처럼 촌철살인의 세계를 지향하게 마련이다. 직관과 달관, 순간 포착과 긴 여운을 지향한다. 제1시집에서 보여주었던 시인의 농담 실력이 느껴지는 시를 몇 편 가려본다.

제단에 돼지머리를 바치며 빈다
아무도 아무를 해치지 않는 세상 되게 하옵소서

―「어떤 祈求」 전문

크게 신문에 날 일은 아니로되
산천초목도 벌벌 떨던 독재자로 하여금
제 뺨을 세 번 되우 치게 하고 죽었으니
아는 사람들은 그 의로운 血을 기려
蚊 烈士라 부른다

wing― wing―
그는 작지만 좌, 우의 날개를 지녔다고 전한다

―「문 열사」 전문

나비는 날개가 젤루 무겁고
공룡은 다리가 젤루 무겁고
시인은 펜이 젤루 무겁고
건달은 빈 등이 젤루 무겁다

경이롭잖은가
저마다 가장 무거운 걸
젤루 잘 휘두르니

―「팔자」 전문

나, 백만 번이나 죽었지만
왜 이리 죽음이 낯설으냐

―「윤회」 전문

넝쿨장미가 담을 넘고 있다
현행범이다
활짝 웃는다
아무도 잡을 생각 않고 따라 웃는다
왜 꽃의 월담은 죄가 아닌가?

―「웃음의 힘」 전문

70편 시 가운데 웃음의 요소를 가장 많이 지니고 있다고 생각되는 5편의 시를 골랐다. 그런데 이런 시들은 촌철살인이나 정문일침의 깨달음을 주기에는 아무래도 역부족이라는 생각이 든다. 짧은 말이지만 의미는 심장해야 하는데 반칠환의 짧은 시는 웃음의 힘도, 경구의 힘도 발휘하지 못하고 있다. 게다가 처음 몇 편은 재미를 주지만 뒤로 갈수록 힘도 빠지고 신선미도 감퇴된다. 시집 『웃음의 힘』에서 가장 뛰어난 작품은 아래의 것이 아닐까.

어머니는 마흔넷에 나를 때려고
간장을 먹고 장꽝에서 뛰어내렸다 한다
홀가분하여라
태어나자마자 餘生이다

−「일찍 늙고 보니」 전문

시인 자신의 이야기, 즉 실화가 아닌가 싶다. 이 시처럼 비극을 희극으로 돌려 칠 때 웃음은 힘을 발휘할 수 있는 법이다. 하지만 "'사람이 꽃보다 아름다워~' / 사람이 노래하자 / 제초제가 씨익 웃는다"(「공범」)처럼 가벼운 재치만으로는 독자를 미소 짓게 할 수 없을 것이다.

3) 이만식−가장의 비애를 자조적인 웃음으로 무화시키다

1992년 『작가세계』로 등단하여 지금까지 3권의 시집을 낸 이만식은 위트가 넘치는 시를 써온 시인이다.

이젠 편해, 그리 문제없어
모양은 좀 사납지만, 어때
그런대로, 내 멋이지 뭐, 좀
그래도 아주 편해, 약간 시끄럽다고
괜찮아, 나는 문제없는데, 자꾸
자동차들이 달리고, 내 신발은
저만큼 굴러가 있고, 그래 그
라면이나 소주병을 담은 삶의
비닐봉지는 저쯤 굴러가 있고
냄새가 나, 소주병이 깨졌으니
그 쌉쌀하고 찌르는 냄새가 나겠지
나는 편해, 도로에 볼썽 사나운 모습
으로 누워 있지만, 고통도 더 이상 없고

아주 편해, 그래, 폐허를 헤매는
늑대 같은 직장 동료 안 만나도, 이젠
되고, 이젠 자녀의 앞날도, 사랑하는
사랑한다는, 남편이나 아내의 기분도
하루 세 끼, 그 지겨운 식사도, 내
삶의 의미도 더 이상 생각 안 해도
마음이 편해, 그래, 그러니 말해 줘
편히 잠들라, 아니 잠들라가 아니라
떠나라, 다시 돌아오지 마라, 편히
떠나라, 즐거운 여행을, 돌아오지

— 이만식, 「교통사고의 기쁨」 전문

교통사고를 당해 죽은 한 가장의 영혼의 독백으로 전개되는 이 시는 역설의 상상력을 보여주고 있다. 죽은 자는 이제 편하다고 줄기차게 이야기한다. 교통사고를 당해 죽은 것이 왜 편해진 것이냐 하면, 죽음으로써 온갖 의무의 사슬에서 풀려나 자유로운 저승세계로 갈 수 있게 되었기 때문이다. 고통도 더 이상 없고 아주 편하다는 죽은 자의 말에서 독자는 이 나라 가장의 비애가 어떤 것인가를 알아차릴 수 있다. 가족에 대한 책임감이나 의무감 때문에 스트레스가 무궁무진 쌓여도 술로밖에 풀 길이 없었던 가장이 이제 영원한 안식을 취하게 되었음을 시인은 축복하고 있다. 즐거운 여행을 떠났으니 돌아오지 말라고.

시인 김수영은 시에 자기 아내를 종종 등장시켜 돈밖에 모른다고 비아냥거리곤 했었는데 이만식의 시에서도 심심찮게 아내가 등장한다. 아내를 칭찬하면 팔불출이 되지만 아내를 비꼬면 재미있는 농담이 될 수 있다. 시인의 농담은 독자의 입가에 미소가 떠오르게 한다.

가끔 나의 아내는 쓰고 있는 나를 넘겨다본다, 흘깃

저건 글이렷다, 잘못하면 오랫동안 세상에 남아 있으렷다
무어 대부분 사이가 나쁜 건 아니었지만, 돌이켜보면
서로 조용히 그렇지만 통쾌하게 살해해 버리던 순간도
기억나지, 암, '소크라테스의 악처'가 유명하니까
잘못하면, 잘못해서 저 더듬더듬 쓰는 글이 죽은 뒤에도
남아 있으면, 저 사람, 완전히 믿을 사람은 못 되지

―「악처의 역사」 부분

양파 좀 벗겨요, 라면 그렇게 하는 나는
착한 남편, 마늘을 까요, 해도 그렇게 하지
엄숙한 표정의 선생님이나 심각한 얼굴이
아니더라도, 우리는 항상 배우고 사는 즐거움
가령, 바보같이, 할 일 없는 남자같이
시키는 대로 양파를 깐다고, 양파의 껍질을
벗긴다고 생각해보자, 창피하니까, 정말
벗긴다고 고백하지는 않더라도, 그렇게
생각해볼 수는 있는 것이다, 그런 기쁨 속에
있는 깨달음, 그 환희를 이야기하자, 그런데

―「양파 껍질 벗기기」 부분

백화점에 간다 피곤한 아내는 발랄하다 나는 피곤하다 내 구두나 양복
을 사러 간다 그럴 때에만 백화점에 간다 내 구두나 양복을 사러 백화점
에 들어가기 전부터 나는 피곤하다 나는 끌려 다닌다

―「백화점」 부분

화자의 아내는 은근히 불안하다. 평소에 남편한테 바가지를 많이 긁는
데, 남편이 글을 쓰고 있으니 자기가 소크라테스의 아내처럼 악처로 기록
이 되면 어쩔까 하는 생각에서 불안감을 느끼고는 글쓰는 남편을 흘깃 넘
겨다본다. 그 아래 시에서 아내는 남편에게 양파를 벗기고 마늘을 까라고

명령한다. 남편은 군소리 없이 그런 일을 하면서 아내의 눈치를 본다. 아내는 백화점에 당신의 양복이나 구두를 사러 가자고 하면서 남편의 동행을 명령한다. 사이즈에 맞는 것을 사야 하니까 남편이 응당 가야 하지만 아내는 남편을 이 매장 저 코너로 계속 끌고 다닌다. 남편이 이번에도 군소리 없이 끌려 다니는데, 마음속으로만 "나는 피곤하다"고 되뇐다. 아내가 나오는 시는 이외에도 「아내는 더 무서운 적이다」, 「웃는 아내의 얼굴보다」, 「아내의 철학」, 「중년의 아내와 나는 만나기 힘들다」 등 10편을 상회한다. 가장으로서의 비애가 다음과 같은 넋두리로 나오기도 하는데, 남자 독자라면 시 읽는 재미를 십분 느끼면서도 가부장적 권위를 잃어가는 이 나라 가장의 처지를 잘 나타냈다는 생각에 혀를 찰지 모를 일이다. 이러한 시가 주는 웃음은 남자의 입장에서 본다면 자조적인 웃음일 것이다.

(······) 월급을 받는 나는 필요하다 아직 내 아내에게 나는 필요하다 내 아들에게 나는 필요하다 아니 나는 필요하겠지 내 딸에게 물어본다 나에게 물어본다 내 아내에게가 아니라 아니라고 대답할지도 모르는 내 아내나 내 딸에게가 아니라 나에게 물어본다 나는 필요하다 물어보지도 않았는데 나는 대답한다 나는 말한다 나는 필요하다 나는 필요할 것이다 그러다 지친다 아니 아닐 것이다 나는 필요없을 것이다 나는 필요없다 나는 말한다 나는 필요없다 / 하다

－「나는 필요없다 / 하다」 후반부

가장의 자의식이 자못 심각하다. 내가 월급을 받아오기 때문에 가족이 나를 필요로 할 따름이고, 월급을 안 가져오면 나는 필요 없는 존재가 아닐까 하고 근심하면서 했던 말을 하고 또 한다. 필요 없다와 필요하다 사이에서 왔다갔다하는 일종의 방황은 가장의 입지가 그만큼 좁아졌다는 뜻일 터, 시인은 내심 쓴웃음을 짓는다.

한편 포장마차에서 결혼 3년째의 웬 여성이 당당하게 소리치며 술을 마시고 담배를 피운다. 여성이 포장마차 아주머니에게 이야기를 건네는 식으로 전개되는 이 시는 '당당한 여성'과 '위축된 가장'이 선명히 대비된다. 역시, 웃음의 기운이 농후한 작품이다.

> 어제와 같은 것으로 주세요, 그저 소주 한 병, 오뎅국물 조금이면 돼요, 아줌마, 나 이사가요, 그래서 마지막으로 왔어요, (……) 남자가 술도 하고 담배도 피우면 누가 무어래요, 나처럼(담배 한 대를 꺼내 피워 문다) 그저 집에 있어요, 한번 들어가면 그만이죠, 자꾸 나만 보면 울어요, 문제예요, 내가 그러죠, 이렇게 안 맞아서는 못살겠다, 이, 이혼이라도 생각해 보아야겠다고요, 아이가 있으면 그럭저럭 견딜 것 같은데, ―이 집에 태어나는 아이는 불행할 것인가?―결혼한 지 삼 년이에요, 왜 다 그렇잖아요, 저 사람들이 부러워요―이제 그만 들어가요―저 사람들이 부러워요, (조용해지면서 온몸이 귀가 된다) 나, 가요

―「포장마차」 부분

아내는 소주 한 병을 거뜬히 마시는데 실업자인 남편은 술도 못하고 담배도 못 피운다. 게다가 눈물이 많은 꽁생원인지 자꾸 아내를 보고 운다. 아이도 없는 터라 아내는 "이렇게 안 맞아서는 못살겠다", "이혼이라도 생각해" 보고 있다. 이 시를 보면 가정의 주도권은 아내가 쥐고 있다. 상황의 역전은 달리 말해 역설(패러독스)이요 반어(아이러니)이다. 이만식 시의 특징은 제일 먼저 예로 든 「교통사고의 기쁨」이 잘 보여주었듯이 역설과 반어의 구사에 있다. 이만식 시의 세계에서 남자는 힘이 없고 여자는 힘이 세다. 남편은 유약하고 아내는 막강하다. 게다가 평균수명마저도 여자가 훨씬 길다. 제목이 '또 국민의 평균수명은 5년 사이에 / 1.6세가 길어지는데 그중 남자는 / 92년 68.2세에서 69.9세로, / 여자는 75.9세에서 76.8세로 돼 / 남녀 수명 차이가 올해 7.7세에서 / 96년엔 6.9세로 약간 줄어든다.'인

시가 있다. 아래는 그 시의 전문이다.

서기
2023년 11월 18일
그해 겨울
사망하는 것이
확실하다면
묘비는 세워질까
그날
눈이
올까
화장하라고
말해두는 것이
더 낫지 않을까
아내는
남은
6년 10개월 24일
동안
무엇을 할까
나도
남들처럼
죽기 전날까지도
죽는 줄도
모르고
내일의 계획을
세우고 있을까

평균수명으로 따져 나는 2023년이면 죽게 되어 있는데 아내는 6년 10
개월 24일을 내 사후에 더 살게 된다. 시의 말미가 참 아이러니컬한 상황
이다. 죽는 그날까지도 무슨 계획을 세우다가 죽지 않을까 하는, 불안감과

허무감이 반영되어 있다. 죽음에 대한 강박관념은 나이가 들수록 강해지게
마련인데 불가의 고승이 아닌 다음에야 장삼이사가 여기서 초탈해질 수는
없는 법이다. '죽음에 대한 강박관념'도 자조적인 웃음으로 무화시킬 줄
아는 이가 바로 시인이다. 시인은 「나의 죽음을 보라」에서 "누구나 그렇듯
이 하루하루의 삶은 갈등의 연속입니다 직장 생활이 힘겹지 않은 사람은
별로 없습니다 나도 아이고 지겨워, 아이고 힘들어, 매일 속으로, 또는 겉
으로 불평을 하면서 살아갑니다"라고 말했다. 지겹고 힘든 나날의 삶 가운
데 위안으로 삼을 수 있는 것이 웃음이라는 미약임을 시인은 잘 알고 있
다. 가장의 비애를 자조적인 웃음으로 무화시키지 않는다면 그는 소화불량
이나 불면증에 걸릴지도 모른다.

　　　다리 무너져
　　　아침 일찍 학교 가던
　　　버스 타고 학교 가던
　　　여학생 한강에 떨어지고
　　　백화점 무너져
　　　오층부터 지하 삼층까지
　　　저녁 반찬 사러 가던
　　　웬디스 햄버거 먹으러
　　　그러니
　　　참지 마
　　　무엇이든 해
　　　참지 마
　　　사랑해, 욕해

－「참지 마」 부분

　　우리네 운명이야 내일 비명횡사를 할지도 모르는데 꾹꾹 참으며 살 필
요가 있겠냐고 시인은 말한다. "참지 마 / 무엇이든 해 / 참지 마 / 사랑해,

욕해"는 이 땅 사람들 중에서도 특히 가장들에게 해주고 싶었던 말이 아닐까. 인간에게 유머 센스가 필요한 것은 일상적 삶 가운데 각종 비극이 크레바스처럼 입을 딱 벌리고 있기 때문일 것이다.

4) 김진완－이웃에 대한 이야기가 전해주는 아주 밝은 웃음

1993년에 등단하여 2006년이 되어서야 첫 시집『기찬 딸』을 낸 시인의 등단작 중 하나가 「기찬 딸」이다. 이 작품에 대해서는 다른 자리에서 상세히 논한 바 있으므로[15] 중언부언을 피해 생략한다.

외할매, 5일에 한 번씩 서는 완사 장날
양지바른 한 구석, 동네 아낙들과 옹기종기 앉아
옹기며 종기를 못다 팔고 돌아오는 시오리 길, 자불음에 겨워
뉘엿뉘엿 돌아오시다 누군가 웃자고 홀몸 아닌 마천댁더러
"머할라 힘들게 나왔노 허리가 항아리멘쿠로……머 우짜고……"
찰웃음 찰찰 흘리며 서로 정붙게 눈도 흘겨
모레 제사 땐 음식을 좀 낫게 돌릴 요량, 지전을 속으로 헤아리며
장떡고개 다 넘어서자 마천댁,
할매 팔 잡은 손에 볼끈, 힘을 주며 돌부처 귀마냥 모지라진
할매 귀에다 낮게 흘려놓은 말은요

"아이고 배야"

"머어? 머시라켓노? 어데가 아파?"

"아이고 배야 와 이리 틀리노"

"우야노 우야노 아아를 날랑갑다"

---

15) 이승하,『백년 후에 읽고 싶은 백 편의 시』, 시와시학사, 2002, 134~137쪽.

(……)

손등으로 이마에 땀을 훔치며 맨머리에 다라를 이고
어느 결에 마천댁이 홀쭉한 배로 할매 등을 후립니다

"탯줄, 이빨은 밥 묵는 데만 쓰나? 아아?"
"얼라는 이 다라이 안에 안 있나"
가뿐한 걸음으로 납신납신 먼저 납시는데

"저기저기 사람이가 짐승이가"
"여시한테 홀킨 거 아이가?"
"무시라 세상에나"
딱, 벌어진 입
후들대는 다리가 몇인지도 도무지 못 헤어리겠더라니까요

그렇게 낳은 아들이
제 태를 맨손으로 파묻던 그 산자락에
지 에미를 묻을 때
눈물어깨 들먹거리며 그리도 어무이 어무이 해쌓든구마는
말기기는 우찌
내 죽으모 내 새끼들도 저리 울어쌓는가 싶어가……

하모, 흙밭서 뒹군 놈이 갈퀴로 갈비 긁드끼
돈을 긁은 모양이라 다리도 놓고, 병원이고 학교고
벽돌 값 척척 내놓는 거 보믄

살문서 벨시런 이약 한 자락 하자믄—

—「아이고 배야」 부분

김진완의 유머 감각은 남다르다. 일단 그는 다른 지역 사람이 읽으면 곧

바로 이해가 되지 않을 정도로 투박한 경상남도 사투리를 여러 편의 시에서 그대로 쓰고 있다. 그의 시는 관념의 산물이 아니라 구체적인 시정의 이야기를 퍼담고 있다. 그리고 대화체를 즐겨 쓰고 있다. 위에 인용한 부분에는 따옴표가 몇 번 나오는데 사실 더 많은 따옴표가 나와야 한다. 이야기를 담고 있고 대화체 부분이 많으므로 정황 묘사가 아주 사실적이다. 만들어낸 이야기일지라도 실제 상황 같다. 시집에 나오는 수많은 이야기는 거의 전부 삼라만상이나 자연현상에 대한 관찰의 결과가 아니라 사람에 대한 이야기다. 가족과 친척, 친구와 이웃사람에 대해 이야기를 들려주는데 그 이야기마다 사람에 대한 사랑과 신뢰가 밑바탕에 깔려 있다. 게다가 그는 이야기를 할 때 아주 유머러스하게 한다.

인용한 시는 외할머니한테 들은 이야기인 듯하다. 완사장에 나오는 장사치 중에 마천댁이라고 있었는데, 장이 파해 외할머니, 마천댁, 또 두 사람이 장떡고개를 넘어 집으로 돌아가게 되었다. 고갯마루에서 마천댁은 산기를 느껴 몸을 풀게 되었다. 때마침 어둠이 내렸고, "아이고 배야"를 연발하는 마천댁을 두고 세 사람은 "우야노 우야노" 이 말만 하며 고개를 오르내린다. 하지만 의사 비슷한 행인을 그 밤에 만날 수도 없었고 병원은 멀어도 한참 먼 곳에 있었다. 우왕좌왕 산길을 달음박질치다 모든 것을 포기하고 마천댁한테 와보니 그녀는 혼자서 아기를 받아낸 것이었다. 이빨로 탯줄을 끊고는. 아기는 빈 다라이(たらい를 우리말로 하면 자배기다)에 담겨 있었다. 동행인 세 사람은 기절초풍, "저기저기 사람이가 짐승이가", "여시한테 홀킨 거 아이가?", "무시라 세상에나" 하면서 입을 딱 벌리고 다리를 후들거린다. 시는 후반부에 가서 마천댁의 죽음과, 그녀가 그렇게 해서 나은 자식이 제 태를 묻은 그 산자락에 에미를 서럽게 울며 묻는 내용으로 전개된다. 그리고 시는 그 자식이 "병원이고 학교고 / 벽돌값 척척 내놓는" 선행을 많이 한다는 내용으로 마무리된다. 이 시는 인간의 생명력과 피붙

이간의 정, 근본적인 선성(善性)에 대한 예찬으로 읽을 수 있다. 「아이고 배야」를 읽은 어떤 독자가 키득키득 웃거나 히죽히죽 웃는 경우는 없을 것이다. 하지만 이 시는 밝은 웃음, 건강한 웃음, 따뜻한 웃음의 세계를 지향하고 있다. 생략한 부분에 이런 것이 있다.

> 천지사방이 캄캄절벽이라 물 한 방울도 못 끓이구서 아이고 배야에 귀
> 를 꽉 붙들린 외할매는 "우야꼬 우야꼬"로 뿌리치지만,
> 　우야꼬는 강 건너 문둥이 첩 이름

마천댁이란 이름이 여기서는 "아이고 배야"로 바뀌어 있다. 너무나 당황하여 외할머니는 "우야꼬 우야꼬"만 연발할 뿐인데 시인은 농담 한마디를 행을 바꾼 자리에서 내뱉는다. "우야꼬는 강 건너 문둥이 첩 이름"이라고. 사투리 구사도 이 시의 밝음과 건강함과 따뜻함에 일조한다. 끝 문장을 "살면서 별난 이야기 한 자락 하자면—"이라고 했다면 독자는 별다른 즐거움을 느낄 수 없었을 것이다.

> 야메로 파마를 해주던
> 사람 착한 순실네한테
> ·더
> 　　럭,
> 　　　　신 이 내 렸 다

과부 신세에 아이들 학비 대느라 쪼들린 거야 오죽했겠는가 특히나 돈좀 있다고 으스대고 사람 무시하는 광동 여관한테는 절대 안 빌리겠다는 굳은 다짐도 장남 등록금에 시어미 입원비 앞에선 정말 어쩔 수가 없었는데 광동 여관 들던 바대로 사람을 어찌나 볶아치던지 삼일 이자 밀리자 이년저년 소릴 예사로 했다 하도 분해고 놀래서 오줌소태가 나더니 머리 싸매고 누웠다 그게 신내림병이었는 줄은 나중에야 알았지만,

우리 순실네 눈에 불을 쓰고 무서워져서 똑바로 못 쳐다보게 됐는데
하루는 새로 내린 보살이라 간판 척 걸더니 첫 손님으로 광동 여관을 손
목 끌어 앉혔다 전혀 뜻밖의 딴 목청으로 터져 나온 내용인즉슨

내가 벌써부터 너를 삐딱하게 보고 있었는데 잘 만났다 니 서방 바람
났지? 맞지? 넘의 씩구녁에 쌩돈 처박히는 꼴 보니 미치겠지? 팔짝 나자
빠지겠지? 쌍년 진작 그 돈 좀 없는 사람들한테 베풀고 덕을 쌓았으면 이
런 일이 왜 있겠나? 내가 니 서방한테 좆뿌리 흔들고 다니라고 시켰다
3년 후에 중풍 걸려 반병신 돼서 온다 와도 그냥은 안 오고 애물단지 하
나 안고 온다 잘 되얏다 개년 없는 사람 등골 빼 처먹고 발 뻗고 활개 치
고 잔 년아 네 이년— 돈이 그렇게 좋으냐 좋으면 다음 생엔 노래기 돈벌
레 뒷간 똥구데기로 태날 것이다 남의 눈에 눈물 내면 제 눈엔 피눈물 빠
지게 돼 있는 거 그게 다름 아닌 팔짜라는 것이다
　　귓꾸녁 활짝 열고 들었나 이 조옥—거튼 년—

—「새로 내린 보살」 전문

시의 앞 3연의 사연은 이렇다. 무허가 미용사 순실네가 장남 등록금과
시어머니 입원비 때문에 인심 고약한 '광동 여관'(여관 안주인을 이렇게 지칭
한 듯)한테서 돈을 빌린다. 이자가 겨우 삼일밖에 안 밀렸는데 이년저년 소
리를 듣자 순실네는 "하도 분하고 놀래서 오줌소태가 나더니 머리 싸매고
누웠다". 그런데 그것이 무병이었음을 안 순실네는 '새로 내린 보살'이라
는 간판을 내걸고 점쟁이 일을 시작한다. 곧바로 희극적인 상황이 펼쳐진
다. 첫 손님으로 '광동 여관'의 손목을 끌어 앉히고는 "전혀 뜻밖의 딴 목
청으로" 장차 일어날 일을, 즉 점을 봐준 것인데, 그 내용이 이 시의 제4
연이다. 시의 제4연은 객석을 웃음바다로 만드는 판소리의 어떤 과장에 못
지않게 독자를 웃긴다. 사실 악담에 가까운데, 순실네가 약자이고 광동 여
관이 강자이기 때문에 독자는 일종의 해방감을 느낄 수 있다. 이 해방감은
비극을 논하면서 아리스토텔레스가 쓴 용어인 카타르시스와 비슷한 것이

다. 카타르시스를 희극에서도 느낄 수 있음을 웅변하는 시가 바로 「새로
내린 보살」이다. 행을 바꾸어 쓴 제일 마지막 행의 욕설은 화룡점정이다.
이 시가 전해주는 웃음은 사람에 따라서 미소가 될 수도 있고 폭소가 될
수도 있을 것이다. 중요한 점은 이때의 웃음이 밝은 웃음, 건강한 웃음, 따
뜻한 웃음이라는 것이다. 아래의 시도 전형적인 이야기체의 시다. 두 사람
이 있다. 기차를 타고 여행 중인데 둘 다 입석표를 끊었다. 열차 사이의 계
단에 먼저 앉아서 홍익회 손수레가 갈 때마다 맥주를 사 마신 사내가 이야
기보따리를 풀어놓는다.

　　좌석이 없대요 실업자라 쥐뿔 바쁠 것도 없는데다 서서 한번 가보자
싶은 맘에 입석을 끊었거등요 잠깐 엉덩이 붙였다가 또 다른 자릴 두리
번거려야 하는 자리야 머 바늘방석인 거고 뭐 차창 밖이야 캄캄 밤중이
고 허옇게 뜬 채 따라오는 창에 비친 꺼칠한 놈 곧 울 거 같은 쌍판도 딱
보기 싫은 거요 여기 계단에 주저앉아 홍익회 손수레가 올 때마다 맥주
한 병씩…… 술로 버틸 작정이었는데 털컹 덜커덩 흔들리며 혼자 마시는
술도 괜찮다 싶어 소주까지 따는 거라 이겁다 슬슬 슬퍼지더라 이겁다
어매 아배 당신들 간 날 어느 간 날에 부산서 서울까지 꼼짝없이 서서 오
셨드라 이겁다 사기를 당해도 그 개자식 멱살 한 번 쥐고 흔들지 못하는
등신이 될 아들을 등에 업고 야반도주한 내외가 서울역에 내려 한겨울
칼바람을 맞으며 어쨌든지 우리 새끼는 고생시키지 말자고 이를 앙다물
었을 거라 그 말임다 선술집 카바이드 불빛 아래서 앞이 캄캄했을 거라
그 말임다 그래 내가 가슴이 하닥거리고 술이 고프고 주워 피울 만한 꽁
초는 안 보이고 다리에 쥐까지 내린다 이겁다 니미 씨버럴―

　　아하 우리 입석 친구 술 한잔 샀으니까 내 사업아이템 공개하겠다 이
겁다
　　놀라지 마시고……
　　아 성인용품 마진이 말임다……

―「입석 친구」 전문

제1연의 전반부는 계단에 앉아서 술을 마시게 된 연유이고, 중·후반부는 사내의 신세타령이다. 주로 자신의 어린 시절 이야기인데, 야반도주를 하여 서울역에 내려 한겨울 칼바람을 맞았을 부모님 생각에 사내는 "그래 지금 내가 가슴이 하닥거리고 술이 고프고 주워 피울 만한 꽁초는 안 보이고 다리에 쥐까지 내린다". 자신의 신세타령이 아니라 난감한 처지에 놓인 부모님 생각에 이토록 가슴아파하니 한국인의 관점에서 쉽게 말해본다면 사내는 효자이다. 그런데 이 시에서 웃음의 요소는 횡설수설에 가까운 사내의 이야기에 있지 않다. 사내가 하는 말을 들어주면서 술도 같이 마셔주던 또 다른 사내의 말이 제2연인데 허탈한 웃음을 유발한다. 술에 취해 주저리주저리 말을 늘어놓는 과정에서 사내는 꽤나 진정성을 가지고 부모에 대해 애틋한 생각까지 가져보았는데 술벗 노릇을 해준 사내는 상대방이 하는 말을 듣는 둥 마는 둥 하다가 동문서답 같은 말을 한다. 사업아이템을 공개하겠다면서 성인용품 사업에 투자를 하라고 권유했으니…… 성인용품 판매업자도 사실상 악의는 없는 사람이다. 두 사람 모두 지극히 평범한 우리 이웃이다. 독자는 입석 친구 두 사람의 대화를 들으면서 빙그레 웃을 수 있다. 이상 예시한 3편의 시와 비슷한 분위기의 시들로 이루어진 시집이 『기찬 딸』이다. 이야기시의 전통을 백석이 세웠다면 백석의 계승자가 최두석일 테고, 이제 아주 훌륭한 후계자가 나타났으니 바로 김진완이다. 시인은 노인네들한테서 들은 옛날이야기, 주변 사람들한테서 들은 그들의 이야기, 자기 친인척의 이야기를 주로 시로 썼다. 관찰자나 기록자의 입장에서 시를 썼는데, 어느 한 순간도 유머 감각을 잃지 않고 있다. 입가에 미소가 번지게 하는 시편을 읽다보니 시인 자신 농담을 즐기는 사람이 아닌가 싶다. 농담 속에는 칼이 숨어 있는 경우가 많은데 김진완의 농담은 그렇지 않다. 하나같이 부드럽다. 참다운 웃음이 요구하는 미학이란 파편성과 일상성, 부조리와 모순, 권위와 신성성 따위의 부정적이고 경직

된 현실의 제반 특성들을 전면적으로 추방하거나 거부하는 것이 아니라 그 부정성과 경직성에서 비롯되는 고통을 비워내고 삶을 따뜻하게 바라보려는 화해의 시선에 있을 것이다. 김진완 시의 웃음은 그런 의미를 지니고 있다.

시집 『기찬 딸』에는 웃는 장면을 그려놓은 시도 몇 편 있다. 「사람도 나무처럼」, 「봄, 할매와의 겸상」, 「염화미소」이다. 「봄, 할매와의 겸상」에는 화자가 할머니 무덤 앞에 와서 영가천도 기도 주문을 외는 장면이 나온다. 할머니가 손자 목소리 듣고 좋아하겠다는 생각에 공연히 좋아서 "힛히" 하고 웃는다. 「염화미소」는 화자가 버스에서 만난 두 비구니 이야기를 하면서 시작된다.

개운사 다 와서 버스 앞좌석에 앉은 얼굴이 헬꼼한 비구니가 일어서며 풀어놓은 바랑을 매려는데 끈 한 쪽이 손에 잡히질 않네요 이상타 거참 이상타? 돌아보니, 순대 썰다 식칼 팽개치고 머리 깎았지 싶은 통통한 비구니가 바랑끈 한 쪽을 손에 쥔 채 등 뒤로 바랑 끈을 찾는 이상타불의 손을 슬쩍슬쩍 피하고 있었던 거였죠

아 언제 봤었지 싶은 당신
날 보더니
웃네요
웃었지요
우리 둘이는

아들아 네 웃으니 내 참 좋구나

몇 전생쯤 전에 나 낳다 죽은 엄매가
지금은 장삼 펄럭이며 팔자걸음 천천히 걷다 돌아보며
찡긋, 눈을 끔적이는 그 찰라,

> 장난질이야 장난질이야
> 헛손질 헛발질하다 가는 장난질이야
>
> 나도 질세라 끔쩍, 전생과 이생을 건너뛰는 윙크를 해준 건데요
>
> 아들아 네 알아들으니 더욱 좋구나
>
> —「염화미소」 전문

얼굴이 헬꼼한 비구니한테 퉁퉁한 비구니가 장난을 치고 있다. 때마침 그 장면을 화자가 보았다. 퉁퉁한 비구니와 화자의 눈이 마주쳤는데, 장난 치는 것을 들킨 퉁퉁한 비구니가 화자를 보고 웃는다. 두 사람은 얼굴이 마주쳐 서로 웃었고, 화자는 그 비구니의 얼굴에서 문득 돌아가신 어머니 를 읽어낸다. 시는 불가에서 말하는 인연에 대한 명상으로 이어진다. 시의 후반부는 화자의 상상인지 착각인지는 모르겠으나 두 사람은 마음의 교감 을 느끼고 눈짓을 나누는 것으로 전개된다. 흡사 가섭이 부처가 든 연꽃의 의미를 깨닫고 미소로써 깨달았다는 뜻을 전했듯이 두 사람은 이심전심을 나눈다. 이 시 속의 웃음은 잔잔히 퍼지는 물결 같다. 고소라든가 냉소와 는 완전히 다른 차원이다. 이웃에 대한 이야기 중에서도 미담이 전해주는 아주 밝은 웃음이다.

5. 짧은 마무리

지금까지 이 글은 1980년에 발간된 이성복의 『뒹구는 돌은 언제 잠깨는 가』에서부터 2006년에 발간된 김진완의 『기찬 딸』에 이르기까지 여러 시 인이 시를 쓰면서 '웃음의 세계'를 지향했음을 증명해보고자 했다. 1980년 대에 시인 김남주와 박노해가, 90년대에 백무산과 김신용이 시사에 기록

될 의미 있는 작품을 쓰기는 했지만 80~90년대가 그들만의 연대는 아니었다. 정치와 분배 질서의 문란에 대해 분노를 터뜨리는 것에 비해 독자를 웃기게 하면서 시대를 비판·풍자하고, 인간을 희화하기란 방법론적으로 더욱 어려웠던 일이 아니었을까.

광주의 비극에서 정신적으로 해방될 수 없었던 1980년대 전반기에 이성복·박남철·황지우는 정치적인 함의를 지닌 작품을 여러 편 발표하였다. 암담한 시대 상황을 곧이곧대로 형상화했다간 이들 시인은 소설가 한수산 필화사건의 예가 보여주었듯이 모처에 끌려가 모진 고문을 당했을지도 모른다. 이들은 시를 쓰면서 쓴웃음을 짓거나 조소나 냉소를 머금고서 시대가 주는 고통에서 벗어나고자 애를 썼다. 웃음의 요소가 없었더라면 세 시인 모두 시대의 고통을 감당할 수 없었을 것이다.

세 사람의 뒤를 이어 장정일과 김영승은 대단히 발랄한 어조와 엉뚱한 상상력으로 세태풍자를 하였다. 시대가 주는 중압감에서 두 시인은 전시대의 시인보다 자유로워진 특징이 있었는데, 이는 광주라는 지진이 세월이 조금 흐른 만큼 이들에게는 큰 영향을 미치지 못했기 때문이었다.

1980년대 후반기에는 장경린·유하·함민복이 등단하여 활동을 전개한다. 이 시대에도 여전히 군인정치가들이 국가권력을 장악하고 있긴 했지만 경제적으로는 어느 정도 안정이 된 시기였다. 박정희가 경제개발계획으로 토대를 다져놓았고, 전두환 대통령과 노태우 대통령이 그 혜택을 입었다고도 할 수 있는데, 그래서인지 위의 세 시인은 정치보다는 경제에 훨씬 더 민감하게 반응하였다. 장경린은 '이자'라는 시어를 갖고 말놀음하기를 즐겼는데 역사에 대한 허무의식도 가진 듯했고, 난감한 처지에 놓였을 때 사람이 짓게 마련인 쓴웃음을 시에 담아내곤 했다. 유하는 현대사의 질곡을 무협지 보기와 영화 보기라는 취미 살리기를 통해 우스꽝스럽게 그려나가다가 화려한 압구정동 거리를 풍자의 대상으로 삼아 비웃기도 하고 감탄하기도 한다. 함민복은 자본주의가 노출하기 시작한 여러 가지 모순을 재미있는 방식으로 풍자한다.

1990년대에 등단한 전윤호·반칠환·이만식·김진완은 독자의 웃음을 자아내는 방법이 다 다르다. 이들의 공통분모를 찾아 하나로 묶기가 불가능한 일이다. 전윤호는 주로 샐러리맨의 애환을 찡그린 웃음으로 다루었고 반칠환은 비극적인 상황이나 슬픔의 경지를 웃음으로 돌리려고 애를 썼다. 이만식은 남자와 여자의 역할이 역전된 시대상을 쓸쓸한 웃음으로 그려나갔고, 김진완은 일가친척의 과거지사와 주변 사람들의 현재적 삶의 모습을 아주 밝고 따뜻한 웃음으로 감싸 안으려고 하였다.

이상 12명 시인의 작업을 '웃음'이라는 코드로 살펴본 결과, 우리 시문학에 있어 커다란 물줄기를 형성하며 흘러 내려온 웃음의 전통이 현대에 와서도 결코 사라지지 않았음을 확인할 수 있었다. 시대에 따라 웃음의 양상이 바뀌기는 했지만 고단한 현실을 웃음으로 극복해보고자 하는 해학의 정신, 혹은 유머 센스는 우리 시에 윤기를 더해주는 기름의 역할을 충분히 해온 것으로 판단된다. 슬픔을 기쁨으로, 눈물을 웃음으로 전환시킬 줄 아는 이들이 틀림없이 나타날 것이다. 「구지가」와 「처용가」 이래 연면히 이어온 웃음의 전통을 앞으로 어떤 시인들이 이을 것인지 궁금해지고 그들의 웃음의 양상이 자못 기대된다.

한국 현대시에 나타난 '낙동강'

1. 낙동강은 어떤 강인가

상주의 옛 이름은 낙양(洛陽)이었다. 『연려실기술』에는 낙양의 동쪽을 흐르는 강이란 뜻으로 낙동강이라고 불려졌다고 적혀 있다. 본류의 길이가 525.15km, 유역면적이 2만 3,860km^{2}로, 남·북한을 합쳐 압록강 다음으로 긴 강이다. 강원도 태백 함백산에서 발원한 낙동강은 영남지방의 거의 전역을 휘돌아 흐른 뒤에 남해로 흘러간다. 낙동강은 유역의 논 86만 ha의 농업용수와 여러 도시의 상수도용수 및 공업용수원이 되고 있다. 하류 일대인 사상·사하 지역과 김해 지역의 넓은 평야를 이루며, 특히 1969년에 건설된 남강댐과 1976년에 건설된 안동댐은 수자원의 효과적인 이용에 기여하는 한편 각각 1만 2,600kW, 9만kW의 전력을 생산함으로써 유역의 농업과 공업 발전에 큰 공헌을 하고 있다. 옛날에는 내륙 지방의 교통 동맥이 되어 조운 등에 크게 이용되면서 구포·삼랑진·풍산·안동 등지에 선착장이 번창하였다.

낙동강 곳곳에는 가야와 신라 천년 우리 민족의 애환과 정서가 서려 있다. 고려와 조선시대에는 농업용수를 대기도 했지만 영남지방의 각종 산물과 공물이 한양으로 운송되는 운송로로 이용되었다. 일제 강점기 때는 미곡 생산기지로서의 역할을 수행하기 위해 곳곳에 저수지가 만들어졌고 광복 이후에도 곡창지대로서 우리나라 농산물의 30% 이상을 이 일대에서 생산해냈다. 6·25전쟁 때는 유엔군의 최후 방어선이 되어 낙동강이 붉게 물들기도 했다. 60년대 이후에는 산업화 과정에서 울산·포항·구미 등이 공업단지가 되면서 풍부한 공업용수를 제공, 우리나라가 세계 10대 무역국이 되는 데 공헌하였다. 김해삼각주 말단부에 있는 을숙도 일대는 세계적으로 유명한 철새 도래지인데 예전과 같이 많은 새가 날아오지는 않는다. 낙동강 일대의 산업화와 도시화가 수질 오염을 가져왔기 때문이다. 낙동강 본·지류에 있는 다목적 댐인 안동댐·임하댐·합천댐·남강댐은 전력과 함께 생활용수·농업용수·공업용수를 공급하고 있지만 낙동강 하구둑의 건설은 유속의 감소를 가져와 강은 어느덧 정화 기능을 상실, 하구 수질 악화가 심각할 정도에 이르러 있다. 1993년 이후 정부는 수질개선사업을 해왔지만 낙동강은 지금도 3급수의 수준을 면치 못하고 있다.[1]

2. 일제 강점기와 해방공간의 시에 나온 낙동강

낙동강을 생활의 젖줄로 삼아 살아가던 사람들의 애환을 그린 최초의 시는 1928년에 나온 양우정의 장시 「낙동강」일 것이다. 양우정은 경남지역 계급시 1세대의 시인이었다.[2]

---

1) 낙동강에 대한 설명은 (사)자연보호중앙협의회에서 펴낸 『한국의 5대강』(2003)을 참고함.
2) 박태일, 『경남·부산 지역문학 연구 1』, 청동거울, 2004, 49쪽.

洛東江은 七百里
沃野千里엔
낯서른 사람들만
모여서 드네
십리 만석 보고는
죄다 남 주고
이땅의 백성들은
다 쫓겨가네

-「洛東江」 부분

　양우정이 이런 시를 쓴 시대적 배경을 알아볼 필요가 있다. 일제는 1925년이 되자 백만석 증수계획이란 것을 수립하여 실시한다. 그해에 치안유지법과 국세조사 시행령을 공포하고 제2기 산미증산계획을 수립한다. 이 땅의 소작농을 빈농으로 내모는 일련의 정책이었다. 1927년에는 연초 전매령이 개정되었고, 조선농회 설립, 총독부 토지개량부 설치, 조선비료 단속령과 조선토지개량령이 공포된다. 이렇게 되자 지주에게 예속되어 있던 이 땅의 대다수 농민은 지주와 일제 양쪽의 수탈을 감당할 수 없게 되었고, 이때부터 이농자가 속출하게 된다. 양우정은 낙동강변 고향을 버리고 도회지로 가거나 더 멀리 북만주로 연해주로 떠나는 사람들을 보며 "십리 만석 보고는 / 죄다 남 주고 / 이땅의 백성들은 / 다 쫓겨가네" 하면서 이농 현실을 구슬피 노래 불렀던 것이다.

　김용호는 1938년에 『사해공론』을 통해 197행의 장시 「낙동강」을 발표한다. 1938년은 일제가 조선어 교육을 금지시킨 해이며 중일전쟁(1937)의 승리에 고무되어 태평양전쟁(1939~45) 준비에 총력을 기울인 해이다. 조선은 전 국토가 병참기지가 됨으로써 수확 농산물은 거의 대부분 전쟁비축 물자로 공출이 되었다. 누대로 낙동강을 삶의 터전으로 삼아 살아온 사람들은 일제의 핍박을 견뎌내지 못해 남부여대하여 북으로 유랑의 길을 떠나게 된다.

> 내 사랑의 강!
> 낙동강아!
> 칠백 리 굽이굽이 흐르는 네 품속에서
> 우리들의 살림살이는 시작되었다
> (……)
> 초조와 불안과 공포가
> 나흘 낮― 나흘 밤―
> 우리들의 앞가슴을 차고 뜯고
> 울대처럼 선 왼 산맥의 침묵이 깨어질 때
> 고슴도치처럼 뻣뻣한 대지를
> 한 손에 휘어잡고 메어친
> '꽝' 하는 너의 최후의 선언은
> 우리들의 절망 바로 그것이었다.
>
> 언젠 너는 노아의 주구가 되었더란 말이냐
> 언제 너는 폭군 네로를 꾀하였더란 말이냐

―「낙동강」 부분

낙동강 물길처럼 유장하게 전개되는 이 작품은 얼마 진행되지 않아 "초조와 불안과 공포" 분위기를 조성하고, 그것도 모자라 "우리들의 절망"을 운위하기에 이른다. 사랑의 강이란 것은 유년기를 회상하는 기억 속의 강이고 시인의 시야에 들어오는 강은 1938년 당시의 강, 즉 침묵의 강, 절망의 강이다. 그 이유는 아래의 시행에 설명이 잘 되어 있다.

> 북쪽은 구름이 깃들인 고향
> 우리들은 구름의 의도를 따라 북쪽으로 간다

살길을 찾아서 북만주와 연해주로 간 우리 민족의 참상은 이런 구절에
잘 나타나 있다. 시인이 보건대 고향인 낙동강변의 옥토를 버리고 구름의
고향인 북으로 떠나는 사람들의 마음은 먹장구름과 다를 바 없었다. 강을
버리고 북으로 떠난 사람들은 광복 이후에 다 돌아와야 했는데 그렇게 하
지를 못했다.

> 낙동강 나루ㅅ배 발동선 대면
> 오가는 사람들 많기도 하네.
>
> 어둑어둑 새벽엔 백명 떠나면
> 어둑컴컴 저녁엔 천명 들오네.
>
> 날고 드는 백천명 헤어보지만
> 한번 떠난 울아빠 올줄 몰으네.

－「나루ㅅ배」 전문

1946년 발표작인 김대봉의 「나루ㅅ배」[3]는 일제 때 떠난 사람들이 돌아
오지 않고 있음을 애통해하며 쓴 작품이다. 광복이 되어 국외에서 귀환해
오는 사람도 많아졌고 나룻배를 이용하는 사람도 많아졌지만 화자의 아버
지는 돌아오지 않는다. 불귀의 객이 된 것이리라. 그래서 숨은 화자는 나
루터에 나가서 아버지를(혹은 남편을) 하염없이 기다리고 있다. 광복을 맞은
우리가 맞닥뜨린 현실을 '싸움'과 '가난'으로 묘사한 시인이 있었다.

---

3) 박태일은 『문학지평』(1997, 가을)에 '낙동강 대표시 10선'을 선정하여 게재한 바 있다.
앞으로 인용하는 시는 대부분 박태일이 선한 작품에서 가져온 것이다. 10편의 대표시
는 김대봉의 「나루ㅅ배」, 박민의 「洛東江」, 정진업의 「洛東江」, 김순기의 「洛東江의 遺
言」, 이은상의 「洛東江 노래」, 이달희의 「洛東江 3」, 김여정의 「고향에서 만난 달」, 이
유경의 「明禮에서」, 박현서의 「洛東江·14」, 김규태의 「흐르지 않는 江」이다.

뻗혀 있는 情熱이
悠久 七百里에 이르러도
江두렁 마슬에는
싸움이 그치지 않는다

물과 사람과
그리고 사람과 사람끼리

조개 갈구리
칼날을 세워도
혓바닥에 녹아드는
洛東江 잉어회
통발을 메워도 메워도
江물보다 오히려 무서운
가난이 여기 있다

-「洛東江」 전반부

정진업의 1948년 작 「洛東江」을 보면 강변 마을에 싸움이 그치지 않는데, 그 이유는 "무서운 가난" 때문이다. 낙동강 조개와 잉어회는 마을사람들의 먹거리이기도 했었고 생업의 수단이기도 했던 것이리라. 낙동강을 사람과 사람이 싸우는 강으로 묘사한 또 하나의 이유는 좌·우 이념 대립이 첨예하게 전개된 당시의 시대적 상황을 떠올려봐도 알 수 있다. 박민의 1949년 작 「洛東江」을 봐도 낙동강은 여유롭게 흐르는 우리 민족의 젖줄이 아니다. 36년 동안 얼마나 모질게 당하고 무자비하게 빼앗겼으면 조상의 피와 눈물과 한숨이 저려 있는 강이라고 했던 것일까.

불가사리처럼 때로는 防築을 밀고 썩은 서까래와 家畜과 屍體를 띄우
고 그래도 뭐 대수롭지 않다는 듯이 넌 泰然히 흐르는 버릇이 있다

　　허구한 歲月 꿈과 情熱을 속쏘구리 앗기어도 洛東 七百里 감돌아 흐르
는 그리움 속에 刻薄한 祖上의 피와 눈물과 한숨이 저렸기에 襤褸한 蒼生
은 죽어도 널 잊지 못한다

-「洛東江」 제2, 3연

　　박민의 「洛東江」은 "防築을 밀고 썩은 서까래와 家畜과 屍體를 띠우고"
하는 표현으로 보아 홍수 장면을 곧바로 연상할 수 있다. 홍수가 나 집과
가축이 떠내려가고 사람이 죽기도 했지만 낙동강은 태연히 흐른다. 하지만
이 강은 각박한 삶을 영위한 우리 조상의 피와 눈물과 한숨으로 저려 있는
강이기에 시인은 남루한 창생이 죽어서도 낙동강을 못 잊을 거라고 한다.
이렇듯 원망스럽기도 한 낙동강을 사이에 두고 남과 북이 전투를 벌여 핏
빛 강물이 흐르게 한다. 1950년 8월, 낙동강전투에서 죽은 남과 북의 장병
은 몇 명이었을까.

3. 1950년대의 시에 나온 낙동강

　　1950년 6월 25일에 발발하였기에 6·25전쟁으로 일컬어지게 된 3년간
의 전쟁은 동족상잔의 전쟁이었고 미국을 비롯한 UN 16개국과 소련과 중
국이 참전한 세계대전의 축소판이었다. 전쟁 초기, 인민군은 파죽지세로
남하하였고, 국군은 정신없이 후퇴하였다.

　　앞으로 앞으로 락동강을 건너
　　왜관을 지나
　　나아가자 동무들아 다만 앞으로
　　앞으로 대구 그 다음엔 부산
　　또 그 다음엔 원쑤들이 처박힐

> 현해탄의 물결 높고 험한 바다로
>
> —「밟으면 아직도 뜨거운 모래밭 건너」 부분

「현해탄」의 시인 임화의 작품이다. 전쟁 초기의 전세를 보면 이런 시가 씌어진 것도 당연한 일이었다. 임화는 인민군 전사들에게 용기를 북돋아주고자 이 시를 썼지만 7월이 지나고 나서부터는 전세가 김일성의 생각대로 전개되지 않았고, 그 이유는 낙동강방어전투 때문이었다. 6·25전쟁 당시 낙동강방어전투 중 하나였던 다부동전투는 속전속결로 전쟁을 끝내려는 북한군 1·13·45사단의 대량 공세에 국군 제1사단이 맞서 무려 일곱 차례의 공방전을 벌인 끝에 북한군을 물러가게 한 치열한 전투였다. 낙동강 방어전선이 무너지면 부산까지 위태로울 지경이었는데 이 전투의 승리로 국군은 경남과 부산, 경북의 절반을 지켜 반격의 차비를 차릴 수가 있었다. 조지훈은 한가롭던 강변 마을에서 격전지로 변한 다부원에 가서 피 끓는 심정으로 이런 시를 썼다.

> 彼我 攻防의 砲火가
> 한 달을 내리 울부짖던 곳
>
> (……)
>
> 고개 들어 하늘에 외치던 그 자세대로
> 머리만 남아 있는 軍馬의 시체
>
> 스스로의 뉘우침에 흐느껴 우는 듯
> 길 옆에 쓰러진 괴뢰군 전사
>
> 일찍이 한 하늘 아래 목숨을 받아
> 움직이던 生靈들이 이제

싸늘한 가을 바람에 오히려
간고등어 냄새로 썩고 있는 다부원

-「多富院에서」 부분

전시에는 아군과 적군으로 편을 나눠 싸웠지만 죽은 이에게 죄를 물을
수는 없는 노릇이라는 시인의 인도주의사상이 잘 구현된 시이다. "스스로
의 뉘우침에 흐느껴 우는 듯 / 길 옆에 쓰러진 괴뢰군 전사" 운운은 종군작
가단 소속이었던 시인의 입장을 대변한 것이긴 하지만 과장이 심했다는
느낌이 든다.

휴전협정이 체결된 직후인 1954년에 김순기는 낙동강에서 치열하게 전
개되었던 전투 장면을 떠올리며 아래 예시한 시를 썼다. 박태일은 이 시에
대해 "군에 몸담고 있는 이가 싸움을 겪으며 남긴 전장시라는 특징을 지
닌 작품"4)이라고 했는데, 이를 보면 박순기는 군인 출신 시인이었던 모양
이다. 그래서인지 현장감이 느껴진다.

怨視하는 가파른 敵陣 앞에서
쓰러지며 외치던 兵丁의 목 타는 소리
떨리는 音響
屍體는 다시 破片으로
轉換했습니다
괴롭지도 않고 더욱 서럽지는 않습니다

뒤를 이어 나도 가면
追悼의 花環도
冥福의 香불도
구슬은 痛哭에 바꾸어

---

4) 박태일, 「현대시와 낙동강」, 『문학지평』, 1997 가을, 56쪽.

이 悠久한 洛東江의 흐름 앞에 솟아날
피 묻은 傳說과 戰爭이 가진 神話를
길이 기억해 주십시오
손가락보다 더 가느다란 허리에 채워진
보석같이 찬란한
이 光景들을

—「洛東江의 遺言」 후반부

낙동강을 의인화하여 유언을 하는 식으로 전개되는 이 시는 역설이 시의 구조 전체에 나타나므로 시적 역설이라 할 수 있다. 시의 화자인 낙동강은 끔찍했던 전시의 참상을 다 기억하고 있다. 그때 전사자들한테서 흘러내린 피는 강물에 섞여서 바다로 다 흘러갔다. 죽은 이들의 뒤를 이어 물인 나도 죽을 테지만 강이 죽는 것은 아니다. 그래서 이 유구한 낙동강의 흐름 앞에 솟아날 피 묻은 전설과 전쟁이 가진 신화를 이 시의 독자들은 길이 기억해달라고 당부한다. 강은 이제 지류에 따라 손가락보다 더 가느다란 허리를 갖게 되었지만 그 허리에 채워진 보석같이 찬란한 광경들을 기억해달라고 또 하나의 유언으로 당부한다. 전쟁의 상처를 그대로 지닌 채 흘러가는 낙동강의 아픔을 절절히 노래한 시로는 이밖에 "民族의 受難 모지게 當하여도／悠悠히 믿음 있게 굽이쳐 흐른다"고 한 최기형의 「救命의 江」(1958)도 있었고, 낙동강의 역사를 56행의 긴 시에 담아낸 유치환의 이런 시도 있었다.

흘러 흘러 쉬임 없는 가람이여
너의 줄기찬 흐름 속
슬고 있던 뭇 왕조의 흥망과 교체사
너 위에 생겼다 사라지는 속절없는 소용돌이 물거품!
그 가렴주구와 질탕한 烟月의 沈浮에도

애달픈 족속은 오직 너를 젖줄하고 면면히 목숨하여 왔거니
짐짓 가는 자 밤과 낮을 가리잖아
이같이 어젯 물이 오늘 물 아니요
오늘 사람 어제의 그 사람이 아니로되
너와 더불어 이뤄진 허구한 榮辱의 사모친 기억인즉
너만이 길이길이 간직하고 전하리라

-「겨레의 어머니여, 낙동강이여」 부분

우리네 삶의 든든한 후원자요 넉넉한 품이었던 낙동강이 역사의 부침으로 말미암아 "애달픈 삶"을 강요하고 있으며 "허구한 榮辱의 사모친 기억"을 우리에게 남기기도 한다. 유치환은 뚜렷한 역사의식을 갖고 낙동강을 노래하고 있다. 낙동강은 시의 후반부에 가서 우리의 얼굴이 되고 마음이 되고 성격이 되고 기질이 된다. 그리고는 물을 다스리지 못한 자들에게 "마침내 도도히 부풀은 탁류의 분노로써" 덮쳐, 애달픈 논밭이며 가재도구며 생명까지도 앗아간다. 그런 뒤에는 또 변함없이 흘러가는 무심한 강이 낙동강이다.

가난하고도 후덕하고 숫되고도 완고하고 슬기롭고도 무지하고
어질고도 비굴하고
대범하고도 용렬하고 질기고도 忍從하므로
무수히 빚어나는 웃음과 울음과 한숨과 노염과
그 가지가지 애락을 어루만지고 달래고 또한 깡그리 거두어
저 망각과 歸一의 지역, 창망한 대해로 너는 흘러 보내거니
그러나 끝내 어질지만 않았다 노여운 강물이여

-「겨레의 어머니여, 낙동강이여」 부분

제목만 놓고 보면 낙동강에 대한 열렬한 예찬의 시인 듯하지만 이 대목에 이르면 강을 제대로 못 다스린 위정자들을 책망하는 현실비판의 시임

을 알 수 있다. 또한 표리가 부동했던 우리 자신에 대한 엄중한 꾸짖음의 시임을 알 수 있다. 우리는 숫되고도 완고했고, 슬기롭고도 무지했고, 어질고도 비굴했고, 대범하고도 용렬했고, 질기고도 인종했다. 그래서 때때로 이 강은 우리에게 분노를 터뜨렸던 것이다. 아무튼 큰 전란을 겪은 뒤인지라 시인들은 역사의식에 입각하여 낙동강을 비분강개한 어조로 노래하곤 했다.

4. 1960~70년대의 시에 나온 낙동강

1961년 군사쿠데타를 일으켜 집권에 성공한 박정희는 1979년 10월 26일, 중앙정보부장의 손에 암살될 때까지 권력을 놓지 않는다. 이 세월은 국가가 앞장서 경제개발에 박차를 가한 연대이다. 박정희는 많은 외채를 끌어와 고속도로도 건설하고 공업단지도 조성한다. 해마다 수출은 현저히 증가하였고 국민들의 생활상도 향상되었다. 국가경제는 눈부시게 발전해 갔지만 국민의 민주화 요구를 박정희가 철저히 탄압함으로써 삼엄한 경찰국가의 모습을 견지한 시대가 바로 60~70년대였다. 이은상은 1964년에 낙동강을 노래하면서 "희망의 낙동강"이라고 하였다. 이때만 해도 박정희 대통령이 독재자의 모습을 보이기 전이었다.

> 두 언덕 고을 고을 정든 내 고향
> 불타고 다 깨어진 쓸쓸한 廢墟
> 돌아오는 아침 햇빛 가슴에 안고
> 나가라 네 힘으로 다시 세우라
> 오− 洛東江 오− 洛東江
> 늠실늠실 흐르는 希望의 洛東江

−「洛東江 노래」 마지막 연

이은상은 낙동강의 역사를 말한 뒤 "끊임없이 흐르는 傳說의 洛東江"이라 하였고, 전쟁에서의 승리를 말한 뒤 "소리치며 흐르는 勝利의 洛東江"이라고 하였다. 그런 뒤에 시인은 나태와 안일의 구습과 봉건적 잔재를 불태워버리고 재건을 위해 힘을 내자고 노래 불렀다. 1964년이면 제3공화국이 막 들어서 경제개발을 위해 5개년 계획의 청사진을 내보일 때였으니 이런 희망가를 부름직도 했다.

이달희는 「낙동강」 연작시 11편을 1971년에 펴낸 시집 『물의 상징법』에 실었다. 시인이 노래한 낙동강은 역사의 흐름을 간직하고 있는 강, 민족의 한과 설움을 잘 아는 강이다.

　싸르륵 싸르륵
　마른 갈밭을 헤치는 회오리바람을 지나
　모랫바람이 불꽃처럼 확확 타오르는 강변을 지나
　大寒날
　얼어붙은 낙동강을
　홀로 건너가시던 할머니
　호호 언 손 불어주시던
　사천 년의
　그 綿延한 사랑……

―「洛東江 4」 부분

이달희는 이처럼 낙동강을 역사의 강으로 보았지만 생활의 강, 현실의 강으로 본 시인은 이유경이었다. 제3공화국의 경제정책은 기본적으로 수출증대와 공업화였다. 이 두 가지 목표를 달성하기 위해서는 농산물 가격이 적정 수준에 달하면 안 되었다. 저농산물가격정책은 농가 부채의 누적, 기생지주제의 재생, 농업 기술 수준의 하락, 농기구 장비율의 저위(低位), 도시에 대한 상대적 빈곤감 등을 유발하였다. 일제 강점기 때도 그랬지만

1960년대에도 이농의 대열에 서 도시빈민층이 되는 농민이 속출하였다. 농촌사회의 붕괴 과정을 방관할 수 없었던 박정희 대통령은 1970년대에 들어서서 '새마을운동'이라는 농촌특화사업을 정부 주도로 실시했지만 도 —농 사이의 격차 해소는 할 수 없는 상황에 이르러 있었다.

> 저녁 연기들이 강 건너 金海 쪽으로 날아간다
> 그 위로 기러기가 끼룩거리며 해 진
> 昌原 쪽으로 날아간다 기러기와
> 연기들이 다 함께 구름이 되는 것도
> 明禮 강둑에선 환히 보인다
> 들판 끝 마을
> 죽어서 묻힐 묘지 하나도 없다
> 무우가 빠져나간 무우밭과
> 배추가 뽑혀나간 배추밭
> 모래가 뿌옇게 일어서 있었다
> 얼지도 않은 강물이 차갑게 밤 속으로 흘러갔다

—「明禮에서」 부분

1975년 발표작인 이유경의 이 시를 보면 그 무렵 요원의 불길처럼 전개된 새마을운동의 기운은 전혀 느낄 수 없다. 정부는 지붕개량이니 마을 안길 정비니 하면서 환경 개선을 부르짖고 있었고, 농촌 소득증대니 새마을 지도자 양성이니 하면서 대외적으로 선전하고 있었지만 시인은 그런 것들에 아랑곳하지 않고 농촌의 현실을 직시하였다. 무와 배추를 제때 수확하여 제값 받고 판매했더라면 시인이 이렇게 쓰지는 않았을 것이다. 산업화의 그늘에서 신음하는 농촌의 실상을 이런 식으로 은유적으로 표현한 시인의 용기를 높이 사주고 싶다.

5. 1980년대 이후의 시에 나온 낙동강

안도현은 「洛東江」과 「다시 洛東江」에서 가난의 대물림을 이야기하고 있다. 시인은 낙동강을 삶의 터전으로 삼아 살아온 사람들의 슬픈 초상화를 다음과 같이 그렸다.

> 어둠이 강의 끝 부분을 지우면서
> 내가 서 있는 자리까지 번져오고 있었다
> 없는 것이 너무 많아서
> 아버지 아무 말씀도 하지 않으시고
> 낡은 木船을 손질하다가 어느 날
> 아버지는 내게 그물 한 장을 주셨다
>
> － 「洛東江」 제2연

> 아우야
> 아버지 수십 년 삽질로도 퍼내지 못한 낙동강이
> 아직 철들지 않은 물고기들 하류로 풀어 보내며
> 조심하여라 조심하여라 웅얼대는 소리 듣느냐
> 아버지 등줄기에 흐르던 강물 보았느냐
> 그 속을 거슬러올라 헤엄치던 어린 날 우리는
> 그렇지 한 마리씩 빛나는 銀魚였을 것이다
>
> － 「다시 洛東江」 제2연

서정성을 짙게 띠고 있는 두 편 시의 중심이 되는 감정은 설움이다. 「洛東江」을 보면 강에서 물고기를 잡으며 살아온 아버지 세대나 시적 화자의 세대나 가난을 벗어나지 못하고 있지만 「다시 洛東江」을 보면 그렇지 않다. 자식 세대는 아버지가 물려준 가난에서 벗어나고자 치어를 하류로 풀어 보내며 내일에 대한 희망의 메시지를 전하고자 하는 것이다. 1980년대

부터는 낙동강의 수질 오염이 종종 시의 소재가 된다. 남한의 5대 강인 한
강·낙동강·금강·영산강·만경강은 이미 오래 전에 중금속 농도가 한
계치를 최소 몇 배에서 최대 몇 십 배를 초과하였다. 이들 대부분의 강과
지류에는 폐수 때문에 죽은 물고기가 둥둥 떠다니고 물굽이마다에 허연
거품이 일고 있다. 하천 주변에는 공장에서 내다버린 폐기물과 주민들이
몰래 버린 쓰레기가 곳곳에 쌓여 있다. 공장의 폐수 무단 방류와 집집마다
쓰고 있는 합성세제로 말미암아 부산과 경상남도 주민의 젖줄인 낙동강은
이미 독수(毒水)로 변하여 명물인 재첩이 자취를 감춘 지 오래고, 기형 물고
기가 심심찮게 잡히고 있다. 환경 파괴의 현장을 언론도 수시로 다루고 있
지만 시인도 생태환경문제를 거론하면서 독자의 경각심을 촉구하였다. 김
규태는 1985년에 낙동강을 흐르지 않는 강이 되게 한 것은 마음이 비어버
린 우리라고 질타하였고 강은교는 낙동강을 가리켜 한의 강이라고 하였다.

> 개구리 한 마리, 미꾸라지 한 마리 노닐지 않는
> 너를 달디단 젖줄이라고 우기는
> 우리는 마음이 비어버린 백성
>
> — 김규태, 「흐르지 않는 江」 제2연

> 그대 잠들지 않는 이유를
> 나는 아네.
> 그러게 이리 한 많은 소리로
> 뼈 부서지는 게 아닌가.
>
> (……)
> 이 구름 밑
> 살지 못해 죽는 그대
> 오, 죽지 못해 사는 그대.
>
> — 강은교, 「낙동강의 바람」 부분

예전에는 많은 사람들이 낙동강을 삶의 터전으로 삼아 살아갔지만 1980
년대에 이르러서는 개구리 한 마리, 미꾸라지 한 마리 노닐지 않는다고 김
규태는 말했다. 강은교는 낙동강 강바람 소리를 "한 많은 소리"라고 하였
고, 그 소리가 뼈를 부서지게 한다고 했다. 아픔의 강, 비극의 강이 된 것
이다.

1990년대에 들어 낙동강의 오염은 목불인견의 지경이 된다. 부산과 대
구를 중심으로 하는 낙동강 유역권의 도시, 예컨대 구미·포항·울산·마
산·창원·진주·삼천포 등은 낙동강의 물을 이용하여 공단이 조성되었
던 것이므로 생산량이 증가할수록 강의 오염은 점점 더 심해져갈 따름이
었다. 평야에서 대량으로 살포한 농약이 강으로 흘러 들어갔고, 공업단지
에서는 중금속의 하수와 폐수가 낙동강을 오염시켰다. 대표적인 사건이
1991년 구미공단의 페놀 원액 유출사건이다. (주)두산전자가 인체에 치명
적인 해를 끼치는 페놀 원액을 30톤 이상 낙동강에 유출하여 주민들이 수
돗물을 못 먹게 한 사건이다.

> 잠시도 쉬지 않고 퍼부어대는 저 독하디독한
> 강가의 쓰레기 매립
> 가축 분뇨 댐 공사에 광산 폐수
> 농약 생활하수 가두리양식 찌꺼기
> 그들은 밤에 몰래 산업 폐기물까지 갖다버렸다
>
> (……)
> 탁한 강물을 마셔서
> 마음조차 흐려진 이곳 강 유역의 주민들은
> 그제사 작은 물통 하나 들고
> 이 산 저 산 다니며 생수 받느라 법석이지만
> 어쩌다 발표되는 오염 수치에

>   깜짝 놀라는 것도 그저 한 순간
>   그들의 등뼈가 언젠가 사진에서 본 기형 물고기처럼
>   조금씩 조금씩 휘어져가고 있음을
>   눈치채지 못한다
>
> — 이동순, 「낙동강」 부분

이동순은 낙동강을 오염시키고 있는 온갖 것들을 일일이 거론하면서 우리의 공해 불감증을 질타하였다. 지역주민들의 생명의 젖줄이었던 낙동강이 이렇게 썩어가고 있는데 뒷산 약수터에서 생수만 길어먹으면 되겠느냐고 절망감에 사로잡혀 부르짖기도 했다. 상업적인 이용가치와 개발논리 때문에 낙동강이 오염되고 절경들이 사라지는 현실에 대한 시인의 절망감은 「수몰 지구 빈 마을에서」, 「영산타령」, 「검은 강」, 「검은 개펄」 같은 시에도 잘 나타나 있지만 '총체적 난국'에 대한 진단서와 처방전은 역시 「낙동강」이었다. 강남주도 「흐르지 못하는 江」에서 낙동강이 예전의 그 강이 아니라고 하면서 생태계 파괴 현상에 대해 깊은 우려를 표하였다.

>   흐르는 것은
>   불모의 노래
>   그마저 잃어버린
>   우리들 미래의 꿈의 뼈 부스러기
>   그 부스러기의 흐느적거리는 흐름.
>
> — 강남주, 「흐르지 못하는 江」 부분

낙동강 하구의 대표적인 삼각주로 알려져 있는 을숙도는 70만 평으로 서울의 여의도와 비슷한 면적이다. 을숙도에 낙동강 하구둑이 준공된 것은 1987년이었다. 부산시 서하구 하단동에서 강서구 명지동까지 을숙도를 가로질러 세워진 거대한 물막이댐을 만들게 된 것은 식수와 농업용수로 쓸

강물을 충분히 확보하기 위해서였다. 이 댐 덕분에 물 사정은 좋아졌지만 흐르던 물이 고이게 되면서 강은 심하게 오염되었고 을숙도를 찾아오던 철새들과 각종 물고기 및 수서생물이 눈에 뜨게 줄어들었다. 부산시는 을숙도 하구둑 15만 평에 생활쓰레기 매립장을 설치하여 1993년 6월부터 97년 7월까지 각종 생활쓰레기 579만 톤을 묻기도 했다. 동양 최대의 철새 도래지로 명성이 자자했던 을숙도에는 하구둑이 세워지기 전까지만 해도 206종 10만 마리가 넘는 철새들이 찾아왔다. 하지만 지금은 고니와 청둥오리 등 몇 종류만 찾아올 뿐이다.[5]

> 뼈아픈 그림자 허옇게 드리운 채
> 속죄하며 흔들리는 늪
> 어둡고 쓸쓸한 지상의 한 끝에서
> 우리를 잠시 취하게 하는 가을산의 어스름
> 하염없이 울고 가는 두루미 떼 따라가면
> 밀물과 썰물이 무작정 섞여지듯
> 우리들 인심도 그렇게 섞일 수 있을까

─박라연, 「을숙도」 부분

> 낙동에 와서야 비로소 깨닫는다
> 가까이 가면 갈수록 바닥 모를 이 나락
> 오한이 솟아오른다
> 철새들의 비명소리─
>
> 낙강 모래펄은 아, 세기말의 불감증
> 한 발 한 발 다가서면 더 안타까운 사랑
> 쓰러진 白鷺 한 마리

---

5) 을숙도에 관한 설명은 신정일이 쓴 책을 참고함. 신정일, 『신정일의 낙동강역사문화탐사』, (주)생각의나무, 2003, 442~443쪽.

내 가슴에 파닥인다

– 황재연, 「洛江에서」 전문

　박라연 시인이 을숙도의 변화를 은유적으로 표현한 반면 황재연은 낙동강의 비극적인 현실을 보다 직접적으로 거론하였다. 전자는 변해버린 인심을 안타까워한 시이고, 후자는 환경오염에 대한 우리의 불감증을 진단한 시이다. 낙동강의 수질 오염, 강과 강 인근의 생태계 파괴, 철새 도래지의 사라짐, 인심의 변화 등에 대한 진단이 아프게 다가온다. 2000년대에도 낙동강은 시인들이 계속해서 시의 소재로 삼을 것이다. 과연 이은상처럼 "늠실늠실 흐르는 希望의 洛東江"이라고 노래할 날이 올까. 그런 날이 반드시 오기를 바라면서 졸시의 마지막 부분을 제시하는 것으로 「한국 현대시에 나타난 '낙동강'」 쓰기를 마칠까 한다.

할아버지랑 그물 망태기를 들고 강에 나가면
참 많은 물고기를 맛볼 수 있었네
잉어·누치·가물치·뱀장어·미꾸라지……
수염 돋은 동자개란 놈도 가끔 보였네
지금 그 물고기들 낙동강을 버렸다고 하네

내가 세제를 멋모르고 쓰는 동안 거품을 물고
신음하는 강, 그 새 그 물고기들 다 어디론가 떠나
내 발길 바다에 잇닿는 곳까지 왔네, 낙동강구
을숙도를 보고 눈감고 마네, 삐삐삐 삐리삐리 뽀오르르 뽀르삐
눈감으면 바다직박구리 우는 소리가 들려오네

– 이승하, 「돌아오지 않는 새들을 기다리며」 부분

한국 근·현대시에 나타난 '서울'

「漢陽歌」(1844)에서 『나의 우파니샤드, 서울』(1994)까지

1. 실마리

서울의 공기 오염도는 현재 세계 최고의 수준이다. 게다가 근년에는 중국으로부터 불어오는 황사 때문에 미세먼지의 수치가 시민의 건강을 심각하게 위협하고 있는 수준이다. 지방은 말할 것도 없고 공기가 그런대로 괜찮은 분당이나 일산 같은 서울 인근 신도시에서 살다가 서울 도심을 갔다 온 사람들마저도 서울의 공기 오염에 대해 한마디씩 한다. 코 안이 새카맣게 되었다느니 목이 칼칼해졌다느니 셔츠와 양말이 까맣게 되었다느니 하면서 불평을 한다. 하지만 과거의 서울이 이랬을 리 없다. 인왕산의 물줄기가 누상동과 옥인동으로 흘러내리다가 지금의 옥인동 47번지 일대에서 만나게 되는데, 이 물이 옥같이 맑게 흐른다고 '옥계(玉溪)'라고 불렀다고 한다. 옥계 부근 동네가 옥류동인데 옥류동 일대가 도성 서쪽에 있었으므로 '서원(西園)'으로도 불렸다고 한다.[1] 옥계, 옥류동, 서원…… 이름만 들

---

[1] 허경진, 『조선위항문학사』, 태학사, 168~169쪽.

어도 조선조 말까지 사대문의 안과 밖이 모두 청정한 지역이었음을 알 수 있다. 한양에서 경성으로, 경성에서 서울로 바뀌어 불려지는 동안 이 나라의 수도가 시인들에 의해 어떻게 노래되어 왔는지 살펴보기로 한다. 이 살핌의 과정에서 서울에 대한 시인들의 인식이 어떻게 바뀌어졌고 서울이 어떻게 변모되었는지 알 수 있을 것이며, 21세기인 지금 우리가 수도 서울을 어떻게 돌보고 가꾸어야 할지도 알 수 있을 것이다.

2. 150년 동안의 서울 노래

1) 예찬의 대상인 한양

한양이 조선의 수도가 된 것은 태조 3년(1394)의 일이다. 조선을 개국한 이성계는 천도할 준비를 서둘렀으나 중신들 사이에 도읍 후보지를 둘러싸고 의견이 대립하여 조속한 결정을 못 내리고 한동안 망설이고 있었다. 한때 도읍 후보지로 계룡산 근처가 좋다는 의견이 우세하여 공사까지 착수했지만 태조 3년에 마침내 새 도읍지로 한양이 결정되어 정식 수도로 삼았고, 한성부(漢城府)로 개칭하였다. 수도의 정식 이름은 한성부였지만 일반적으로 한양으로 일컬어졌다. 그 뒤 왕자의 난 등 궁정 내부의 세력 다툼으로 정종 1년(1399)부터 태종 5년(1405) 사이에 도읍이 개경으로 되돌아간 일이 있었지만 한성부는 조선왕조의 수도로서 정치·경제·문화의 중심이 되어 발전에 발전을 거듭하였다. 태종 5년 창덕궁 준공, 성종 14년 창경궁 준공, 광해군 12년 경덕궁(경희궁) 준공, 숙종 30년 도성 축조를 통해 한성부는 수도로서의 위용을 갖추어갔다.

조선조 헌종 10년(1844)에 한산거사라는 이가 지은 가사 「漢陽歌」는 2율 각 1구의 형태를 취하고 있는데 1,528구에 이르는 대작이다. 한산거사의 본명은 알려져 있지 않다. 지은이는 "천개지벽하니 일월이 생겼어라 성신

이 광휘하니 오행이 되었어라"로 시작되는 도입부에서 한양의 지세를 말한
뒤에 궁전 보탑, 궁방·내시·나인, 정원(政院)과 의정부, 육조관아, 조마거
동(調馬擧動)과 여러 관서, 선혜청(宣惠廳)과 여러 관서, 성첩(城堞)과 백각전
(百各廛), 육의전, 마루저자, 광통교와 구리개 전방(廛房), 유희와 유희처, 승
전노름과 복식, 기생점고(妓生點考)와 가무, 능행경, 과거장 풍경과 유가경(遊
街景)을 거쳐 한양찬(漢陽讚)에서 대단원의 막을 내린다. 이 작품은 한양의
뛰어난 지세와 수려한 관아, 육의전과 구리개 전방 등 번화가의 화려한 풍
경, 임금의 행차, 과거를 보는 광경, 유흥가의 흥성함 등을 망라하여 한양
전체의 풍경을 그렸지만 주로 국가 제도의 정비와 문물의 발달을 예찬하고
있다. 마지막 제24장의 일부를 본다. (한글 가사인데 한자를 넣어서 쓴다.)

오만사년 누릴 도읍 한양성중 거룩하다
산천누각 성곽지당 윗글에 쓰였으되
다시 할말 아니로되 禮義東方 장할시고
願生高麗 한단 말은 중원사람 말이로제
推此言而 觀之하면 제일강산 可知로다
山嶽秀氣 받아나니 충효인물 총총하다
범절이 이러하니 천하제국 제일이다
(……)
엎드려 비나이다 북극전에 비나이다
우리나라 우리 인군 본지백세 무강휴를
與天地로 偕老하게 비나이다 비나이다

　이 부분만 보아도 지은이의 한양 자랑은 입이 마를 지경이다. 수도 한양
이 성곽으로 둘러싸여 있고 누각이 많아 참으로 멋진 곳이고, 게다가 거리
와 가옥들이 잘 정비되어 있는 곳임을 힘주어 말하고 있다. 이와 아울러
지세가 뛰어나 훌륭한 인물이 많이 나오고 있으며, 사람들이 예의범절을

잘 지키는 문화인임을 애써 자랑하고 있다. 그 당시 실제 한양의 모습과 한양 사람들이 사는 모습과는 차이가 지는, 꽤나 과장된 작품이라고 하더라도 지은이가 얼마나 투철한 애국애족의 사상을 갖고서 이 작품을 썼는지 알 수 있다. 수도 한양의 앞날이 밝기만 할 것이라는 시인의 예언적 발언은, 이미 그때 열강의 침탈에 의한 국운의 쇠퇴 기미를 조금이나마 느끼고 있어서가 아닐까.

2) 개화기 가사 및 창가에 나타난 한양

1864년 고종이 즉위할 무렵 조선왕조는 쇄국정책을 펴고 있었지만 이미 대내외적으로 심각한 위기에 직면하고 있었기 때문에 쇄국이란 그것을 모면하기 위한 임시 방책에 지나지 않았다. 대원군은 왕실의 권위를 높이기 위해 임진왜란 때 소실되었던 경복궁을 막대한 경비를 들여 중건하는 공사에 착수, 4년 만인 고종 5년(1868)에 완공하였다. 그 뒤에 경운궁도 개축하였다. 하지만 서구 열강의 개방 위협에 줄기차게 시달리다가 마침내 1876년, 강화도조약을 맺음으로써 문호를 개방하게 되었다. 그에 따라 한성부에는 서구 열강의 공사관이 설치되었고, 한성부는 곧바로 이들의 각축장이 되었다. 1882년에 임오군란이, 1884년에 갑신정변이 일어난 이후 대한제국은 외세의 침탈 위협에 더욱 시달리게 되었다. 이러한 외세의 각축과 위협 속에서도 한성부에는 새로운 근대적 시설인 전차가 달리게 되었고, 전신·전화 시설이 놓였으며, 서양식 학교와 병원이 세워졌다. 나날이 변모해 가는 한양의 모습을 시인들이 놓칠 리 없었다. 한양은 그 무엇보다 경부선의 출발 지점이었다.

우렁탸게토하난 긔뎍소리에
남대문을등디고 써나나가서

쌜리부난바람의 형세갓흐니
날개가딘새라도 못싸르겟네
늘근이와젊은이 석겨안졋고
우리네와외국인 갓티탓스나
내외틴소다갓티 익히디내니
됴고마한싼세상 뎔노일윗네

―「경부텰도노래」 부분

「경부텰도노래」는 1908년, 최남선이 신문관을 통해 단행본으로 펴낸 기행체의 창가이다. 일본의 자본과 기술로 놓인 경부선 철도의 개통을 근대적 기계문명의 도입으로 생각한 최남선은 그 철도가 궁극적으로는 농민 수탈의 중요한 수단이 될 것이라는 생각은 하지 못한 채 이처럼 높이 기리고만 있다. 그는 새로운 것이 안겨다주는 강렬한 빛에 눈이 먼 나머지, 남녀노소와 내·외국인이 섞여 앉은 열차간의 어색한 풍경을 "조그마한 딴 세상"이라고 강변하였다.[2] 하지만 한양을 다룬 또 다른 시는 찬양 일변도가 아니다.

時局을 살펴보니 밧귀나니 마음이라
漢江水는 찡그리고 北漢山은 근심훈다
英雄烈士 몃몃친고 슬흔눈물 졀로는다
시르렁둥덩실

나라파라 엇은地位 七大臣이 누구신가
臥送歲月 홀렷더니 忽地風波 누가알가
如天巨艦 돗슬다니 來頭安危 念慮로세
시르렁둥덩실

―「峨洋九疊」 부분

---

2) 이명찬, 「근대 이행기 한국 시문학의 특성」, 이승하 외, 『한국 현대시문학사』, 소명출판, 33쪽.

<대한매일신보> 1908년 1월 11일자에 실린 이 작품에 대한 권오만의 설명이 참고할 만하다.3) 한양의 상징물인 한강수가 찡그리고 북한산이 근심할 정도로 나라의 운명이 풍전등화의 위기에 처해 있음을 알리고자 쓴 시이므로 같은 시기에 나온 「경부텰도노래」의 세계관과는 아주 다르다. 영웅과 열사는 안 보이는데 을사조약 때 앞장서서 국권을 넘겨준 일곱 대신4)은 그에 대한 보상으로 높은 벼슬을 얻었다. 그래서 한강수가 찡그리고 북한산이 근심하는 것이다. 지은이의 근심은 2년 후에는 절망이 된다.

3) 일제 강점기의 시에 나타난 경성 풍경

1910년은 500년을 지속한 조선왕조가 제국주의 일본에 의해 무너진 해이기도 하지만 한성부가 경성부(京城府)로 개칭된 해이기도 하다. 일본은 조선왕조 때에 만들어진 거의 모든 것을 없애거나 뜯어고치려고 했던 바, 수도의 이름도 거기에 포함되어 있었던 것이다. 경성부에는 조선 지배의 거점인 조선총독부 외에 조선군사령부와 조선은행, 동양척식회사 등이 설치되었다. 또한 경성을 발착역으로 하는 경인선과 경부선, 경의선과 경원선이 차례로 개통되었다. 청량리역을 발착역으로 삼아 영동과 태백으로 놓인 철도는 석탄과 석회석을 실어오기 위한 것이었다. 일제는 30년대에 들

---

3) "제목인 「아양구첩」 중 '아양'이란 높은 산과 넓은 바다를 가리킨다. 당시에 우리 국가와 민족이 처한 현실이 높은 산에 가로막히듯, 넓은 바다에 아득하게 표류하듯 험난하다는 뜻을 나타낸 말이다. 국가와 민족이 처한 현실을 이 작품이 그렇게 암담한 것으로 본 것은 을사, 정미조약으로 말미암아 외교권, 군사권, 경찰관까지 일제의 손아귀에 넘겨주었다는 사실과 관련된다. 국가와 민족의 명운이 말 그대로 백척간두의 위기를 맞은 때에 그것을 걱정하고 근심하는 주체가 '한강수'와 '북악산'으로 설정되어 있는 점은 유의할 만한 대목이다."—권오만, 『서울을 詩로 읽는다』, 도서출판 혜안, 2004, 182쪽.

4) 흔히 '을사오적'으로 일컬어지는 조약 체결에 찬성한 대신은 학부대신 이완용, 군부대신 이근택, 내부대신 이지용, 외부대신 박제순, 농상공부대신 권중현이다. '七大臣'이라면 두 사람이 더 있다는 것인데 시에는 밝혀져 있지 않다.

어서자 영등포 개발에 착수하였고, 그 이후 이 지역에 섬유·식품·유리 생산공장을 세우면서 경성을 기계공업의 거점으로 만들어갔다. 이는 식민지의 경제발전보다는 병참기지화에 더 큰 목적이 있었다. 일본인은 경성에만도 수천 명이 건너와 살면서 식민지 지배체제를 강화해나갔다. 일본인 거주지역은 주로 군사시설 주변인 남촌과 용산이었다.

> 눈이 녹는다. 東大門 노픈집웅우에 눈이 녹는다. 청기왓장 냄새 날가가
> 는 丹靑냄새, 멀니 갓가이 니러나는 닭소래에 밤마다 쑥쩍이는 독갑이쩨
> 들도 아름드리 기둥 사이로 스러졋건마는 門 아래로 기여드는 바람소래
> 는 아직도 悽愴한 反響을 어둑신한 天井으로 보낼쩨마다, 아아 무슨 서름
> 으로 가슴맥힌 바람소래를 드르라, (……)
>
> 짜치가 운다. 장안새벽에 짜치가 운다. 三角山 나무수풀에 퍼붓는 눈에
> 길을 일코서, 어제저녁 지는해 빨간구름에 標해두엇던 길을 일코서, 눈오
> 는 장안새벽을 짜치가 울며 간다. 짜치가 운다.
>
> —「눈」 부분

1918년에 발표된 주요한의 이 시에서 '장안'은 동대문과 삼각산이 보이므로 중국의 장안(長安)이 아니라 경성이다. 뒤에 가면 "장안 새벽에 인경이 운다"는 구절이 보인다. 조선시대에는 야간 통행금지를 알리기 위해 보신각 등에서 인경을 쳤는데, 그런 묵은 제도를 갖고 시를 썼으니 시대에 조금은 맞지 않는 느낌이 든다. 아무튼 시인의 시대 인식은 암담하기 이를 데 없다. 동대문 높은 지붕에서 눈이 녹는 날 화자는 왠지 모를 설움으로 가슴 막힌 바람소리를 듣고, 까치는 삼각산 나무 수풀에서 길을 잃고 운다. 더 뒤로 가면 "아편의 꿈속에서 허기적거릴 때"나 "빨간 등불 아래 노는 계집의 푸른 피 빠는" 같은 구절이 보이므로 식민지 지배하에 극도의 절망감에 사로잡혀 쓴 시임을 알게 해준다.

　경성에 전차가 등장한 것은 1898년이었다. 미국인 콜브란의 한미전기회사에 의해 서대문에서 청량리까지 첫 선로가 놓인 이후 승객이 꾸준히 늘고 선로도 확대되었지만 콜브란은 일본의 압력을 못 이겨 경영에서 손을 뗐고, 1909년 일본의 일한가스회사가 경영권을 차지하였다. 전차는 일제강점기의 서울시민들에게 가장 중요한 교통수단이었다. 광복 이후 버스가 대중의 교통수단이 되면서 전차 승객은 조금씩 줄어들었다. 하지만 광복 이후에도 계속해서 시민의 발이 되어주었고, 1969년에 철거될 때까지 전차는 서울과 부산, 평양의 명물이기도 했다.

> 큰 거리는 저물은 연기에 젖어 動靜이 몽롱하고
> 녹슬은 무쇠 같은 둔중한 냄새가 잠겨 흐른다
> 그러나 가다가는 앓는 소리 은은한 電車가
> 물오른 풀잎 같은 뾰죽한 神經을 드러내고
> 때아닌 푸른 꽃을 虛空에 날리기도 한다
> 길바닥은 얼어서 죽은 구렁이같이 뻐드러졌고
> 그 위를 세찬 바람이 돛을 달고 달아나면
> 야릇한 군소리가 눈물에 떨어 그윽히 들린다
> 잘 지절대고 하이칼라인 제비의 幽靈이
> 불룩한 검정 外套를 휘감고 비틀거리는 사이에 있어서
> 흐린 銀결같이 희스름한 옷 그림자가 고요히 움직인다
> 구름인지 안개인지 너머로 핏줄 선 눈알같이 불그레함은
> 마지막으로 넘어가는 날볕의 얼굴이 숨어 있음이라
> 이들 눈에 드는 모든 것이 저마다 김을 뿜어서
> 그는 幻燈의 映寫幕이며 沈鬱한 뎃상을 보는 듯하다

—「겨울의 暮景 － 都會詩篇」 전문

　고월 이장희가 1926년 1월호 『신민』에 발표한 작품이다. 이장희가 말한 도회는 전차가 다니던 경성과 부산, 평양 중 하나일 터인데, 이 시를 연구

한 권오만은 고월과 가까웠던 벗 오상순의 증언을 인용하면서 시인이 말한 도회는 경성임을 증명하였다.[5] 도회의 겨울, 저물녘 풍경이 여간 을씨년스럽지 않다. 시인은 도회지의 활기참이나 화려함을 묘사하는 대신 거리의 낌새가 한참 몽롱하고, 둔중한 냄새까지 거리에 잠겨 흐른다고 했다. 이 시는 전차에 대한 묘사가 특히 감각적이다. 앓는 소리 은은한 전차가 물오른 풀잎같이 뾰족한 신경을 드러내기도 하고 때아닌 푸른 꽃을 허공에 날리기도 한다. 이 부분을 권오만은 이렇게 설명했다.

> 운행 중인 전차에서 발생하는 소음, 때로 전차의 동력선에서 일어나는 방전의 파란 불꽃, 제설작업이 제대로 이루어지지 못했던 평탄치 못한 한길의 상태, 그 위로 몰아치는 겨울 바람의 시적 데생이 실경을 생생하게 살려낸 점에서 그렇다.[6]

한편 도회지의 길바닥은 얼어 죽은 구렁이같이 뻐드러져 있는데 그 위로 세찬 바람이 돛을 달고 달아난다. 경성의 모든 것이 환등의 영사막이며 침울한 데생에 지나지 않았으니, 고월의 눈에 들어온 경성 풍경은 자신의 마음과 같이 암담하기만 했다. 고월은 1929년 대구 자택에서 서른밖에 안 된 젊은 나이에 음독 자살하였다.

임화는 1929년에 바람이 몰아치는 종로 한복판에 서 있는 순이를 이렇게 묘사하였다.

> 눈바람 찬 불쌍한 도시 종로 복판에 순이야
> 너와 나는 지나간 꽃피는 봄에 사랑하는 한 어머니를
> 눈물나는 가난 속에서 여의었지
> 그리하여 너는 이 믿지 못할 얼굴 하얀 오빠를 염려하고,

---

5) 권오만, 『서울의 詩, 서울의 詩人들』, 도서출판 혜안, 2004, 65~66쪽 참조.
6) 권오만, 위의 책, 64쪽.

> 오빠는 가냘픈 너를 근심하는,
> 서글프고 가난한 그늘 속에서도,
> 순이야, 너는 마음을 맡길 믿음성 있는 이곳 청년을 가졌었고,
> 내 사랑하는 동무는……
> 청년의 연인 근로하는 여자 너를 가졌었다.
>
> —「네거리의 順伊」 제2연

1929년 1월 『조선지광』에 발표되었다가 대폭 손질되어 시집 『현해탄』 (1938)에 실린 이 시[7]는 일정한 서사구조를 지니고 있다. 서사구조란 이런 것이다―가난한 남매가 있다. 누이도 "근로하는 여자"이지만 누이의 연인 인 청년도 "마음을 맡길 믿음성 있는" "근로하는 청년"이다. 근로하는 청 년은 노동운동을 용감하게 하다가 감옥에 가 있는데 남매는 열심히 일하 면서 그의 석방을 기다리고 있다.

> 자 좋다, 바로 종로 네거리가 예 아니냐
> 어서 너와 나는 번개처럼 두 손을 잡고,
> 내일을 위하여 저 골목으로 들어가자,
> 네 사내를 위하여
> 또 근로하는 모든 여자의 연인을 위하여……
>
> 이것이 너와 나의 행복된 청춘이 아니냐
>
> —「네거리의 順伊」 끝 부분

고월에 의해 암울하게만 묘사된 서울이 임화에 오면 이와 같이 동지적 다짐을 하는 투쟁의 도시로 탈바꿈한다. 1926년 12월에 카프에 가입하여 1928년에 중앙위원이 된 임화는 프로 문예운동의 일환으로 「우리 오빠와

---

7) 인용한 시는 시집에 실려 있는 것이다.

화로」, 「어머니」, 「우산 받은 요꼬하마의 부두」, 「다시 네거리에서」, 「또 다시 네거리」에서 등을 발표, 카프 계열의 시인 중 작품성이 그중 뛰어나다는 평가를 받으면서 문단 안팎으로부터 주목을 받는다. 「네거리의 順伊」에서 임화는 경성을 "불쌍한 도시"라고 하였고, 「다시 네거리」에서도 "불쌍한 도시! 종로 네거리여!" 하고 부르짖는다. 식민지의 수도여서가 아니라 노동자가 제대로 대우받지 못하는 것에 대한 뼈아픈 인식, 즉 계급의식의 발로로 말미암아 서울을 불쌍한 도시라고 한 것이다. 비록 불쌍한 도시이기는 하나 종로 네거리는 일터로 가는 거리이면서 쟁의의 거리, 연대의 거리, 희망의 거리가 되어야 한다고 주장한다. 그러다 1934년, 카프에 대한 제2차 검거 선풍으로 조직이 와해되자 임화는 모색의 시간을 가진 뒤 문인보국회에 참여하여 친일문학에 앞장서고, 광복 후에는 월북하여 「인민항쟁가」, 「바람이여 전하라」, 「너 어느 곳에 있느냐」 등 사상성이 짙은 시를 쓰다가 미제간첩이라는 죄명을 쓰고 총살됨으로써 시작 활동을 중단하게 된다.

일제 강점기의 우리 시단에서 경성을 가장 구체적으로 그려낸 시인은 박팔양일 것이다.

적선과 사선, 반원과 타원의 선과 선,
도회의 건물들은 아래에서 위로, 불규칙하게 발전한다.
6층 꼭대기 방에 앉은 타이피스트는
가냘픈 손으로 턱을 고이고 한숨을 쉬고 있다.

문명 機關의 總神經이 이곳에 집중되어
오오! 현대문명이 이곳에 있어,
경찰서, 사법대서소, 재판소, 감옥소, 교수대,
학교, 교회, 회사, 은행, 사교구락부, 정거장,
실험실, 연구소, 운동장, 극장, 음모단의 소굴,

아아 정신이 얼떨떨하다

—「도시 정조」 부분

거리 위의 풍경은 表現派의 그림.
붉고 푸른 彩色燈, 네온싸인,
사람의 물결 속으로 헤엄치는 나의 젊은 마음은
지금 크나큰 기쁨 속에 잠겨 있다.

(……)

이것은 1933년의 서울
늦은 가을 어느 밤거리의 點景.
기쁨과 슬픔이 교착되는 네거리에는
사람의 물결이 쉬임없이 흐르고 있다.

—「點景」 부분

앞의 것은 1926년 작이고 뒤의 것은 시에 명시되어 있는 대로 1933년 작이다. 일제시대에 수도를 가리키는 공식적인 명칭은 경성이었지만 이미 구한말부터 '서울'이라는 명칭이 애칭 비슷하게 씌어지고 있었고, 서울이란 '수도'의 뜻을 지니고 있는 지명이었다. 즉, '일제에 강점당한 조선의 서울은 경성이다'라는 뜻으로 쓰고 있었던 것이다. 일제 강점기 때 씌어진 수많은 시 가운데 경성의 풍경을 이보다 실감나게 묘사한 것은 없다. 「도시 정조」를 보면 인용한 부분의 앞 연에서 도시의 선이 제법 그럴듯하게 그려져 있음을 알 수 있다. 박팔양은 도시에 문명 기관의 모든 신경이 집중되어 있다고 하고서는 경찰서와 사법대서소부터 시작하여 극장과 음모단의 소굴에 이르기까지 경성을 형성하고 있는 거리의 이곳저곳을 죽 열거하고 있다. 이 한 편의 시만 보아도 경성이 1920년대에 이르러 어느새 현대화된 도시의 모습을 갖추고 있음을 알 수 있다. 「點景」에서는 서울에서 볼 수 있는 것으로 채색등, 네온사인, 페이브먼트, 사람의 물결 네 가지를 들고 있다. 1844년 작 「한양가」를 보면 한양에는 육조관아와 육의전이 있었는데 90년 뒤의 경성에는 사법대서소와 사교구락부가 나타난다. 90년 만에 서울의 모습이 이렇게 천양지차로 바뀐 것이다. 박팔양의 시에서 경성은 그다지 부정적인 곳으로 묘사되지는 않는다. 경성은 기쁨과 슬픔이 교차되는 곳이다. 부정적이지도 긍정적이지도 않은, 많은 사람들이 살아가기에 희비가 더욱 많이 엇갈리는 곳이다.

심훈은 1927년 2월, 경부선 열차에 올라 한 편의 시를 쓴다.

오오 잘 있거라! 저주받은 도시여,
봄베이같이 폭삭 파묻히지도 못하고
지진 때 동경처럼 활활 타보지도 못하는
꺼풀만 남은 도시여, 나의 서울이여

성벽은 토막이 나고 문루는 헐려
해태조차 주인 잃은 궁전을 지키기 못하며
반 천년이나 내 품속에 자라난 백성들은
산으로 기어오르고 두더지처럼 토막 속을 파고들더니
이제 젊은 사람까지 등을 밀어 너를 버리고 가는구나!

남산아 잘 있거라, 한강아 너도 잘 있거라
너희만은 옛 모양을 길이길이 지켜다오!
그러나 이 길이 영원히 돌아오지 못하는 길이겠느냐
내 눈물이 마지막 너를 弔喪하는 눈물이겠느냐
오오 瀕死의 도시, 나의 서울이여!

–「잘 있거라 나의 서울이여」 전문

서울을 떠나는 시인의 마음이 여간 착잡하지 않다. "저주받은 도시",

"꺼풀만 남은 도시", "瀕死의 도시"라고 하며 서울에 대한 환멸감을 표시하는 이유가 제2연 제2행에 밝혀져 있다. 해태조차 주인 잃은 궁전을 지키지 못한다는 표현 속에는 망국민의 설움이 고스란히 담겨 있다. 그렇지만 "나의 서울"이다. 빼앗긴 나라의 수도이지만 내 조국의 수도이니 저주만 할 수는 없다. 그래서 남산과 한강을 외쳐 부르며 너희만은 옛 모양을 길이 지켜주기를 당부한다. 이 말 속에는 서울이 광복의 그날까지 자신의 본모습을 잃지 말고 잘 지켜나가기를 바라는 소망이 깃들어 있다.

> 그날이 오면 그날이 오며는
> 삼각산이 일어나 더덩실 춤이라도 추고
> 한강물이 뒤집혀 용솟음칠 그날이,
> 이 목숨이 끊치기 전에 와 주기만 하량이면,
> 나는 밤하늘에 나는 까마귀와 같이
> 종로의 人磬을 머리로 들이받아 울리오리다.
> 頭蓋骨은 깨어져 산산조각이 나도
> 기뻐서 죽사오매 오히려 무슨 恨이 남으오리까.

-「그날이 오면」 앞 연

심훈의 1930년 작 「그날이 오면」은 이상화의 「빼앗긴 들에도 봄은 오는가」와 함께 일제치하에 나온 최고의 저항시이다. 심훈은 삼각산과 한강물을 경성을 대표하는 상징물로 설정하였고, 종로를 수도의 심장부로 삼았다. 심훈이 삼각산과 한강물을 경성을 대표하는 상징물로 삼은 데는 김상헌(1570~1652)의 시조가 있었기 때문이다.

> 가노라 三角山아 다시 보쟈 漢江水야
> 故國山川을 쩌나고쟈 ᄒ랴마ᄂᆞᆫ
> 時節이 하 殊常ᄒ니 올동말동ᄒ여라

병자호란 때 끝까지 싸울 것을 주장한 주전론의 우두머리였던 김상헌은 청나라가 명나라를 공격하기 위해 조선에 요구한 출병을 반대하는 상소를 올렸다가 청의 수도 심양으로 압송되었다.[8] 김상헌은 압송되어 가는 길에 삼각산과 한강수를 다시 볼 수 없으리라는 생각에 비장한 각오로 이 시조를 썼다. 김상헌의 우국과 충절을 염두에 두고 심훈은 「그날이 오면」을 썼을 것이다.

1920~30년대에 쓰인, 서울을 소재로 한 시는 심훈의 시가 그렇듯이 대개 비애의 정조를 담고 있다. 식민지 지배를 받고 있던 때이니 만큼 시인들은 날로 발전하는 서울의 흥성함을 예찬하기보다는 왕조시대의 서울을 상기하면서 아쉬워하고 서러워했다.

> 나는 지금 장충단을 지나갑니다.
> 이곳은 예전날 우리의 두 맘이 행복일 때,
> 봄바람이 고운 곡조를 노래해주던 곳입니다.
>
> 그랬건만은 지금 가을 바람은 설고 고적합니다.
>
> — 김억, 「가을 장충단」 후반부

> 거리를 쓸어온 붉은 먼지가
> 오늘도 바람과 함께 함부로 싸일 뿐,
> 달 지고 가마귀 울어 이 거리는 황량하다!
>
> — 임학수, 「숭례문」 마지막 연

> "스톱—ㅂ"……
> 항구의 종점이올시다.
> 때때로 임자없는 모자들이 난간에 걸려서는

---

8) 김상헌은 심양에 6년 동안 억류되어 있다가 풀려났다.

"인생도 잘 잇거라"고 바람에 펄럭입니다.
그러므로 기둥 밑에는 아가씨들을 위하여
커—다란 눈물받기가 놓여 있습니다.

– 김기림, 「한강 인도교」 부분

　김억의 시는 『조선시인선집』(1926)에, 임학수의 시는 『팔도풍물시집』 (1938)에, 김기림의 시는 장시 「기상도」(1939)에 실려 있다. 서울의 곳곳을 노래한 3편 시의 정조는 비슷하다. 김억의 시는 언뜻 보면 장충단이 두 사람의 사랑이 맺어졌던 곳으로, 화자가 다시 이곳에 와서 옛 사랑을 아쉬워하는 내용인 듯하지만 그런 뜻으로만 쓴 것 같지가 않다. 장충단은 원래 을미사변과 임오군란 때 순사한 충신 열사를 제사지내던 곳이다. 고종은 명성황후 시해 5년 뒤에 장충단을 세워 봄·가을로 두 차례 제사를 지냈다. 일제는 1910년에 당연히 이곳을 폐쇄하였고, 그 대신 상해사변 때 전사한, 그들이 자랑하는 '육탄 삼용사'의 동상을 여기에 세웠다. 이토 히로부미의 혼을 달래기 위한 박문사(博文寺)도 장충단(장충단이란 이름은 이미 없앴다)에다 세웠다. 김억이 말하는 '예전날'—'봄'과 '지금'—'가을 바람'의 상반되는 의미는 바로 이런 관점에서 해석해볼 수 있다. 임학수와 김기림도 서울의 명소인 숭례문과 한강 인도교의 의미가 예전과는 다르다고 말하고 있다. 특히 김기림의 시를 통해서는 일제 강점기에도 한강에 투신자살하는 사람이 간간이 있었음을 알 수 있다.
　김광균도 도시를 공간적 배경으로 한 시를 여러 편 썼는데, 그중 대표적인 작품이 1938년 작 「와사등」이다.

차단—한 등불이 하나 비인 하늘에 걸려 있다
내 호올로 어델 가라는 슬픈 信號냐

긴― 여름해 황망히 나래를 접고
늘어선 高層 창백한 寶石같이 황혼에 젖어
찬란한 夜景 무성한 雜草인 양 헝클어진 채
思念 벙어리 되어 입을 다물다

皮膚의 바깥에 스미는 어둠
낯설은 거리의 아우성 소리
까닭도 없이 눈물겹고나

空虛한 群衆의 행렬에 섞이어
내 어디서 그리 무거운 悲哀를 지고 왔기에
길게― 늘인 그림자 이다지 어두워

내 어디로 어떻게 가라는 슬픈 信號기
차단―한 등불이 하나 비인 하늘에 걸리어 있다

―「와사등」 전문

1929년부터 종로의 야시장에는 진열된 상품에 불을 비추기 위해 와사등(가스등)과 전등이 불야성을 이루었고, 1935년 무렵부터는 종로에 가로등이 켜졌다고 한다.9) 그러니까 이 시는 경성의 밤거리가 "찬란한 夜景"이 된 시기에 쓴 것이다. 찬란한 야경임에도 불구하고 시인의 마음은 밝지 못하다. 시인은 빈 하늘에 걸려 있는 와사등을 홀로 어딜 가라는 슬픈 신호로 인식하고 있다. 늘어선 고층, 찬란한 야경이지만 생각에 잠겨 벙어리가 되고 만다. 낯선 거리의 아우성을 듣고 있자니 눈시울이 뜨거워지기까지 한다. 시인은 지금 행렬을 이뤄 어디론가 가는 군중에 섞여 있지만 마음은 그들에게 가 있지 않다. 비애에 잠겨 있다. 와사등이 어디로 가라고 안내판처럼 가리키고 있는 것만 같다. 와사등은 슬픈 신호이며 차단―한 등불

---

9) 서준섭, 『한국 모더니즘 문학 연구』, 일지사, 1988, 153쪽.

이다. 곧 나의 마음이다. 이 시를 통해 시인은 경성 사람들에게 동화될 수 없는 자신의 고립감과 소외감을 드러냈다. 비애의 원인이 설명되어 있지 않으므로 알 수는 없지만 군중 속의 고독은 자본주의나 물질문명에 동조할 수 없는 시인의 거부감에 기인한 것이 아닐지 모르겠다. 어쨌거나 이 작품에서 경성은 상당히 부정적인 의미로 그려져 있다. 일제의 수탈이 본격적으로 전개되기 시작한 해가 1938년임을 감안한다면 「와사등」의 분위기가 짐작이 가고도 남는다. 1937년부터 우리 민족은 신사참배를 하게 되었고, 1938년부터 학교에서의 한글 교육이 전면 금지되었다. 1939년부터는 국민징용령에 의해 일본 본토와 전선으로의 강제 연행이 시작되었다. 「와사등」은 이 암담한 시대를 반영한 참으로 암울한 작품이었다.

4) 광복 이후와 6·25 와중에서의 서울 노래

광복과 함께 서울은 경성이라는 이름을 버리고 서울이라는 이름으로 불리게 된다. 수도의 이름뿐만이 아니었다. 한 예를 들면 경성제국대학이 경성대학으로 바뀌었다가 1946년 국립서울대학교설립안이 공포되어 9개 전문학교와 통합, 국립 서울대학교로 교명을 바꿨다는 것이다. 그토록 갈망하던 광복을 맞이했을 때, 시인치고 광복을 기뻐하는 시를 쓰지 않은 사람이 없었다. 특히 윤곤강은 조선시대 서울의 가장 큰 특징으로 인경을 꼽았는데, 일반인들은 '잉경'으로 발음하였기에 시의 제목을 이것으로 붙였다. 서정주는 광복의 감격을 얼어붙은 한강이 풀리는 것으로 표현하였다.

> 살을 에우고 뼈를 깎는 원한이
> 이 악물고 참았던 서러움
> 함께 복받쳐 나오는 울음처럼
> 미친 듯 울부짖는 종소리……

나는 들었노라, 정녕 들었노라
두 개의 귀로, 뚜렷이 들었노라
──이젠 세 세상이 온다
──이젠 세 세상이 온다

―「잉경」 후반부

강물이 풀리다니
강물은 무엇 하러 또 풀리는가.
우리들의 무슨 설움 무슨 기쁨 때문에
강물은 또 풀리는가.

―「다시 풀리는 한강 가에서」 첫 연

하지만 이러한 감격은 그리 오래 가지 못했다. 문인들은 감격이 채 가라앉기도 전에 좌·우익으로 나뉘어 사상 투쟁을 전개하기 시작했다. 남한에는 곧바로 미군이 진주하여 군정이 실시되었고 북한에는 소련이 군사고문단을 파견하였다. 1948년 이승만이 주도하여 남한만의 단독정부를 수립하자 북한도 김일성이 북조선인민공화국을 수립하였다. 이로써 분단은 기정사실화 되었고 남한 문인의 월북과 북한 문인의 월남이 잇따랐다. 오장환은 국가권력을 뒤에서 쥐고 흔드는 자본주의 사회에 갱이라는 실체가 있다고 여겨 분노에 사로잡혀 이런 시를 썼다.

깽이 있다
깽은 고도한 자본주의 국가의 첨단을 가는 직업이다
성미 급한 이 땅의 젊은이는
그리하여 이런 것을 받아들였다
알콜에 물 탄 양주와
댄스로 정신이 없는
장안의 구석구석에

　　　그들은 그들에게까지 이러한 사실을 알려주었다

　　　아 여기와는 상관도 없이
　　　또 장안의 한복판에서
　　　이 땅이 해방에서 얻은 북쪽 38도의 어려운 住所와
　　　숱한 '야미'꾼으로 완전히 막혀진 서울길을
　　　비비어 뚫고 그들의 행복까지를 위하여
　　　전국의 인민 대표들이 모였다는 사실을……

―「깽」 전문

　　1945년 11월에 발표된 이 작품을 보면 오장환의 현실인식을 명확히 알 수 있다. 시인이 인식한 남한사회의 모순은 "알콜에 물 탄 양주"와 "댄스로 정신이 없는/ 장안의 구석구석"이 상징하고 있다. 또한 "숱한 '야미'꾼으로 완전히 막혀진 서울길"도 서울에 대한 부정적인 인식의 일단을 보여준다. 전국의 인민 대표들이 모였다는 것은 조선문학가동맹의 조직과 무관하지 않다. 이 조직에 가입한 뒤 오장환은 『병든 서울』을 출간하고 1948년에 월북한다. 그에게 서울이란 도시는 모순 덩어리였다.

　　　아름다운 서울, 사모치는, 그리고, 자랑스런 나의 서울아,
　　　나라 없이 자라난 서른 해,
　　　나는 고향까지 없었다.
　　　그리고, 내가 길거리에 자빠져 죽는 날,
　　　"그곳은 넓은 하늘과 푸른 솔밭이나 잔디 한 뼘도 없는"
　　　너의 가장 번화한 거리
　　　종로의 뒷골목 썩은 냄새 나는 선술집 문턱으로 알았다.
　　　그러나 나는 이처럼 살았다.
　　　그리고 나의 반항은 잠시 끝났다.
　　　아 그동안 슬픔에 울기만 하여 이냥 질척어리는 내 눈
　　　아 그동안 독한 술과 끝없는 비굴과 절망에 문들어진 내 썰개

내 눈깔을 뽑아버리랴, 내 씰개를 잡아떼어 길거리에 팽개치랴.

－「병든 서울」 8, 9연

아름다운 서울, 자랑스런 나의 서울은 예전에 그러했던 것이고 지금은 전혀 그렇지 않다. 종로는 수도 서울의 가장 번화한 거리지만 뒷골목에서는 썩은 냄새가 난다. 음식 쓰레기 때문이 아니다. 신탁통치를 찬성한다, 반대한다 국론이 분열되어 서로 싸움을 일삼게 된 현실이 저주스러워 "독한 술과 끝없는 비굴과 절망에 문들어진 내 씰개"라며 자조를 일삼고 있다. 이미 공산주의사상으로 무장하고 있던 오장환인지라 문학적 완성도는 아랑곳하지 않고 "내 눈깔을 뽑아버리랴, 내 씰개를 잡아떼어 길거리에 팽개치랴." 하면서 '병든 서울'을 성토하고 있다.

6 · 25는 불의의 일격으로 시작되었다. 당황한 이승만 정권 수뇌부는 남으로 피난을 가면서 인민군의 탱크 진격을 늦추기 위해 한강에 놓인 다리란 다리는 죄다 끊어버린다. 김윤성 시인은 한강 인도교가 끊기기 직전에 피난길에 나서 강 저쪽의 서울을 바라보며 시를 한 수 썼다.

강을 건너 어둡던
서울을 벗어나니
이렇게도 해가 밝아 보이나 보다.
(……)

남으로 트인 가도에
흐르는 행렬 속에 나로 함께 흐르면
사람이 많아 나는 외롭지 않다.
혼자 가는 길이 아니어서 쓸쓸한 줄도 모른다.
내가 가는 곳이 어딘지는 모르나
이 사람들과 함께라면

어디서라도 재미있게 살 수 있다고 생각을 하니
목이 메어 온다.
눈물이 흐른다.

-「漢江有情」 부분

이 시에는 공산치하가 된 서울을 벗어나 무사히 피난길에 오를 수 있게
되었다는 시인의 안도감과 피난 행렬에 함께 나선 사람들한테서 느끼는
유대감, 그리고 앞날을 알 수 없는 불안감이 교차하고 있다. 수도를 잃은
이승만 정권은 한강 다리 폭파라는 극단의 조처로 위기국면을 넘긴 뒤에
정부를 대전으로(6·27), 대구로(7·8), 다시 부산으로(8·18) 옮긴다. 1950
년 8월 18일에 남한의 임시수도가 부산이 된 것이다. 이 무렵 UN 안보리
가 UN군의 한국 파병을 결정하자 총사령관으로 맥아더 장군이 취임한다.
맥아더 장군의 인천상륙작전으로 전열을 가다듬은 국군과 유엔군은 9월
28일에 서울을 되찾은 뒤에 북으로 진격한다. 하지만 예상치 못했던 중공
군의 대공세에 유엔군이 남쪽으로 밀리면서 수많은 민간인이 한겨울에 피
난길에 오르게 되는데, 이것이 바로 1·4후퇴이다.

첩첩이 문을 닫아걸고
사람들은 모두다 떠나버렸다

이룩하기도 전에 社稷을 근심하고
祖國의 이 艱難한 運命을 슬퍼하여

사람들은 저마다 信念의 보따리를 짊어진 채
아득한 天涯의 어느 一角으로 飄飄히 사라졌는데
차운 西天에 노을이 물드는 鐘路 네거리
鐘樓는 불이 타고 鐘은 남아 있는데

몸을 던져서 鐘을 울려보나
울지 않는 鐘 나의 心臟만이 터질 듯 아프다

-「鐘路에서」 전반부

조지훈이 이 시를 쓴 시기가 9 · 28수복 직후인지 1951년 1월 말의 서울 재탈환 직후인지는 알 수 없지만 어느 시점에 종로 네거리 보신각종의 종루는 전쟁통에 불에 타고 없어지고 종만 남아 있었던가 보다. 이 광경을 묘사한 「鐘路에서」를 보면 전화를 입은 조국의 상징물로 종로 네거리의 종루를 내세웠음을 알 수 있다. 조지훈은 거의 초토가 된 조국을 이런 식으로 나타냈던 것이다. '사직'을 운운하는 것은 왕조시대적인 발상이긴 하지만 종묘사직이 종로 근처 사직동에 있으므로 이 역시 서울 전체가 전화를 입었음을 말해주는 대목으로 볼 수 있다. '병든 서울'이 어느새 전화를 심하게 입어 폐허의 도시가 되었고, 시인의 서울 노래도 이와 같이 절망감에 사로잡힌 이의 넋두리가 되고 말았다.

5) 50년대와 60년대의 서울 노래

휴전협정이 체결된 이후 전쟁으로 파괴된 서울을 다시 복구하는 과정에서 서울을 희망적으로 노래한 시인은 정한모다.

하늘이 무너지고 / 어미가 타 죽고 / 찢어지던 / 순이의 울음소리와 / 불타던 젖꼭지 / 울음소리와 함께 / 기억은 사라지고 // 어머니가 썩은 / 기름진 땅 위에 / 순이는 자라고 / 빌딩은 솟고 / 잡초처럼 / 순이는 자라서 / 지금은 슬픈 줄도 모르는 / 보오얀 색시.

-「서울 서장」 제4, 5연

타 죽어 묻힌 어미가 썩어서 기름지게 된 땅 위에 순이가 자라고 빌딩이 솟는다는 표현이 아주 인상적인 작품이다. 전후의 명동 거리에는 박인

환과 이봉구 등 '후반기' 동인들이 누비고 다닌다. 50년대 후반기 명동의
풍경이 몇몇 시인의 시 속에 남아 있다.

> 허둥지둥 파도처럼 피난길을 떠났다가
> 수복되어 다시 모여든 명동 거리.
>
> 살아서 다시 만난 기쁨 하나로
> 폐허 속의 주막을 쏘다니며
> 안주도 없는 술에 취했으면서도
> 길을 잃지 않고 돌아오곤 하던
> 고향의 품 같던 모나리자 다방
> 따스한 정들이 오갔던 곳.
>
> ― 장수철, 「모나리자 다방(명동)」 부분

> 명동에 밤이 내린다
> 외로운 눈빛끼리
> 한없이 정겨운 목마의 꿈을 꾸면
> 잃어버린 술과 함께
> 박인환과 이봉구가 떠오른다
>
> ― 권일송, 「명동에서」 부분

조병화는 서서히 도시의 모습을 갖춰가는 서울의 이곳저곳을 밝은 빛깔
의 언어로 스케치하여 1957년 11월에 시집 『서울』을 펴낸다. 「비는 내리
는데―미도파 부근」, 「술집 <peom>」, 「韓銀廣場」, 「혜화동 로터리」, 「鄕
苑―명동 소묘」 등의 시는 특유의 낭만주의적 색채가 잘 부각된, 아름다
운 서울 점경이었다. 정치 1번가 국회의사당 부근을 스케치할 때만 해도
이승만정권이 부정부패의 오물을 온 국민에게 뒤집어씌울 줄은 몰랐을 것
이다.

서울 한복판 짧은 한적한 골목길을 나서면
의사당 앞길 번화한 태평로 넓은 통로
울창한 플라나터스

세종로→정동 뒷길→태평로→소공동→은 내 좋은 길

구두의 먼지를 닦고 내가 걷는 길
오고 가는 오후의 얼굴들에 정이 비치는 길

우리나라는 민주주의의 나라
손을 들 수 있는 자유와
손을 내릴 수 있는 자유는 우리만의 자유

-「의사당 부근」 후반부

도시도 정비가 되어가고 정치도 안정이 되어 가고 있어 시인은 서울의
변화된 모습을 보여주고자 '서울'이란 제목으로 시집을 준비하면서 즐거운
마음으로 위의 시를 썼겠지만 훗날 이 시를 썼던 것을 후회하지 않았을까.
시인이 거닐었던 이 길은 2년 반 뒤, 분노한 학생들과 시민이 어깨동무를
하고 "독재정권 물러가라!"고 외치면서 나아간 시위의 길이 된다. 전쟁 시
에도, 전쟁복구기간에도 국민 무서운 줄 모르고 부정을 일삼던 자유당정권
의 말기적 증상은 3·15부정선거로 극에 다다른다. 이는 혁명 발발에 직접
적인 원인을 제공하였고, 1960년 4월 19일에 일어난 혁명은 수많은 시인들
로 하여금 혁명의 감격을 노래하게 했다.10) 하지만 바로 그 다음해에 일어

---

10) 구상의 「진혼곡」, 조병화의 「기는 또다시」, 박남수의 「불사조에 부치는 노래」, 김춘수
　　의 「이제야 들었다 그대들 음성을」, 박목월의 「죽어서 영원히 사는 분들을 위하여」,
　　박두진의 「우리들의 깃을 내린 것이 아니다」, 조지훈의 「늬들 마음을 우리가 안다」,
　　김수영의 「푸른 하늘을」, 신동문의 「아ー 神話같이 다비데群들」을 비롯하여 대단히
　　많다. 『4·19혁명기념시집』에는 이들 시인의 작품 외에 혁명에 참가한 학생들의 작
　　품도 다수 실려 있다.

난 5·16군사쿠데타는 혁명의 감격을 무화시키고 많은 사람을 절망의 나락으로 밀어버렸다. 바로 이 시점에 발표된 시가 신동문의 「'아니다'의 酒醒」과 박봉우의 「서울 下野式」이다.

> 아아 난 취했다
> 명동에서 취했다
> 종로에서 취했다
> 취했다 아아
> 이런 것이 아니다
> 세상은 참말로 이런 것이 아니다
>
> ―「'아니다'의 酒醒」 부분

> 외진 남산 기슭의 진달래야
> 찬 북녘 바람은 알겠지.
> 소금장사
> 쌀장사
> 갈 곳도 없는
> 여기 서울을 떠나야지.
> 서울을 떠나야지.
>
> ―「서울 下野式」 끝 부분

시인은 서울의 명동에서 종로에서 술에 잔뜩 취해 있다. 민주주의의 싹을 밟은 군인들에 대해 직접적으로 비판을 할 수 없었기에 신동문은 이런 식으로 절망감을 표현하였고, 박봉우는 정치에 대한 환멸을 우회적으로 서울에 대한 환멸로 표현하였다.

6) 산업화 시대의 서울 노래

제3공화국에 의해 시작된 경제개발계획은 국가기간산업의 확충, 공업단지의 건설, 도로망의 건설, 수출의 증대, 국민 생활수준의 향상 등 긍정적인 측면이 많다. 하지만 이농 인구의 도시 집중으로 대도시의 비대화가 이루어졌다. 특히 서울 인구의 폭발적인 증가는 많은 문제점을 야기했다. 산업화의 시대라고 일컬어지는 1970년대에 서울은 도시빈민의 증가, 주택의 부족, 교통난의 심화, 범죄율의 증가 등으로 몸살을 앓아야만 했다. 특히 두 차례의 석유파동은 우리 경제에 심각한 주름을 새겼는데 그 피해는 서울의 저소득층이 가장 많이 감당했다. 1970년에 있은 전태일 분신자살사건은 노동 환경 개선을 뒷전으로 미룬 채 수치상의 경제개발에만 매달리던 제3공화국 정권에 큰 타격을 준 동시에 심각한 대가를 치르게 했다.

　1970년에 서울 인구가 500만을 돌파했다. 1971년에 마련된 제1차 국토종합개발계획을 살펴보면 목표 연도를 1981년으로 잡고 그때까지 서울의 인구를 760만 명 이내로 동결시키자고 되어 있다. 서울시의 무질서한 확산을 방지하고 도시 주변의 자연 환경을 보존하여 도시민의 생활 환경을 향상시키고자 한 이 계획에는 인구 집중을 억제하고 과밀을 해소한다는 원대한 뜻이 담겨 있었다. 하지만 도시 인구 억제책은 성공을 거둔 적이 없었다. 1970년대에 제3공화국 정권은 강남의 개발, 도시외곽도로의 건설, 지하철의 개통 등을 통해 서울의 교통난을 해소하고자 나름대로 정책을 수립, 애를 쓰기는 했다. 하지만 이런 정책에도 불구하고 서울시는 주택난과 교통난을 해소하지 못해 전전긍긍하였다.

　　도시의 옆구리에 수북히 쌓여 있는
　　소시민의 가냘픈 생활의 뼈
　　겨울 언어의 거칠은 피부
　　살오른 섹스의 방뇨
　　(……)
　　광화문 지하도에 종로에 을지로에

헛된 꿈들의
죽은 질병이 굴러다니고
신문지에 박힌 활자의 내장들이
소시민의 약한 시력을 비끌어매고
도시의 흉터 위에 떠오른다

-「서울 遁走曲」 부분

김종철의 시집 『서울의 遺書』를 보면 서울에서 살아가는 일의 어려움이 여실히 그려져 있다. 인용한 시의 전반부에서는 서울이란 도시가 계층간의 갈등이 심화되는 곳으로, 후반부에서는 정치적인 억압이 야기되는 곳으로 묘사된다. 서울에서도 유독 중산층 이하 소시민이 이리 치이고 저리 차인다. 소시민의 꿈은 결코 이루어질 수 없기에 서울은 "헛된 꿈들의 / 죽은 질병이 굴러다니고", "신문지에 박힌 활자의 내장들이 / 소시민의 약한 시력을 비끌어매"는 절망적인 곳으로 해석된다. 한편 김종해는 '소시민'이라고 막연하게 말하지 않고 '중부시장 행상인'들이라고 정확하게 지칭하여 말한다.

퇴계로에서 을지로를 지나고 청계천으로 걸어가는 동안
중부시장 행상인들의 잡아당기는 밧줄,
오늘따라 무인도가 유달리 바다 위로 치솟아 보였다
눈마저 내리지 않는 외롭고 캄캄한 날
인파의 물살을 허우적이며
퇴계로에서 을지로로 노를 젓는 동안
내 돛대 위에서 흐느끼던 깃발은
가만히 아래로 떨어져 내리고
무인도는 점점 커다랗게 떠올라와 있었다.

-「무인도」 부분

사람 많은 서울이 왜 무인도인가. 어부는 언제 풍랑을 만날지 모른다.

삶과 죽음이 매일 교차하는 어부와 다를 바 없는 힘겨운 삶을 살아가는 사
람들이 중부시장의 행상인들이라고 시인은 생각했던 것이다. 서울에 아무
리 사람이 많을지라도 '벗'이나 '이웃'이 없다면 무인도와 진배없다. "외롭
고 캄캄한 날"의 "빈 도시의 어둠, 서울의 어둠"은 휘황찬란한 곳이 너무
많기 때문에 더욱 어둡게 느껴지는 사각지대가 서울에 있다는 뜻이다. 행
상인의 삶이 조업에 나선 어부 이상으로 절박하다는 것을 암시하기 위해
시인은 행상인이 밧줄을 잡아당기고 있다고 했을 것이다. 공해 문제에 대
해서도 1970년대의 시인들이 관심을 갖기 시작한다. 선구자는 1968년 11
월호『월간문학』에「성북동 비둘기」를 발표한 김광섭이었다.

서울의 별들은 경기를 한다.
충혈된 눈,
한 손을 비틀고 입을 쪼아리며
이젠 하도 많이 소음에 놀라서
습관성 癲癎처럼
경기를 한다.

-「서울의 별」부분

등이 굽은 물고기들
한강에 산다
등이 굽은 새끼를 낳고
숨막혀 헐떡이며 그래도
서울의 시궁창 떠나지 못한다
바다로 가지 않는다
떠나갈 수 없는 곳
그리고 이젠 돌아갈 수 없는 곳
고향은 그런 곳인가

-「고향」전문

류근조는 「서울의 별」에서 서울의 대기 오염이 너무 심해 별이 잘 보이지 않는다고 말한다. 또 별들이 자동차 경적소리와 공사장의 각종 소음, 도심의 소음으로 경기(驚氣)를 한다고 하면서 소음의 심각성에 대해 말하고 있다. 김광규의 「고향」은 수질 오염을 진단하고 있는 듯하지만 '한강의 등 굽은 물고기'는 숨막혀 헐떡이면서도 서울의 시궁창을 떠나지 못하고 살아가는 서울 시민들을 빗댄 것이다. 분단이 낳은 이산가족도 그렇지만 산업화가 진행되면서 계속된 이향(離鄕)으로 우리 주변에는 서울이 고향이 되고 만 사람이 꽤 많다. 고향에 가본들 부모 형제가 없는 경우가 너무나 많은 것이다. 이 시에서 시인은 서울의 공해 문제도 심각하지만 도시인들 사이의 관계의 단절이 더 큰 문제임을 암시하고 있다.

60~70년대에는 이농현상이 대단히 심해 서울의 곳곳에 이른바 '산동네', '달동네'가 생겨났고, 무허가 건물을 짓고 살던 도시빈민을 강제로 이주시키는 과정에서 광주대단지 폭동사건[11]이 터지기도 했다. 고향을 떠나와 서울시민이 된 사람들의 애환을 잘 나타낸 시인은 감태준이었다.

　　무허가집 새들은
　　철거반이 내젓는 팔에 밀려 떠나고,
　　남은 새들은 뒤에서
　　온몸을 흔들었다
　　청명한 가을의
　　푸른 하늘 밑에서

---

11) 60년대의 경제개발정책은 농업생산의 위축을 가져와 이농현상을 낳았고, 이농현상은 서울의 빈민 거주지역의 확대를 가져왔다. 이에 서울시는 경기도 광주군에 대규모 이주단지를 조성하고 서울의 산동네 주민 10만 명 2만 1,000가구를 이주시키는 과정에서 생계수단을 마련해달라는 주민의 요구를 묵살하고 토지 투기의 만연과 철거 이주민의 분양권이 불법 전매되는 사태를 방관하였다. 이에 주민 수만 명이 공권력을 해체시킨 채 도시를 점거한 폭동사건이 1971년 8월 10일에 일어났다. 서울시장이 주민의 요구를 수용하여 생겨난 도시가 성남시이다.

리어카에 봇짐을 싣고
봇짐 위에 새끼 새를 태우고
흔들흔들 산길을 내려가는 새들도
단풍든 손을 흔들었다

-「떠돌이새·7」 부분

서울에 와서 집 한 채 마련하지 못해 무허가 판잣집을 세우고 사는 이주농민의 삶이 철거반원의 손에 풍비박산이 되고 마는 현실이 은유적으로 그려져 있다. 수도 서울의 미관을 해친다고 판잣집이 강제로 철거되어 "리어카에 봇짐을 싣고 / 봇짐 위에 새끼 새를 태우고 / 흔들흔들 산길을 내려가는" 가족의 모습이 아름답게 묘사된 이 시는 일곱 편 연작시의 마지막 작품이다. 서울에서 둥지를 틀고 싶었지만 서울에서마저 쫓겨나는 일가의 절박한 삶이 다음 작품에도 잘 녹아나 있다.

서울에서도 아버지는
높이 날지 못한 채
바람에 흰머리를 날리며
세월도 날리고,
우린 우리대로
낯선 것이 두렵기만 하여
아버지 하늘을 날고 있었다

-「떠돌이새·3」 부분

자기 땅이 없어 소작농을 하다가 이주 대열에 선 농사꾼들이 무작정 상경을 했지만 그들은 서울에서 역전 지게꾼이나 공사판 노무자, 리어카 행상밖에 할 수 없었다. 비가 오거나 겨울이 되면 그마저도 작파해야만 했기에 "서울에서도 아버지는 / 높이 날지 못한 채 / 바람에 흰머리를 날리며 / 세월도 날리고" 있다. 「마음의 집 한 채」에는 "서울을 나간 사촌은 / 고향

근처에서 벽돌을 찍는다더니 / 오늘은 무슨 벽돌을 찍고 있을까"라는 구절
이 보이는데, 서울에서 얼마 버티지 못하고 다시 고향으로 내려간 이들도
그 당시에 꽤 있었음을 알려준 것도 감태준이었다. 가장이 공장에 취직을
하면 그것은 집안의 축복이었다. 일가가 서울에 뿌리를 내릴 계기를 마련
한 것이니까.

> 나는 한동안
> 나를 따라온 추억들도 한동안
> 서울을 더 닮은 거리에서
> 빈 달구지를 붙들었다
> 마음집을 잃은 채,
>
> 내가 그때 만난 것은
> 길에 와서 놀던 산이 아니고
> 물결 푸른 바다가 아니고,
> 길 한옆에 쓰러져 바퀴가 헛도는 달구지
> 내 모르는 사람들
> 집과 공장들,

─「서울특별시 고향구(故鄕區)」 부분

　　서울이 고향이 된 사람의 비애를 그린 작품이다. 지금의 고향은 "길 한
옆에 쓰러져 바퀴가 헛도는 달구지"가 상징하고 있다. 시인은 지금 "마음
집을 잃는 채", 추억도 서울을 더 닮은 거리를, 혹은 "내 모르는 사람들"의
집과 공장들 사이를 걷고 있다. 시인은 이제 서울을 고향으로 삼을 수밖에
없다. 하지만 정을 붙이고 살기에는 서울이 너무 지저분하고 삭막하다.

> 조심하세요, 바람이 다시 오고 있어요
> 앞이 안 보여

느낄 수도 없어요?
저 부서지고 부딪히는 소리는 무엇이지?
길바닥에 굴러다니는
힘없는 깡통, 쓰레기, 담배꽁초
문짝과 간판들이 서로 부딪히고 부서지고
어디론가 끌려가고, 큰일났어요
빌딩 하나가 이쪽으로 기울어지고 있어요

–「종로별곡(鐘路別曲)」 부분

삼풍백화점 붕괴 참사도 아닌데 종로 거리의 빌딩이 쓰러질 리 없지만 마산 출신의 시인 감태준은 도시의 삭막함과 살벌함을 이런 식으로 표현하였다. 인용한 부분의 마지막 3행은 종로가 종로경찰서가 있는 곳이며, 민중의 시위가 빈발하는 곳임을 암시하고 있다. 이밖에도 시집 『마음이 불어가는 쪽』에서 자주 스케치한 서울은 행복한 주거공간도 아니고 아름다운 관광타운도 아니다. "서울을 보고 있으면 / 내가 점점 작아진다"(「소인일기」)는 시인의 말은 지방 출신자의 서울 생활이 얼마나 어려운가를 말해주는 대목이다.

빈익빈부익부 현상이 심화되는 이유가 잘못된 정치에 있음을 은근히 비판한 아래의 시는 정희성의 작품이다.

종합청사 너머로 해가 기울면
조선총독부 그늘에 잠긴
옛 궁성의 우울한 담 밑에는
워키토키로 주고받는 몇 마디 암호와
군가와 호루라기와 발자국 소리
나는 듣는다, 이상하게 오늘은
술도 안 취한다던 친구의 말을
신문사를 가리키며 껄껄대던 그 웃음을

> 팔엔 듯 심장엔 듯 피가 솟구치고
> 솟구쳐 부서지는 분수 물소리
> 저녁 무렵, 박수갈채로 날아오르는
> 저 비둘기 떼 깃 치는 소리 들으며
> 나는 침침한 지하도 입구에 서서
> 어디론가 끝없이 사라지는 사람들을 본다
> 건너편 호텔 앞에는 몇 대의 자동차
> 길에서 굶주린 사람 하나 쓰러져
> 화단의 진달래가 더욱 붉다.
>
> —「어두운 지하도 입구에 서서」 부분

서울시내 한복판에 전투경찰이 주둔해 있다. 그들은 워키토키로 암호를 주고받고 군가를 부르고 호루라기를 분다. 식민지 시대라면 또 모르겠지만 자유민주주의 국가를 수호하는 위정자가 국민을 감시하고 억압한다. 언론이 이런 사실을 제대로 보도하면 화자의 친구가 신문사를 가리키며 껄껄대며 웃을 턱이 없다. 집권 세력의 서슬 푸른 통치술은 결국 계층의 불평등과 분배의 불균형으로 이어진다. 그래서 "호텔 앞에는 몇 대의 자동차"가 있고, 바로 그 시각에 "길에서 굶주린 사람 하나 쓰러져" 있는 것이다. 정희성의 또 다른 시에는 가난한 가장이 등장한다. "하루 벌어 하루 먹는" 일용직 노동자인 그는 폭설이 내린 어느 날 제설작업에 나서는데 집에는 벌써 며칠째 쌀이 떨어져 식구들이 굶주리고 있다. 견딜 만한 가난이 아니라 절대적인 빈곤에 노출된 이들이 서울의 하늘 아래에 많다는 사실에 시인은 분노한다.

> 눈을 퍼낸다
> 북한산 날맹이에 날새기가 무섭게
> 날마다 눈은 펑펑 쏟아지는데

갈수록 춥기만 한 이 겨울
삽을 들고 북한산 눈을 퍼낸다
끼니마다 빈 뒤주에 고개를 처박고
아내가 숨죽여 어깨를 들먹이면
이 병신아, 이 병신아
귀빰을 후리는 북풍에 몰려
돌아서서 북한산마루를 보며
나는 목침더미 같은 울음을 삼키고
삽을 들어 북한산 눈을 퍼낸다

-「눈을 퍼내며」 부분

이상의 시를 읽어보면 시인들은 가수 패티 김이 불러 1960년대 후반과 70년대에 크게 히트한 노래 「서울의 찬가」와는 전혀 다르게 서울을 생각하고 있었음을 알 수 있다. 시인들이 파악한 1970년대의 서울은 소시민들이 생활의 압박을 받고 있고, 공해가 점점 심해져 가고 있으며, 빈익빈부익부 현상도 심화되어 간 곳이다. 당시 제3공화국 정부는 '눈부신 경제 발전', '국토의 균형적인 개발', '농촌을 살리는 새마을운동', '중진국으로의 도약' 등의 구호를 부르짖었는데 시인들은 이런 구호에 전혀 현혹됨이 없이 '발전'과 '개발'의 이면을 들춰냈다고 볼 수 있다.

7) 1980년대의 시에 나타난 서울

1980년대 초입에 광주에서 일어난 민주화운동을 무력으로 제압한 제5공화국 정권은 '3저의 호황'이라는 국제 경제 환경의 안정에 힘입어 국내 경제를 어느 정도 발전시키기는 했지만 민주화를 열망하는 국민 대다수의 거센 반발에 직면했다. 부산 미문화원 방화사건(1982), 서울 미문화원 점거 농성사건(1985), 대우자동차 파업(1985), 부천서 성고문사건(1986), 건국대 애학투련사건(1986), 박종철 고문치사사건(1987), 이한열의 사망(1987) 등은 제

5공화국의 위정자에게는 연이은 악재였다. 이한열 학생의 사망 다음날인 1987년 6월 10일의 항쟁은 화이트칼라까지 가세한 전국민적인 반독재 시위요 민주화를 위한 뜨거운 열망의 표시였다. 노태우 대표는 6·29선언으로 위기 국면을 정면 돌파한다.

1988년부터 국내 상황도 많은 변화가 이루어지지만 세계사적으로도 엄청난 변화가 온다. 1988년에 소련 최고회의가 고르바초프의 정치개혁안을 승인한 이후 1989년에는 중국 천안문사태, 동구 최초의 비공산주의 정부 탄생(폴란드), 루마니아 차우셰스쿠 정권 붕괴 등이 연이어 일어난다. 1990년에 독일 통일이 이루어지고 1991년에는 소련연방이 해체되면서 독립국가연합이 창설된다.

서울은 산업화가 야기한 온갖 몸살을 앓아야 했던 거대도시이면서 한편으로는 역사의 현장으로서 세찬 비바람을 맨몸으로 맞아야 했던 풍랑의 도시였다. 한반도는 이 무렵에 통일을 향한 힘든 행보가 시작되어 전세계의 이목을 모았다. 1989년 문익환 목사의 평양 방문과 서경원 의원의 밀입북, 임수경 학생의 북한 방문 등이 이루어졌고, 1990년 9월 4일에는 제1차 남북고위급 회담이 서울에서, 같은 해 10월 17일에는 제2차 남북고위급 회담이 평양에서 열렸다.

강권 일변도의 유신정권이 10·26사태로 말미암아 종결지어졌음에도 불구하고 나라는 여전히 군인 정치가의 손에 의해 다스려지는 것이 1980년대이다. 80년대는 한미관계의 재정립의 요구하는 국민의 목소리가 그 어느 때보다 높았던 시대이기도 했다. 수도의 한복판인 용산 일대를 최근까지도 미군 부대가 기지로 쓰고 있었다. 광주민주화운동 이후 몇 번의 미문화원 점거 및 방화 사건은 항쟁 당시 미국의 방관자 내지는 사주자의 역할에 대해 국민의 반감이 폭발한 것이었다. 이시영은 "서남동북 수만 평 넓고 푸른 땅"을 차지하고 있는 용산 기지를 비판적으로 그린 적이 있다.

반포대교를 건너면 그곳은 나타난다
아침마다 헬기가 내리고 뜨는
거대한 그린 필드
서남으론 삼각지에서 서빙고역,
동남으론 이태원에서 한남동,
북으론 남산 아래턱 남영동 후암동까지,
옛날엔 이 땅이 조선군 사령부였지
(……)
오늘은 자작나무 흰 숲 아래로
유우에스 아미 용산 메인 포스트의
번쩍이는 선명한 금빛 마크, 햇빛 아래
굳게 닫힌 푸른색 문
그렇다 친구여, 오늘의 발자국은 소리가 없다

—「정적」 부분

일제 강점기 때는 조선군 사령부가 있었던 곳, "1900년대엔 흰옷 입은 농군들이 / 곡괭이를 을러메고 와 / 내 땅 내놓아라 소리치다 피 흘리던 곳"에 지금은 아침마다 헬기가 내리고 뜬다. 미군 헬기의 소음과 대조되는 것이 "숨죽인 듯 그저 조용한 막사들"과 "굳게 닫힌 푸른색 문"이다. 이 시는 미군이 서울 한복판에서 광대한 땅을 차지해 쓰고 있으면서도 그것이 당연한 것인 양 으스대는 데 대해 비판적인 시각으로 짚어본 일종의 반미 시다. 시인은 우리나라 사람들이 미군의 주둔에 대해 아무 말도 하지 않고 있는 데 대해 의분을 느꼈기에 제목을 '정적'으로 붙였을 것이다. 비슷한 시각으로 쓴 김정환의 시가 있다.

어느 날 밤 버스가 이태원 정거장에 멈추어 섰을 때
거리를 흘러가는 숱한 외국인들과 양공주들과 아메리칸
웨스팅하우스 장교 전용클럽 화려한 네온사인의 홍수 속에서

난 여자의 자궁에 대해서 생각해보았지
비가 쓰러져 내린 거리를 촉촉이 적셔주고 있었고
짙은 루즈를 바른 얼굴들이 촉촉함 속에서 빛나고 있었다

─「이태원에서」 부분

시인은 이태원 거리를 묘사하면서 "비가 쓰러져 내린 거리를 촉촉이 적셔주고 있었고"라고 했다. 이태원은 우리 민족의 자존심이 땅바닥에 쓰러져 있는 거리라는 뜻이다. 이 시에도 두 개의 세계가 선명하게 대조를 이루고 있다. "아메리칸/웨스팅하우스 장교 전용클럽 화려한 네온사인의 홍수"와 "더러워서 아름다운 조국의 땅더미"와 "우리들의 비린내 나는 가난"이다. 아시안게임과 올림픽을 유치하여 세계 만방에 우리의 경제력과 안보 능력을 과시한 1980년대였지만 시인의 눈에 비친 서울의 모습은 그런 것과는 현저히 달랐다. 아침마다 미군 헬기가 내리고 뜨는 용산 기지가 있는 수치스러운 곳, 양공주들이 몸을 파는 이태원 거리의 흥성함이 못내 부끄러운 곳이 서울이라고 했다. 1980년대에도 시인들은 수도 서울의 생태 환경이 점점 더 악화되고 있음을 한탄하고 이를 경고하였다.

맑은 물 돌 사이로 흐르던
가파른 골짜기 소나무 숲에 오늘은
깨어진 유리조각 비닐봉지 나뒹굴고
석유냄새 풍기는 잿빛 아지랑이
큰산을 가리고 아른거린다
그 억센 지맥도 이제는
동서남북 아스팔트길로 모두 끊기고
8백만 인구의 한가운데 갇혀
멀지 않아 쓰러질 듯
가쁜 숨 헐떡인다

─김광규, 「인왕산」 부분

서울에서도 인왕산이면 예로부터 공기 좋고 물 맑기로 유명한 곳이다. 그런데 그 인왕산의 소나무 숲이 어느새 깨어진 유리조각과 비닐봉지가 나뒹구는 곳이 되었다. 뿐만 아니라 산의 동서남북이 아스팔트길로 모두 끊겨 인왕산이 마침내 쓰러질 듯이 가쁜 숨을 헐떡이고 있다. 서울 토박이 시인인 김광규에게 인왕산은 유년 시절의 추억이 깃든 곳이기에 안타까움의 정도가 보통 사람보다 더욱 컸던 모양이다. 황지우의 「徐伐, 셔볼, 셔볼, 서울, SEOUL」은 1980년대의 시단이 거둔 수확 중의 하나이다.

　　張萬燮氏(34세, 普聖物産株式會社 종로지점 근무)는 1983년 2월 24일 18：52 #26, 7, 8, 9……, 화신 앞 17번 좌석버스 정류장으로 걸어간다. 귀에 꽂은 산요 레시바는 엠비시에프엠 '빌보드 탑텐'이 잠시 쉬고, '중간에 전해드리는 말씀', 시엠을 그의 귀에 퍼붓기 시작한다.

-「徐伐, 셔볼, 셔볼, 서울, SEOUL」부분

이렇게 시작되는 시는 서울에서 직장생활을 하는(정확하게 말하면 피혁 의류 수출부 차장이다) 장만섭 씨의 일상에 대한 꼼꼼한 관찰 기록이다. "先進祖國의 서울 시민들을 태운 17번 좌석버스"를 타고 출퇴근을 하는 소시민 장만섭 씨를 독자는 속물로 볼 수도 있고 호색한으로 볼 수도 있을 것이다. 대낮에 아내 아닌 여자와 여관에 가기도 하니까 말이다. 하지만 그는 이 땅의 장삼이사 중의 한 사람이다. 한 명 가장으로서 매일 열심히 일하고, 한 명 직장인으로서 적당히 즐기기도 한다. 이런 소시민의 일상사가 하루아침에 파국 내지는 파탄으로 귀결될 수 있음을 1980년의 광주는 보여준 바 있다. 서울시민들은 종반부에 이르러 전자오락실의 우주전쟁 놀이 속으로, 다시 말해 아비규환, 혼비백산의 소용돌이 속으로 휩쓸려 들어간다. 평이한 삶을 한순간에 바꿔놓을 수 있는 공포감과 불안감에 휩싸여 서울시민은 1980년대를 살았는지 모른다.

그러나 정말로 갤러그 우주선들이 튀어나와, 보성물산주식회사 장만섭 차장이 서 있는 버스정류장을 기총 소사하고, 그 옆의 신문대를 폭파하고, 불쌍한 아줌마 꽥 쓰러지고, 그 뒤의 고구마 튀김 청년은 끓는 기름 속에 머리를 처박고 피 흘리고, 종로2가 지하철 입구의 戰警 버스도 폭삭, 안국동 화방 유리창은 와장창, 방사능이 지하 다방 '88올림픽'의 계단으로 흘러 내려가고, 화신 일대가 정전되고, 화염에 휩싸인 채 사람들은 아비규환, 혼비백산, 조계사 쪽으로, 종로예식장 쪽으로, 중소기업협동조합 중앙회 쪽으로, 우미관 뒷골목 쪽으로, 보신각 쪽으로

-「徐伐, 셔볼, 셔볼, 서울, SEOUL」 부분

서울시 전체가 전자오락실의 기기 속으로 들어갔다고 볼 수 있겠지만 우리가 이런 전시 상황 속에서 살고 있음을 끊임없이 강조했던 것이 제5, 6공화국의 위정자들이었다. 1980년대에는 야간등화관제훈련이 여러 차례 실시되었고, 민방공훈련도 강도 높게 행해졌다. 가상현실을 현실로 간주하라고 줄기차게 주장한 집권 세력에 대해 황지우는 이런 유머러스한 방법으로 풍자를 했던 것이다. 도시에 대한 대단히 부정적인 의미 부여는 최승자에 의해 행해졌다.

여의도는 뒤로 벌렁 누운
거대한 다족류의 벌레.
그 무수한 발끝마다 네온사인을 달고
허공을 향한 수만 개의 발가락을 꼬물거리면서
입으로는 하루종일 먹었던 온갖 더러움을
게거품처럼 조용히 게워내고

여의도 허공 가장 깊숙한 곳에선
神의 형상을 한 거대한 검은 아가리가
이 세계의 남은 뼈를 아득아득 씹고 있다.

-「여의도 광시곡」 부분

여의도에는 국회의사당도 있지만 방송국과 증권회사 및 각종 관공서가
몰려 있는 곳이다. 시인은 텔레비전 방송국이 여의도에 있음을 암시하면서
공영방송이 장사에 여념이 없고("포식의 탁자 위에서 공영방송과 / 분 냄새 나는
잡지들과 주식회사 / 경영 방침을 논의하며"), 청소년의 탈선을 부추긴다고("창가
에서 노래하던 / 처녀들의 순한 목소리 문득 그치고 / 수직으로 곧게 추락하는 새들")
은근히 비판하기도 했다. 시인은 또 자본주의의 총화인 여의도에서 사람들
은 차트 같은 표정을 하고 막대그래프처럼 걷는다고 했다. 정치와 경제,
언론과 광고의 메카인 여의도를 시인이 이렇게 비판적으로 그린 이유는
문명의 종말에 대한 암담한 예견 때문이었을 것이다.

1980년대의 시인은 이태원이나 여의도처럼 화려한 도심의 모습에만 주
목했던 것이 아니다. 변두리의 을씨년스럽고 처량한 풍경을 그리기도 했다.

> 깊이 상처난 가슴이 기름진 살을 발겨내고
> 돌지 않는 기계가 녹과 함께 깊이 병들어 가듯
> 구파발은 서울의 한 끝에서 쓸쓸히 어둠을 맞는다
> 하수구의 물이 북한산 맑은 물과 만나
> 의좋게 흐르거나 말거나
> 장미가 진 자리에 씨앗 맺히거나 말거나
>
> —「구파발 詩·6」 부분

> 추운 잠.
> 춥지 않다고 껴안지 않고
> 모래내 사람처럼
> 서로를 가여워하지 않을 것이다.
>
> 밤이면 더 힘이 솟는
> 공사장 인부들의 해머 소리가
> 점점 다가오면

> 늙은 사내와 애 밴 계집들은
> 황급히 좌판을 거둔다.

-「모래내 다리 근처ㆍ2」 부분

구파발을 소재로 한 시에서 이유경은 하수구의 더러운 물에, 모래내를 공간적 배경으로 삼은 시에서 강창민은 공사장 인부들의 해머 소리에 주목하였다. 두 시의 주조음은 '우울'이다. 개발이며 발전이 반드시 좋지만은 않다고 두 시인은 말해주고 있는 것이다. 예수가 서울에 온다면 누구를 만나고 무엇을 할까, 생각해본 시인은 정호승이다.

> 술 취한 저녁. 지평선 너머로 예수의 긴 그림자가 넘어간다, 인생의 찬밥 한 그릇 얻어먹은 예수의 등뒤로 재빨리 초승달 하나 떠오른다. 고통 속에 넘치는 평화, 눈물 속에 그리운 자유는 있었을까. 서울의 빵과 사랑과, 서울의 빵과 눈물을 생각하며 예수가 홀로 담배를 피운다. 사람의 이슬로 사라지는 사람을 보며, 사람들이 모래를 씹으며 잠드는 밤. 낙엽들은 떠나기 위하여 서울에 잠시 머물고, 예수는 절망의 끝으로 걸어간다.

-「서울의 예수」 부분

예수가 절망의 끝으로 걸어간 이유가 이 시에서 분명히 설명되어 있지는 않다. 하지만 "예수가 겨울비에 젖으며 서대문 구치소 담벼락에 기대어 울고 있다."는 구절은 "서울의 빵과 눈물을 생각하며 예수가 홀로 담배를 피운다"는 인용한 부분의 '절망'을 납득할 수 있게 해준다. 정치적 억압과 경제적 소외, 문화적 차별이 엄존하는 암울한 도시가 바로 서울이라고 정호승은 생각하고 있었다. 그래서 시인은 "인간이 잠들기 전에 서울의 꿈이 먼저 잠이 들어 아, 목이 마르다."고 탄식했던 것이다.

8) 1990년대의 시에 나타난 서울

서울이라는 도시, 혹은 서울의 곳곳을 공간적 배경으로 삼은 1980년대의 시 가운데 다소라도 희망의 메시지를 담은 작품은 찾아볼 수가 없었다. 그렇다면 1990년대에 들어서서도 시인들은 계속해서 수도 서울에 대한 비극적인 인식에 사로잡혀 있었던 것일까.

> 하루 7,500톤의 산소가 필요한 서울
> 그러나 서울은 부족한 나무로
> 필요한 산소를 공급받지 못한다
> 필요한 산소의 10분의 1조차
> 공급받지 못하는 서울의 공기는
> 자동차와 공장 등에 의해 타버린 공기
> 10분의 9는 누가 쓴 것인가
> 시큼한 산성비에 서울의 소나무
> 남산 이서나무 까치박달나무는 죽었다
>
> −「부족한 산소의 노래」 부분

'환경시'라는 타이틀을 붙여 나온 고형렬의 시집 『서울은 안녕한가』(1991)를 보면 이 작품처럼 서울의 심각한 공해 문제를 다룬 시가 여러 편 나온다. 공해는 주로 자동차의 배기가스와 공장의 매연, 소각장의 분진 등으로 말미암은 것인데, 서울 인구가 확연히 줄어들 리 없으므로 서울의 공기가 좋아질 리도 만무하다.

> 모두가 달리는
> 광화문 네거리
> 차 연기가 날린다
>
> 경찰모를 눌러쓴

빼빼한 순경
마스크도 쓰지 않은.

- 「광화문」 부분

봄은 매연 속에 온다
꽃도 매연 속에서 핀다
꽃샘바람도 서울은
독한 매연 속에서 분다

- 「태평로」 부분

이게 무슨 냄새지?
무슨 냄새는
아 이 뭐 곯은 냄새 같은 거

난지도 쓰레기 냄새다
쓰레기 냄새다
쓰레기 가루가 날아온 것이다

- 「마포구」 부분

서울의 곳곳을 묘사한 어떤 시를 보아도 '아름다운 서울'이 아니라 '공해에 찌든 서울'이다. 시집에 수록된 「중구」, 「마포 악령」, 「영등포」, 「위험한 곳」, 「서울의 산을 걸으며」, 「道峰」, 「서울의 겨울에」 같은 시는 하나같이 서울의 공해가 너무 심해 사람 살 곳이 못 된다고 이야기하고 있다. 특이하게 「신월동」은 항공기 소음을 다루고 있다. 아무튼 시인은 한 권의 시집에서 줄기차게 서울의 공해에 대해 말함으로써 시민들에게 경각심을 심어주고 있다. 그런데 이런 내용이 언론에 보도되는 내용을 넘어서지 못한다면 소재주의에 함몰될 것이고, 그렇게 된다면 별다른 충격도 감동도 주지 못할 것이다. 1990년대 시인들의 서울 소재 시 가운데 지난 시대의 작품들과 변별되는 것들을 중심으로 시인들의 서울 그리기가 어떻게 달라졌는지 살펴보기로 한다.

> 압구정동은 체제가 만들어낸 욕망의 통조림 공장이다
> 국화빵 기계다 지하철 자동 개찰구다 어디 한번 그 투입구에
> 당신을 넣어보라 당신의 와꾸를 디밀어보라 예컨대 나를 포함한 소설
> 가 박상우나
> 시인 함민복 같은 와꾸로는 당장은 곤란하다 넣자마자 띠— 소리와 함께
> 거부 반응을 일으킨다 그 투입구에 와꾸를 맞추고 싶으면 우선 일 년
> 간 하루 십 킬로의
> 로드웍과 섀도 복싱 등 피눈물 나는 하드 트레이닝으로 실버스타 스탤
> 론이나
> 리차드 기어 같은 샤프한 이미지를 만들 것 일단 기본 자세가 갖추어지면
> 세 겹 주름바지와, 니트, 주윤발 코트, 장군의 아들 중절모, 목걸이 등
> 의 의류 액세서리를 구비할 것 그 다음
> 미장원과 강력 무쓰를 이용한 소방차나 맥가이버 헤어스타일로 무장
> 할 것
> 그걸로 끝나냐? 천만에, 스쿠프나 엑셀 GLSi의 핸들을 잡아야 그때 화
> 룡점정이 이루어진다

—「바람부는 날이면 압구정동에 가야 한다 2」 부분

1990년대의 서울 노래는 이전 시대의 작품과 많이 다르다. 전에는 시인들이 공해 문제, 분배의 불평등 문제, 미군 주둔의 문제, 정치적 억압의 문제 등을 다루면서 자못 진지하고 심각했었는데 유하는 시집 『바람부는 날이면 압구정동에 가야 한다』(1991)에서 서울을 쾌활한 목소리로 노래한다. 자본주의의 극성, 혹은 세속화된 문명을 비판하거나 저속·저급한 문화를 비판할 때도 시인의 노래는 콧노래가 아니면 휘파람이다. 도시인의 긴장과 초조, 불안을 증폭시키는 도시적 삶의 부조리를 다룰 때도 변함이 없다. 어조는 가볍고 몸짓은 재기 발랄하다. 시인은 압구정동이 "체제가 만들어

낸 욕망의 통조림 공장"이라고 했다. 압구정동으로 대표되는 서울 도심이 소비문화의 용광로라는 뜻이다. 소비의 욕구를 부추기기 위해 인간이 만들어낸 '유행'이라는 것을 시인은 비판하고 있기는 한데 한편으로는 시인 자신이 소비 욕구를 마음껏 즐기기도 한다. 물론 "강력한 언어의 뽕"(「바람부는 날이면 압구정동에 가야 한다 5」)으로써. 소비 욕구뿐만 아니라 관음(觀淫)의 욕망도 채울 수 있는 곳이 압구정동이다.

> 저 흐벅진 허벅지들이여 시들지 않는 번뇌의 꽃들이여
> 하얀 다리들의 숲을 지나며 나는, 끝없이 이어진 내 번뇌의 구름다리를
> 출렁출렁 바라본다 이 거추장스러운 관능의 육신과 마음에 연결된
> 동아줄 같은 다리를 끊는 한 소식 얻기 위하여, 바람부는 날이면
> 한양쇼핑센타 현대백화점 네거리에 떡하니 결가부좌 틀고 앉아
> 온갖 심혜진 최진실 강수지 같은 황홀한 종아리를 뚫어져라 바라보며
> 不淨觀이라도 해야 하리 옛날 부처가 수행하는 제자에게 며칠을 바라
> 보라 던져준
> 구더기 끓는 절세미녀의 시체, 바람부는 날이면 펄럭이는 스커트 밑의
> 온갖 아름다움을, 심호흡 한번 하고, 부정해보리 (……)
>
> —「바람부는 날이면 압구정동에 가야 한다 6」 부분

서울은 흐벅진 허벅지를 지닌 아름다운 여인들이 거리를 메우며 걸어다니는 곳이다. 돈만 있으면 좋은 물건, 갖고 싶은 물건을 얼마든지 살 수 있는 곳이다. 젊은이도 스쿠퍼나 엑셀 GLSi의 핸들을 잡을 수 있다. 인용한 부분은 "부정해보리"라는 데서 끝나 있지만 시인의 본심이 '강한 부정'에 있지 않고 '가볍게 즐김'에 있음이 어조에 잘 나타나 있다. 콧방귀의 시학이었기에 유하는 동시대, 동세대인들의 공감을 살 수 있었다.

압구정동에서 노는 젊은이들에게는 부끄러움이 없다. 아무런 수치심 없이 자신의 성욕까지도 말할 수 있게 된 것이 젊은 세대의 특권이 되었다.

1990년대의 서울 공기가 지난 연대에 비해 좋아졌을 리가 없지만 시인이 환경 문제만을 계속해서 시의 소재로 다룰 수는 없는 법이다. 유하 같은 시인은 이제 서울의 속성을 이와 같이 '소비의 천국'이라는 점에서 취급하고 있다. 어느 정도 비판을 하고 있기는 하지만 고형렬처럼 전면적인 부정으로 일관하는 대신 적당히 즐기기도 하면서 서울의 거리를 돌아다니는 것이다. 함민복의 서울 비판은 즐김의 차원이 아니라 도저한 부정이지만 그 역시도 가볍게 치고 빠지는 권투선수 같다. 진지한 표정과 엄숙한 어투를 버리고 서울을 대상으로 '장난친다'.

> 가로수가 더 이상 전원에 부착된
> 안전벨트를 보이지 않는 도시
> 서울의 클리토리스 남산
> 거대한 주사기처럼 스포이트처럼
> 발광하며 문명을 주사하는 타워
> 어둠이 내리면 연꽃처럼 피어나는 광고
> 여관 개업식 날 만국기를 다는 곳
> 서서히 사람들을 처형하는 독가스
> 합법적으로 내뿜으며 질주하는 자동차
>
> — 「백신의 도시, 백신의 서울」 부분

　함민복은 서울이란 도시의 가장 큰 특징을 광고와 공해로 보았다. 어둠이 내리면 각종 전광판들이 상품 광고에 열을 올리고, 자동차들이 합법적으로 독가스를 내뿜으며 달리는 곳이 서울이다. 서울을 구할 백신은 있는가. 시인은 "적당량의 희망과 고통과 죽음을 투여받아 / 전신이 무감각화된 서울"이라고 했으므로 백신은 없다고 말한 셈이다. 서울은 자본주의의 불야성인데, 시인은 이 도시에 대해 대단히 부정적인 인식을 견지한다. 하지만 그의 어조는 발랄하기만 하다.

성동구 금호 4가 282번지
네 가구가 사는 우편함

서울특별시의료보험조합
한국전기통신공사전화국장
신세계통신판매프라자장우빌딩
비씨카드주식회사
전화요금납부통지서
(……)

이 시대에는 왜 사연은 없고
납부통지서만 날아오는가
아니다 이것이야말로
자본주의의 절실한 사연 아닌가

—「자본주의 사연」 부분

종로 3가 지하철역
300원의 삶을 다시 투자하고
경복궁역을 향해 지하계단을 내려선다
두 정거장. 삶이 아깝군.
사회생활이란 삶의 보험회사 아닌가
손해라 생각할 필요도 없지. 투자야, 투자.
현대아케이드 빌딩 8층. 문학사상사,
내 생각 한 편을 20000원의 삶으로 지불해 줄
볼일을 마치고 정원으로 내려와
700원의 삶을 뜯고 35원의 삶을 꺼내
연소시켜 버린다 머리가 띵해지며 흐려지는
이 삶은 끊어버리고 싶다 그러나 중독된 삶.

—「자본주의의 삶」 부분

서울에서 살아가기 위해 가장 먼저 있어야 하는 것이 돈이다. 돈이 없으면 전기가, 수돗물이, 전화가 끊긴다. 이런 것들이 집에 공급되지 않으면 시민은 도시 속에서 원시인의 삶을 살아야 한다. 아니, 원시인은 강물이라도 길어 마실 수 있지만 한강 물을 마실 수 없으므로 원시인보다도 못한 삶을 살아야 한다. 상기 2편의 시는 서울이야말로 자본주의 체제가 너무나도 잘 유지되는 곳임을 말해주고 있다. 돈이 없으면 어디로 갈 수도 없고 어디에 머물 수도 없다. 함민복은 자본주의의 질서가 잘 지켜지는 서울에서의 삶에 만족할 수 없다. 그가 제시하는 대안은 각자의 '양심'과 '조촐한 집', 다시 말해 '분수 지키기'이다.

> 자본주의의 안전벨트는 돈과 권력이 아니다
> 인류를 지켜온 최대의 부적은 양심이다
> 자본주의의 구명정은 호화주택이 아니다
> 분배의 조촐한 집이다
> 지금은 자본주의 만세를 부를 때가 아니다
> 자본, 그대의 적은 그대
> 소리낼 곳에서는 반드시 소리내며 흐르는 물
> 죽음마저 정직히 보여주는 물소리로
> 자본, 스스로의 귀를 쳐라
> 온몸이 올곧게 살아날 그때까지
> 강남과 강북의 비무장지대에
> 썩은 물이 흐른다
> 그 위에 유람선 떠나간다

– 함민복, 「한강유람선」 부분

시인이기에 이런 대안을 제시할 수는 있다. 하지만 "온몸이 올곧게 살아날 그때"가 올 수 있을까. 꿈이 현실화되기란 쉽지 않을 것이다. "소리낼 곳에서는 반드시 소리내며 흐르는 물"이어야 하지만 실제로는 한강 물이

"썩은 물"이다. 상수원이 깨끗해지지 않는 한 한강이 깨끗해질 수는 없다. 1990년대에도 서울에서 사는 시인들의 서울 노래는 이렇게 계속해서 독자들의 귓가에 들려왔다. 노랫말이 전시대에 비해 가벼워지기는 했지만 밝아졌다고 볼 수는 없다. 서울을 집중적으로, 가장 어둡게 그린 시인은 김혜순일 것이다. 시인은 시집 『나의 우파니샤드, 서울』에서 서울의 이모저모를 때로는 사실적으로, 때로는 초현실적으로 스케치해 나간다.

> 봉고차에서 자꾸자꾸 거지들이 내린다
> 지하도에 거지들이 꽉 찬다
> 징징거린다 식식거린다 더듬거린다 기어간다 뒤집는다
>
> ― 「서울의 새벽」 부분

> 노아는 술 처먹고 죽었는지 보이지 않는다 그렇지만 서울 방주는 아직도 떠 있었다 밤이 오고 또 심심해지면 저 먼 바다를 향해 부아앙 경적도 울려보았다 점점점 수위가 높아진다 하였으나 우리로선 그 깊이를 알 수 없었다 악취가 진동한다 경보음이 삐리릿 몇 번씩 울렸으나 우리 코는 이미 마비된 지 오래였다 산소가 희박하다 하였으나 아직 선반 위의 방독면이 지급되진 않았다
>
> ― 「서울의 방주」 부분

> 며칠 만에 서울에 나가보면 아직도 포장도 안 뜯은 새 건물이 제본소에서 마악 도착한 신간 소설책 뭉치처럼 부려지고 있어요 (…) 서울이 서울을 낳아요 마음이 제 몸을 한껏 부풀려 또 마음을 낳아요 거기로 이삿짐을 가득 실은 차들이 쏟아져 들어오고 또 실핏줄이 엉겨붙어요 샛길이 나요
>
> ― 「서울 길」 부분

시인의 서울 소묘는 지하도의 거지들, 악취와 경보음과 산소 희박의 땅, 뚝딱 만들어진 새 건물에 이삿짐을 가득 실은 차들이 쏟아져 들어가는 광

경으로 이루어진다. 가장 오래된 힌두 경전인 베다를 운문과 산문으로 설명한 철학적 문헌인 『우파니샤드』는 인간 실재의 '본성'에 특별한 관심을 두고 있으며, 범아일여(梵我一如) 사상이 담겨 있다. 시인에게 있어 서울이란 도시 자체가 『우파니샤드』로서, 종교적 명상을 가능케 한다. 즉, 도를 닦게 한다.

막무가내 서울에 봄이 밀어닥친다
필멸의 내장 속 길로 원추리, 미나리, 봄나물이 밀려들어오고
구절양장 굽이굽이 간판들이 내어걸린다
막힌 나팔관 문밖에서 꼬리 달린 정자들이
문 열어요, 문 열어요 소리치고
그 남편의 아내는 다시 면도날을 집어든다
공원 아저씨가 마로니에공원의
시멘트 미로에 물을 뿌리고, 잠시 후
입구에 흰 페인트를 칠한다

-「이제 마악 잠이 깬 서울의 공주」 제3연

이 시에서 김혜순은 '그 남편의 아내'가 동맥을 그어 자살한 현장을 보여준다. 아내가 남편의 동맥을 끊어 살해한 현장이라고 볼 수도 있지만 제1연과 연결된다면 "폐암에 걸린 그"가 나오므로 타살로는 생각되지 않는다. 자살의 이유가 시 속에 밝혀져 있지 않다. 다만 독자는 "막힌 나팔관 문밖"이라는 부분에서 부부지간에 무슨 문제가 있었음을 어렴풋이 짐작할 수 있다. 이 시의 비극적 정황은 마지막 연의 "방통대 앞 까만 쓰레기 봉지 속을 / 수천 마리 똥파리들이 넘나들고 있다"에 이르면 보다 확실해진다. 까만 쓰레기 봉지 속에 있는 것은 사람 시신의 일부가 아닐까. 시신 유기…… . 서울에서의 삶이 이렇게도 살벌하다. 하지만 사람들은 이 도시에서 태어나고 자라고 늙고 병들고 죽는다. 서울을 혐오하면서도 서울의 품

을 떠날 수 없다. 내 사랑 나의 원수인 서울인 것이다.

> 한밤중 서울의 일천이백만 개의 무덤은 인중 아래
> 모두 봉긋하고 오오오
> 또 한강은 일천이백만의 썩은 무덤 속을 헤엄쳐 나온
> 일천이백만 드럼의 정액을 싣고 조용히 내일로 떠난다
>
> 다시 하늘의 빛이 발을 서울의 동서남북 내다 걸면
> 일천이백만 쌍의 태양이 눈을 번쩍 뜨고
> 저 내장들의 땅속 지하 삼천 미터 속까지
> 빛살무늬 거룩하게 새겨진다

―「나의 우파니샤드, 서울」 끝 2연

인용한 부분의 앞쪽은 서울에 대한 부정적인 인식에 가깝고 뒤쪽은 긍정에 가깝다. 앞쪽은 죽음의 이미지에 가깝고 뒤쪽은 소생의 이미지에 접근한다. 서울은 그래서 시인에게 「사자의 서」(Book of the Dead)이면서 구원의 복음이다. 지긋지긋하면서도 신나는 곳, 역겹다 생각하면서도 다른 데가지도 못하고 주저앉아 사는 곳이다. 1,200만이 모여 사는 서울, 우리 대한민국의 수도이다. 행정수도가 남으로 이전해 간다고 한들 서울 인구가 금세 줄지는 않을 것이다. 서울은 시인에게 지금이나 먼 미래에나 도를 닦게 할 것이다.

3. 마무리

한산거사의 「漢陽歌」(1844)에서 시작된 서울 노래가 김혜순의 『나의 우파니샤드, 서울』(1994)에 이르기까지 걸린 세월은 정확히 150년이다. 「漢陽歌」의 첫 부분 "천지 개벽하니 일월이 생겼어라 / 성신이 광휘하니 오행이

되었어라"에서 「나의 우파니샤드, 서울」의 끝 부분 "땅 속 지하 삼천 미터 속까지 / 빛살무늬 거룩하게 새겨진다"까지는 시의 형식과 내용에서 그 변화가 엄청나다. 지난 150년 동안 서울을 노래한 시를 살펴보니 그에 못지 않은 변화가 서울의 인구와 규모, 내부 시설과 외부 환경에서 이루어졌음을 알 수 있었다. 그 변화만큼이나 서울에 대한 여러 시인의 인식이 그때그때 시대적 상황에 따라 큰 편차를 갖고 바뀌어왔음을 알 수 있었다. 그런데 대다수 시인의 서울에 대한 인식은 부정적이었다. 수도 서울에서 사는 것이 조금도 사랑스럽지 않고 숨이 막혀 죽을 지경이라고 했고 자연이 철저하게 파괴된 죽은 땅이라고 했다. 서울에 대한 시인의 인식이 앞으로 바뀔 것 같지도 않다. 하지만 시인들의 서울 노래가 영구히 절망과 환멸에 사로잡혀 있지는 않을 것이다.

상징적인 일이 있었으니 2006년 4월, 한양 도성의 북대문인 숙정문의 개방이다. 1968년 청와대를 향한 무장공비 침입사건 이후 숙정문을 포함해 북한산 일대는 군사시설 보호구역으로 묶여 시민의 방문이 금지되었는데 38년 만에 개방이 된 것이다. 숙정문에서 북악산 쪽으로 200미터 오르면 촛대바위가 왼편으로 드러나고, 좁은 촛대바위 위로 올라가 경복궁 쪽을 바라보면 서울의 장관이 펼쳐진다. 경복궁이 위용을 갖추고 있고 거기서 남쪽으로 주작대로인 세종로가 뻗어 있다. 서울의 내사산인 북악산·인왕산·낙산·남산의 정상을 이어 만든 18.13km 안의 도성 안 서울에서 지금도 1,200만 시민이 꿈을 키우고 꿈을 펼치고 있다. 38년 동안 시민의 발길을 거부한 숙정문이 개방되었으니, 또 경의선이 55년 만에 개통하게 되었으니, 이제 앞으로는 많은 시인들이 서울의 이모저모를 자랑스럽게 노래할 수 있으리라고 본다. 이 비좁은 땅에서 아웅다웅 다툴지라도 서울은 지난 600여 년 동안 우리나라의 수도였으며 앞으로도 길이길이 우리가 아껴야 할 수도일 테니까 말이다.

이 승 하
평 론 집

세속과 초월 사이에서

3부

한국 근대시의 이모저모

개화기 시가의 시어와 주제의식
−감성의 개발을 중심으로

1920년대 초기 문예동인지의 시에 나타난 '감성'

1920년대 초기 번역시에 나타난 '퇴폐성'

개화기 시가의 시어와 주제의식

감성의 개발을 중심으로

1. 서론

고전시가에서 개화기의 가사와 창가 및 신체시를 거쳐 현대 자유시로 이행되어 간 과정을 논한 저서와 논문은 엄청나게 많다. 시가(詩歌)로부터 가(歌)가 분리되어 시(詩)로 독립되는 이 과정을 자유시형의 성립 과정1)으로 볼 수도 있지만 대개의 논문은 개화가사 → 창가 → 신체시 → 자유시로 이행되어 갔음을 논하고 있다.2) 원시종합예술 가운데 노랫말이 구전되어

---

1) 이명찬, 「근대 이행기 한국 시문학의 특성」, 이승하 외 『한국 현대시문학사』, 2005, 소명출판, 21쪽.
2) 개화기에 시가가 개화가사 → 창가 → 신체시의 순서로 발전했다고 제일 먼저 말한 사람은 조지훈이었다. 1964년 6월부터 『문학춘추』에 「한국현대시문학사」를 연재하면서 이런 순서를 정했는데 김용직 등 대다수 후학이 이 도식을 따르고 있다. 이 도식을 좀 더 세분화한 사람은 송민호였다. 그는 <독립신문>에 실린 애국가 유형을 '개화시'로 보았고 <대한매일신보>의 '사회등' 난에 실린 작품이 전통 가사의 운율인 4·4조의 운율을 그대로 답습하고 있다고 하여 '개화가사'로 구분지어 개화시 → 개화가사 → 창가 → 신체시의 순서로 발달했다고 보았다. 하지만 순서 자체가 뒤바뀐 것은 아니다. - 송민호, 「한국시가문학사(하)」, 『한국문화사대계 5』(고려대 민족문화연구소, 1967) 참조

민요가 되었고, 민요가 문자로 기록되는 과정에서 고대가요·향가·시조 등의 시가로 분화되어 갔다는 설을 인정한다면 시가에서 음악성이 점차 약화되어 눈으로 읽고 뜻을 새기는 현대 자유시로 이행되어 갔다는 것 또한 자연스러운 이행 과정일 것이다. 고전시가 가운데 현대까지 유일하게 남아 있던 시조도 사실상 음악성을 강조한 문학 장르였는데[3] 조선조 후기에는 일부 사설시조로 변모하였고, 개화기 때는 적지 않은 시조 작가가 종장을 4음보에서 3음보로 바꾸는 등 음악성 탈피를 위해 노력을 기울였다.

다시 말해 고전시가의 시대에서 개화기라는 과도기를 거쳐 자유시의 시대를 맞이하기까지를 연구한 대다수 논문의 필자는 '시의 형식이 어떻게 바뀌어 갔는가' 하는 형식론적 관점에서 시의 변모 과정을 논의하였다. 하지만 개화가사와 창가, 혹은 신체시와 자유시의 양식적 특성을 논한 기존의 논의와 달리 이 글은 시 내용의 측면, 특히 시어 구사와 주제의식의 측면에서 달라진 점을 갖고 고전시가에서 현대 자유시로의 이행 양상을 논하고자 한다.

문학 작품을 내용의 측면과 형식의 측면으로 나누어 논하는 것은 위험한 일임에 틀림없다. 하지만 그간의 연구 업적 가운데 시의 내용, 즉 시어나 주제가 어떤 식으로 바뀌어갔는지를 논한 논문은 거의 찾아볼 수 없었다. 바로 이 이유 때문에 논자는 개화기의 개화가사와 창가, 혹은 신체시가, 또 1919년부터 등장하는 자유시가 작품 내용의 측면에서 어떤 식으로 달려져갔는지, 그 진행 과정을 살펴보고자 한다.

---

3) 시조가 '時節歌調'의 준말이라는 것은 정설이다. 18세기에 나온 시조집 『靑丘永言』과 『海東歌謠』의 '영언'이나 '가요' 같은 것의 개념은 시조라는 양식이 가창문학으로서의 전통을 지니고 있었음을 말해준다.

2. 본론

1) 조선조 말 시조의 언어와 주제

고려조 말부터 발달한 우리나라 고유의 정형시인 시조는 통상 4음보 율격에 3장으로 된 짤막한 시형이다. '時節歌調'가 줄어들어 '時調'라는 용어로 정착되었지만 조선조 때까지만 해도 '時節歌'나 '時節短歌'라는 용어와 함께 씌어진 만큼 가창을 전제로 한 것이었다. 우리 조상은 또 시조를 시조창이나 시조곡이라 부르면서 음악성을 강조하였다. 작품의 내용은 주로 연군지정, 인생무상, (유배지에서의) 억하심정, 우국충정, 현실도피, 안빈낙도, 귀거래사, 유유자적 등이었다. 하지만 평민은 이런 감정을 거의 느껴볼 수 없었다. 시조의 종장 도입부는 3음절을 고수했는데 종종 "어즈버", "아희야", "두어라" 같은 감탄사나 호격이 쓰였다. 이러한 것은 사대부 양반의 어투이지 평민이 쓰는 말이 아니었다. 조선조 후기에 들어 주로 평민에 의해 사설시조가 많이 창작되었다. 그 내용은 크게 노골적인 애정 표현과 가렴주구의 사회상에 대한 풍자, (고부 갈등 등에 따른) 억울함에 대한 호소로 나눌 수 있다. 조선조 말에 쓰인 단형시조의 내용상의 특징을 짚어본다.

> 님 그린 相思夢이 蟋蟀의 넉시 되야
> 秋夜長 기픈 밤에 님의 房에 드럿다가
> 날 닛고 기피 든 줌을 찌와 볼까 ㅎ노라.

조선조 고종 때의 가객으로 안민영과 함께 『歌曲源流』를 편찬한 박효관의 작품이다. 시의 화자는 사랑하는 님이 나를 잊어버렸을까 몹시 걱정하고 있다. 그래서 실솔(귀뚜라미)의 넋이 되어 님의 방에 들어가, 나를 잊고 쿨쿨 자고 있는 님의 잠을 깨워보고 싶어 한다. 연애시는 동서고금 어디서

나, 어느 때나 씌어졌지만 이 시조는 '상사몽', '실솔', '추야장' 같은 한자어로 말미암아 양반이라는 특수한 계층의 사람이 아니고서는 이해하기가 어렵게 되어 있다. 따라서 이 시조는 독자를 평민으로 상정하고 쓴 작품이 결코 아니다.

> 어리고 성귄 柯枝 너를 밋지 아녓더니
> 눈 긔약 능히 직혀 두세 송이 픠엿구나.
> 燭 잡고 갓가이 스랑홀 제 暗香조차 浮動터라.

안민영의 「咏梅歌」 중 한 작품으로, 매화의 생태를 예찬하고 있다. 이 시조 역시 나뭇가지를 '柯枝'라는 어려운 한자어로 쓰고 있고, 은은한 향기를 '暗香'으로, '떠돌더라'를 '浮動터라' 하고 쓰고 있다. 매화의 어떤 점이 대단히 좋다는 것이 주제이지만 이런 어려운 시어들로 말미암아 평민이 이해하는 데는 상당한 어려움이 있었을 것이다.

2편의 시조만 봐도 알 수 있듯이, 조선조에는 문학의 양극화가 심한 시대였다. 양반의 문학과 평민의 문학이 엄연히 따로 있었는데 일단 두 계층이 작품을 쓸 때 사용하는 언어 자체가 한자와 한글로 명백히 달랐다. 평민의 문학은 사설시조와 평민가사 외에 (한글)수필, (한글)소설, 판소리 등이 있었다. 이밖에도 지방마다 들놀음·오광대놀이·산대놀이·탈춤 등 민속극이 행해져 평민과 그 이하 계층의 사람들이 집단으로 예술적 감흥을 즐길 수 있었다. 근대문학이란 어느 특정 계층의 사람만이 향유할 수 있는 문학이 아니라 보편성을 띤 문학이어야 한다. 그런 문학은 갑오경장이 일어나고서야 탄생할 수 있었다.

2) 개화가사의 언어와 주제

개화가사가 처음 등장한 것은 1896년이며,[4] 최초의 개화가사는 <독립

신문> 제3호(1896. 4. 11)에 발표된 「셔울 슌쳥골 최돈셩의 글」로 알려져
있다.5) 1896년은 <독립신문>이 창간된 해로, 개화가사는 바로 이 <독립
신문>을 비롯하여 <황성신문>, <대한매일신보>, <제국신문> 등에 수
백 편이 발표되어 붐을 이룬다.

나라도을싱각으로　시죵여일동심ᄒ세
부녀경뎌ᄌ식교휵　사롬마다홀고시라
집을각기흥ᄒ랴면　나라몬져보젼ᄒ세
우리나라보젼ᄒ기　자나ᄭᅵ나싱각ᄒ세
나라위ᄒ죽ᄂ죽음　영광이제원한업네
국태평가안락은　　ᄉᆞ롱공상힘을쓰세

－「셔울 슌쳥골 최돈셩의 글」 부분

이 개화가사에는 갑오경장의 포고 내용이 그대로 반영되어 있다. 국가
에서 백성에게 고지한 내용을 집약하여 가사로 써본 것으로, 애국애족과
만민평등, 문명개화와 국태민안 등의 주제가 고스란히 들어 있다. 즉 서정
시의 핵심인 개인의 내면은 철저히 무시되어 있으며, 그와 반대로 나라를
위해 목숨을 바치자는 거대담론이 이 가사의 주된 내용이다.

　단형시조나 사설시조와는 다른 새로운 형태, 새로운 시정신의 개화가사
가 등장한 데는 시대적인 배경이 있었다. 1894년의 갑오경장은 백성들의
의식을 일깨운 개혁의 출발 지점이었지만 1895년의 을미사변과 그 다음해
의 아관파천은 국운을 풍전등화의 위기로 몰아갔고, 이것이 개화가사 탄생
의 배경이 되었다. 명성황후가 러시아와 친해지려는 낌새를 눈치 챈 일본
은 명성황후를 시해하였고, 이에 고종은 신변의 위협을 느껴 러시아공사관

---

4) 김용직은 개화가사가 우리 주변에 나타난 것이 정확히 1896년이라고 했다. —『한국근
　대시사』, 새문사, 1983, 58쪽.
5) 이명찬, 앞의 글, 28쪽.

으로 피신했으니 나라꼴이 말이 아니었다. 이러한 시대적 상황에 위기의식을 느낀 많은 사람들이 앞 다투어 시를 발표했으니 그것이 바로 개화가사였다. <독립신문>의 발행 부수와 가독 수요층의 수를 알 수는 없지만 개화가사의 발표 지면은 신문이라는 공적인 매체였고, 쓴 사람이 이름을 밝히는 작가 기명인지라 상당한 인기를 누렸으리라 미루어 짐작할 수 있다. '독립'과 '근대화'라는 모토 때문인지 <독립신문>에 발표된 개화가사는 모두 순한글로 표기되었다.6) 시조가 한글로 씌어지기는 했지만 한정된 시기에 활발히 발표된 개화가사가 순한글로 표기된 것은 가히 문학상의 혁명이라 할 만했다.

잠찌보셰잠찌보세　대죠션국인민들아
합심ᄒ고동력ᄒ야　우리인민보호ᄒ셰
정부가잇슨후에야　빅셩들이의지하고
도와주셰도와주셰　우리정부도와주셰
ᄉ랑ᄉ랑ᄉ랑이야　빅셩들은정부ᄉ랑
샹하ᄉ랑서로ᄒ면　부국강병ᄌ연되고
정직으로익국ᄒ고　공평으로이민ᄒ야
마자희도부국되고　안ᄒ여도강병되네

―「농샹 공부 기ᄉ 김철영 이국가」 부분7)

대죠선국학도들아
독립가를들어보오
어셔밧비독립하세
이때를일치말고
뎡부를보호ᄒᄒ후

---

6) 김용직, 앞의 책, 63쪽.
7) 인용하는 개화기의 시가는 모두 김근수가 편한 영인본 책자 『韓國開化期詩歌集』(태학사, 1985)에서 가져온 것이다.

전국인민교휵식혀
합심두ᄌ니지면은
셰계샹에쓸디업네
깁히든잠어셔씨여
일심합력ᄒ여보셰
나라위히죽거드면
죽드리도영광일셰
남으나라인민들은
밤낫으로교휵ᄒ네
ᄉ롱공샹힘을써셔
부국강병되야보셰
일심으로독립위히
합심두ᄌ닛지마오
(……)
밤낫으로공부ᄒ여
츙군이민ᄒ여보셰
대죠션국인민들도
어셔밧비교휵ᄒ셰
만셰만셰만만셰
대군쥬폐하만만셰

-「비지 학당 학도 최영구 이국 독립가」 부분

발표 매체가 <독립신문>이었고 외세의 침탈이 극심했던 시대였으므로
이 무렵의 개화가사는 거의 대부분 애국가가 아니면 독립가였다. 제목에
'동심가'가 붙는 것은 교육과 개화를 주장하는 내용이었다. 위에 인용한
2편의 개화가사는 제목만 봐도 작자의 신분과 이름, 작품의 주제를 알 수
있다. 농상공부 주사, 학부 주사, 친위대 정교, 북서 순검, 달성회당 예수교
인 누구라고 하면서 신분을 밝힌 경우도 있었고 '남동 박기렴' 하는 식으
로 어디에 사는 누구라고만 밝힌 경우도 있었다. 아무튼 개화가사는 공직

을 갖고 있는 사람이거나 일반 민중이거나 할 것 없이 앞을 다투어 썼다. 신분고하를 막론하고 누구나 쓸 수 있는 양식이었기에 개화가사는 근대화의 산물로 일정한 역할을 할 수 있었다. 하지만 내용을 보면 근대적인 문학 양식이라고 하기에는 여러모로 미흡하였다. 앞의 작품에는 대조선국 인민, 정부, 백성, 부국강병, 애국, 공평 등의 시어가, 뒤의 작품에는 정부 보호, 인민 교육, 합심, 일심 협력, 부국강병, 충군애민, 공부, 대군주 폐하 만세 등의 시어가 나온다. 이런 시어가 잘 말해주듯이 개화가사에는 민족 계몽의 의지가 충만해 있다. 이 작품뿐만이 아니라 그 당시의 개화가사는 거의 전부 개화론자들의 민족계몽의식의 산물이었다.

1905년부터 1910년까지 <대한매일신보>의 '사회등' 난에 실린 개화가사를 특히 '사회등 가사'라고 칭한다. 이들 작품은 신문의 편집진이 번갈아가며 쓴, 보다 전문적인 성격의 작품이었다.8) '사회등'이라는 제목은 사회의 암흑상을 밝힌다는 것과, '개명'의 상징적 의미로 사용된 것이 아닐까 하는 의견9)이 있다. 이들 작품에는 풍자의 의도가 확실히 들어 있었는데, 그 당시에는 풍자가 "건설, 계몽, 교훈, 충고를 통한 독자의 자기 성찰을 유도하여 개혁에의 의지를 독자 스스로 확인하게 하는 역할"을 할 수 있었다.10) 특히 을사오적신 등 실명을 직접 거론하면서 부조리한 사회상을 풍자하는 특징이 있었고, 일제의 침략을 물리치자는 경계의 의미를 담은 작품이 많았다.

> 李完用氏 드르시오 總理大臣 뎌地位가
> 壹人之下 萬人之上 그責任이 엇더훈가

---

8) 이명찬, 앞의 글, 29쪽.
9) 김학동, 「개화기 시가의 전개」, 김윤식·김우종 외, 『한국현대문학사』, (주)현대문학, 2005(4판), 35쪽.
10) 조남현, 「사회등 가사와 풍자 방법」, 『개화가사』, 형설출판사, 1978, 176쪽.

修身齊家 못혼사람 治國인들 잘홀손가
前日事ᄂ 如何턴지 今日부터 悔改ᄒ야
家庭風氣 바로줍고 百度政務 維新ᄒ야
中興功臣 되여보소

―「勸告現內閣」 부분

民間武器 押收ᄒ야 無遺寸鐵 거두더니
刺客輩의 銃劍들은 秦爐中에 尙漏런가
白晝大都 萬目下에 忽地驚浪 惹出ᄒ니
八寸餘의 뎌凶劍이 鎔爐中에 並入터면
今日事가 이섯슬까 日人新聞 記者團은
一進會의 聲明書가 無知妄動 ᄒ엿다고
外面冷評 잘ᄒ더니 硏究會를 又開ᄒ고
合倂說　 亂唱ᄒ니 一旬日이 다못되여
合倂時機 到來인지 그心腸도 可觀이지

―「社會燈」 부분

　앞의 작품은 대한제국의 외교권을 일본에 넘겨준 을사조약을 체결하는
데 앞장선 다섯 대신 중에서도 우두머리 격인 이완용을 비판하면서 개과
천선하기를 바란다는 내용을 담고 있다. 뒤의 시는 '합병설'과 '합병 시기'
등 사회 분위기를 전하는 시어로 미뤄보건대 국권을 완전히 강탈당하는
1910년 직전에 씌어진 듯하다. 그런데 「社會燈」은 상당히 어려운 한자어
와 일반적으로 잘 쓰지 않는 한자어가 속출하는 데서 알 수 있듯이 서민의
공감을 얻지는 못했을 것이다. 게다가 사회등 가사는 4·4조의 자수율에
집착하는 한계를 노출한 탓인지 1910년 국권이 강탈당한 이후 순식간에
사라지고 만다. 개화가사 중에는 이밖에 자연의 현상을 목도하고 그것을
통해서 작자의 심경을 담백하게 기술한 것(「蒼生可憐」), 자연의 현상에 의탁
하여 작가의 외로움을 형상화하고 사물을 의인화하여 자신의 심경을 토로

개화기 시가의 시어와 주제의식　**363**

한 것(「責啄木」), 미망의 세계에 빠져 있는 현실 정치를 비판하고 각성을 촉구한 것(「大聲壹呼」), 민족의 단결을 통해 강건한 국가를 확립하기를 기원한 것(「無窮花」), 사분오열되어 있는 현실을 극명하게 드러낸 것(「形形色色」) 등이 있었다.[11]

아무튼 1896년부터 1910년까지 창작된 개화사가는 형식상의 한계는 물론이거니와 '계몽주의'라는 내용상의 한계 때문에 생명력을 지니지 못하고 사라지고 말았다. 더군다나 다양한 계층에 의해 순한글로 창작되던 개화가사가 전문적인 기자들에 의해 씌어지면서 4·4조를 고집, 퇴보를 가져온 것이 종말을 앞당긴 주된 이유였다. 내용의 측면에서 보면 「蒼生可憐」이나 「責啄木」과 같이 자연 친화적인 작품도 없지 않았지만 거의 대다수 시어의 관념화와 주제의 경직화로 말미암아 1910년 이후에는 설자리를 잃고 말았다. 개화가사를 쓴 이들은 시라는 것을 미의식의 산물로 보지 않고 사회의식의 발현으로 보았던 것인데, 이는 중국의 고대 시론가들이 시가의 사회적 적용을 매우 중시, 공자가 말한 흥관군원설(興觀群怨說)에 입각하여 시를 쓴 전통을 따랐기 때문으로 볼 수 있다.[12] 그때는 아직 서구의 예술 지상주의나 낭만주의가 들어오기 이전이었다.

3) 창가의 언어와 주제

개화가사와 거의 비슷한 시기에 발흥한 또 하나의 시가 형식으로 창가

---

11) 김석준, 「개화기 시가의 계몽의식과 장르적 특성」, 한국현대시학회 편, 『20세기 한국 시의 사적 조명』, 태학사, 2003, 53~55쪽 참조.
12) 『논어』에는 "詩可以興可以觀加以群可以怨"이라는 대목이 나온다. '흥'은 시가 감동시키고 계발시키는 힘을 가지고 있음을 밝힌 것이고, '관'은 시를 통해 정치의 득실을 살펴 알 수 있게 됨을 말한 것이고, '군'은 시를 통해 서로간의 이해의 폭이 넓어져서 의기투합할 수 있고 희로애락을 같이할 수 있게 됨을 말한 것이고, '원'은 시를 통해 완곡하게 풍자하여 위정자를 원망하는 심정을 드러낼 수 있음을 말한 것이다.—이병한 편, 『중국 고전 시학의 이해』, 문학과지성사, 2000(재판 2쇄), 22~26쪽 참조.

가 있었다. 지금까지 알려진 바에 의하면 우리 시문학사에 있어서 최초로 나타나는 창가는 고종황제의 탄신을 축하하고자 새문안교회의 교인들이 지어서 불렀다는 「황제탄신 경축가」(제작 일자 1896년 7월 25일)이다.[13]

    놉흐신 숭쥬님
    자비론 숭쥬님
    긍휼히 보쇼셔
    이 ᄂᆞᆯ 이 ᄯᅡᆼ을
    지켜 주옵시고
    오 쥬여 이 ᄂᆞᆯ
    보우ᄒ쇼셔.

    우리의 대군쥬 폐하
    만만세 만세로다
    복되신 오늘놀
    은혜를 ᄂᆞ리스
    만수무강케
    ᄒ야 주쇼셔.

– 「황제탄신 경축가」 부분

이 창가를 부를 때의 곡조는 합동찬송가 468장으로, 영국 국가의 곡조이기도 했다.[14] 황제의 만수무강과 아울러 국가의 부국강병이 반석에 오를 정도가 되기를 축원하고 있다. 독립협회가 한 일 중에 독립문을 세운 것이 있었는데, 배제학당 학도들이 1896년 11월 21일 독립문 정초식에서 「익국가」를 만들어 부르기도 했다.

---

13) 김용직, 앞의 책, 77쪽.
14) 김용직, 앞의 책, 78쪽.

성즈신손 오빅년은 우리 황실이요
산고슈려 동반도는 우리 본국일세
(후렴) 무궁화 삼천리 화려강산
대한사람 대한으로 길이 보전하세

- 「익국가」 제1절

후렴구는 1936년 안익태가 작곡한[15] 「애국가」의 후렴구가 된다. 1896년의 이 「익국가」 이후 10여 편의 애국가가 만들어져 불려졌고, 찬송가 곡조에 독립과 개화의 의지를 담은 수많은 창가가 만들어져 불려졌다. 독립과 개화라는 두 가지 뚜렷한 주제는 개화가사와 다를 바 없지만 창가는 기독교 전래와 함께 수용된 서구의 악곡에 맞추어 제작된 노래의 가사라는 뜻이 강했다는 점에서 개화가사와는 차이가 있었다. 즉, 창가의 대부분이 가창을 하기 위해 제작된 것이었다. 창가 중에는 개화가사를 단형화한 것과 민요에 의거하여 지은 것도 있었지만 기독교 찬송가 곡조에 얹어서 부르도록 지은 것과 각급 학교의 교가가 대종을 이루었다. 그래서 노래로 부르기 위해 분절·후렴구·합창·부곡(附曲) 등의 형식을 가졌고, 정형률의 노랫말을 가졌으며, 4·4조와 7·5조를 기본으로 8·5조, 6·5조 등 다양한 율격 속에서 정형률을 지켰다. 주요 발표 지면은 개화가사와 마찬가지로 <독립신문>, <황성신문>, <제국신보>, <대한매일신보>, <경향신문> 등이었다. 그런데 인용한 2편의 작품 외에 「권학가」, 「단체보국가」, 「학도가」, 「개교가」, 「개국기원절경축가」, 「구락부운동가」, 「한반도야」 등 창가는 작자가 누구인지가 중요하지 않았다. 작자의 개성적인 표현이나 독창적인 상상력은 중요한 것이 아니었고, 국민에게 주제를 여하히 잘 전달하느냐가 관건이었다. 주제는 개화가사와 크게 다를 바가 없었는데 '개화'

---

15) 작사는 윤치호·안창호·민영환 등이 했다는 설이 있다.

보다는 '자주'에 좀 더 주안점을 둔 것이 다른 점이라 할 수 있었다.

창가의 진보된 형식은 1908년에 가서 등장한다. 최남선이 그 해에 288행에 이르는 장편 기행시인 「京釜鐵道歌」를 단행본으로 출간하고 1914년에 528행에 달하는 「世界一周歌」를 『청춘』지의 부록으로 출간한다. 만만치 않은 길이가 말해주듯이 이 시대에 이르러 전문전인 작가에 의해 창작되는 창가가 나타나게 된 것이다. 「경부철도가」는 앞부분에 곡이 붙여져 「경부텰도노래」로 재창작된다.

> 우리들도 어늬째 새긔운나서
> 곳곳마다 일흔것 차자드리여
> 우리장사 우리가 主張해보고
> 내나라쌍 내것과 갓히보일까

—「京釜鐵道歌」 부분

> 우렁탸게토하난 긔덕소리에
> 남대문을등디고 써나나가서
> 빨리부난바람의 형세갓흐니
> 날개가딘새라도 못짜르겟네
> 늘근이와졂은이 석겨안졋고
> 우리네와외국인 갓티탓스나
> 내외틴소다갓티 익히디내니
> 됴고마한짠세상 덜노일윗네

—「경부텰도노래」 부분

「京釜鐵道歌」의 주제는 한마디로 문명 예찬이다. 일본의 자본과 기술로 놓여진 경부선 철도를 한껏 찬양함으로써 우리가 일본의 힘을 빌려 근대화에 박차를 가해야 한다는 주장을 펴고 있다. 이 작품 역시 그 방법이야 어떠하든지 간에 근대화를 이룩해야 한다는 계몽의식의 산물이다. 최남선은 외세의 힘을 빌려 민족 계몽을 해야 한다고 이 작품에서 주장하고 있다. 그는 이처럼 우리 민족의 자각이나 민중 주체의 개혁의지, 그리고 자유와 자존의 정신을 시에 담고자 하는 민족의식이 많이 부족했다. 그의 창가 중에는 한양의 옛 모습에 견주어 현재의 모습이 한결 좋아졌다고 자랑한 「한양가」와 미래지향적인 인간이 되라고 소년에게 훈계하는 내용을 담은 「소년대한」 같은 것이 있기는 했지만 주제는 거의 대부분 근대화와 문명 예찬이었다. 일제의 침략에 대한 항의의 뜻이 농후했던 개화가사에 비해 최남선이 주도한 1908년 이후의 창가는 내용면에서 크게 후퇴한 것임에 틀림없다. 게다가 창가는 이런 식으로 거의 전부 7·5조의 율격을 지니고 있었다. 우리의 전통적 시가 형식은 3·4조가 기본 율격인데 창가가 유독 일본 시가의 전통 율격인 7·5조를 본받고자 한 것도 문제였다. 이 점에 있어서도 1896년부터 1914년경까지 창작된 창가가 동시대의 개화가사보다 진일보한 형식으로 볼 수는 없다. 그러므로 '개화가사→ 창가'라는 도식을 제시한 기존 연구는 마땅히 비판받아야 한다.

시기적으로도 개화가사와 창가는 쓰이기 시작한 연도가 똑같이 1896년이다. 선발과 후발의 관계도 아니며, 오히려 형식과 내용 어떤 면을 보더라도 창가가 개화가사보다 퇴보한 것이므로 '개화가사→ 창가'라는 도식으로 설명한 기존의 논문은 오류를 범한 것이다.

4) 신체시의 언어와 주제

신체시의 효시를 많은 사람들이 1908년 11월 1일에 발간된 『소년』지에 실린 최남선의 「海에게서 少年에게」로 꼽고 있다. 하지만 조동일은 1908년 2월에 나온 『대한학회월보』 창간호에 실린 대몽최(大夢崔, 최남선의 필명)의 「모르네 나는」이라는 국문시가를 전에 볼 수 없던 새로운 형식의 시로 간주하고 있다.16)

다유이다유 발씰슨어
　볼수업스면
두려움당막 근심휘댱이
　내몸을덥고
가시손가딘 모딘마귀가
　내등을미러
딜거움에서 걱뎡속으로
　답아가두고
편한안에서 곤호밧그로
　미러내티네
　그럴째에는
　밥은헤디고
　물은마르고
　해가빗업고
　돈이힘업고

-「모르네 나는」 부분

　이전의 개화가사와 창가와는 확실히 다른 작품이다. 우선 노랫말이라는 생각이 들지 않는다. 인용한 부분의 종반부가 반복 구문이기는 하지만 노래의 후렴구가 아님이 분명하다. "다섯 자씩 모아서 한 토막을 삼고, 한 줄은 두 토막 또 한 줄은 한 토막씩 교체되게 했으며, 마지막에는 한 줄이 한 토막씩으로 이어지게"[17] 한 형식적 특색도 특색이지만 시어 선택과 주제의식의 면이 이전의 시와는 많이 다르다. 두려움·근심·즐거움·걱정·편안함·고난 등 이 시에서 최남선이 선택한 시어는 인간의 내면의식과 감정에 기반한 것들이 대종을 이루고 있다. 근대성을 지닌 '자유시'란, 형식상 구애받음이 없는 '자유'시라는 뜻도 포함되어 있지만 개인의 내면

---

16) 조동일, 『한국문학통사 4』, (주)지식산업사, 2002(3판 11쇄), 419쪽.
17) 조동일, 앞의 책, 419쪽.

세계를 드러내는 서정시의 본령[18]에 다가간다는 '자유의지'의 시라는 뜻도 분명히 포함되어 있다. 게다가 이 시의 주제는 '자유'이다. 내용을 풀어보면 자유가 없으면 두려움의 장막과 근심의 휘장이 내 몸을 덮고, 가시손을 가진 모진 마귀가 내 등을 밀어 즐거움을 앗아가고, 걱정 속으로 잡아 가두며, 편안한 (집) 안에서 힘겨운 (집) 바깥으로 내몬다는 뜻이다.

형식적으로도 새롭고 시어 선택과 주제 제시에 있어 근대성을 확실히 지닌 이 시가 신체시의 효시로 평가되었어야 했음에도 불구하고 「海에게서 少年에게」에 자리를 내준 이유가 있다. 최남선이 자신의 본명 대신 대몽최라는 필명으로 발표했다는 점, 발표지면이 잘 알려지지 않은 『대한학회월보』와 한국 최초의 교양 잡지로 널리 알려진[19] 『소년』의 창간호라는 차이는 사실상 엄청나게 큰 것이었다. 게다가 시의 제목부터가 「海에게서 少年에게」는 '최초의 신체시'라는 타이틀에 걸맞지만 「모르네 나는」은 아무래도 미흡한 구석이 있었다. 아무튼 1908년부터 새로운 시의 시대가 열린 것은 사실이다. 최남선은 『대한학회월보』 제2호에 6·4조의 「생각한 대로」를, 제3호에 7·5조의 「그의 손」을, 또 제3호에 율문과 산문을 섞어 쓴 「난 가오」 등을 발표하면서 나름대로 형식 실험을 해나가다가 마침내 『소년』 창간호를 내면서 권두에 「海에게서 少年에게」를 발표한다.

> 텨—르쩍, 텨—르쩍, 텩, 쒸—아.
> 짜린다, 부슨다, 문허바린다,
> 泰山갓흔 놉흔뫼, 딥태갓흔 바위ㅅ돌이나,
> 요것이무어야, 요게무어야,
> 나의큰힘, 아나냐, 모르나냐, 호통쎄디 하면서,

---

18) 이것은 자아와 세계의 동일성을 추구하는 서정시의 창작 방법과 상통한다.
19) '한국 최초의 교양 잡지'는 사실상 1906년 11월에 창간된 『소년한반도』이지간 최근 까지도 이 영예는 『소년』이 누렸다.

　　　짜린다, 부슨다, 문허바린다,

　　　텨—르썩, 텨—르썩, 텩, 튜르릉, 콱.

―「海에게서 少年에게」 제1연

총 6개의 연으로 되어 있는 「海에게서 少年에게」는 시의 정형성이 많이 깨어졌다는 점에서는 한국 시가사상 혁명적인 의의를 지닌 시라고 할 수 있지만 각 연 대응 행끼리의 정형적 자수율 때문에 '半律文的'인 형태상의 불안정성을 갖고 있는 작품이다.[20] 김현승은 이 시의 의의를 '우리나라 최초의 일인칭 자유시'라고 했다.[21] 아닌게 아니라 한 연만을 놓고 보면 3·4조니 7·5조니 하는 외형률이 깨어진 것 같지만 각각의 연이 똑같은 형태와 자수를 지키고 있다는 점에서 최남선은 여전히 자수율을 고집하고 있었고, 일인칭 자유시라는 것도 이미 「모르네 나는」에서부터 써오고 있었던 것이므로 '최초'라는 의미를 부여할 수 없다. 조동일은 이 시의 한 연만을 보면 자유시이지만 여섯 연을 견주어보면 아주 특이한 정형시라고 했고,[22] 이명찬은 새로운 정형률을 만드는 것이 근대시의 나갈 길이라고 믿었던 육당의 형태 강박증이 이 시에 고스란히 들어 있다고 했다.[23] 오세영은 신체시가 자유시형을 지향하기 위해서가 아니라 정형시형을 제창하기 위해서 쓰여진 과도기적 시형의 하나일 따름이라고 강하게 비판했다.[24]

이 시는 의인화된 바다가 나약한 이 땅의 소년들에게 나를 본받아 기개(용기와 야심의 뜻도 들어 있다)를 가지라고 충고하는 내용이다. 바다의 의인화라는 것도 그렇고 의성어 구사는 더더욱 근대화된 기법으로 볼 수 있지만 내

---

20) 조연현, 『한국현대시문학사』, 성문각, 1969, 117～118쪽.
21) 김현승, 『증보판 한국현대시해설』, 관동출판사, 1977, 10쪽.
22) 조동일, 앞의 책, 422쪽.
23) 이명찬, 앞의 글, 34쪽.
24) 오세영, 「현대시사를 바라보는 새로운 시야」, 한국현대시학회 편, 『20세기 한국시의 사적 조명』, 태학사, 2003, 16쪽.

용(혹은 주제)의 측면에서 이 작품은 근년에 들어와 많은 비판을 받고 있다.

> 화자는 의인화된 바다인데 이때의 바다가 근대 문명 그 자체나 그것에
> 닿을 수 있는 통로라는 점에 동의한다면, 바다는 일본을 등에 지고 한반
> 도의 소년을 향해 계몽하고 있는 목소리가 된다.[25]

> '산'과 '바다'의 객관적 등가물은 조선주의의 고취와 문명 개화의 예찬
> 이라는 미리 정해진 선험에 압도당하고 있다. 민족과 국토에 바치는 찬가
> 가 잠재적인 것보다 먼저 외부의 관념의 자극으로 촉발되었다는 것이 그
> 것의 단적인 예증이다.[26]

> 소년을 통한 힘과 순결성에의 사랑은 힘과 순결의 맹목성으로 이어지
> 고, 그것은 결국 계몽주의적 낙관주의로 흐르는 경향이 없지는 않다. 이
> 것은 경술국치로 치닫고 있는 현실인식과는 상당한 거리를 두고 있다.[27]

김용직은 「海에게서 少年에게」가 구어체 어휘의 잦은 사용, 속도감을
수반한 문체, 행과 연에 대한 인식의 자취, 구두점 사용의 두드러짐 등을
들어 근대적 성향이라고 옹호한 바 있지만[28] 근년에 들어서는 이와 같이
비판이 대세를 이루고 있다. 이 작품의 이러한 미흡함이 극복되는 것은
1909년 『소년』 5월호에 발표한 「꼿 두고」이다.

> 나는 꼿을 질겨 맛노라,
> 그러나 그의 아리따운 태도를 보고 눈이 얼이며
> 그의 향긔로운 냄새를 맛고 코가 반하야

---

25) 이명찬, 앞의 글, 35쪽.
26) 박철희, 「한국 근대시의 전사(前史)」, 김윤식·김우종 외, 『한국현대문학사』, (주)현대
　　문학, 2005, 87쪽.
27) 김석준, 앞의 글, 63쪽.
28) 김용직, 앞의 책, 103쪽.

精神업시 그를 질겨 마짐아니라,
　　다만 칼날갓흔 北風을 더운 긔운으로써
　　　　人情업난 殺氣를 깁흔사랑으로써
代身하야 밧구어
뼈가 저린 어름밋헤 눌리고 피도어릴 눈구덩에 파무처잇던
億萬목숨을 건지고 집어내어 다시살니난
봄바람을 表章함으로
나는 그을 질겨맛노라.

―「꼿 두고」 전반부

　형식의 측면에서건 내용의 측면에서건 불안정한 신체시였던 「海에게서 少年에게」와 달리 이 「꼿 두고」는 김용직이 고평한 대로[29] 완성도가 훨씬 높은 신체시이다. 화자는 꽃이 겉으로 보기에 아름다워 좋아하는 것이 아니다. 칼날 같은 북풍을 이겨내고 꽃을 피워냈기에 꽃을 예찬하는 것이다. 또한 그것을 가능케 한 봄바람을 예찬한다. 이 시의 화자는 서정적 자아이다. 서정시란 서정적 자아가 세계를 자신의 내부로 끌어들여서 그것을 내적으로 인격화하고(동화, assimilation), 감정이입에 의해 자아와 세계가 일체감을 이루도록 한다(투사, projection). 이런 시는 이전 시대에는 결코 볼 수 없었던 것이다. 같은 신체시이지만 1908년 작 「모르네 나는」과 1909년 작 「꼿 두고」는 개화기에조차 꼭꼭 숨겨져 있던 내면세계의 발견, 혹은 감성의 개발이라는 측면에서 근대시의 시발점으로 삼을 수 있을 만한 작품이다. 감정의 대표적인 사례는 쾌감·현기증·메스꺼움 같은 '신체적 감각'

---

29) 김용직은 『한국근대시사』에서 이 작품을 다음과 같이 고평하였다.
　"이 작품의 주제의식에 해당하는 것은 역경 속에서도 굽히지 않는 불굴의 정신이며 실질과 은애를 존중하는 인생관이다. 그러나 그것은 직접 토로되지 않고 꽃을 상관물로 하여 간접적으로 제시되어 있는 것이다. 그 기법으로 원용되고 있는 것이 비유다. 본래 작품이 빚어내는 해조와 비유의 예각적인 사용 등은 근대시의 중요한 요건을 이룬다."(112쪽)

들이라고 하는데30) 이전 시대의 시에서는 발견할 수 없는 신체적 감각이 이 2편의 시에서는 확실히 느껴진다. 「모르네 나는」에서 최남선이 구사한 두려움·근심·즐거움·걱정·편안함·고난 등 인간의 감정을 나타내는 시어의 사용도 중차대한 의미가 있지만 「꽃 두고」는 신체적 감각을 두루 표현함으로써 자유시 전단계인 신체시로서의 의장을 확실히 갖추게 된다. 시적 화자가 꽃의 '아리따운 태도'를 보고 눈이 어리고(아리다나 어지럽다는 뜻일 듯), '향기로운 냄새'를 맡고 코가 반하기도 한다. 하지만 그보다는 꽃이 칼날 같은 북풍을 '더운 기운'으로, 인정 없는 살기를 '깊은 사랑'으로 대신 바꾸는 인내심 때문에 높은 점수를 주고 싶다는 시인의 주제의식은 확실히 내면의식의 발견이요 감성에 대한 본격적인 탐구라고 볼 수 있다. 더구나 신체적 감각을 나타내는 표현이 이 시에서 보인다는 것은 이제 비로소 자유시를 쓸 마음의 준비를 갖추게 되었음을 뜻한다.

'신체시'라는 이름에 걸맞은 최남선의 작품으로는 이 2편 외에 「舊作三篇」이 있다. 1909년 4월에 나온『소년』제6호에 실려 있는 이 작품은 작가 자신이 후기에 1907년 작이라고 밝혀놓기는 했지만 작가의 이런 주장을 그대로 따른다면 발표된 시점을 글을 쓴 시점으로 간주해온 우리 문단의 관행을 무시하게 되는 것이다. 「舊作三篇」이 「海에게서 少年에게」보다 앞선, '최초의 신체시'라는 주장31)에는 그러므로 동의하기 어렵다. 하지만 「舊作三篇」의 중요성은 형식보다도 내용에 있다.

>   우리는 아모것도 가진 것 업소,
>   칼이나 륙혈포나ᅳ
>   그러나 무서움 업네.

---

30) 임일환, 「감정과 정서의 이해」, 대우학술총서 공동연구, 『감성의 철학』, 민음사, 1996, 26쪽.
31) 조지훈, 「한국현대시사의 관점」, 『조지훈전집』(3), 일지사, 1973, 166쪽.

鐵杖 갓흔 形勢라도
우리는 웃지 못하네.
    우리는 올흔것 짐을 지고
    큰길을 거러가난 者一ㅁ일세.

우리는 아모것도 지닌 것 업소
비수나 화약이나―
그러나 두려움 업네.
면류관의 힘이라도
우리는 웃지 못하네.
    우리는 올흔것 廣耳삼아
    큰길을 다사리난 者一ㅁ일세.

―「舊作三篇」 부분

제1연의 구조가 제2연에 가서 그대로 되풀이되는 것은 「海에게서 少年에게」와 다를 바 없다. 하지만 「舊作三篇」은 비록 아무런 힘도 가지지 않은 상태지만 옳은 길을 가는 사람의 삶은 큰길을 가는 것이며 두려움이 없는 상태라는 사실을 소묘하고 있다.[32] 국가의 운명이나 민족의 앞날 같은 거창한 주제를 내세웠던 지난날의 작품과는 달리 이 시의 주제는 따지고 보면 소박한 것이다. 스스로 옳은 길을 가면 세상에 무엇이 두려우랴 하는 경구의 뜻을 담은 작품이기 때문이다.

최남선보다도 더욱 근대적인 시정신을 갖고 신체시를 썼던 시인은 사실상 이광수다. 이광수의 신체시로는 「말 듣거라」, 「우리 英雄」, 「곰」, 「極熊行」, 「獄中豪傑」 등이 있다. 아래는 1919년 9월에 발간된 『새별』에 실려 있는 「말 듣거라」이다.

---

32) 김석준, 앞의 글, 64~65쪽.

山아 말듣거라 웃음이 어인 일고
네니 그님 손에 만지우지 않았던가
그님을 생각하거드란 울짓기야 왜 못하랴
네 무슨 뜻 있으료마는 하 아숩어

물아 말듣거라 노래가 어인 일고
네니 그님 발을 싯기우지 않았던가
그님을 생각하거드란 느끼기야 왜 못하랴
네 무슨 맘 있으료마는 눈물겨워

꽃아 말듣거라 단장이 어인 일고
네니 그님 입에 입맞추지 않았던가
그님을 생각하거드란 한숨이야 왜 못 쉬랴
네 무슨 속 있으료마는 가슴 쓰려

—「말 듣거라」 전문

　이 시 역시도 3·4조니 7·5수니 하는 음수율을 적용할 수 없게 할 정도로 자유로운 시형을 유지하고 있지만 각각의 연은 일정한 틀을 유지하고 있기 때문에 자유시라고는 볼 수 없다. 즉, 신체시의 자유는 불완전한 자유이다. 하지만 시어 선택과 주제 전개가 확실히 근대성을 띠고 있다는 점에서 자유시의 등장을 예감케 하는 작품이다. 산을 그리면서 그 님의 손에 의해 만져진다고 하지를 않나, 물을 보고는 그 님의 발을 씻어주었다고 하지를 않나, 꽃을 보고는 너니까 그 님의 입에 입을 맞춘 것이 아니냐고 하지를 않나, 표현 자체가 이미 이전 시대의 시에서는 결코 볼 수 없었던 것이다. 이광수는 서정적 자아로서 눈물짓고, 눈물겨워하고, 가슴의 아픔을 제어하지 못하고 있다. 이 작품과 이전 시대 작품의 가장 다른 부분은 이와 같은 '감성'의 발견이다. 유교문화권에 있던 우리는 이성과 의지에 대한 관념들을 문화적으로 상속받으면서 감정적인 반응을 이성에 종속시키고 경시해왔다.[33] 더군다나 중국의 고전 시학인 흥관군원이나 감물언지(感物言志)[34]는 근대 자유시로의 이행에 커다란 걸림돌 역할을 하였다. 꽃을 보고 반해, 꽃같이 아름다운 님을 생각하며 입을 갖다대면 님과 입을 맞춘 것이나 다를 바 없다는 시적 발상은 개화가사나 창가에서는 찾아볼 수 없었던 것이다. 고려조의 「쌍화점」이나 「만전춘」 같은 가사를 유교를 중시한 조선조에서는 '남녀상열지사'라고 매도하였다. 이런 관점은 1900년대까지 이어졌지만 1919년 작 「말 듣거라」에 이르면 완전히 파기되고 만다. 이제 시인은 화자의 입을 통해 남녀간의 사랑에 대해 이와 같이 진지하게 논할 수 있게 되었다. 또한 인간의 희로애락을 마음껏 표출할 수 있게 되었다. 개화가사와 창가가 등장한 1896년 이후 23년 만인 1919년에 적어도 내용상으로는 자유시와 다를 바 없는 시가 등장하게 된 것이다.

근대시의 출발점은 '최초의 자유시'로 일컬어지는 주요한의 「불노리」인데 이 작품은 1919년 2월에 창간된 첫 종합 문예동인지인 『창조』에 실려 있다. 즉 1920년을 전후한 몇 년 동안 신체시와 자유시가 혼재되어 발표되었고, 어떤 것을 신체시로 보느냐 어떤 것을 자유시로 보느냐 하는 것은 형식상의 구분일 뿐 내용상으로는 구분하기가 쉽지 않다. 신체시도 이미 근대시의 모습을 확연히 보여주고 있었던 것이다. 이광수의 「獄中豪傑」 같은 작품은 대단히 파격적이었다.

---

33) 리처드 래저니스 · 버니스 래저니스, 『감정과 이성』, 정영목 역, 문예출판사, 1997, 283쪽 참조.

34) 감물언지는 『尙書 · 堯典』에 나오는 "시는 뜻을 말하고, 노래를 말을 길게 읊는 것이며, 소리는 읊는 것에 의존하며, 율조는 소리를 조화시킨 것이다(詩言志歌永言聲依永律和聲)."나, 『毛詩序』에 나오는 "시라는 것은 뜻이 나아가는 바이니, 마음속에 있으면 뜻이 되고 말로 표현하면 시가 된다(詩者志之所之也在心爲志發言爲詩)."는 말에서부터 시작된 시론이다. 시는 감정의 유로가 아니라 뜻을 전하는 것이라는 주장은 중국 고전 시학의 근본이다. — 이병한 편, 앞의 책, 11~12쪽 참조.

> 쎠삼마다, 힘쑬마다, 電氣갓히 잠겨잇는, 굿센 힘, 날닌긔운, 흐르는 소
> 리잇가. 眞珠갓히 光彩잇고, 彗星갓히 도라가는, 횃불갓흔 兩眼에는, 苦悶
> 안기 쪗도다. 그러나 그 안깃속에 빗나는 光明은, 숨은 勇氣, 숨은 힘이
> 中和한 번깃불―, 前後左右 쌀닌남게 식인듯흔 가는 줄은, 獄에 미인, 뎌
> 豪傑의 煩悶苦痛 자최로다.

-「獄中豪傑」 부분

영락없는 산문시다. 김기현은 이 작품이 가사체라고 했지만[35] 김용직은
산문의 개입을 현저하게 느끼게 하는 문어체로 썼고, 판소리의 사설 같은
입심, 서사적 요소, 플롯의 원형에 해당하는 것을 바닥에 지니는 것 등을
가리키며 가사체로 볼 수 없다고 말했다.[36] 한 가지 덧붙일 수 있다면 직
유법의 사용인데, 형식은 그렇다 치고 내용에 있어서도 이 시는 근대성을
지니고 있다. 영웅호걸의 양 눈에는 고민의 안개가 껴 있는데, 그 안개 속
에 빛나는 광명은 숨은 용기와 힘이 중화한 번갯불이다. 시는 여기서 끝나
지 않는다. 그 영웅호걸은 지금 옥에 걸혀 있고, 영웅의 번민과 고통의 자
취가 바로 눈빛이라는 내용이 바로 이어서 나온다. 즉, 영웅의 인간적 면
모 부각이 이 시의 핵심 내용이다. 지나친 열거가 판소리 사설 같은 느낌
을 주는 것이 옥의 티라고 할 수 있을 것이다.

조동일과 이명찬은 신체시 작가로 최남선과 이광수 외에 최소월(본명 최
승구), 김여제, 현상윤을 들고 있다. 조동일은 현상윤의 「친구야 아느냐」를
예로 들면서 "절제와 자유, 반복과 변화의 효과적인 결합을 이룩하기에는
진통이 모자라고 기법이 성숙되지 못했다"고 말했다. 현상윤의 「웅커리로
서」에 대해서는 "격앙된 느낌을 따라가기만 하고 말을 다듬는 데 세심한
주의를 하지 않는 점"을 문제점으로 지적하였다.

---

35) 김기현, 「춘원의 신시」, 『한국문학논고』, 일조각, 1972, 230쪽.
36) 김용직, 앞의 책, 109~110쪽.

山嶽이라도 썩애지는
大砲의彈알에
너의阿只는
발서碎骨이 되엇고,
野獸보다도暴惡헌
쎄르만의戰士의게,
너의 愛妻는
恥辱으로 죽엇다.
인제는, 사랑허든
家族도 업서젓고,
너조차逃亡헐
길을 일허버렷다.

―「벨지움의 용사」 부분

최승구가 『학지광』 제4호(1915. 2)에 발표한 「벨지움의 용사」는 자수의 규칙은 없지만 2행씩 엇갈리며 규칙적으로 진행된다. 자유시 전단계의 시로서 과도기적인 작품임을 한눈에 알 수 있다. 작자는 제1차 세계대전 때 벨기에가 독일에 패한 이유가 정부가 약한 데 있었으니 굴욕을 참을 수 없을 때는 용사가 다시 싸워야 한다고 주장하는데,[37] 실제로는 이 땅의 젊은 이들에게 용기를 북돋우고 위해 썼음을 알 수 있다. 이명찬은 최승구가 「나의 故里」, 「긴 熟視」 등의 시를 통해 식민 상황을 극복하고 되찾아야 할 우리의 낙원을 '고향'의 이미지로 제시함으로써 일정한 수준의 시적 리얼리티를 확보했다고 했다.[38] 「벨지움의 용사」의 진정한 의의는 작품 무대의 확대이다. 최승구는 시야를 저 멀리 유럽에까지 넓혀 시적 무대의 확장을 가져왔는데, 이는 우리 시의 외연이 확장된 것으로도 볼 수 있다. 김여제가

---

37) 조동일, 앞의 책, 434쪽.
38) 이명찬, 앞의 글, 37쪽.

상해 임시정부에서 발간한『독립신문』제49호(1920. 3. 1)에 발표한「三月一日」도 형식적 측면에서 자유시 전개 바로 직전 단계의 작품이다.

> 거룩한 싸움 의로운 싸움
> 어느덧 일년이로다
> 지하의 의로운 영령
> 철창에 자는 용사
> 그러나 안심하소서
> 안심하소서
> 자유의 햇빛이 정의의 기빨이
> 새 광채 발할 날 머지 않나니
> 머지 않나니

–「三月三一」부분

1년 만에 맞이한 3월 1일에 작년 거사의 의미를 돌이켜보며 자유의 햇빛과 정의의 깃발이 다시 이 땅을 밝힐 날을 꿈꾸고 있다. 반복 구문과 3·5조의 율격으로 시의 리듬을 잘 살리고 있는 이 시에는 민요의 율격이 담겨 있다. 형식은 자유시 전단계인 신체시에 속하지만 시어와 작품 내용은 자유시에 속하는 이런 시는『학지광』에 주로 실렸는데,「불노리」의 등장 이후 금방 자취를 감추고 만다. 1920년대는 동인지 성격을 띤 문예지의 시대가 된다. 대표적인 것으로『폐허』(1920),『백조』(1920),『장미촌』(1921),『백조』(1922) 등이 나와 자유시의 양산을 이끈다. 3·1운동 실패 이후의 패배의식은 내면세계 혹은 감성에 대한 탐구로 치닫게 되고, 김억 등이 행한 서구 상징주의와 낭만주의 소개는 우리 시단에 감성의 분출을 이끌어낸다. 이로써 개화기 시가의 시대는 종말을 고하는 것이다.

3. 마무리

시조와 같은 정형시뿐만 아니라 개화기의 개화가사와 창가에는 인간의 기본적인 정조인 희로애락을 비롯하여 다양한 감정이 제대로 표출되지 못하였다. 조선조 말의 시조에는 조선조 사대부의 정신과 행동 양식이 그대로 녹아 있었다. 개화가사는 문명개화와 충군위국의 사상을 지나치게 강조하여 감성의 표출과는 거리가 멀었다. 창가는 7·5조라는 음수율의 한계, 계몽주의로의 경도와 찬송가류의 범람이 문제였다. 시의 가장 기본이 되는 정조인 자기 감정이나 감성을 좀처럼 찾아볼 수 없었다. 그러다가 신체시의 시대로 접어들면서부터 다양한 감성을 표현할 수 있어 '자유시'의 세계로 나아갈 수 있게 된다. 하지만 신체시는 아직 형식상의 자유를 추구하지 못한, 과도기적인 양식이었다.

다시 말하거니와 연구자는 조선조 양반사회에서는 도저히 펼쳐 보일 수 없었던 '내면의식'이 개화기 시인들의 시 속에서 어떻게 나타나서 자유시까지 이어지는지, 그 양상을 살펴보았다. 시의 형식보다는 내용에 있어서 감정과 감성을 발견해가는 과정을 추적하는 것이 이 글의 목표였다. 따라서 연구자는 1896년부터 1919년까지 발표된 시를 중심으로 하여 연구를 전개하였다.

이전의 시조나 가사와는 판이하게 다른 개화가사에서 자유시로 발전해가는 과정에서 외형률을 벗어버리는 형식상의 자유도 물론 중요한 것이었지만, 내용에 있어서도 자아를 어떻게 발견하여 시에다 구현했는가가 연구의 중심축이었다. 시조에서 자유시의 시대로 이행되기까지 개화가사·창가·신체시 등의 양식이 있었는데, 시어 구사와 주제 설정에 있어 창가보다는 개화가사가 다소간 윗길에 있었다. 따라서 개화가사에서 창가로 나아갔다는 기존의 연구 결과는 오류였다. 신체시는 내용상에 있어서는 자유시

에 못지않은 다양성을 보여주었고, 작자들 의식의 개화가 자유시 등장을
위한 초석을 마련해주었다. 널리 알려져 있는 최남선의 신체시보다는 이광
수와 최승구, 김여제 등의 신체시에서 희망적인 조짐을 엿볼 수 있었다.
이로써 개화가사와 창가를 거쳐 신체시로 가는 과정에는 시의 형식적 변
화도 물론 있었지만 감성의 발견이 더욱 중요한 구분의 포인트가 된다고
본다. 1920년대의 문예지를 수놓은 시편은 신체시의 '감성의 발견' 내지는
'감정 드러내기'라는 전초 작업이 있었기에 아무 거리낌 없이 자신의 내면
세계를 펼쳐 보일 수 있게 되었던 것이다.

1920년대 초기 문예동인지의 시에 나타난 '감성'

1. 실마리

한국 시문학사에서 1920년대는 대단히 중요한 연대이다. 3·1운동이 좌절된 이후 비탄에 사로잡힌 이 땅의 청년 지식인들은 문학을 좌절된 욕망의 탈출구로 삼아 동인지 발간에 앞장섰다.[1] 3·1운동의 패배 이후 우후죽순처럼 나온 이들 동인지와 종합지에는 소설보다 시가 압도적으로 많이 실렸다.[2] 대부분의 시가 절망감에 사로잡힌 청년들에 의해 창작되다 보니 감상적이거나 허무주의적인 색채가 강한 시들이 꽤 많았다. 훗날 『백조』는 감상적인 특성을 지녔다고 평가받게 되었고, 『폐허』는 퇴폐적 경향

---

[1] 1919년 2월 1일에 창간호가 나온 문예동인지 『창조』에 이어 1920년에 동인지 『폐허』와 종합지 『개벽』이 나왔다. 1921년에 동인지 『장미촌』이, 1922년에 동인지 『백조』가 나왔다. 1922년에 종합지 『조선지광』과 『동명』이 나온 데 이어 1923년에 『금성』이 나왔다.

[2] 총 3호가 나온 『백조』에는 국내 시인의 시가 40편, 번역시가 13편, 소설이 9편 실려 있다. 총 2호가 나온 『폐허』에는 국내 시인의 시가 31편, 번역시가 18편, 소설이 4편 실려 있다.

으로 흘렀다고 평가받게 되었다.3) 백철과 조연현에 의해 1920년대의 시적 경향이 이런 식으로 말해진 이래 지금까지도 몇몇 동인지를 중심으로 전개된 20년대의 시에 대한 평가는 별반 달라진 것이 없어 보인다.

연구자들은 그동안 『폐허』와 『백조』 등 20년대의 대표적인 문예동인지가 서구 낭만주의의 영향을 받았다고 이구동성으로 말해왔으며, 감상적이고 퇴폐적인 경향을 띤 작품이 주로 실렸다고 보았다. 물론 일제 강점기였고, 신분 고하를 막론하고 거국적으로 전개된 3·1운동이 실패로 돌아간 직후여서 좌절감에 사로잡혀 있기는 했지만 이들 동인지나 종합지에 실린 대다수 시편을 '퇴폐적 경향'과 '감상적 낭만주의 색채'를 띤 작품으로 간주할 수는 없다. 이 시대 작품의 주된 정조 혹은 감성을 살펴보면 '희망'과 '동경'의 작품도 적지 않았건만 이들의 작품은 논외로 취급되었다. 그래서 이 글은 기존의 논의에서 거의 다뤄지지 않은 작품을 대상으로 살펴보면서 문학사의 오류를 바로잡고자 한다. 이 글은 기존의 오류를 바로잡기 위해 1920년대의 시인들이 근대적인 의미에 있어서 '감성'이라는 것을 어떻게 이해했는지 살펴보고자 한다. 다시 말해 어떤 감정에 사로잡혀 시를 썼는가를 살펴본다면 서구 낭만주의 혹은 상징주의와의 영향관계도 파악할 수 있을 것이다.

---

3) "감상적인 경향은 전기한 바와 같이 『백조』 동인들의 공통적인 정신적 기질이었으나, 특히 이 특성이 강했던 시인은 노자영과 홍사용이었으며, 이 무렵의 나도향과 현진건의 소설도 여기에 기초된 것이었다." "퇴폐적인 경향도 이 무렵의 공통적인 정신적 분위기였으나, 스스로 퇴폐적인 것을 자부 주창하고 나선 시인은 『폐허』의 동인이었던 황석우였다." – 조연현, 『한국현대문학사』, 성문각, 1969, 250, 253쪽.

2. 20년대의 감성에 대한 오해

1) 기존의 평가

1920년대의 감성을 나타낼 때 가장 적합한 수사가 과연 '낭만적'일까. 백철은 낭만주의를 두 부류로 나눈 뒤에 우리나라의 낭만주의는 "이상주의적 희망과 정열과 사상"의 낭만주의가 아니라 "현실을 떠나서 하염없는 꿈을 그리는 염세적 현실도피적 기분의 문학", 즉 "병적 낭만주의"라고 규정하였다.

> 『백조』와 그 동인을 통하여 우리 신문학은 1921년의 낭만주의의 화려한 시대를 맞이하게 되었다. (…) 그러나 돌아보면『백조』파의 낭만주의는 그렇게 씩씩하고 명랑한 것이 아니고, 차라리 병적인 창백한 感傷文學이었다. 본시 낭만주의에는 두 가지의 종류가 있다고 볼 수 있는데, 하나는 시대적으로 모든 것이 신흥하는 때에 있어서의 그 이상주의적 희망과 정열과 사상이니, 이것은 건전한 생장과 비약을 상징하는 하나의 낭만주의가 될 수 있다.[4]

『백조』동인을 중심으로 한 20년대 시단의 기류를 "병적인 창백한 感傷文學"으로 규정한 백철의 논리는 조연현에 의해 더욱 확고하게 자리 잡는다.

> 이 무렵의 주요한의 다른 작품은 물론 이 무렵의 김안서나 황석우 등의 작품에서도 「불노리」보다도 좀더 명료한 낭만적인 서정을 발견하게 되는 것은 이 땅 초기의 낭만적 풍조가 근대시에 대한 자각과 함께 나타나진 것임을 더욱 명백히 해주는 것이 된다. 근대시에 대한 자각과 함께 나타난 이러한 낭만적인 의식은『백조』를 중심으로 하고 화려한 전망을 보여주었다.[5]

---

4) 이병기·백철,『國文學全史』, 신구문화사, 1957, 304~305쪽.
5) 조연현, 앞의 책, 244쪽.

　조연현이 『백조』 동인의 시를 논하면서 "좀더 명료한 낭만적인 서정", "낭만적 풍조", "낭만적인 의식"이라는 식으로 계속 '낭만'을 강조하여 말한 이유는 20년대 이 땅의 시인들이 서구 낭만주의의 영향을 강하게 받았다는 믿음이 있었기 때문이다. 같은 책에서 조연현이 한 "『폐허』의 퇴폐주의가 19세기말에 구라파에서 등장된 세기말적인 데카당스가 아니라 변형된 낭만주의의 一要素"라는 말이나 "『백조』의 외형적인 무질서한 치기는 그대로 『백조』파 낭만주의의 특수한 기질을 설명해주는 것"이라는 설명도 우리나라 시사 전개에 있어 20년대는 서구 낭만주의의 영향 하에 전개되었다는 전제가 있었기에 가능한 것이었다. 조연현은 "『백조』파 낭만주의의 특수한 기질"에 대해 이런 설명을 덧붙였다.

　　그 특수한 기질이라는 것은 낭만주의가 가지는 일반적인 특질인 직관적인 감성보다는 무절제한 방임이 더 강했으며, 일관된 미적 긍정보다는 회의적인 기분적 변화가 더 우세했으며, 정신의 열도보다는 감상적인 서정이 그 특성이었음을 말하는 것이다. 그러므로 『백조』에 나타난 시는 그 전부가 자기 자신도 잘 알지 못하는 막연한 感傷이 아니면 정신의 소박한 감상적 허영의 의상과 같은 것이 될 수밖에는 없었다.[6]

　서구 낭만주의는 직관적인 감성, 일관된 미적 긍정, 정신의 열도를 특징으로 하는데 우리나라의 낭만주의는 무절제한 방임, 회의적인 기분적 변화, 감상적인 서정을 특징으로 한다고 했다. 게다가 "자기 자신도 잘 알지 못하는 막연한 感傷"에 사로잡혀 있지 않으면 "정신의 소박한 감성적 허영의 의상"을 걸치고 있었다고 비판하였다. 두 연구자의 공통점은 ① 20년대에 이 땅의 시인들은 서구 낭만주의의 영향을 받았다. ② 그러나 우리가 받아들인 낭만주의는 희망과 정열의 낭만주의가 아니라 세기말 사상에

---

6) 조연현, 위의 책, 246쪽.

편승한 현실도피적인 낭만주의였다. ③ 그러므로 20년대 시인들의 작품은 특별히 상찬할 만한 것이 없다는 것으로 귀결된다.

서구 낭만주의에 두 종류가 있었던 것은 사실이다. 윌리엄 블레이크로부터 시작하여 워즈워드·콜리지·바이런·키츠·셸리로 이어지는 영국의 낭만주의는 대단히 밝고 진취적인 기상을 지니고 있었다. 블레이크는 형이상학적인 관점에서 존재의 신비를 탐색하고 가진 자들의 횡포를 비판하였다. 워즈워드는 전원에 대한 무한한 동경을 구어체 문장에 담아냈고 콜리지는 범신론적 사상에 입각하여 이국적이며 신비적인 분위기를 풍기는 시를 썼다. 열정적인 사랑과 모험가의 여정을 몸으로 실천한 바이런은 낭만주의의 본질에 가장 가까운 시인이었다. 키츠는 고전에 바탕을 둔 명상적인 깊이를 보여주었고, 셸리는 시의 음악화를 시도하였다. 이 땅의 시인들을 이들과 연결시킴은 어불성설이다. 뒤에 등장하는 라마르틴·비니·뮈세·네르발 등 프랑스 낭만주의 시인들은 영국 낭만파 시인들보다 더욱 몽상적이고 감각적이었는데, 이들은 후반기에 가서 세기말사상에 경도되어 시가 상당히 감상적·퇴폐적이 된다. 백철과 조연현 두 사람의 논리를 수긍한다면 이 땅의 낭만파 시인은 영국보다는 프랑스 낭만파 시인의 영향을 받았다는 이야기가 된다. 그런데 20년대 이 땅의 시인들이 영국이건 프랑스이건 서구 낭만파 시인의 영향을 받은 바는 거의 없다고 보아야 한다. 블레이크의 시가 1921년에 발간된 김억의 번역시집 『懊惱의 舞蹈』에 3편, 1923년에 발간된 종합지 『신생명』에 7편 번역되어 있기는 했지만 블레이크 외의 다른 시인의 시는 P. B. 셸리의 것이 딱 1편 『懊惱의 舞蹈』에 실려 있을 뿐이다. 따라서 낭만주의의 영향을 작품을 통해 받았다고 보기는 어렵다. 낭만파 시인들의 작품이 1919~1922년 상간에 국내에는 번역이 거의 되지 않았다.[7] 따라서 "명료한 낭만적인 서정", "낭만적 풍조", "낭만적인 의식" 하면서 20년대 시를 서구 낭만주의와 연계하여 논한다는 것은 대단히 위험한 일이다. 몇 편 시에 좌절감이나 절망감이 담겨 있다고 하여 『폐허』를 퇴폐주의와 연결시키는 것도 무리이다.

한편 『한국근대시사』를 펴낸 김용직은 『백조』에 대해 63쪽을 할애하여 본격적으로 논하는데, 다음과 같은 소제목들을 보면 '백조파'의 시적 경향을 어떻게 파악하고 있는지 한눈에 알 수 있다.

> 2. 浪漫派 氣質과 感泣癖
> (1) 「白潮」 동인들의 浪漫派 性向
> (2) 사랑, 죽음, 절망의 그림자
> (3) 눈물의 王國, 感傷的 浪漫主義
> (4) 悲痛한 表情의 사연8)

이런 소제목에 나타나 있는 표현을 그대로 따른다면 백조파 시인들은 낭만주의적인 기질이 농후했고 감읍벽에 사로잡혀 있었다. 『폐허』 동인 황석우와 『백조』 동인 홍사용의 시에는 아닌게 아니라 '눈물'이라는 시어가 많이 나온다. 김용직은 그들의 작품에 사랑·죽음·절망의 그림자가 짙게 드리워 있고, 시인들은 죄다 감상적 낭만주의에 사로잡혀 비통한 표정을 짓고 있다고 보았다. 김용직의 이런 진단은 일정 부분 사실이다. 나라를 빼앗겼는데 절망이 아닌 희망을, 좌절감이 아닌 성취감을 느낄 수는 없는 것이다.

그런데 인간의 감정을 어두운 것들(예컨대 슬픔, 불안, 공포, 분노, 경악, 증오, 혐오, 불쾌, 질투 등)과 밝은 것들(예컨대 사랑, 환희, 감탄, 통쾌, 동경, 향수, 희망,

---

7) 『창조』 제5호에 하이네와 괴테의 시가, 제6호에 폴 포르, 베르나르, '샬르 쌔란'의 시가, 7·8호에 타고르의 시가 번역되어 있다. 『백조』에는 투르게네프의 산문시 외에는 번역시가 보이지 않고 『폐허』에는 베를렌의 시가 번역되어 있다. 즉, 20년대 문예동인지를 통틀어도 낭만파 시인의 시는 거의 눈에 띄지 않는다.
8) 김용직, 『한국근대시사』, 새문사, 1983, 17쪽.

평화, 위안 등)로 나눠볼 때 1920년대의 시편이 전적으로 어두운 것들로만 이루어져 있다고 보기는 어렵다. 특히 20년대의 시가 서구 낭만주의의 영향 아래 쓰였다는 논의는 설사 '감상적 낭만주의'처럼 수식어를 붙인다 할지라도 대단히 위험한 논의가 아닐 수 없다. 『懊惱의 舞蹈』에는 프랑스 상징주의 시인들의 작품이 수록되어 있으므로9) 20년대 이 땅의 시인 중 일부가 상징주의의 영향을 받았을 수는 있지만 "병적인 창백한 感傷文學" 같은 용어는 성립될 수 없다. 하지만 기존의 논의는 20년대의 시가 낭만주의적이었다, 그래서 감상 일변도였다는 주장으로부터 벗어나지 못했다.

2) 문예동인지 수록 시의 경향

『백조』와 『폐허』에 수록된 시에 대한 인식은 백철과 조연현의 의견에 별다른 이견이 제기되지 않은 채 50년 가까이 이어지다가 신동욱의 다음 글에 이르러 거의 고착된 듯하다. '감상'을 빼면 1920년대의 시는 논하기 어려워지게 되었다.

> 백조파에 있어서 홍사용, 박종화, 박영희, 이상화, 김팔봉 등이 보인 시상들도 1920년대의 시대 인식의 예술적 형상화로 특징지을 수 있다. 이 시인들의 시상에 공통적으로 드러난 어둠의 인식은 동굴, 밀실, 죽음, 고뇌, 관, 눈물, 탄식, 환영, 꿈, 적멸, 묘, 분노, 병실, 권태 등으로 대충 요약될 수 있는데 이러한 경향은 『폐허』 동인들과 같은 시적 경향을 보이고 있으며, 그에 비하여 백조파 동인들의 사상은 그 표현에 있어 오히려 격정적이며 화려한 수사를 동반하여 感傷化되고 있다.10)

---

9) 5편 이상의 시가 실려 있는 시인은 5명으로 베를렌의 시가 21편, 구르몽의 시가 10편, 사멘의 시가 8편, 보들레르의 시가 6편, 예이츠의 시가 6편 실려 있다.
10) 신동욱, 「1920년대의 시와 그 인식」, 김용직 외, 『한국현대시사연구』, 일지사, 1983, 61쪽.

　신동욱은 두 문예동인지를 통해 활동한 시인들의 시상에 어둠에 대한 인식이 공통적으로 드러나 있다고 하고는, 그것의 상징어로 동굴, 밀실, 죽음, 고뇌 등의 시어를 나열하였다. 그렇다면『창조』와『폐허』,『백조』세 대표적인 문예동인지에 실려 있는 시의 경향을 따져볼 필요가 있다. 밝은(혹은 희망적인) 이미지를 지닌 시를 ○로 표시하고 어두운(혹은 암울한) 이미지를 지닌 시를 ●로 표시하고, 어느 한쪽에 치우치지 않거나 그런 것을 따지기 애매한 시를 ◎로 표시하면서 비율을 셈해본다. 번역시는 제외하였다.

『창조』제1호			
주요한	「불놀이」		○
	「새벽꿈」		●
	「하아얀안개」		○
	「선물」		◎
『창조』제2호			
주요한	「해의시절」		○
	「아츰處女」		○
『창조』제3호			
南 星	「東京아잘잇거라」		○
『창조』제4호			
주요한	「上海이애기」 /	「歌劇」	●
		「支那少女」	○
		「公園에서」	◎
		「아츰」	○
		「낫」	○
		「저녁」	○
		「밤」	●
『창조』제5호			
주요한	「短曲」 /	「하늘」	○
		「풀엄」	○

저자	작품		표시
	「눈ㅅ길」동인지		○
	「해」		○
	「꼿」		○
	「봄」		○
오천원	「꿈길」		○
김소월	「浪人의봄」		◎
	「夜의雨滴」		●
	「午過의泣」		●
	「그리워」		◎
	「春崗」		○

『창조』 제6호

저자	작품		표시
동 원	「新生의日」		○
상아탑	「눈으로愛人아오너라」		◎
오천원	「故鄕을쩌남」		○
상아탑	「小曲」		●
춘 원	「밋봄」		◎
요 한	「외로움」		●

『창조』 제7호

저자	작품		표시
춘 원	「江南의봄」		○
주요한	「生과死」		◎

『창조』 제8호

저자	작품		표시
벌 꼿	「그봄을바라」		○
	「우리집」		○
	「꼿밧」		○
	「포도」		○
	「벌이」		○
	「앵두」		○
	「련꼿」		○
	「쯸」		○
	「내마음근심가득하매」		●
	「가을에피는꼿」		○
춘 원	「偶感三篇」 /	「너는靑春이다」	○
		「긔운을 내어라」	○

	「平凡」	○
동 원 「小曲」 /	「사랑」	○
	「愛人」	○
	「가슴」	○
	「印像」	○
	「月夜」	○
	「暗夜」	●
惟 邦	「幻影」	●
	「죽음의노러」	●
	「魔惡의물음」	●
	「處女의죽음」	●
주요한	「큰길을사모함」	○
	「나의마음고요이긔다리다」	◎

『창조』 제9호

주요한	「별미테혼자서」	○
	「쓸어진꽂줄기」	●
	「부르지짐」	●
	「모든것이다갈써」	●
	「봄달」	○
안 서	「낙엽」	◎
	「惡聲」	●
	「아츰잠」	○
	「애닯지안은가」	○
	「붉은키쓰」	●
	「꽂」	●
	「바람」	◎
極 곰	「極熊行」	○

『백조』 제1호

월 탄	「密室로도라가다」	●
	「輓歌」	●
노 작	「꿈이면은?」	◎
	「통발」	◎
	「漁父의跡」	◎

	「푸른江물에물노리치는것은」	○
회 월	「微笑의虛華市」	●
	「幻影의黃金塔」	●
	「어린이의航路」	●
이상화	「末世의欷嘆」	●
	「單調」	●
춘 성	「꼿피려는處女」	○
	「달밤」	●

『백조』 제2호

회 월	「꿈의나라로」	●
	「그림자를나는쏘치다」	●
	「어둠넘어로」	●
	「幽靈의나라」	●
이상화	「가을의풍경」	●
노 작	「봄은가더이다」	◎
월 탄	「黑房秘曲」	●
	「春의小曲」	○

『백조』 제3호

노 작	「흐르는 물을 붓들고서」	○
이상화	「나의寢室로」	●
	「二重의死亡」	●
	「마음의꽂」	●
노 작	「墓場」	●
회 월	「月光으로짠病室」	◎
김지진	「한갈래의길」	●
	「한개의불빗」	●
	「倦怠.」	◎
	「비오는날」	●
	「연못에서서」	●
	「가심의별」	●
월 탄	「死의禮讚」	●
	「老妓」	●
	「愛道雅唱」	○

노 작	「그것은모다꿈이엇지마는」	○
	「나는王이로소이다」	●
노춘성	「외로운밤」	●
	「불살우자」	○

『폐허』제1호

황석우	「夕陽은써지다」		●
	「短曲」 /	「碧毛의猫」	○
		「太陽의沈沒」	●
		「愛人의引渡」	●
		「淫樂의宮」	●
		「세決心」	●
		「亡母의靈前에밧드는詩」	●
		「血의詩」	●
		「百科全書」	◎

『폐허』제2호

나정월	「내물」	○
	「砂」	◎
남궁초몽	「풀」	○
	「生命의秘義」	○
	「大地와生命」	○
	「大地의讚」	○
오상순	「힘의崇拜」	○
	「힘의憧憬」	○
	「힘의悲哀」	●
	「革命」	○
	「째째신」	◎
	「粹」	○
	「神의玉稿?」	◎
	「無情」	◎
	「離間者」	●
	「生의謎」	●
	「돌아!」	●
	「가위쇠」	◎

	「遺傳」		◎
	「秋夕」		◎
	「모름」		●
	「創造」		●

오상순	「廢墟의祭壇」		●
요 한	「봄날에 가만히 부른노래」 /	「비소리」	○
		「봄달잡이」	○
		「고인물」	○
		「흰구름」	○
		「혼잣말」	○
		「노래하고싶다」	○
		「그 봄의 부름」	○
한 샘	「그이」		○
변영로	「생시에못뵈올님을」		◎
	「눈(眼)」		◎
김석송	「個性의微笑」		○
	「나는어대로」		○
	「脫線」		○
김명순	「慰勞」		○
조명희	「驚異」		○
	「無題」		●
	「永遠의哀訴」		○
	「孤獨者」		●

이와 같이 『창조』 9권, 『백조』 3권, 『폐허』 2권, 『폐허이후』 1권 등 15권의 문예동인지에 실려 있는 162편의 시를 보면 45.7%가 밝은 이미지를, 38.3%가 어두운 이미지를 지니고 있다. 두 가지 범주에 넣기 어려운 시는 총 23편으로, 16%를 점하고 있다. 이 시기에 발표된 시는 거의 예외 없이 어둡고 절망적이며, 심지어 퇴폐적이라고 간주되어 왔는데, 조사를 해본 결과 어두운 이미지의 시보다 밝은 이미지의 시가 더 많음을 알 수 있었

다. 문예동인지를 중심으로 전개된 20년대의 시를 두고 김흥규는 베를렌의 애상과 보들레르의 악마주의가 다분히 감상적이고 퇴폐적 서정으로 시의 주조를 이루게 했으며, 이 때문에 상징 시인들은 그들이 처한 문학사적 위치와 언어적 토대 위에서 서구의 상징주의를 제대로 소화하지 못한 채 근대시에 방황과 혼돈된 의식을 남겼다는 지적을 했다.[11] 20년대 초기의 시인들이 서구의 상징주의를 제대로 소화하지 못했다는 것을 인정한다고 하더라도 그것이 비난받을 이유가 될 수는 없고, 더구나 감상적·퇴폐적 서정으로 흘렀다는 지적은 밝은 시(혹은 희망의 시)가 어두운 시(혹은 절망의 시)보다 더 많으므로 재고를 요한다.

3. 20년대 문예동인지 수록 시의 감성

1) 『창조』 수록 시의 주된 감성

『창조』 창간호를 보면 발간사가 나와 있지 않다. 다만 책 끄트머리에 '남은 말'이 붙어 있는데, 김동인이 쓴 것을 보면 창간호에 실은 자신의 소설 「약한 자의 슬픔」에 빗대어 발간 취지를 이렇게 밝히고 있다.

> 여러분은 이 「약한 자의 슬픔」이 아직까지 세계상에 있는 모든 이야기
> (작품) ― 리얼리즘, 로맨티시즘, 심볼리즘 들의 이야기 ― 와는 묘사법과
> 작법에 다른 점이 있는 것을 알 것입니다.(현대 표기법으로 고침)

서구의 여러 문예사조와는 다른 소설을 썼으니 그 점을 잘 알고서 내 소설을 읽어보라는 말이다. 자신만만하기가 하늘을 찌르는 기세이다. 1910

---

11) 김흥규, 「'근대시'의 환상과 혼돈」, 『문학과 역사적 인간』, 창작과비평사, 1980, 212~
213쪽 참조.

년대 말에 이미 김동인은 일본 문단을 휩쓸고 있는 사실주의와 낭만주의와 상징주의의 영향을 거부하고서 자기 식으로 소설을 쓰겠다는 자신감 있게 천명하고 있다.

근대시의 주된 감성으로 김용직은 절망·감읍·감상·비통 등을 운위하였고, 그것이 잘못된 진단은 아니었다. 그런데 이런 어두운 감성 외에 밝은 감성이 다양하게 있었음에도 불구하고 이에 대한 연구가 전혀 진행되지 않은 것은 문제였다. 3·1운동이 실패로 끝난 이후에 나온 문예동인지들이므로 응당 어두운 세계를 지향하고 있었으리라는 선입견 때문에 20년대 초기의 감성에 대한 논의가 잘못되었다면 이제는 이를 바로잡아야 한다.

『창조』제1호에 실려 있는 「불노리」는 사월초파일 대동강에서의 밤 불꽃놀이를 소재로 한 작품이다. 밤이 왔으니 연등을 찬란하게 피워 올려 시대의 어둠을 몰아내야 한다는, 대단히 긍정적인 주제를 담고 있다. 일제가 무력으로 이 땅을 강점했지만 우리나라 사람들이 민족적 자존심을 잃지 않고 단결하면 사월초파일의 연등처럼 밤을 환하게 밝힐 수 있으리라는 의지와 저항의 시편이다. 그렇기 때문에 시어 중 하나인 '눈물'은 회한과 절망의 눈물로 볼 수 없다. 기쁨의 눈물이며 소망의 눈물이다. 한편『창조』제2호에 실려 있는 「해의 시절」은 햇볕이 내리쬐는 한낮을 노래한 시이다.

> 말없는 불길은 하늘을 태우며,
> 향기로운 밀꽃은 땅을 채웠다.
> 뜨거운 흙을 버선발로 밟으면서
> 들의 감각 속에 나는 안긴다.
> 논물이 햇빛을 비추어 번뜩이면
> 내려오는 그 빛과 뜨거움은 몸을 곤하게 한다.
> 때때로 느리게 부르는 노래도 귀에 즐거우며,
> 사람들은 서늘한 그늘을 찾아 무거운 발을 옮긴다.

苦熱의 태양은 우리의 머리를 치장하고,
솟아오르는 샘물은 우리의 발을 씻는다.
모든 혈관은 더위에 불어올라, 머리 수그린 들꽃이여!
땀 흐르는 긴장에 헐떡이는 땅!
오오 해여! 무거운 바다를 녹이고,
모든 밝음의 자연을, 인생을
거침없는 풀무 속에 집어넣는 해의 시절이여!

오! 이러한 날에 나의 생명은 저기 끓도다,
저기 산 위에 걸어가리라, ——나무껍질을 흐르는
향기 있는 송진 냄새와, 햇빛에 피어난
빛 독한 꽃의 길을, 더운, 벌건 흙의 길을,
거기서 나는 쉬리라. —— 수근거리는 나무그늘,
아— 마치 즐거운 뜰에 있는 것같이
나는 취하였다. —— 땀 배인 땅을, 동편에서 불어오는 더운 바람을,
떠다니는 구름을, 소낙비를, 넘치는 홍수를.
나는 사랑한다, 나는 마음껏 껴안는다 —— 흙에 묻힌 시절을, 흙에서
피어난 이 시절을,
이삭 늬어가는 벌판에서, 솟아오른 산꼭대기에서,
마음은 춤추며, 마음은 꿈 깬다.
곡식 내음새가 내 몸을 둘러싼다.
숨은 것 없이 하늘에 빛나는 단순한 들!
어지러운 벌레 떼, 눈부신 흰 치마,
아아 나는 천천히 걷는 내 좁은 길을
나의 애인의 가슴인가 의심한다.

-주요한, 「해의시절」 1~3연

강건체의 문장으로 진행되는 대단히 역동적인 이미지의 시이며 진취적인 기상의 시이다. 또한 햇볕이 쨍쨍 내리쬐는 한낮의 열기를 노동으로 극복하자고 주장한 일종의 노동시다. 주요한이 노래한 낮의 이미지는 "땀 배

인 땅"과 "흙에서 피어난 이 시절"이라는 부분에 잘 나타나 있다. 모든 생명체가 생명력을 구가하고 발산하는 낮에는 노동과 생산이 이루어진다. 햇볕만 내리쬐는 것이 아니라 소낙비와 홍수도 있어 궁극적으로는 가을 들판의 풍요로움이 가능해진다. 이 시는 해에 대한 예찬이면서 노동에 대한 찬가이다.

해가 중천에 떠 있을 때 사람들은 쉬 피로해진다. 해는 빛을 내리쬐고 그 빛을 받은 땅은 열기를 뿜어내기 때문이다. 그래서 사람들은 서늘한 그늘을 찾아 무거운 발을 옮기게 된다. 하지만 태양은 안식을 구하지 않는다. 불볕더위를 선사하려 든다. 거기에 화답이라도 하는 양, 땅 위의 수많은 생명체들은 해가 비춰주기를 기다리고 있다. 그러므로 구름장이 하늘을 내도록 가리고 있으면 안 된다. 주요한은 이 시에서 아침이 오면 반드시 떠오르는 해처럼 우리에게도 그 언젠가 밝은 미래가 올 것이라고 믿고서 이를 자신감 있게 피력한다. "숨은 것 없이 하늘에 빛나는 단순한 들!"이란 해이기도 하고 해와 땅의 관계이기도 하다. 해=들이면서 해가 없이는 들이 있을 수 없다는 뜻이기도 하다. 그런데 아무리 해가 좋아도 씨를 뿌려놓고 돌보지 않으면 곡식이 제대로 자라지 않는다. 피도 뽑고 농약도 치고 거름도 주고 하면서 한여름을 나야지 가을의 풍성한 수확이 가능해진다. 요컨대 시인은 우리 국민이 일제의 압제에 고통을 겪게 되었지만 밝은 마음으로 일하면 반드시 좋은 날이 올 것이니 희망만은 잃지 말자는 미래지향적인 메시지를 이 한 편에 담았다. 주요한은 1920년 3월에 발행된 『창조』 제5호에도 밝은 내일을 지향하는 몇 편의 시를 발표한다.

꽃이 핀다, 님의 웃음이
떨어지는 곳마다 꽃이 핀다.
그 꽃을 손으로 꺾었더니
꽃도 님도 다 떨어졌다.

> 땅에 떨어진 님의 웃음
> 마음속 길이 간직했더니
> 그 속에 피어나 꽃이 되어
> 이 타는 속을 미칠 듯이.

— 주요한, 「꽃」 전문

이성에게 느끼는 연애감정을 표현한 시이다. 여기서 꽃은 님의 웃음과 동의어로 쓰였다. 시인은 님의 웃음을 보고 즐기지 않고 꺾었더니 꽃도 님도 다 떨어졌다고 한다. 땅에 떨어진 님의 웃음을 마음속에 길이 간직했더니 다시 꽃으로 피어났다는 발상이 무척 재미있다. 마음속에 다시 피어난 그 꽃이 사람을 미치게 한다는 것은 이성에 대한 연모의 정이 그만큼 열렬하다는 뜻일 터, 시는 짧지만 이성에 대한 갈망은 비슷한 시기에 쓰인 이상화의 「나의 침실로」에 못지않다.

> 봄이외다, 내 살을 흐르는 핏줄기를
> 어떤 혼이 와서 흔들었던지
> 뜨거운 가슴에 넘치고 솟아올라
> 황홀한 꿈속에 내 몸을 바칩니다.
>
> 사랑스러운 봄이외다, 님이여
> 당신의 웃는 얼굴에 해가 비치어
> 이슬에 피어나는 햇꽃인가 하나이다.
> 당신은 이 노란 버들어음이 곱지 않습니까.
> 蠱惑하는 봄이외다, 해가 저물어
> 공원에 반짝이는 전등 빛이
> 소리 없는 사랑의 깊은 정을 끌어당깁니다.
> 당신은 저 못가로 내려가보지 않으렵니까.

— 주요한, 「봄」 전문

봄의 정취를 노래한 이 시도 밝기만 하다. 당신의 웃는 얼굴에 해가 비치어 이슬에 피어나는 햇꽃(해바라기인 듯)처럼 된다고 하는데, 이는 밝은 마음으로 봄기운을 만끽하고자 하는 시인의 의지의 산물이다. 이 시에서 독자는 기쁨, 명랑함, 상쾌함 등의 밝은 감정을 느낄 수 있다. 요컨대 봄이 와서 님의 얼굴이 활짝 밝아지니 너무 기분이 좋다는 것이다. 마지막 연에 는 자연의 아름다움에 동화된 화자가 타자에게 자연과의 친교를 권하는 장면이 나온다. 자연과 인간간의 교감이라 할까, 봄의 정취에 매료된 시인 의 심상이 곱기만 하다. 『창조』에 수록된 다른 이의 시도 살펴보자.

속닢푸른고흔잔듸
소래라도내려는듯,
쟁쟁하신고흔햇볏
눈뜨기에바드랍네.

靑草靑草읿어진곳,
송이송이붉은꽃술,
꿈가치그우리님과
손목잡고놀든댈세.

- 김소월, 「春崗」 첫 연, 끝 연

소월의 시는 흔히 이별, 회한, 애상의 감정을 노래한 시로 여겨져 왔지 만 이런 시는 그렇지 않다. 봄날 언덕에 올라가 봄기운을 만끽하고 있자니 예전에 여기서 손목 잡고 놀던 애인 생각이 절로 난다는 내용이다. 애인과 헤어져 서럽다거나 그이가 내 곁에 지금 없어 아쉽다거나 하지 않고 "서툰 듯이 길게 우는" 소와 "다리 뻗고 하품하는" 개가 상기하는 나른한 봄 언덕 묘사에 치중하고 있다. 이 시에 나타난 감정은 향수나 그리움이다. 『창조』에 실려 있는 이런 유의 봄노래는 동원의 「新生의日」, 이광수의 「江南의봄」,

벌꽃의 「그봄을바라」, 주요한의 「봄달」 등 여러 편에 이른다. 『창조』 제8
호(1921)에 실린 이광수의 시를 보자.

> 저 핏기 없는 얼굴을 치워버려라,
> 산에도 강에도 가지 말고
> 그것을 화산 아궁이에 떼어버려라,
> 아아 내 가슴을 불쾌케 하는
> 저 핏기 없는 얼굴을 치워버려라.
> 저 광채 없는 눈
> 神經衰弱匠이의 눈을 우그려버려라.
> 가을의 시원하고 긴 밤에도
> 잠이 못 들어하는 不寐病人의 광채 없는 눈을
> 우귀어 내어라, 안 보이게 흐여라.
>
> 너는 청춘이다, 혈기다,
> 뛸 것이다, 웃을 것이다,
> 강산이 떠나가도록 희망의 노래를 부를 것이다.
> 그 소화불량성의 불평과,
> 결핵성의 센티멘털리즘을 버려라.

– 이광수, 「너는 靑春이다」 전문

이 작품의 끝에는 창작한 날짜가 밝혀져 있는데 1920년 11월 9일이다.
3·1운동 1년 8개월 뒤에 쓰인 시인데 이렇게 희망적이고 낙관적이다. 너
는 청춘이므로 강산이 떠나가도록 희망의 노래를 부를 것이라는 구절은
이 땅의 젊은이들에게 던지는 메시지이다. 만세운동이 실패로 돌아갔다고
비관적인 생각에 사로잡힐 것이 아니라 내일을 기약하며 용기를 내자는
뜻이다. 소화불량성의 불평과 결핵성의 센티멘털리즘을 버리라는 끝처리
는 좌절감에 사로잡힌 이들에게 던지는 다부진 일갈이 아닐 수 없다. 이

시 바로 뒤에 나오는 이광수의 「긔운을내어라」에도 좌절감을 떨쳐버리고 용기를 내자는 희망의 메시지가 담겨 있다.

宇宙에欠이 잇거든 쯧어서 곳치자,
동무야, 무엇이야 못ㅎ랴,
긔운을 내어라, 우는소리를 긋최라!

神經衰弱을 버려라,
消化不良을 쩨어라,
해쓰기前에 닐어나 산과들에 쮜어라,
담비를 바리고 술먹기를 긋최라,
무엇보다도 못난소리 우는소리를 긋최라,
그려고 健壯흔 男子가되어라, 女子가되어라,

– 이광수, 「긔운을내어라」 부분

담배를 버리고 술 먹기를 그치라는 내용으로 보아 젊은이에게 주는 시이다. 우리 사회에 잘못된 것이 있으면 뜯어고치고, 우리 모두 용기를 내어 앞으로 나아가자는 이런 시는 주제의식도 건전하지만 1921년도 작품치고 완성도가 높은 편이다. 그런데 이런 시가 거의 논의되지 않았던 것은 3·1운동의 실패 이후 이런 희망찬 시가 쓰였을 리 없으리라는 선입견 때문이었다. 즉, 20년대의 문예동인지를 균형감각을 갖고 읽지 않은 상태에서 20년대 시사가 기술되었던 것이다. 『창조』마지막 호(제9호)의 제일 끄트머리에 실려 있는 시를 보자.

각금보는 고은해빗
地球쯧(極)헤서 쩌오르는
해빗줄기 —— 極光은
엇지나燦爛ㅎ고美麗흔지!

> 이것을볼째마다, 나는
> 깃븜을못익여서
> 길길이쮜며 짠스혼다.
> 다른世界에서 볼수업는
> 해빗줄기 —— 極光.

―極곰, 「極熊行」 부분

전체 8개 연 가운데 마지막 2개 연이다. 이 시는 극광의 아름다움을 예찬하고 있는 듯하지만 실제 내용은 좀 다르다. 화자가 처음에는 우울한 마음("하눌에쩌단니는 / 구름가치 / 나는늘 彷徨혼다.")에 사로잡혀 있었는데 자연의 아름다움에 감격하여 환희의 세계로 나아가는 식으로 전개된다. 즉 자연도 우리에게 희망을 약속해주고 있으니 용기를 잃지 말자는 것이 이 시의 주제이다.

이상 몇 편의 시를 살펴본 데서 알 수 있듯이 『창조』의 주된 감성 중에는 밝은 미래에 대한 낙관적인 전망이 포함되어 있었다. 노동과 자연에 대한 예찬의 시편도 '낭만'과 '퇴폐'와는 거리가 먼, 밝은 이미지의 작품이었다.

2) 『백조』 수록 시의 주된 감성

『백조』는 창간호 제일 앞에 실려 있는 홍사용의 시가 창간사를 대변하고 있었다.

> 저―기저 하날에서 춤추는저것이 무어? 오―金빗노을! 나의가슴은 군성거리여 견댈수업슴니다. 압江에서 日常불으는 우렁찬소리가 어엽분나를불러냄니다. 귀에닉은곱聲이 머―르이서 들일째에 철업는마음은 조와라고 밋처서 쟌듸밧 모래톱으로 쥴달음줌니다
> 이리다 다리뻗고 쥬저안저서 얼업시 짓거림니다 銀고리갓치 동글고 밋그러운 혼자이약이를⋯⋯⋯

　　상글상글하는 太白星이 머리우에 만쟉이니 발서 반가운이가 반가운그
이가 옴이로소이다 粉세수한듯한 오리알빗 동그레달이 압동산봉오릴 집
고서 방그레—바시시 소사올으며 바시락어리는 집안개우흐로 달콤한 저
녁의幕이 소르를처 나려올째에 너른너른하는 허—연밀물이 팔버려 어렴
풋이 닥처옵니다.

—「白潮는흐르는데별하나나하나」 앞부분

　이 작품의 기본적인 감정은 '동경'과 '향수'이다. 화자는 노을 빛이 아름
다워 길을 걷다가 강가에 이른다. 강가에 와서는 밤을 맞이하는데 달과 별
이 떠오르고, 그러자 가슴은 걷잡을 수 없는 희열에 사무친다. 처음에는
기쁨에 겨워 소리를 지르지만 시간이 지남에 따라 물결 소리에 귀를 기울
이다가 그만 울음을 터뜨리고 만다. 이 감정을 홍사용은 "어머니젓을 만지
는듯한 달콤한悲哀"라고 했다. "심술스러운 응석을 숨길수업서 쯧안이한
우름을 소리처웁이다"라는 마지막 문장으로 보아 화자의 눈물은 어머니의
부재를 뜻한다. 어머니와의 이별 내지는 사별이 울음의 이유인데, 어머니
를 조국으로 보든 그렇지 않든 그것은 별 문제가 아니다. 상글상글하는,
방그레, 바시시 등의 부사가 뜻하는 바도 명랑할 따름이다. 한 가지 지적
할 수 있는 것은 동경과 향수의 대상이 이 시에서는 미지의 세계나 미래가
아니라 과거라는 것이다. 유년에 대한 향수, 어머니 앞에서 응석을 부렸던
시절에 대한 동경이 이 시의 기본 정조가 된다. 그렇기 때문에 이 시에서
의 울음은 퇴폐나 감상, 절망 같은 것과는 거리가 멀다.

　『백조』 제1호에는 박종화의 「密室로도라가다」가 나온다. 같은 지면에
이상화의 「末世의歎嘆」도 실려 있어 『백조』에 대한 평가가 '센티멘털리
즘'으로 나버렸지만12) 같은 지면에 실린 노자영의 「꼿피려는處女」 같은

---

12) "感傷主義란, 이 시대 낭만주의 일상의 양식이었다. 말하자면 백조파의 낭만주의의
　　본질을 대표한 것은 센티멘털리즘이다."—백철, 『백철문학전집4 신문학사조사』, 신

시를 보면 모든 시가 감상과 퇴폐, 좌절과 절망의 늪에 빠져 있었던 것이
아님을 알 수 있다.

>꼿이퓐다
>香氣돈다
>오! 眞珠담은네가삼에
>四月의微風의새音樂낼째
>네품에안긴한마리나븨는
>醉한숨에서째지못하고
>꼿布帳아래가루누어
>'無限의銅像'을그리겟다고

― 노자영, 「꼿피려는處女」 끝 연

꽃도 처녀도 다 생명력을 뜻하는데 "꽃피려는 처녀"이므로 이 시에는
생성과 번영, 풍요와 다산을 꿈꾼 시인의 소망이 담겨 있다고 본다. "無限
의銅像"이 뜻하는 바가 명확하지는 않지만 젊음을 꽃피우려는 처녀의 가
슴에 진주가 담겨 있다고 했고, 처녀의 가슴에 안긴 나비가 취한 꿈에서
깨어나지 못하고 있다고 했으므로 상당히 에로틱한 분위기를 자아내고 있
다. 즉, 이 시의 기본 정조는 동경이며 제목이 상징하는 바는 희망이다.

『백조』 제2호에는 박종화의 유명한 「黑房秘曲」[13]이 실려 있는 바, 이
작품은 김용직에 의해 다음과 같은 평가를 받았다.

이것으로도 우리는 『백조』에 드리워진 회의와 정체, 좌절감의 그림자
를 넉넉히 읽을 수 있다. 그리고 이와 표리의 모양을 띠고 있는 것이 지
나친 감상, 또는 感泣癖이다. 정작 감상, 또는 감읍벽이란 어떤 사실, 대

구문화사, 1968, 219~220쪽.

13) 박종화는 이 제목을 자신의 첫 시집 제목으로 삼기도 했다.

상을 향한 병적 반응을 가리킨다. 병적 반응 가운데도 비감·애상에 젖어
버리는 쪽이 이에 해당한다.[14]

하지만 바로 뒤에 실려 있는 박종화의 작품도 함께 연구되어야 했음에
도 김용직도 다른 연구자도 「春의小曲」에 주목한 적은 없는 것 같다. 「黑
房秘曲」 바로 뒤에 실려 있기 때문에 시인의 시 세계를 온전히 파악하기
위해서 이 작품도 다뤄졌어야 함에도 불구하고 그런 작업이 이뤄진 적이
없었던 것이다.

> 요란히 大氣를 흔들어오는 都市의囂音,
> 봄, 서울의냄새,
> 長閑히들녀오는 午鷄의울음.
>
> 異性의抱擁을 밧고십흔 봄,
> 愛人의속살거림을 듯고십흔봄.
>
> 염통은 쐽니다 더운피는 물결칩니다.
> 나의 왼몸에는 더운쌈이 흐릅니다.
> 强한靑春의쌈이
> 향긋한愛慾의쌈이.

— 박종화, 「春의小曲」 부분

봄이 오면 서울에서 살고 있는 청춘남녀가 "향긋한 애욕의 땀"을 흘린
다는, 다분히 에로틱한 내용의 시이다. 시인은 봄이란 계절이 겨우내 잠들
어 있던 나무들한테 생기를 불어넣어 싹을 틔우고 꽃을 피우지만 인간의
애욕도 함께 불러일으킨다고 보았다. 이성과의 사랑으로 말미암아 화자의

---

14) 김용직, 앞의 책, 218쪽.

염통이 뛰고 더운피가 물결치는데, 그러다가 온몸에서 더운 땀이 흘러내린다. 그 더운 땀은 향긋한 애욕의 결과 몸에서 배출되는 땀이다. 시는 인간의 성행위를 연상시키면서 끝이 난다. 이 세계는 죽음의 세계가 아니라 생명의 세계이며 절망의 세계가 아니라 희망의 세계이다. 왜냐하면 성행위는 결국 새 생명의 탄생으로 이어지기 때문이다. "향긋한 애욕의 땀"은 에로티시즘보다는 차라리 다산과 번영을 뜻한다.

『백조』 제3호에는 이상화의 「나의寢室로」와 「二重의死亡」, 박종화의 「死의禮讚」, 홍사용의 「나는王이로소이다」 같은 죽음 이미지의 시가 많이 실려 있지만 전부 그랬던 것은 아니다. 제3호의 권두에 실려 있는 시는 홍사용의 「흐르는물을붓들고서」인 바, 민요조 서정시의 정수를 보여주는 이 작품에 암울한 감정은 조금도 보이지 않는다. 『백조』에는 이런 예외적인 작품도 있었던 것이다.

> 시내물이 흐르며 노래하기를
> 외로운 그림자 물에쓴 마른닙
> 나그네 근심이 끚이 업어서
> 쌜래하는 處女를 울리엇도다
> 돌아서는 님의손 잡어다리며
> 그리지 마셔요 갈길은 六十里
> 철업는 이눈이 물에 어리러
> 당신의 옷소매를 적시엇서요
>
> 두고가는 긴실음 쥐어틀어서
> 여긔도 내故鄕 저긔도 내故鄕
> 저지나 마르나 가는이 설음
> 혼자울 오늘밤도 머지안쿠나

―「흐르는 물을 붓들고서」 전문

이 작품에 동원된 시어들, 예컨대 외로운 그림자·나그네 근심·긴 시름·설움·혼자 울 오늘밤 등을 보면 고향을 떠나 여행길에 오른 나그네가 감상에 사로잡혀 눈물을 흘리고 있는 듯이 느껴진다. 하지만 실제 내용은 그렇지 않다. 돌아다녀 보니 여기도 내 고향 저기도 내 고향이므로 향수병은 훌훌 떨쳐버릴 수 있다, 혼자 울 오늘밤도 멀지 않았으므로 이제는 편안한 마음으로 여행할 수 있게 되었다는 것이다. "두고가는 긴실음 쥐어틀어서", 즉 나그네의 설움이 끝났음을 말해주는 마지막 연은 희망을 암시한다고 봐도 무방할 듯하다. 이 시에서 홍사용은 밝은 내일을 향한 꿈을 들려주고 있다. 좌절과 절망, 설움과 자조 같은 어두운 정서는 조금도 보이지 않는다.

『백조』에는 감상 일변도의 시만 실려 있었던 것이 아니다. 이와 같이 등경과 향수의 시, 애욕과 풍요의 시는 물론 희망의 메시지를 전한 시도 적지 않게 실려 있었다.

3) 『폐허』 수록 시의 주된 감성

1920년에 창간된 동인지 『폐허』 창간호 맨 앞의 글 「朝鮮의 古代藝術과 吾人의 文化的 使命」(이병도)과 맨 뒤에 있는 「想餘」라는 제목의 글을 보면 동인지 이름 '폐허'와는 거리가 한참 먼 내용이 실려 있다. 현대식 표기로 고쳐 인용해본다.

> 그러나 과거에 달성치 못한 것으로 우리의 실망을 惹할 필요는 없다. 과거에 실패했으면 장래에 구하려 함이 常情일 것이다. 달리 말하면 우리의 문화적 사명은 우리 청년으로부터 장래에 있다 생각한다.(이병도)

> 우리들은 결단코 황혼 하늘 아래의 넘어가려는 볕만을 바라보며, 가없는 추억의 심정을 가지고 무덤 위에 서서 돌아오지 못할 옛날을 보려고

하며 애달파할 것이 아니라, 먼 지평 위에 보이는 새 기록을 지을 앞의 일을 생각해야 한다.(「想餘」)

3·1운동 때의 사망자 수만 7,500여 명이다. 많은 사람의 사망에도 불구하고 패배로 끝나버려 광복은 요원한 일이 되고 말았지만 과거에 집착하지 말고 청년이 짊어지고 나갈 미래에 희망을 걸자는 내용이다. 다시 말해, 3·1운동의 패배로 우리네 정신은 폐허의 상태가 되고 말았지만 문학을 통해 힘을 길러 새로운 조선을 건설하자는 뜻이 담겨 있는 글이다.

『폐허』 제1호에는 제호에 걸맞게 황석우의 「愛人의引渡」와 「淫樂의宮」, 「血의詩」 등이 나온다. 하지만 제2호와 『폐허이후』를 보면 어두운 이미지의 시(6+3)가 9편인 데 반해 밝은 이미지의 시(9+14)가 23편으로, 훨씬 많다. '폐허'라는 이름이 주는 인상 때문에 퇴폐적 경향이니 허무주의적 사고니 하는 말로 규정되어 왔지만 실제로 『폐허』 제2호와 『폐허이후』에는 밝은 이미지의 시가 어두운 이미지의 시를 수적으로 압도하고 있다. 『폐허』 제2호에 실려 있는 시를 먼저 살펴보자.

물, 구름, 비는
三位요一體다. ──
물이구름이되고,
구름이비가된다.
그러나그體는一이다.
비방울이따에나려와서,
풀닙과흙덩이를톡톡따린다.
이러케循環하고
이러케따리는것도,
산大能者의造化로되는것이아닌가.

─ 남궁 초몽, 「生命의秘義」 부분

大地. ──
種子의發芽,
成長,
開花,
結實. ──
大地의愛여,
生命의不可思議여.

-남궁 초몽, 「大地와生命」 전문

世界의모든物種, ──
地上에動하는者,
河海에棲하는者,
空中에飛하는者,
모도당신에게養育되고,
당신의愛護를밧나이다.

-남궁 초몽, 「大地의讚」 부분

호가 초몽(草夢)이었던 남궁벽의 작품들이다. 제목 그대로 「生命의秘義」
는 생명의 순환 논리가 얼마나 신비한가, 감탄을 아끼지 않으며 쓴 작품이
다. 「大地와生命」도 대지에 떨어진 종자가 발아→ 성장→ 개화→ 결실의
과정을 거치는 것이 얼마나 신비로운가를, 생명이 얼마나 불가사의한가를
노래한 작품이다. 「大地의讚」도 역시 모든 생명체의 삶의 터전인 이 땅과
바다, 공중에 대한 예찬이다. 대지란 지상과 바다와 강, 공중을 다 포괄하
는 것으로 생명체들의 둥지인 바, 대지에 대한 종교적인 경배의 마음을 담
아서 예찬하고 있다. 문예동인지『폐허』에 제호와는 완전히 상반되는 이
런 작품이 실려 있는데, 이에 대한 연구가 전혀 안 되어 있음은 어째서일
까. 제호가 '폐허'이니 당연히 퇴폐와 몰락, 좌절과 절망의 이미지로 뒤덮
여 있으리라는 선입견을 갖고 대했기 때문이다. 그렇기 때문에 이런 작품

은 논의조차 되지 않았던 것이다. 3·1운동 이후에 나온 문예동인지라고 하여 무조건 퇴폐적이고 자조적인 내용을 담고 있으리라고 백철·조연현 등의 연구자는 생각했던 것인데, 이것은 큰 착각이었다. 『폐허』제2호에 실려 있는 오상순의 시를 보자.

太陽系에軸이잇서
한번붓들고흔들면
暴風에사구라꼿가치
별들이
우슈슈
써러질듯한힘을
이몸에흠쎅
늣겨보고십흔
淸新한가을아침 ──

─ 오상순, 「힘의憧憬」 전문

　　"별들이 우수수 떨어질 듯한 힘"을 느껴보고 싶다고 할 만큼 힘을 동경하고 있다고 오상순은 말한다. 시인이 청신한 가을 아침에 깨달은 힘이란 우주의 힘, 자연의 힘이다. 즉, 중력의 힘과 생명의 힘을 느끼고서 이를 동경하고 있다.

하늘
땅
사람
불!

─ 오상순, 「革命」 전문

幼兒의손

處女의맨발
靑年의팔쑥
初母의젓
老人의니마 —— .

- 오상순, 「粹」 전문

이 두 편의 짧은 시에서는 혁명을 기대하고 순수를 동경하는 시인의 굳센 의지를 읽을 수 있다. 하늘이 있고 땅이 있고 사람이 있다. 그렇다면 사람은 불을 질러야 한다. 어둠을 밝히는 불, 추위를 몰아내는 불, 그리고 혁명의 불을. 시인이 이 세상에서 순수한 것으로 꼽은 다섯 가지는 모두 사람 신체의 일부인데, 유아의 손과 처녀의 맨발, 청년의 팔뚝, 첫아기를 낳은 산모의 젓, 그리고 노인의 주름진 이마라고 했다. 인간의 생로병사에 대한 불교적 깨달음이 이 다섯 행에 잘 나타나 있다. 1924년에 간행된 『폐허 이후』에는 주요한과 변영로, 김석송, 조명희 등의 작품이 실려 있는데 주요한과 김석송의 작품이 특히 희망과 동경의 노래라고 할 수 있다.

맑은 물에 숨쉬는 고기가치
푸른 하늘에 노피뜬 종달새가치
순풍에 돗달고 닷는 배가치
그러케 노래하고십다
그러케 자유롭게.

흰모래에 반작이는 해빗가치
언덕에 부드치는 흰물결가치
물결과 희롱하는 어린애가치
그러케 노래하고십다
그러케 무심하게.

- 주요한, 「노래하고십다」 전문

　　　내맘은 언제던지 저긔
　　　저긔 봄에 진달네꼿 피는 쌍
　　　하늘 놉고 산그림자 푸르른
　　　그 봄의 부름을 조차 갑니다.

　　　(······)

　　　아아 시내물 감도는 곳에
　　　칠가튼 검은 머리——그 모도 지나간다
　　　지나간날 짜닭으로언제던지 언제던지
　　　그봄의 부름을 조차 갑니다.

-주요한, 「그봄의부름」 부분

　주요한이 「노래하고십다」를 통해 궁극적으로 추구한 것은 '자유'와 '무심함'이다. '자유'는 말할 것도 없고 '무심함'도 남의 간섭을 받고 싶지 않다는 뜻이다. 이 시가 씌어진 연대를 생각하면 자유와 무심함은 일제에 대해 은근히 반항하는 내용이다. 「그봄의부름」은 『창조』와 『백조』와 『폐허』에 수십 편은 족히 실려 있는 봄 노래의 일종인데, 이 시는 여타 시와 조금 다르게, 화자와 자연과의 친화, 화자의 자연으로의 동화, 그리고 화자와 자연과의 일체감을 표현하고 있다. 폐허 이미지와는 아무 상관이 없는 작품이다. 아래 인용하는 김석송의 시는 주요한의 것보다 더욱 미래지향적이고 역동적이다.

　　　汽車는 닷는다, 全速力을 다하야,
　　　車中의 모든사람들은,
　　　車가 正軌로 가기만, 安全하기만,
　　　마음을 다하야 바라는듯 하다.

‘安全第一’을 爲하야 사는 사람들아,
‘脫線’──그대들에게 가장危險한 事變이,
그대들의 目前에 일어난다하면,
아, 그대들은 엇지하랴는가.

놀랄것은 조금도업다,
汽車도 一種의活物이라 하면,
偉大한生命力의 暴發을,
누구가 敢히 막으랴느냐.

－「脫線」전문

이 시도 오상순의 「힘의憧憬」처럼 힘에 대한 동경으로 볼 수 있다. 전속력으로 달리는 기차의 힘을 "偉大한生命力의 暴發"로 인식한 석송은 그 힘을 누구도 막을 수 없다고 결론 내린다. 기차도 일종의 활물이기 때문이라 했다. 살아 있는 것의 힘, 그 역동성을 예찬한 이유는 절망의 늪에 빠져 있는 우리 민족에게 희망의 밧줄을 던져주기 위함이 아니었을까. 『폐허이후』의 마지막을 장식하는 조명희의 시 4편 중에 「驚異」 같은 시를 봐도 20년대 시인들의 기본 정조를 감상적 낭만주의와 퇴폐적 비관주의로 보기는 어렵다.

이밤에 이짱에 저둘린闇黑이
永遠히永遠히 내려싸거라
永遠히永遠히 잠겨바러라.

－조명희, 「驚異」 끝 연

이런 시를 보면 조명희는 ‘폐허 이후’를 이 땅을 휘감고 있는 어두운 기운이 물러간 이후로 보고 있음을 알 수 있다. 즉, 자연의 경이를 노래하면서 내일에 대한 희망을 잃지 말자고 요청하고 있다.

제호의 성격 때문에, 또 황석우의 「淫樂의宮」 같은 작품 때문에『폐허』는 퇴폐적 경향의 아성 같은 동인지로 취급을 받아왔다. 하지만 수록된 시를 살펴보니 이처럼 생명과 자연의 힘에 대한 예찬, 희망과 동경의 노래, 미래지향적이고 역동적인 작품이 적지 않게 실려 있다. 퇴폐적이고 현실도피적인 성향의 시보다는 오히려 희망의 메시지를 전한 시가 더 많았던 동인지가『폐허』와『폐허이후』였다.

4. 마무리

문예동인지를 중심으로 전개된 1920년대의 우리나라 시문학에 대한 평가는 대체로 '낭만적 정서'와 '퇴폐적 경향'으로 결론이 내려져 있다. 그런데 20년대 초기 이 땅의 시인들에게 서구의 낭만주의는 영향을 거의 준 바가 없다. 일본 유학파들이 일본에 가서라도 블레이크와 워즈워드 등의 시를 읽었다면 영향 관계가 성립될 수 있지만 그런 증거는 어디에서도 발견되지 않는다.

『창조』 9권,『백조』 3권,『폐허』 2권,『폐허이후』 1권 등 총 15권의 문예동인지에 실려 있는 162편의 시를 살펴보았더니 놀랍게도 어두운 색채의 시보다 밝은 이미지의 시가 더 많았다. 그러므로 20년대 문예동인지에 실린 시들을 "병적인 창백한 감상문학"이나 "퇴폐적인 경향"으로 규정한 기존의 평가는 일부 시에는 해당될 수 있는 것이지만 전체를 놓고 볼 때는 오류였다.

지금까지 많이 논의되어 온 박종화의 「密室로도라가다」「黑房秘曲」, 이상화의 「末世의欷嘆」, 「二重의死亡」, 홍사용의 「나는王이로소이다」, 황석우의 「愛人의引渡」, 「淫樂의宮」 같은 작품 대신 밝은 이미지의 작품을 이와 같이 연구해보았다. 그 결과 20년대의 시작품 가운데에 '희망'과 '동경'을 꿈꾼 시, 노동과 힘을 예찬한 시, 미래지향적이고 역동적인 시가 꽤 있었다. 이들 시의 질적 함량은 앞서 나열한 어두운 이미지의 시에 못지않았다. 특히 백철의 『신문학사조사』, 조연현의 『한국현대문학사』 등에서부터 전개된 20년대 시에 대한 평가는 상당 부분 편견의 소치임을 확인할 수 있었다.

결론적으로 말해 1920년대 문예동인지 15권에 실려 있는 162편의 시 가운데 절반 정도는 '희망'과 '동경'이라는 감정을 분명히 담보하고 있었음에도 이에 대한 연구가 소홀하였다. 그런 점에서 한국 시문학사에 있어 1920년대는 지금부터 새로운 관점에서 연구되어야 한다.

1920년대 초기 번역시에 나타난 '퇴폐성'

1. 실마리

1920년대의 시를 논할 때 많은 논자가 사용한 용어로 '퇴폐성'이라는 것이 있다. 『國文學全史』의 제1부 고전문학사 편은 이병기가, 제2부 신문학사 편은 백철이 썼는데, 목차를 보면 이렇게 되어 있다.

> 제5장 근대적 문학의 성장기
> 1. 3·1운동이 끼친 영향
> 2. 퇴폐성 문학
> 3. 『백조』파의 낭만주의 문학
> 4. 자연주의문학의 위치

백철이 1920년 전반기의 문학을 총괄하여 '퇴폐성 문학'이라고 일컫게 된 이유는 다음과 같다.

　　1920년 7월에 『폐허』라는 문학동인지가 발간되었다. 이 『폐허』지에 모인 문학인들은 대체로 퇴폐적 경향이 있는 사람들이다. (…) 1919년의 3·1운동이 실패로 돌아가고 나서 사회적으로 절망적이요 퇴폐적인 분위기가 생기게 된 것과 때마침 프랑스의 세기말 문학이 들어오고 동시에 러시아의 憂鬱文學의 영향을 받게 되어, 드디어 1920년대의 우리 문학이 퇴폐문학 시대를 갖게 된 것이다. 그래서 우리는 이때를 퇴폐주의문학 시대라고 부르는 것이다.[1]

백철의 이러한 주장을 일정 부분 수용하면서 반박한 사람은 조연현이었다.

　　『폐허』의 동인들이 그들의 사조적인 일 경향으로서 의식하고 주장한 것은 퇴폐주의라는 일 개념이었다. 그러나 『폐허』의 퇴폐주의가 19세기 말의 구라파에서 등장된 세기말적인 데카단이즘이 아니라 그것은 변형된 낭만주의의 일 요소였다는 것은 (…)[2]

　　1920년대 전반기를 대표할 수 있는 문예동인지로 『폐허』가 있었고 이 동인지의 주된 경향이 '퇴폐성'이라는 데 대해서는 두 사람의 의견이 일치하였다. 백철은 『폐허』 동인이 프랑스에서 전개된 세기말사상의 영향을 받았다고 주장한 반면 조연현은 『폐허』가 변형된 낭만주의의 한 모습이라고 말했다. 이 두 사람의 주장에 대해서 그 이후 별다른 반론이 나오지 않았고, 그래서 지금까지도 올바른 주장으로 받아들여지고 있다. 그런데 백철은 이런 주장을 하면서 그 전거로 삼은 것이 이광수의 평론 「문학과 수양」, 오상순이 쓴 『폐허』 창간호, 염상섭의 소설 「제야」에 나오는 여주인공의 술회였다는 점[3]이기에 도무지 신뢰감을 주지 않는다. 백철은 1920년

---

1) 이병기·백철, 『국문학전사』, 신구문화사, 1957, 298~302쪽.
2) 조연현, 『한국현대문학사개관』, 정음사, 1964, 130쪽.
3) 이병기·백철, 위의 책, 298~299쪽.

대 전반기의 시들이 퇴폐성을 띠게 된 또 하나의 이유가 김억이 1921년 3월 20일에 낸 번역시집 『懊惱의 舞蹈』에 "보들레르·베를렌 등의 프랑스 퇴폐시인들의 시들이 주로 수록"[4]된 데 있다고 했다. '퇴폐시인'인 보들레르와 베를렌의 시가 최초의 번역시집인 『懊惱의 舞蹈』에 다수 번역되었고, 그래서 이 땅의 시인들이 영향을 받아 퇴폐적 경향을 띠게 되었다면 그 과정에 대한 연구가 필요한데 백철도 조연현도 규정만 그렇게 했을 뿐 퇴폐성에 대한 연구는 등한하였다. '퇴폐시인'인 두 프랑스 시인의 영향을 받은 이 땅의 시인들이 '퇴폐성 경향'을 띠고 '퇴폐적 문학'을 했다면 영향 관계에 대한 연구가 필요하다. '세기말사조의 영향'이라는 말은 너무 막연하고 '낭만주의의 변형된 모습'이라는 말은 너무 모호하다. 1920년대 시가 퇴폐적이었다고 한다면 퇴폐성의 양상을 살펴보아야 한다. 백철은 "김억 등이 이와 같이 프랑스의 데카당 시인과 작품을 소개하였기 때문에 그때 우리 문단에 큰 영향을 끼쳤던 것이다."[5]라고 했으므로 그 무렵의 번역시들을 살펴보면 '퇴폐성'에 대한 논의의 진위가 어느 정도 가려질 수 있을 것이다.

2. 본줄기

1) '퇴폐성'이란 무엇인가

'데카당스'란 용어는 '퇴폐성'으로 번역된다. 19세기 후반 프랑스에서 시작되어 유럽 전역으로 전파된 퇴폐적인 경향 또는 예술운동을 가리키는 용어인 데카당스는 ① 병적인 상태에 대한 탐닉, ② 기괴한 제재에 대한 흥미, ③ 관능주의적 경향, ④ 성적인 도착증, ⑤ 과민한 자의식, ⑥ 현실

---

4) 이병기·백철, 위의 책, 300쪽.
5) 이병기·백철, 위의 책, 300쪽.

사회에 대한 반감, ⑦ 예술을 위한 예술의 강조, ⑧ 자연미의 거부와 인공적 스타일의 추구6) 등을 특징으로 한다. 역사적 예술운동으로서의 데카당스는 '세기말'이라는 별칭이 생길 정도로 19세기 말의 20년 동안 절정에 달했다가 점차 쇠퇴해갔다. 데카당이란 용어는 원래 프랑스의 가브리엘 비케르와 앙리 보클레르가 쓴 풍자시집 『아도레 플루페트의 퇴폐』(1885)에 나온 것인데, '퇴폐적'이라는 뜻의 이 형용사를 적극적으로 받아들인 사람은 폴 베를렌이었다. 아나톨 바쥐가 창간한 평론지 『데카당』은 1886~89년에 간행되었고, 베를렌도 그 잡지의 단골 기고자였다. 데카당 파는 1867년에 죽은 샤를 보들레르가 그들에게 영감을 주었다고 주장했으며, 랭보·말라르메·트리스탕 코르비에르도 그 일원으로 꼽았다.7)

영문학자 이상섭은 퇴폐파로 자처했던 프랑스의 많은 문인들이 그 후 상징주의를 발전시켜 문학적 표현의 한 방법을 창안함으로써 세계문학에 공헌했다고 보았다. 퇴폐 자체는 병일지 모르지만 19세기말의 사회 환경은 문인들로 하여금 그러한 병을 자초하게끔 압박하는 요소가 다분히 있었다고 볼 수 있으며, 몇몇 소수의 병든 문인들은 그러한 '투병 과정'을 통해 특수한 건강―사회의 도덕적 규범이 줄 수 없는―을 획득했다고 보았다.8)

김용직도 퇴폐파의 공과를 언급하였다. 퇴폐파의 병은 건전하지 못했지만 그 병 자체는 현실 세계의 가치 체계를 초극하고자 하는 정신 자세에서 빚어진 것이라고 보았다. 그리하여 퇴폐파의 일부는 문학사조 위에서 새로운 국면을 타개하는 역할을 담당했던 것이며, 그것이 곧 상징주의 미학의 개척으로 이어졌다고 했다.9)

---

6) 한국문학평론가협회 편, 『문학비평용어사전(상)』, 새미, 2006, 475쪽.
7) 『브리태니커 세계 대백과사전』 4, 한국브리태니커회사, 1996(5쇄), 676쪽 참조.
8) 이상섭, 『문학비평용어사전』, 민음사, 1976, 272쪽.
9) 김용직, 『문예비평용어사전』, 탐구당, 1985, 260쪽.

이상섭과 김용직은 이와 같이 퇴폐성을 나쁘게만 보지는 않았다. 하지만 우리 문학을 사적으로 정리한 백철과 조연현의 저서를 보면 1920년대 전반기에 우리가 받아들인 데카당스가 바람직하지 않은 것으로 간주되고 있다. 그런데 그 당시 시인들이 정말 데카당스 혹은 세기말사상을 받아들였으며, 그것을 우리 것으로 체득하여, 작품을 쓸 때 십분 참고했던 것일까?

2) 문예사조 이입에 대한 오해

한국 현대시를 논한 많은 문학사와 연구서에는 서구 문예사조의 이입에 대해 언급되어 있다. 우리 문학사가 막 전개되기 시작한 초창기에 이 땅의 시인들이 서구 문예사조의 영향을 적지 않게 받았다는 것이 대부분 논자가 내린 결론이었다. 하지만 한국 현대문학에 대한 그간의 연구에 있어 큰 오류는 서구의 문예사조와 우리 문학사를 결부시켜 연구한 것이었다. 백철과 조연현에 의해 출간된 일련의 한국현대문학사를 보면 이 점이 더욱 확실해진다.[10] 서구에서는 고전주의를 극복하는 과정에서 낭만주의가, 낭만주의를 극복하는 과정에서 사실주의가 나타나는 식으로 순차적으로 문예사조가 전개되었는데 우리나라에서는 이런 순서를 지키지는 않았지만 서구의 문예사조를 한꺼번에 받아들였든 어떻든 간에 서구 문예사조의 영향을 받으면서 전개되었다고 두 사람은 문학사에는 기술하였다. 『국문학전사』의 목차를 다시 보자.

---

10) 백　　철, 『朝鮮新文學思潮史』, 수선사, 1948.
　　이병기·백철, 『國文學全史』, 신구문화사, 1959.
　　백　　철, 『백철문학전집4 신문학사조사』, 신구문화사, 1968.
　　조연현, 『韓國現代文學史』(第一部), 현대문학사, 1956.
　　＿＿＿＿, 『韓國現代文學史槪觀』, 정음사, 1964.
　　＿＿＿＿, 『韓國現代文學史』, 성문각, 1969.

　　3. 『백조』파의 낭만주의 문학
　　4. 자연주의문학의 위치
　　　　1) 우리 문학과 자연주의
　　　　2) 자연주의와 『조선문단』
　　　　3) 염상섭과 그 작품 경향
　　　　4) 현진건과 그 작품 경향

　목차만 보더라도 동인지 『백조』는 낭만주의의 영향을 강하게 받은 문인들이 만든 동인지임을 말해주고 있고, 문예지 『조선문단』은 자연주의의 아성임을 말해주고 있다. 염상섭과 현진건이 자연주의의 대표적인 작가인 양 제목에도 나와 있지만 "「표본실의 청개구리」는 자연주의적 첫 작품인데, 이 점에서 작자 염상섭은 우리나라에서 자연주의 작가를 의식적으로 지망하고 나온 첫 사람이다.",11) "자연주의 작가로서 현진건 문학의 하나의 特長은 그의 성욕 묘사의 뛰어난 점이다."12) 등의 표현을 쓰면서 자연주의 작가로 규정해놓고 설명하고 있다. 백철은 특히 현진건이 1922년에 발표한 「유린」과 「지새는 안개」 같은 작품에서 "성욕 묘사가 상당히 노골적"이라는 한 가지 이유로 현진건을 자연주의 작가로 규정하고 있다. 이는 에밀 졸라로 대표되는 자연주의를 완전히 왜곡하여 이해한 것이다. 염상섭과 현진건이 일어로 된 작품(일어로 번역된 프랑스의 소설일 수도 있고 일본 자연주의 작가의 작품일 수도 있다)을 통해서 자연주의란 사조의 특성을 이해하고 있었다손 치더라도 염상섭과 현진건을 '자연주의 작가'로 규정하는 것은 무리가 아닐 수 없다. 조연현의 『한국현대문학사』를 보면 아예 어느 한 절의 제목에 '문예사조'가 들어가 있다.

---

11) 이병기·백철, 앞의 책, 322쪽.
12) 이병기·백철, 위의 책, 325쪽.

제4장 근대문학의 전개
  1. 후기 신문학운동의 개관
  2. 문예사조의 혼류와 그 전개
  혼란의 양상과 그 원인
  낭만주의적 풍조의 전개
  자연주의 및 사실주의문학의 전개
  프로문학의 등장
  국민문학파와 절충주의

조연현은 '낭만주의'라고 못 박는 것은 무리라고 생각해서인지 '낭만주의적 풍조'라는 용어를 썼지만 자연주의와 사실주의의 영향을 확실히 받았다고 판단하여 '자연주의 및 사실주의문학의 전개'라는 소제목을 붙여서 문학사를 기술했다. 시의 경우 서구 문예사조의 이입이 있었다고 가정할 때 그것을 가능케 하는 작품이 있어야 하며, 그것은 두말할 것 없이 번역된 외국 작품이다. 1920년을 전후하여 일본 유학을 마치고 돌아온 유학파라면 모르지만 1910년대 말과 1920년대 초에 이 땅의 20대 청년들이 일본어로 번역된 서양의 시를 자유롭게 읽을 수 있었는지는 의문이다. 일본어라도 충분히 해독할 수 있는 어학 실력을 갖추고 있었다면 영향 관계가 성립할 수 있겠지만 이에 대한 정치한 연구는 사실상 불가능하다. 그렇기 때문에 이 글에서는 1920년대 우리 문학사 전개에 있어 빼놓을 수 없는 여러 문예동인지와 번역시집에 실린 번역시를 살펴보면서 서구 문예사조의 한국 시에 미친 영향 관계도 아울러 살펴보고자 한다.

3) 번역시의 총 편수

『懊惱의 舞蹈』는 1918년부터 1920년까지 『태서문예신보』, 『창조』, 『폐허』 등에 발표한 번역시들을 모은 시집인데 1920년대 시사 전개에 적지 않은 영향을 미쳤다. 이 점은 1923년 8월에 재판이 나온 것에서도 확인된다. 초판본에는 베를렌의 시 21편, 구르몽의 시 10편, 사맹의 시 8편, 보들레르의 시 7편, 예이츠의 시 6편, 기타 시인의 작품 33편으로 총 85편의 시가 실려 있다. 재판본에는 몇 편의 시가 추가되어 94편이 실려 있다.

이 글에서는 『태서문예신보』 총 16호, 『창조』 총 9호, 『백조』 총 3호, 『폐허』 총 2호, 『금성』 총 3호에 실린 번역시와 이들 작품을 집대성한 최초의 번역시집 『懊惱의 舞蹈』를 대상으로 하여 서구 문예사조가 이 땅의 시인들에게 어떤 영향을 주었는지, 영향 관계 성립 여부를 살펴보고자 한다. 그러기 위해서는 먼저 어느 문예지에 누구의 어떤 시가 번역되어 있는지 목록을 만들어보아야 할 것이다(인명은 일부 현대식 표기로 고침).

『태서문예신보』(1918. 9. 26~1919. 2. 17)

롱펠로	「화살과 노래」(海夢生 역)-4호
투르게네프	「명일? 명일?」(岸曙生 역)-4호
	「무엇을 내가 생각하겠나?」
투르게네프	「기」(岸曙生 역)-5호
	「비렁방이」
베를렌	「거리에 나리는 비」(岸曙生 역)-6호
	「검은 꼿업난잠은」
	「아름답은 밤」
베를렌	「가을의 노러」(A. S 역)-7호
투르게네프	「늙은 이」(岸曙生 역)-7호
	「N. N」
롱펠로	「무덤(9)」(海夢生 역)-10호
	「황혼」
	「어듸로」
	「注意ᄒ여라」
예이츠	「꿈」(岸曙生 역)-11호
아낙크레온	「죽음의 恐怖」(岸曙生 역)-11호
끄레후	「午後의 달」(岸曙生 역)-11호

쭈리안 포오캉스	「明日의 목숨」(岸曙生 역)—11호
써 탬프	「蒲公英」(岸曙生 역)—11호
베를렌	「作詩論」(岸曙生 역)—11호
롱펠로	「여름의 비」(海夢生 역)—10호
	「물결」
에머슨	「告別」(三田 역)—12호
롱펠로	「村 대장장이」(海夢生 역)—12호
	「恒常 五月이 아닐라」
	「비오는 날」
구르몽	「낙엽」(岸曙生 역)—13호

『창조』 제1호(1919. 2)

　　* 日本近業詩抄 1(벌꽃 역)

島崎藤村	「오기쿠」 외 2편
土井晩翠	「丞相」
河井醉茗	「사쿠라소오」
橫瀨夜雨	「오사이」
平木白星	「어둠속에」
薄田泣菫	「샘」

『창조』 제2호(1919. 3)

　　* 日本近業詩抄 2(벌꽃 역)

薄原有明	「皂來」 외 1편
岩野泡鳴	「말업슨돌」 외 2편
三木露風	「四月」 외 3편
北原白秋	「邪宗門秘曲」 외 6편

『창조』 제3호(1919. 12)

　　* 시 5편(벌꽃 역)

랭보	「散步」
괴테	「處女」
(　)13)	「바다의 눈」
레니에	「黃昏」
○란14)	「저녁밥」

---

13) 필자가 괴테인지 레니에인지 불확실함.

『창조』 제5호(1920. 3)
　　* 시(번역)(秋湖 역)
　　하이네　　　　　「가타리나」
　　　　　　　　　　「他國에서」
　　　　　　　　　　「어대?」
　　　　　　　　　　「녀인」
　　　　　　　　　　「슬기로운별」
　　괴테　　　　　　「밤의 뜻」
　　　　　　　　　　「이른봄」

『창조』 제6호(1920. 5)
　　* 譯詩三篇(岸曙生 역)
　　포올 포르　　　　「結婚式前」
　　쌴 마르크 베르날　「오늘밤도」
　　샬르 째란　　　　「그나마 잇는가업는」

　　『창조』 제7호
　　타고르　　　　　「끼탄자리」 1(天園 역)
　　* 譯詩몟篇(岸曙 역)
　　샨라올　　　　　「月下의 漂泊」
　　셸리　　　　　　「寂寞」
　　예이츠　　　　　「술노래」
　　한켈　　　　　　「가을의 노래」

　　『창조』 제8호(1921. 1)
　　타고르　　　　　「끼탄자리」 2(天園 역)

　　『창조』 제9호(1921. 5)
　　투르게네프　　　「산문시」(億生 역)
　　　　　　　　　　「會話」
　　　　　　　　　　「處世法」
　　　　　　　　　　「祈禱」

　　『백조』 제1호(1922. 1)
　　* 투르게네프　　「산문시」 첫째(羅彬 역)

---

14) 글자를 알아보기 힘듦.

	「싀골」
	「老婆」
	「개(犬)」
	「나의 競爭者」
	「거지(乞食者)」
	「"너는어리석은者의審判을듯지안으면안될것이다"」
	「滿足한것」
	「處世法」

『백조』 제2호(1922. 5)

투르게네프　　「산문시」 둘째(羅彬 역)
　　　　　　　「꿈」
　　　　　　　「마 ― 샤」
　　　　　　　「愚物」
　　　　　　　「東方의 傳說」

『폐허』 제1호(1920. 7)

　　* 베를렌 詩抄(岸曙 역)
　　　　　　　「가을의 노래」
　　　　　　　「흰달」
　　　　　　　「피아노」
　　　　　　　「나무그림자」
　　　　　　　「하늘은집웅우에」
　　　　　　　「검고 씃업는잠은」
　　　　　　　「作詩論」
　　　　　　　「아아설어라」
　　　　　　　「都市에나리는비」
　　　　　　　「지내간녯날」

예이츠　　　　「落葉」

『폐허』 제2호(1921. 1)

　　* 베를렌 詩抄(岸曙 역)
　　　　　　　「바람」
　　　　　　　「씃업는倦怠의」
　　　　　　　「角聲」

　　　　　　　　　　　「아낙네에게」

　　　　　　　　　　　「늘 쬐는쑴」

　　　　　　　　　　　「渴望」

　　　　　　　　　　　「倦怠」

「同情」

「臨終」

『금성』제3호(1924. 1)

   * 近代佛蘭西詩抄 3－베를렌(양주동 역)

「詩法」

   * 투르게네프 散文詩抄 1(손진태 역)

「거지」

「개」

   * 「'新月'에서」 3－타고르(백기만 역)

「英雄」

「비오는날」(이하 양주동 역)

「저편언덕」

「追放의土地」

1910년대 말과 20년대 초에 나온 문예동인지에는 이상의 시가 번역되어 있다. 10편 이상의 시가 번역되어 있는 시인을 살펴보면 투르게네프가 24편으로 가장 많고 베를렌이 23편, 타고르가 18편, 보들레르가 14편, 롱펠로가 10편이다. 하지만 이 수치를 정확한 편수로 볼 수는 없다. 김억은 베를렌의 「가을의 노리」를 『태서문예신보』에도 번역해 놓았고 『폐허』에도 번역해놓았다. 그는 베를렌의 시를 『태서문예신보』에 번역해 실을 때는 「검은 곳업는잠」이라는 제목으로, 『폐허』에 번역해 실을 때는 「검고 곳업는잠은」이라는 제목으로 했는데, 같은 작품이다. 김억은 또 투르게네프의 시를 『태서문예신보』에 번역해 실을 때는 「긔」라는 제목을 붙였고, 『폐허』에 실을 때는 「개(犬)」라는 제목을 붙였다. 이런 식으로 두 번씩 번역되어 있는 작품이 적지 않기에 투르게네프 24편, 베를렌 23편 하는 것이 정확한 수치는 아니다. 하지만 이상 5명의 시인을 집중적으로 소개한 것은 사실이다. 상징파 시인 가운데 보들레르와 베를렌과 어깨를 나란히 하고 있는 랭보의 경우, 20년대 전반기에 발간된 문예동인지를 샅샅이 살펴보아도 「산보」라는 시 외에는 찾아볼 수 없다. 그럼 이제 백철이 『懊惱의 舞蹈』를 두고 "보들레르·베를렌 등의 프랑스 퇴폐시인들의 시들이 주로 수록"되어 있다고 했으므로 이 두 사람의 시를 중심으로 하여 '퇴폐성'의 근거를 찾아보고자 한다.

4) 번역시인의 대표자 베를렌

1918년 9월 26일자로 창간되어 1919년 2월 17일에 통권 16호로 종간호를 낸 『태서문예신보』는 타블로이드판 8면으로, 주간지 형태로 발간되었다. 서구의 문예작품을 소개한 잡지로 그 값어치를 인정받고 있지만 16호 전부를 보아도 보들레르의 시는 1편도 보이지 않는다. 베를렌의 시는 제6호에 3편, 제7호에 1편, 제11호에 1편으로 도합 5편을 찾아볼 수 있다. 제6호에 실려 있는 시 가운데 제일 앞머리에 있는 「거리에 나리는 비」부터 보자.

거리에 나리는 비인듯
내가슴에 눈물의비 오나니,
엇지흐면 이러흔 설음이
내가슴안에 슴여들엇노?

아, 짜에도 지붕에도
나리는 고은 비소리,
애닯은 맘째문이라고,
오, 나려오는 비의노래.

－「거리에 나리는 비」 제1, 2연

감정 과잉에 감상 일변도의 시이긴 하지만 퇴폐적인 느낌을 주지는 않는다. 설움과 애달픈 마음이라는 관념이 거리에 내리는 비라는 구체적 사물에 빗대어 이야기되고 있으므로 이 시는 상징주의의 전형적인 작품이다. 시는 시인 자신의 우울한 마음 상태를 비라는 자연 상관물에 빗대어 노래해본 것일 뿐, 퇴폐성을 보여준 작품으로 간주할 수는 없다. 「아름답은 밤」
과 「作詩論」도 퇴폐성과는 거리가 멀다.

> 아름답은밤 고요홀세라
> 촌락이나 도시나 쏘는동산도,
> 잠안에 깁흔잠안에 잠－하도다
> 사람의웃슴이나 쏘는원통도.
>
> 하늘에는 초슌의 달 잇서
> 가람에 그빗을 던지며
> 쏘는 늙근 고탑의
> 한 녑흘 즐으게 하도다.

—「아름답은 밤」 제1, 2연

> 무엇보다도 몬져 音樂을,
> 그를 위ㅎ얀 달으지도 두지도못홀
> 썩 희미흔 알듯말듯흔
> 난호랴도 못할것을 잡으라.
>
> 죠흔말을 으드려 애쓰지 말고
> 말을 차라리 기뷔히허라,
> 밝음과 어두움의 셔로 짜니는
> 흐렷흔 詩밧게는 고음이 업나니,

—「作詩論」 제1, 2연

두 편 시의 앞 절반씩을 인용했는데 앞의 시는 깊은 밤의 고즈넉한 풍
경을 스케치한 일종의 야상곡이다. 뒤의 시는 시로 쓴 자신의 시론으로,
시어의 선택과 배열에 따른 음악성을 강조하고 있다. 두 편 시의 어디를
봐도 퇴폐성을 발견할 수는 없다. 제7호에 실은 「가을의 노리」를 보자.

가을의
애올링의 우는
긴 嗚咽
單調훈 思惱에
내가슴 압허라

鍾소리 우를써
가슴은 막히며
낫빗은 희멀금
지나간 그날
눈압혜 보임이
아―아― 나는우노라

내靈은 부는
모즌 바람에
씰리어 써돌아
여기에 져기
날아 훗터지는
落葉이어라

―「가을의 노릭」 전문

이 시는 부분 수정이 되면서 『폐허』 제1호, 『오뇌의 무도』(개정판에는 초
판 때의 모습과는 다소 다르게 고쳐져 번역되었다), 『개벽』 52호에도 번역, 수록
되어 있다. 김억 자신도 대단한 애정을 가진 작품이기도 했었고 독자들로
부터 각별한 사랑을 받은 작품이기도 했음을 알 수 있다. 그런데 이 작품
에 대해서도 퇴폐성을 논하기는 어렵다. 420쪽에서 제시한 퇴폐성의 여덟
가지 특징 중 이 작품에 들어맞는 것은 하나도 없다. 「가을의 노릭」는 한
마디로 말해 센티멘털리즘의 산물이다. 상징파 시인의 작품이기는 하되 개
인의 감정을 앞세운 낭만주의적인 성향이 강한 작품으로도 볼 수 있다. 제

6에 실려 있는 「검은 끗업난잠은」을 보자.

　　　검은 끗업난잠은
　　　내의 목슴우에 오나니,
　　　히망아, 자거라 모든바림,
　　　오, 자거라, 모든원한?

　　　모든기억이 업셔지어
　　　내게는 아무것도 안보여나니,
　　　악이나 쏘는 션이나―
　　　아, 애닯은 변천이여?

　　　나는 무덤어구에셔
　　　손으로, 平衡을 짓는
　　　단슌한 아취(arch)로다,
　　　아, 소리도업시, 소리도업시.

―「검은 끗업난잠은」 전문

　이 시에서 말하는 '검은 끝없는 잠'이란 죽음을 뜻한다. 베를렌은 이 시에서 사람이 죽게 되면 희망도 원한도 가질 수 없게 되며 선과 악에 대한 판단도 못하게 된다고 했다. 무덤 입구의 조각상과도 같이 영원히 침묵하게 될 죽음의 상태에 대한 상상력이 끌어낸 이 시는 병적인 상태에 대한 탐닉과 과민한 자의식이 보이므로 퇴폐성을 어느 정도 지닌 시로 간주할 수 있다. 1918년 11월 8일에 간행된 『태서문예신보』 제6호에 발표한 이 시는 1922년 1월에 간행된 『백조』 제1호에 발표한 박종화의 「密室로도라가다」와 5월에 간행된 『백조』 제2호에 발표한 박영희의 「幽靈의나라」 및 박종화의 「黑房秘曲」에 어느 정도 영향을 주었을 수 있다. 죽음과 사후세계를 부정적으로 인식해온 것이 우리의 전통적인 사고방식이었는데 「검은 끗업난잠은」을 보면 그런 것을 초월해 있기 때문이다.

臨終의날에
홀로 쩌는듯한
누런 헤여진보쟉이갓흔
내마음은,
쓸쓸하고도고요한
나릿한 만수향냄새 쩨도는,
캄캄한 내 密室로도라가다.

―「密室로도라가다」 제2연

"꿈은幽靈의춤추는마당
現實은사람의 괴로움, 불부치는
싯벍언 鐵工場!"

"눈물은 불에달은
괴로움의 찌쩍지
사랑은 꿈속으로부르는女神!"

―「幽靈의나라」 제1, 2연

웁니다 울녀옵니다 저녁의鍾이
어대로선지 울녀옵니다.
길것는이의 시름을 자아내서는
저녁의 鍾이 울녀옵니다

―「黑房秘曲」 제1연

이런 시가 퇴폐성을 지니고 있다고 판단되지는 않지만 죽음에 대한 새로운 인식이란 측면에서 보면 베를렌의 시로부터 다소간 영향을 받았다고 볼 수 있다. 박영희와 박종화는 죽음을 터부시하지 않고 웬만큼 인정하고

1920년대 초기 번역시에 나타난 '퇴폐성'　**435**

있으며, 죽음에 대한 막연한 동경도 보이므로 베를렌의 「검은 잣업난잠은」이 이들 시에 일정 부분 영향력을 행사한 것으로 볼 수 있는 것이다. 위에 인용한 3편의 시는 서구시 체험이 없었다면 쓸 수 없는 것이다. 하지만 모작이라고는 볼 수 없고, 흉내를 약간 내본 것으로 보인다.

베를렌의 시가 본격적으로 번역된 것은『폐허』였다. 1920년 7월에 간행된『폐허』제1호에 10편, 1921년 1월에 간행된『폐허』제2호에 7편이 번역되어 있고, 이들 시는『오뇌의 무도』에도 실려 있으므로『백조』에 시를 발표한 몇몇 시인에게 영향을 주었을 수 있다. 문제는 어떤 시가 번역되어 있느냐 하는 것이다.『폐허』제1호에 번역된 「가을의 노래」, 「흰달」, 「피아노」, 「나무그림자」, 「하늘은집웅우에」, 「검고 잣업는잠은」, 「作詩論」, 「아아설어라」, 「都市에나리는비」, 「지내간녯날」, 10편 중에 「검고 잣업는잠은」을 제외한 시는 대개 센티멘털리즘에 사로잡힌 시인이 부르는 '우울한 상송'이다.

> 記憶이여, 엇제면 나를째우려는가?
> 只今 가을의恐怖는 涼寂한하늘로 Thrush를날니며,
> 해는 설은憂陰의빗을 北風이설네는
> 黃葉가득한 수풀우에 놋코잇서라.
>
> — 「지내간 날」 제1연

이 시를 두고 혹자는 퇴폐성을 운위할 수 있을지 모르겠으나 그보다는 센티멘털리즘에 사로잡혀 사물에 대해 등가물의 인식을 하지 못하고 있다고 여겨진다. 공포 외에 처량함, 적막함, 우울함, 음산함 등을 나타내는 한자 조어가 보이는데, 이것들을 다 합쳐도 퇴폐성과는 연결되지 않는다. 한편『폐허』제2호에 번역되어 있는 「잣업는倦怠의」, 「角聲」, 「아낙네에게」, 「늘 쮜는꿈」, 「渴望」, 「倦怠」 중에서 퇴폐적 성향을 보여주는 것은 「渴望」

과 「倦怠」이다.

> 아아 山靈의님프여, 오랜날의내사람이여!
> 아아金髮, 푸른눈! 그리하고꽃의皮膚여!
> 그姿態는절믄肉體의가득한芳香안에
> 사랑의생각좃차 부끄럽어하여라.
>
> 이러한즐겁음 이러한온갓眞實에서
> 내사람은써나가서라, 애달프다, 모든 것은
> 맘을압히는봄철갓치 자최업시가서라,
> 只今내게는疲困과斷腸의검은겨울이와서라.

―「渴望」 제1, 2연

> 親愛하여라, 親愛하여라, 그저親愛하여라,
> 내가슴은 이리불너라, 아아내사람아!
> 그대를움직이는 더운이맘을차(冷)게하여라,
> 逸樂의생각은 비록놉하진다하여도
> 뉘이갓튼平穩한犧牲의맘은 일치말아라.
>
> 衰弱하여라, 자는듯한사랑의맘에,
> 너의歎息과쓸데업는눈瞳子는 헛것이러라,
> 가거라, 깁흔嫉妬와섯지안는奮激과 거즛도,
> 그것들은 긴키쓰조차 갑시업서라.

―「倦怠」 제1, 2연

이 2편의 시는 1920년대 초기에 번역된 베를렌의 시 가운데 퇴폐성이 가장 강한 작품이다. 여인의 아름다운 용모를 찬양하는 「渴望」을 보면 금발과 푸른 눈과 꽃 같은 피부를 지닌 이의 자태가 "절믄肉體의가득한芳香안에 / 사랑의생각좃차 부쓰럽"게 하고 있다. 그런데 지금의 내 곁에는 피곤과 단장의 검은 거울이 와 있다. 관능주의적인 경향이 농후한 이 시의 시적 자아는 과민한 자의식에 사로잡혀 있다. 「倦怠」에서 베를렌은 긴 키스조차 가치가 없다고 하면서 "어리석은情慾은軍笛을불려하나니 / 맘대로 興奮의喇叭을불게하"라고 외친다. 이 시는 병적인 상태에 대한 탐닉과 관능주의적 경향은 물론 성적인 도착증, 현실 사회에 대한 반감 등도 조금씩 보이므로 베를렌의 작품 중 데카당스 경향이 가장 농후한 작품으로 간주할 수 있다. 앞서 인용한 박영희와 박종화의 시와 대조해보면 미약하나마 이 번역시의 영향을 받았음을 알 수 있다. 하지만 이 땅의 시인들이 상징주의자들의 창작 기법을 십분 이해하여 자신의 창작 방법론으로 활용해서 썼다고 봐지지는 않는다. 다만 시의 분위기, 이미지, 소재 포착, 언어 구사, 주제 선정 등에 다소간의 영향은 받았을 수 있다.

5) 퇴폐성의 대표자 보들레르

'퇴폐성'의 요소가 가장 강한 시인은 보들레르이다. 그의 시에는 퇴폐성의 여덟 가지 요소가 풍부하게 들어 있다. 하지만 보들레르의 시는 『태서문예신보』와 『폐허』에는 단 1편도 번역되어 있지 않다. 1921년 3월 20일에 나온 『懊惱의 舞蹈』에 6편이, 1923년 11월에 발간된 『금성』 제1호에 6편이, 1923년 12월에 발간된 『금성』 제2호에 8편이 번역되어 있다. 발표 시기로 보아 『懊惱의 舞蹈』에 실려 있는 보들레르의 시가 『백조』 제3호(1923. 9)에 발표된 박종화의 「死의禮讚」에 영향을 주지 않았을까, 짐작해 볼 수 있다.

> 陰濕한짱우, 달팽이의 모힌곳에,
> 나는 나의깁흔 무덤을 파노라,
> 이는 내老骨을쉬이며, 忘却의안에

자람이노라—물아레의 鮫魚와 갓치.

나는 遺言을 밉어하며, 무덤을 실허하노라,
죽어서 사람의 짜는눈물을 엇음보다는
차라리 살아서 吸血의 鴉嘴를 불녀,
더러운 내死體의 마디마디를 먹이랴노라.

—「죽음의 즐겁음」 제1, 2연

시 전체가 역설이다. 인간은 누구나 죽음을 두려워하고 자신의 사망을 생각하고 싶어하지 않는데 보들레르는 역설적으로, 우리 인간의 육체가 죽은 뒤에 썩게 되면 고통을 더 이상 느낄 수 없으니 오히려 잘된 게 아니냐는 식으로 말한다. 내 시체를 구더기(蛆虫)들이 갉아먹는 광경을 일종의 잔치로 본 것이 보들레르의 시각이다. '주검'이란 죽음을 맞이한 화자의 입장에서 보면 생의 종말이지만 구더기의 입장에서 보면 엄청난 양의 음식이다. 보들레르는 "눈업고 귀업는 暗黑의벗"인 구더기가 나의 죽음을 얼마나 즐거워할까, 얼마나 즐거운 식사시간을 보낼까, 생각하며 이 시를 썼다.

보라!
째아니라, 지금은 그째아니라.
그러나 보라!
살과 혼,
화려한 五色의빗으로 얽어서짜노흔
薰香내 높픈
幻想의꿈터를 넘어서
검은옷을 骸骨 우에 걸고
말업시 朱土빗흙을 밟는 무리를보라,
이곳에 生命이잇나니
이곳에 참이잇나니

莊嚴한 漆黑의하늘 敬虔한朱土의거리!
骸骨! 無言!
번적어이는 眞理는 이곳에잇지아니하냐.
아! 그러타 永劫우에.

—「死의禮讚」 제1연

두 작품은 제목부터 유사하다. 동원된 시어와 표현에 있어서는 유사점이 발견되지 않지만 죽음에 대한 터부가 아니라 죽음에 대한 긍정, 혹은 죽음의 이유에 대한 필연성 같은 것을 느끼게 하는 점에서 일맥상통한다. "검은옷을 骸骨 우에 걸고/ 말업시 朱土빗흙을 밟는 무리"는 죽은 자들이다. "薰香내 높픈/ 幻想의꿈터를 넘어서" 있는 저승세계가 전에는 두렵기만 한 미지의 세계였는데 박종화는 역설적으로 이곳에 생명이 있고 참이 있으며 심지어 번쩍이는 진리가 있다고 했다. 인간이 죽음으로써 주검은 땅에 묻히고 영혼은 저승으로 간다고 했을 때, 이 이승은 문제투성이이지만 저 저승은 모든 문제가 해결되어 있는 곳이기에 박종화는 예찬하지 않을 수 없는 것이다. 이 두 편의 시는 병적인 상태에 대한 탐닉, 기괴한 제재에 대한 흥미를 보여준다는 점에서도 퇴폐성을 지녔다고 본다. 죽음에 대한 시인의 천착은 죽어가면서 겪는 고통을 "목슴이 끈기여가는 傷兵의 희미한 末期의 苦呻과 갓타"고 한 「破鍾」에서도 보인다. 하지만 『懊惱의 舞蹈』에 실려 있는 보들레르의 시 가운데 퇴폐성을 가장 많이 지닌 것은 「幽靈」이다.

褐色의 눈을가진 天使와 갓치,
나는 너의 寢臺로 돌아오리라,
어둑한밤의 그늘아래에 싸이여,
소리도업시, 나는 네게로 갓까히 가리라.
나는 네게주리라, 검웃한 愛人이여,

찌그러진 구멍의 周圍에
달갓튼 찬키쓰와,
배암갓튼 愛撫를.
희멀금한 아츰이 되랴는째,
아모것도업는 뷔인자리만 남으리라,
그러나, 그자리는 저녁짜지 차리라.

사람들은 아름답은 맘으로
너의 生命과 절믐의우에 나려오나,
나는 오직 恐怖로 네게 臨하리라.

─「幽靈」 전문

이 시는 퇴폐성의 여러 특징 중 병적인 상태에 대한 탐닉, 관능주의적 경향, 성적인 도착증을 보여주는 것으로서, 『백조』 제3호에 실려 있는 이상화의 「나의寢室로」와 「二重의 死亡」에 영향을 주었다고 판단된다. 번역 시집과 『백조』 제3집의 출간 시기가 2년 6개월 정도 차가 나기 때문이다. 이밖에 홍사용의 「墓場」, 박영희의 「月光으로짠病室」 등도 적게나마 보들레르의 영향을 받았을 것으로 판단된다. 작품마다 조금씩 깃들어 있는 퇴폐성 때문이다.

‘마돈나’ 지난밤이새도록, 내손수닥가둔 寢室로가자, 寢室로!
낡은달은째지려는데, 내귀가듯는발자욱 ── 오, 너의것이냐?

─「나의寢室로」 제4연

아, 人生의쓴饗宴에, 불림바든나는, 젊은幻夢의속에서,
靑孀의마음우와가티, 寂寞한빗의陰地에서,
柩車를쌀흐며 葬式의哀曲을듯는護喪客처럼 ──

─「二重의 死亡」 부분

骸骨박아지의 각족어린, 널늠거리는鬼火
질그릇이 깨어지는듯한 여호의노래,
빗도업고 그림자도업는 그윽한집에서
이상한눈을 번득어리는 髑髏의무리는
제각금 거룩한神이라 일커르며 곤댓짓하더라.

-「墓場」 부분

한숨과눈물과後悔와憤怒로
알는내마음의臨終이, 슻나려할 때
내病室로는 어엽분, 세處女가들어오면서
── 당신의알는가슴우에우리의손을대이라고
달님이, 우리를보냇나이다. ──

-「月光으로싼病室」 부분

「나의寢室로」는 작품에 넘쳐나는 에로티시즘으로 말미암아 퇴폐주의 문학의 절창으로 손꼽히고 있다.「二重의 死亡」과「墓場」에 나타난 죽음에 대한 지나칠 정도의 집착과 동경은 보들레르 시의 영향 때문이 아닐까, 생각해볼 수 있다.「月光으로싼病室」은 음산한 분위기와 과민한 자의식 때문에 퇴폐성을 지닌 작품으로 볼 수 있는데,「幽靈」과 유사점이 없지 않다. 물론 이런 작품에 퇴폐적인 요소가 조금씩 보인다고 하여 보들레르 시의 영향을 받았다고 단정 지을 수는 없다. 다만 번역시집『懊惱의 舞蹈』의 인기를 생각해볼 때 보들레르가 쓴 7편의 시는 이 땅의 여러 시인이 관심 있게 읽었을 수 있는 것이고, 그렇다면 보들레르를 통해 퇴폐성을 받아들인 것이 아닐까, 짐작해볼 수 있다. 그간 3·1운동 실패 이후의 좌절감과 패배감을 퇴폐성의 원인으로 꼽는 경우가 많았는데, 이는 논증하기가 어렵다. 만세운동이 실패했기 때문에 시인들이 퇴폐성 짙은 작품을 쓴 것이라고 단정 지을 수는 없는 노릇이다.

　문예동인지 가운데 퇴폐성을 가장 강하게 지닌 것은 『폐허』가 아니라 『금성』이다. 『폐허』에는 베를렌의 시만 번역되어 있고 보들레르의 시가 한 편도 번역되어 있지 않다는 사실 또한 이를 증명한다. 따라서 『폐허』를 데카당스의 아성으로 본 백철과 조연현의 문학사 기술은 문제가 있는 것이다.

　1920년대 번역시를 살펴볼 때 또 하나 거론하지 않을 수 없는 것은 상징파 시인이었던 보들레르와 베를렌 이외의 시인들이다. 작품의 편수만을 갖고 따져본다면 프랑스 상징파 시인보다 오히려 투르게네프의 산문시와 타고르의 명상시가 더 많이 번역되고 읽혀졌다. 하지만 '퇴폐성'의 측면에서 1920년대의 시를 거론했기에 이들 시인의 영향을 받았는가를 연구해보는 것은 다음 기회로 미룰 수밖에 없다.

3. 마무리

　1920년대를 "퇴폐주의문학 시대"라고 한 백철과 『폐허』 동인이 서구의 퇴폐주의를 의식하고 작품을 창작했다는 조연현의 주장에는 그간 별다른 반론이 제기되지 않았다. 1920년대 이 땅의 시인들이 퇴폐적 경향이 강했던 베를렌과 보들레르의 영향을 받은 것이 확실하다면 국내 시인들이 두 시인의 어떤 작품을 읽었으며 20년대의 어떤 작품에 두 시인의 영향이 스며들어가 있는지 살펴보아야 한다. 베를렌과 보들레르의 번역시 가운데 퇴폐성을 지닌 작품으로 어떤 것들이 있는지 살펴보는 작업이 문학사가들의 손에 의해 거의 행해지지 않았다는 불만이 이 글을 쓰게 했다.

　베를렌의 시 가운데 널리 알려진 「거리에 나리는 비」, 「가을의 노래」보다는 「검은 꿋업난잠은」에 병적인 상태에 대한 탐닉과 과민한 자의식이 보이므로 퇴폐성을 지닌 시로 간주하였다. 「검은 꿋업난잠은」은 죽음과 사후세계를 부정적으로 인식해온 우리의 전통적인 사고방식을 극복했을 뿐만 아니라 죽음을 터부시하지 않고 웬만큼 인정하고 있는 작품이다. 또한 죽음에 대한 막연한 동경도 보이므로 박종화의 「密室로도라가다」와 박영희의 「幽靈의나라」, 박종화의 「黑房秘曲」에 어느 정도 영향을 주었다고 본다. 「渴望」은 관능주의적인 경향이 농후하고 과민한 자의식에 사로잡혀 있다는 점에서, 「倦怠」는 병적인 상태에 대한 탐닉과 관능주의적 경향은 물론 성적인 도착증, 현실 사회에 대한 반감 등도 조금씩 보여 베를렌의 작품 중 퇴폐성 경향이 가장 농후한 작품으로 보았다.

보들레르는 명실상부한 퇴폐성 문학의 대표자이다. 보들레르의 「죽음의 즐겁음」은 박종화의 「死의禮讚」에 영향을 주었을 것이다. 이 두 편의 시는 퇴폐의 양상 가운데 병적인 상태에 대한 탐닉, 기괴한 제재에 대한 흥미를 보여준다는 공통분모를 확실히 지니고 있다. 특히 「幽靈」이란 시에 나타난 보들레르의 병적인 상태에 대한 탐닉, 관능주의적 경향, 성적인 도착증은 이상화의 「나의寢室로」와 「二重의 死亡」에 영향을 주었다고 판단된다.

이 글을 통해 또 하나 밝혀낸 것은 퇴폐성을 지닌 작품의 아성은 『폐허』가 아니라 『금성』이었다는 것이다. 『폐허』에는 보들레르의 시가 한 편도 번역되어 있지 않은 반면 『금성』에는 열네 편이 번역되어 있다.

이상 베를렌과 보들레르의 번역시 가운데 퇴폐성이 유독 강한 작품을 살펴보면서 이들 시의 영향을 받았을 법한 이 땅의 시들을 연구해보았다. 20년대 한국시의 퇴폐성이 베를렌과 보들레르의 번역시에 연유한 것은 사실이다. 하지만 백철과 조연현처럼 20년대 한국시 전부를 싸잡아 퇴폐주의문학이라고 일컫는 것은 어불성설이다. 20년대에는 민요조 서정시, 카프 시도 활발히 창작되었지만 타고르 명상시의 영향을 받은 듯한 한용운의 종교적 성찰의 시, 투르게네프 산문시의 영향을 받은 듯한 주요한의 이야기시도 무시할 수 없는 20년대 시단의 한 경향이었기 때문이다.

저자 **이승하**(shpoem@naver.com)

중앙대 문예창작학과 및 동 대학원 졸업(문학박사)
1984년 중앙일보 신춘문예 시 당선으로 등단
현재 중앙대학교 문예창작학과 교수

저서 『한국의 현대시와 풍자의 미학』(1997)
『생명 옹호와 영원 회귀의 시학』(1999)
『한국 현대시 비판』(2000)
『한국 시문학의 위기를 극복하기 위하여』(2001)
『백 년 후에 읽고 싶은 백 편의 시』(2002)
『이승하 교수의 시 쓰기 교실』(2004)
『한국 현대시에 나타난 10대 명제』(2005)
『세계를 매혹시킨 불멸의 시인들』(2006)
『한국 시문학의 빈터를 찾아서』(2007)
『청소년을 위한 시 쓰기 교실』(2007)

역락비평신서 15

세속과 초월 사이에서

저자 이승하

인쇄 2008년 4월 28일
발행 2008년 5월 8일

펴낸곳 도서출판 역락
등록 1999년 4월 19일 제303-2002-000014호
펴낸이 이대현
편집 이소희

주소 서울시 서초구 반포4동 577-25 문창빌딩 2층
전화 02-3409-2058, 2060
팩시밀리 02-3409-2059
e-mail youkrack@hanmail.net

값 22,000원
ISBN 978-89-5556-611-6 03810

잘못된 책은 바꿔 드립니다.